Titel in der Regel auch als Hörbuch und E-Book erhältlich

Über das Buch:

Angel Island ist eine beschauliche kleine Insel. Die Menschen hier leben seit jeher in Eintracht und Frieden miteinander. Doch an Halloween verändert sich alles. Denn dies ist der Tag, an dem das Böse nach Angel Island kommt.

Die große Halloween-Anthologie mit acht fesselnden Horror-Kurzgeschichten.

Oliver Schütte/Uwe Voehl (Hg.)

ANGEL ISLAND

Die Halloween-Anthologie

BASTEI LÜBBE TASCHENBUCH
Band 17 075

1. Auflage: Oktober 2014

Dieser Titel ist auch als E-Book erschienen

Originalausgabe

Copyright © 2014 by Bastei Lübbe AG, Köln
Textredaktion: Uwe Voehl
Titelillustration: © shutterstock/Sean Pavone;
© shutterstock/Ase
Umschlaggestaltung: Christin Wilhelm, www.grafic4u.de
Satz: Urban SatzKonzept, Düsseldorf
Gesetzt aus der Garamond
Druck und Verarbeitung: CPI – Ebner & Spiegel, Ulm
Printed in Germany
ISBN 978-3-404-17075-3

Sie finden uns im Internet unter
www.luebbe.de
Bitte beachten Sie auch: www.lesejury.de

Inhalt

Die Mission des Titus Brown
von Michael Marcus Thurner — 7

Prayer's Rock
von Malte S. Sembten — 61

Tommyboy
von Hendrik Schmitz — 127

Masken des Hasses
von Jörg Kleudgen — 163

Katharsis
von Sunny Meury — 204

Banshees weinen nicht
von Grita Graus — 225

Der Preis
von Stephan Reinbacher — 261

Die Mauern von Ronwick Abbey
von Jürgen Scheiven — 303

Die Mission des Titus Brown

von Michael Marcus Thurner

Die Ruderschläge waren im Nebel kaum zu hören. Erst als das Boot des alten Grimes mit hölzernem Klang gegen die Kaimauern des kleinen Hafens stieß, drückte Justine ihre Zigarette aus und verließ ihren Platz unter dem Vordach des »Tabby's«.

Paddy, Besitzer des Pubs und meist Paddytabby genannt, rief ihr hinterher: »Lass dich bloß nicht einwickeln von dem vornehmen Stutzer aus der Stadt! Du bist doch unser aller Lassie!«

Oh ja, das war sie: eine Lassie. Ein Mädel, das jedermann mochte, das geliebt und begehrt wurde, obwohl sie, selbstkritisch betrachtet, keine besondere Schönheit war. Aber hier, auf diesem gottverlassenen Inselzipfel, maß man Schönheit angesichts der geringen Auswahl an jungen, ledigen Frauen keine besondere Bedeutung zu. Es reichte, gerade gebaut zu sein, kochen zu können und genügend Kraft zu besitzen, um den Glücklichen, den man ehelichte, nach dessen sonnabendlichem Besäufnis in einer Karre ins traute Heim zurücktransportieren zu können.

»Ich bin nicht euer aller Lassie!«, sagte sie mit Bestimmtheit, aber doch so leise, dass Paddytabby und all die anderen Suffköpfe sie nicht zu hören vermochten. »Ich bin Justine Armbruster, und ich werde bald eine anständige Arbeit in der Stadt annehmen. Ihr werdet schon sehen!«

Stimmen wurden laut. Der Passagier stieg eben aus Grimes' Boot und bedankte sich fürs Übersetzen. Noch konnte Justine ihn nicht sehen, noch konnte sie den Nebel nicht mit ihren Blicken durchdringen.

Titus Brown hatte eine tiefe, dunkle Stimme. Eine angenehme Stimme. Eine, die sie frösteln ließ und bewirkte, dass sie sich die Gegenwart des Mannes herbeisehnte.

Justine betrat den Kai. Ihre Schuhe klapperten laut auf den Steinen. Prompt verfing sie sich in einer tiefen Fuge und stolperte. Sie rutschte aus und torkelte vorwärts, konnte ihren Schwung nicht mehr abbremsen und drohte über den Rand zu torkeln, ins brackige Hafenwasser zu stürzen ...

Justine fühlte sich von zwei kräftigen Händen gepackt, festgehalten und vor einem Sturz bewahrt.

»Was für eine bezaubernde Begrüßung! Sind denn alle jungen Damen auf Angel Island von einem derartigen Überschwang?«

Justine holte tief Luft. Der Schreck war ihr in die Glieder gefahren – und die Scham.

Sie hatte ihre Kindheit hier verbracht, war jeden Nachmittag mit Jack, Keira und Mac die Mauer entlanggetanzt, von einem Boller zum nächsten gesprungen und hatte sich an den wenigen warmen Sommertagen auch mal kopfüber ins Wasser gestürzt. Und heute? – Heute stolperte sie wie ein verirrtes und verwirrtes Schaf umher, um ausgerechnet in die Arme des Fremden zu fallen.

»Danke«, murmelte sie und tat einen Schritt zurück, weg von diesen kräftigen und Sicherheit gebenden Armen. »Das ist sehr nett von Ihnen gewesen. Mister Brown, nehme ich an?«

»So ist es.« Der Mann vor ihr, ein Riese von mindestens sechseinhalb Fuß Größe und damit einen guten Kopf größer als sie, deutete eine Verbeugung an. »Aber nennen Sie mich bitte Titus. Sie müssen Justine sein. Oder gibt es hier noch andere bezaubernde Geschöpfe wie Sie es sind? Sie wurden mir von Mister McClough als *elfengleich* beschrieben.«

Justine hob schützend den Stehkragen ihres Mantels vors Gesicht und zündete sich eine neue Zigarette an. Sie musste unter allen Umständen die Röte ihres Gesichts verbergen, verflucht nochmal! Sie war doch kein Backfisch mehr, der sich von einfachen Komplimenten derart aus der Contenance bringen ließ!

Und jetzt lassen mich auch noch meine Hände im Stich! Sie zittern, als wartete ich auf meine tägliche Morphiumdosis.
»Mister McClough ist ein zu netter Mensch, als dass ich ihm wegen dieser kleinen Frechheit böse sein könnte«, sagte Justine. »Sie aber sollten sich etwas schämen, Mister ... Mister Titus! Sie beginnen unsere Zusammenarbeit damit, mich von meinem täglichen Salzwasserbad abzuhalten, und dann bringen sie mich mit ihren Komplimenten auch noch in Verlegenheit.«

»Das ist in der Tat ein Grund, sich schämen zu müssen.« Titus Brown entblößte strahlend weiße Zähne, verbarg aber sein Lächeln gleich wieder, als wäre es ein knapp bemessenes Gut. Er drehte sich zum alten Grimes um, drückte ihm einige zerknitterte Banknoten in die Finger und verabschiedete sich von ihm mit einem Händedruck.

Den Koffer – schwarzes Leder, die Ecken mit poliertem Messing beschlagen – nahm er mit drei Fingern hoch und hakte sich mit dem anderen Arm wie selbstverständlich bei Justine unter. »Sie konnten ein Quartier für mich besorgen?«, fragte er.

»J... ja. Bei der Witwe Dunnogh. Sie freut sich bereits auf Sie.« Titus Brown überrollte sie wie eine Dampfwalze. Sein Lächeln, seine offen zur Schau gestellte Tatkraft, sein Geruch ... dies alles überforderte Justine. »Witwe Dunnogh ist eine ausgezeichnete Gastgeberin. Aber ich warne Sie: Vermeiden Sie jegliche Diskussion über Gewerkschaften, Eisenbahnen, Pferde – und vor allem über ihre ehemaligen Schulfreundinnen. Sie würden es bitter bereuen.«

»Missis Dunnogh liebt die Eisenbahn? Dann hätten wir ja etwas gemeinsam...«

»Sie hasst sie. Nennt sie bloß den Großen Schwarzen Rauchbringer. Ihr Mann, Gott sei seiner Seele gnädig, war Zugbegleiter. Er wurde vor einigen Jahren bei einem der großen Gewerkschafterstreiks von einem Polizeipferd zertreten.«

Justine fühlte, wie sich die Armmuskulatur des Mannes anspannte. Geschichten wie diese stimmten ihn wohl traurig.

»Wie unendlich bedauerlich«, sagte er und schlug ein Kreuz vor der Brust, mit seinem Koffer in der Hand. »Und was hat es mit Missis Dunnoghs Schulfreundinnen auf sich?«

»Darüber weiß niemand so richtig Bescheid. Sobald die Witwe auf das Thema zu sprechen kommt, verliert sie sich in einer Art Sprechwahn und bringt nur noch unzusammenhängende Sätze hervor. Es muss in ihrer Jugend etwas geschehen sein, das sie wohl niemals richtig verkraftet hat.«

»Angel Island ist eine Insel mit vielen Geheimnissen, habe ich mir sagen lassen.«

»Ach, die Menschen übertreiben. Hier lebt sich's so gut wie in jeder anderen hinterdörflerischen Einöde dieser Welt. Wenn tagaus, tagein nicht viel geschieht und der Höhepunkt des wöchentlichen Kirchentratsches die Verkühlung dreier Schafe auf dem Hof von Biggy Binslow ist, dann wird man eben erfinderisch. Man erzählt sich neue Geschichten oder bauscht alte auf, so lange, bis sie jene des Monsters von Frankenstein bei Weitem übertreffen. Sie kennen doch Mary Shelleys Werk?«

»Selbstverständlich, Miss Justine. Sie soll eine bemerkenswerte Frau gewesen sein.«

»Sie ist eines meiner Vorbilder. Mary Shelley hatte einen klugen Kopf. Sie hat sich in einer männerdominierten Welt durchgesetzt, war über die Grenzen Britanniens hinaus für ihren Scharfsinn bekannt.«

»Sind Sie etwa eine Nachfahrin der Suffragetten?«

»Ich habe nicht vor, Anschläge auszuführen oder mit Gewalt auf eine Verstärkung der Frauenrechte zu drängen. Aber ich verlange, jenen Platz in der Welt der Wissenschaft zu bekommen, der mir zusteht.«

Sie bogen, vom Hafen kommend, nach rechts in den Apfelbaumweg ein. *In eine Gasse, die eigentlich namenlos ist und von deren Apfelbäumen links und rechts des Weges meine Freunde und ich früher die süßesten Früchte gestohlen haben.*

»Master McClough hat mich auch auf Ihren brennenden Ehrgeiz hingewiesen, Miss Justine. – Nein, nein, sie brauchen's weder abzustreiten noch empört zu tun. Es macht auch wenig Sinn, es zu leugnen, kleine Miss. McClough ist von Ihnen überzeugt, und er ist bereit, Sie mit seinen Mitteln bei Ihrem beruflichen Fortkommen zu unterstützen. Gesetzt den Fall, Sie beweisen mir, was Sie können. Sie wissen ja, warum ich hier bin.«

»Selbstverständlich. Sie wollen sich die Kavernen ansehen. Ich weiß zwar nicht, warum ein paar unterirdische Hohlräume und einige vor sich hin rostende Rohre einen der renommiertesten Historiker des Landes interessieren, aber ich werde mein Bestes tun und Sie unterstützen, so gut es mir möglich ist.«

Es ging nun leicht bergauf, an Steinmauern entlang und an zwei alten, nicht mehr bewirtschafteten Höfen vorbei. Sie hatten einstmals dem mürrischen alten Hannaghan – links vom Apfelbaumweg – gehört, dessen Großvater einen Teil seines Besitzes versoffen und an die Carlisles – rechts vom Apfelbaumweg – überschrieben hatte. Vor Hannaghans Großvater hatte ein gewisser Marty das Land besessen, über den nur recht wenig bekannt war, und davor hatten vier Generationen der mittlerweile ausgestorbenen Fadashians gelebt. Die Fadashians ...

Justine schüttelte den Kopf, als könnte sie ihre Gedanken durch die Bewegung davon abhalten, sich weiter mit ihrer Leidenschaft zu beschäftigen. Sie verlor sich wieder einmal in Geschichte und Geschichten, in Erzählungen, Hörensagen, tradierten Gerüchten und Märchen.

Das Leben auf Angel Island war für sie stets eine Konfrontation mit einer tief in der Vergangenheit wurzelnden Historie. Niemand wusste, wie ein armenischer Name einen prominenten Platz in der Geschichte der Insel eingenommen hatte. Wer waren die Fadashians gewesen, wer die Riglianis? Wie war ihr Ururgroßvater, Samuel Armbruster, hierher gelangt, und war er nun jüdischen Glaubens gewesen oder nicht?

»Ich sehe in Ihren Augen ein ganz besonderes Glänzen«, durchbrach Titus Brown ihre Gedanken. »Man sagte mir, dass Sie von einem bemerkenswerten Forschungsgeist beseelt wären. Und dass Sie mehr als jeder andere Bewohner der Insel über die hiesigen Verhältnisse Bescheid wüssten.«

»Das ist ja wohl der Grund, warum Sie mich sprechen wollten«, sagte Justine abweisender als beabsichtigt. Sie zog ihren Begleiter bei der nächsten Weggabelung nach links, hin zum auf einem sanften Hügel gelegenen Anwesen der Witwe Dunnogh. Aus dem Kamin ihres uralten Steinhauses kräuselten sich dunkle Rauchfahnen in den Himmel. Sie vermochten sogar den Nebel zu durchdringen und eine Spur von Schwärze ins graue Einerlei dieses regnerischen Tages zu zeichnen.

»So ist es, Miss Justine. Sie haben ja keine Ahnung, wie dringend ich Ihre Hilfe benötige.«

»Das Telegramm von Master McClough klang sehr geheimnisvoll. Wollen Sie mir denn nicht erzählen, was genau Sie von mir wissen wollen?«

»Natürlich, natürlich. Aber lassen Sie uns doch erst einmal die Witwe begrüßen und ihr ja keine Gelegenheit geben, über ihre Schulzeit zu plaudern.«

Titus Brown lächelte, perlzahnweiß, und vertrieb damit endgültig Justines trübe Gedanken. Sie lehnte sich ein klein wenig fester gegen seinen Arm und fühlte seine Stärke. Von ihm ging etwas aus, das, oh Sünde, für ein Kribbeln zwischen ihren Beinen sorgte.

*

»Das war ein ausgezeichnetes Nachtmahl, Missis Dunnogh«, sagte Titus Brown und wischte sich den Mund an der spitzenbestickten Serviette ab. »Ein Hühnchen in weißer Sauce und mit Minzblättern bekommt man selten auf den Tisch dieser Tage. Und auch der Salat war vorzüglich. In den letzten Jahren reißt ja immer mehr die kontinentaleuropäische Unsitte ein, den Geschmack des Gemüses mit Essig und Gewürzen zu verderben.«

»Essig kommt mir nicht auf den Tisch!«, sagte die Witwe kategorisch. »Amelie, die alte Hexe im Gemischtwarenladen, verkauft das vergorene Zeugs zwar, aber die ist ja auch Presbyteranerin. Man weiß ja, was von den Leuten zu halten ist.«

»Selbstverständlich, Missis Dunnogh, selbstverständlich.« Titus Brown zwinkerte Justine vergnügt zu. »Wenn ich mir nun erlauben darf, aufzustehen und am Kamin eine Zigarre zu rauchen? – Sehen Sie mich bitte nicht so böse an, Witwe Dunnogh. Eine Sünde pro Tag sollte man selbst dem gottesfürchtigsten Mann zugestehen, und wenn sich ein kleines Glas Sherry zur Besänftigung des Magens dazugesellte, würde ich sicherlich nicht nein sagen.«

Titus Brown setzte sein Lächeln wie eine Waffe ein, diesmal, um die Witwe für sich einzunehmen. Justine verstand nicht, warum, doch sie fühlte doch tatsächlich Eifersucht. *Warum bekommt die alte Funzel seine Aufmerksamkeit und ich nicht?!*

»Natürlich, Mister Brown«, sagte Missis Dunnogh. »Was Pater Wilshere recht und billig ist, wird wohl auch Ihnen erlaubt sein.« Sie wandte sich Justine zu, ihre Blicke wirkten missbilligend: »Und Sie wollen sich nun gewiss verabschieden, nicht wahr? Ich bin mir sicher, dass Hausarbeit auf Sie wartet, Justine Armbruster.«

»Sie werden entschuldigen«, mischte sich Titus Brown ein, »aber wir beide haben noch etwas zu besprechen. Keine Sorge, es wird nicht allzu lange dauern. Doch wir benötigen die Ruhe nach einem sättigenden Abendmahl, um uns auf eine ganz bestimmte Aufgabe konzentrieren zu können.«

»So, so?« Die Witwe zog die Augenbrauen hoch.

Clara Dunnogh teilte ihre zutiefst puritanischen Ansichten mit vielen Bewohnern der Insel. Ein lediger Mann und eine ledige Frau unter einem Dach – noch dazu unter ihrem! – ließen sie wohl an einige der sieben Todsünden, ans Gottesgericht und an das ewige Fegefeuer denken.

Wenn sie wüsste, wie sehr ich mich danach sehne, von Titus Brown gepackt, über das Geschirr des Abendtischs geworfen und von ihm mit roher Gewalt genommen zu werden ... Die brave Witwe würde an Ort und Stelle tot umfallen!

Just, da sie diese Gedanken hegte, fing sie einen Blick des Fremden auf. Er betrachtete sie prüfend aus stechenden

Augen, die unter buschigen Brauen verborgen lagen, und bewirkte, dass sich Justine noch miserabler, noch erbärmlicher fühlte.

»Ich würde mich freuen, Sie ebenfalls bei uns zu haben, Missis Dunnogh«, sagte Titus Brown zur Witwe, weiterhin verbindlich und mit einem Lächeln, das dem eines Raubfischs ähnelte. »Wer weiß, vielleicht können Sie mir sogar weiterhelfen bei meiner Forschungsarbeit.«

»Ich?! Aber ich bin doch bloß eine einfache Frau und ...«

»Aber Sie sind doch hier aufgewachsen? Sie kennen das Land, kennen die Leute, kennen die alten Geschichten. Womöglich wissen Sie über die Kavernen mehr als die liebe Miss Armbruster.«

Justine fühlte einen Stich in der Brust. *Ich ... ich bin eifersüchtig! Ich sehe die vertrocknete alte Zwiebel als Konkurrentin, bloß weil dieser Mann seinen Charme hervorkehrt und dafür sorgt, dass wir uns abseits der gültigen Konventionen unterhalten dürfen. Was ist bloß los mit mir?!*

»Natürlich weiß ich einiges über Angel Island«, sagte die Witwe Dunnogh mit einem schüchtern wirkenden Lächeln. »Ich habe die Heimat niemals verlassen, ganz im Gegensatz zu meinem Mann, der ... der ...« Sie verstummte allmählich, der fröhliche Gesichtsausdruck machte einer Fratze des Zorns Platz. »Das Festland hat ihn mir genommen. Die Eisenbahn hat ihn mir genommen ...«

»Ich habe von Ihrem bedauerlichen Verlust gehört«, fiel ihr Titus Brown ins Wort. »Aber auch davon, dass er ein guter und gottesfürchtiger Mann gewesen ist. Er wird eine Belohnung für seinen tugendhaften Charakter in einem anderen, größeren Reich erhalten haben. Dessen bin ich mir sicher, Missis Dunnogh. Aber lassen Sie uns nochmals von den profanen Dingen des Lebens sprechen, von meiner Arbeit.« Er seufzte. »Und von Miss Armbrusters Arbeit. Davon, wie ich meinen Auftrag so rasch wie möglich erledigen kann.«

Die alte Dame hatte sich rasch wieder gefangen. »Worum geht es Ihnen denn, Mister Brown?«

»Ich bin so etwas wie ein Landvermesser. Einer, der sich vor allem mit historischen Stätten auseinandersetzt und festzustellen versucht, wie diese wunderbare Insel vor hundert oder zweihundert Jahren ausgesehen hat. Auf dem Land, aber auch darunter.«

»Und wozu wollen Sie das wissen?«, hakte die Witwe misstrauisch nach.

»Keine Sorge, Missis Dunnogh«, mischte sich Justine hastig ein, die die Ängste der alten Frau vor jeglicher Form von Veränderung zur Genüge kannte. Sie war den meisten Menschen auf Angel Island zu eigen. »Es geht Tit… Mister Brown keinesfalls darum, alte Besitzerrechte herauszufinden und eine Neuaufteilung des Landes zu bewirken.«

»Was aber, wenn *Flüchtige* von den Vermessungsarbeiten Wind bekommen? Wenn sie Ansprüche geltend machen?«

»Keiner der Flüchtigen wird jemals davon erfahren«, beruhigte sie Titus Brown mit einem weiteren Lächeln. »Was ich zu erforschen und zu vermessen versuche, wird in dicken Büchern vermerkt, die anschließend in dunklen Archiven ablagern. Vielleicht werden irgendwann einmal Historiker die Gelegenheit nutzen und auf das Material zurückgreifen, das ich für sie gesichtet habe. Aber selbst das ist unsicher.«

Flüchtige. Dieselbe Verachtung, die die Witwe in dieses Wort hineinlegte, hatte sie auch für jene Menschen übrig, die während der letzten Jahrzehnte Angel Island verlassen hatten. Sie galten als Feiglinge. Als Verräter, die die Stimme der Scholle ignoriert und den Lockrufen der weiten Welt gefolgt waren.

Master McClough war einer von ihnen gewesen, und es galt als unschicklich, den Namen des überaus erfolgreichen Bankiers auf Angel Island laut auszusprechen.

Wenn man herausfindet, dass ich mit ihm in Kontakt stehe, wird man mich teeren und federn. Meine Situation ist ohnedies schlimm genug. Abgesehen von den Säufern im Tabby's, die hinter meinem Rock her sind, hat mir niemand je verziehen, dass ich auf dem Festland studiert habe. Nicht einmal meine Eltern...

»Warum machen Sie diese Arbeit, wenn Sie doch wissen, dass niemand sich für sie interessiert?«, hakte die alte Witwe misstrauisch nach.

»Heute mag sich niemand darum kümmern, was unter der Erde begraben liegt und auf wessen Erbe wir herumtrampeln; doch wer weiß, was in fünfzig oder siebzig Jahren geschieht? Wird man die Geschichte unserer Heimat endlich für Wert befinden, um sie zu erkunden? Wird man das notwendige Budget zur Verfügung stellen, um alle Grabungsstätten zu öffnen und nicht nur zu markieren, um mit der notwendigen Akribie all das zu erkunden, was vor langer Zeit auf diesem prachtvollen Flecken Erde geschehen ist?«

Die Augen der Witwe glänzten im Widerschein des Torffeuers. Titus Brown hatte sie für sich eingenommen. Bei diesem großgewachsenen Mann zählte nicht das Was, sondern das Wie. Er war der geborene Darsteller und vermochte allein durch sein Auftreten, seine Gestik und seine körperlich spürbare Präsenz andere Leute zu überzeugen.

Er kriecht mir mit seiner Stimme in die Unterwäsche und der alten Frau wohl ebenso...

»Na schön«, brummelte die Witwe. »Erledigen Sie beide Ihre geschäftlichen Angelegenheiten, solange die Uhr noch nicht Mitternacht geschlagen hat. Aber danach möchte ich keinen Mucks mehr in meinem Haus hören.« Mit spitzen Fingern deutete sie in Justines Richtung. »Sie, Miss Armbruster, finden Ihren Weg allein zurück in die Hütte Ihrer Eltern.«

»Selbstverständlich, Missis Dunnogh.« Sie nickte knapp.

»Dann werde ich mich nun zurückziehen. Bedienen Sie sich am Sherry, die Karaffe steht im Arbeitszimmer meines Mannes, Gott sei seiner Seele gnädig. Wenn Sie mich nun entschuldigen; ich bin rechtschaffen müde...«

Die Witwe nahm die letzten Reste des Geschirrs mit sich und war dann noch einige Minuten in der Küche zu hören. Sie rumorte herum, klapperte mit Töpfen und ließ auch sonst spüren, dass sie sich in ihrer beider Nähe aufhielt. Doch während Justine und Titus Brown es sich vor dem Kamin bequem gemacht hatten und sich den spärlich gefüllten Kristallgläsern mit der rauchigen Flüssigkeit darin widmeten, verstummten die Geräusche nebenan allmählich.

»Die Witwe Dunnogh ist in der Tat ein wenig... anstrengend«, sagte ihr Gegenüber. Mister Brown hatte die Beine überkreuzt und saß nun entspannt im Ohrensessel, der einstmals dem Herrn des Hauses gehört hatte.

»Und sie ist dennoch die erste Wahl, wenn man als Fremder Angel Island betritt.« Justine nippte am Sherry. Er schmeckte süß und wärmte ihren Magen augenblicklich.

»Ich hätte nicht gedacht, dass die Bewohner dieser liebreizenden Insel ihren Besuchern derart misstrauisch gegenüberstehen.«

»Es wäre wohl einfacher für Sie, wenn Sie nicht ausgerechnet mich zu Ihrer Unterstützung hätten haben wollen. Ich habe einen... hm... schlechten Ruf. Man sagt mir nach, anders als die übrigen Menschen hier zu sein.«

»Und wie äußert sich Ihre Andersartigkeit, Miss Justine?« Der Mann beugte sich interessiert vor.

»Ich blicke über den Horizont hinaus. Beziehungsweise über die Küstenlinien. Ich möchte wissen, was sich jenseits davon befindet. Das hat man mir stets angekreidet. Das – und dass ich eine Frau bin, die ihren Willen artikuliert.«

»Ich verstehe. Kein Wunder, dass Mister McClough Sie mir empfohlen hat.«

Die Blicke Titus Browns ruhten interessiert auf ihr. Das flackernde Feuer warf Licht auf seine linke Gesichtshälfte und schuf gleichermaßen Schatten. Dieses Wechselspiel gab der einen Gesichtshälfte Browns ein diabolisches Aussehen. Er wirkte wie Engel und Teufel gleichermaßen.

Justine räusperte sich. »Ich fühle mich sehr geschmeichelt und freue mich, Master McCloughs Interesse geweckt zu haben. Aber sagen Sie mir nun bitte, warum Sie wirklich hier sind?«

»Wie meinen Sie, meine Liebe?«

»Ach, kommen Sie, Titus! Ich bin mir zu schade für Spielchen, die Sie mit der alten Witwe treiben. Ich wurde vorab bereits informiert, dass Sie ein besonderes Anliegen haben.«

»Hat McClough also doch mehr verraten, als ich es mir gewünscht hätte.« So etwas wie ein Schatten von Ärger huschte über Titus Browns Gesicht, verschwand aber gleich wieder. »Nun, ich werde ohnedies nicht umhinkommen, Ihnen die Wahrheit zu sagen. Oder zumindest einen Teil dessen, was der Wahrheit nahekommt.«

»Also?« Justines Herz begann, laut und schnell zu klopfen. Mit einem Mal fühlte sie sich ... wichtig. Bedeutsam. Sie wurde in etwas eingeweiht, von dem offenkundig niemand auf Angel Island Bescheid wusste. Sie wurde zur Geheimnisträgerin geadelt. Von einem Wissenschaftler, dessen Visitenkarte mit der Prägung als *Fellow of the Royal Society* versehen war. Der, wie sich Justine erkundigt hatte, einen ausgezeichneten

Ruf als Historiker mit Schwerpunkt auf den Viktorianischen Zeitalter besaß.

Titus Brown nahm einen Schluck, schloss die Augen und lehnte sich entspannt zurück, ohne auf ihre Frage zu antworten.

Das Feuer prasselte leise vor sich hin, und Justine fragte sich bereits, ob ihr Gegenüber sie ignorieren wollte oder sie gar vergessen hätte. Da reagierte er endlich wieder, wischte sich hastig über die breiten Nasenflügel und seufzte. »Sie haben sich gewiss über mich erkundigt, Miss Armbruster?«

»Ja. Ich kenne Ihre Meriten und weiß von Ihrer Forschungs- und Lehrtätigkeit an der Akademie in London. Die politischen Geschehnisse um die Mitte des neunzehnten Jahrhunderts haben es Ihnen insbesonders angetan.«

»Ach ja, das ...« Der Historiker zuckte mit den Schultern. »Damit verdiene ich mir meinen Unterhalt und bemühe mich, jugendlichen Dummköpfen ein wenig Verstand einzubläuen. Doch das ist bei Weitem nicht alles, das mich umtreibt.«

»Ich hörte Gerüchte ...«

»Und was besagen diese Gerüchte?«

Justine lachte nervös. Sie nahm einen weiteren Schluck. *Seltsam. Das Glas ist bereits leer ...* »Man ordnet Sie einer Gruppe von Geheimbündlern zu, und man hat mir mehrere Namen genannt. Es mögen die Freimaurer sein, denen Sie angehören, oder die Tempelritter. Obwohl diese Organisation angeblich gar nicht mehr existiert.«

»Sie sollten nicht alles für bare Münze nehmen, was man Ihnen erzählt.«

»Dann lüften Sie doch das Geheimnis und lassen mich nicht länger ins Blaue hinein raten!«, sagte Justine heftiger als gewollt.

»Sie besitzen Temperament, Miss Justine. Das gefällt mir.«

Titus' Lächeln, knapp und gezielt eingesetzt, verschwand gleich wieder hinter einer Maske der Teilnahmslosigkeit. »Ich möchte lieber nichts von jener Organisation erzählen, der ich angehöre. Nur so viel: Sie steht im weiteren Sinne mit der Kirche in Verbindung.«

»Mit der anglikanischen? Oder der römisch-katholischen?«

»Mit der Kirche. Lassen wir es bitte dabei bewenden.«

»Na schön, Titus Brown. Verstehe ich das also richtig: Sie haben den weiten und umständlichen Weg nach Angel Island auf sich genommen, weil die ... Kirche Sie hierhergeschickt hat?«

»Es steckt ebenso persönliches Interesse hinter meinen Plänen.« Er schenkte sich nach, und als er Justine anbot, auch ihr Glas bis zur Hälfte zu füllen, sagte sie nicht nein. »Ich beschäftige mich nicht nur mit der viktorianischen Zeit, sondern auch mit davorliegenden Epochen. Mit ... dunklen Geschichten. Solche, die in unserer aufgeklärten Zeit oftmals als Aberglaube abgetan werden.«

»Sie sind ein Mystiker?«, hakte Justine nach. Unruhig rutschte sie auf dem breiten Stuhl hin und her. Religiöse Eiferer machten sie nervös.

»Bewahre!« Titus Brown lachte und hob die Hände wie abwehrend vor seinen breiten Oberkörper. »Ich will mit christlichen Sektierern nichts zu tun haben.« Er wurde gleich wieder ernst, starrte ins Feuer, redete mit monotoner und besorgt klingender Stimme weiter. »Dank meiner Forschungsarbeiten bereiste ich das ganze Land. Ich sprach viel, ließ mir über viele Generationen hinweg tradierte Geschichten erzählen und glich sie mit dem ab, was ich aus alten Büchern und Folianten wusste. Ich stieß auf Spuren. Auf Muster in schriftlichen sowie mündlichen Überlieferungen, die ähnlich klangen oder sogar übereinstimmten.«

»Sie machen mich neugierig, Titus. Von welchen Mustern sprechen Sie?«

Das Lächeln des Titus Brown kehrte wieder, doch diesmal wirkte es freudlos. »Es geht um solche, die die Kirche mit einem Exorzismus zu beseitigen pflegt. Und um solche, deren Spuren ich bis hierher verfolgt habe.«

✳

Justine hatte sich hastig verabschiedet und war in die Dunkelheit hinausgelaufen, die Apfelbäume entlang, deren knorrige Äste sich im aufkommenden Nachtwind wie verlangend zu ihr hinabbeugten.

Das Haus ihrer Eltern war eine halbe Meile vom Dorf entfernt, am Rande der alten Siedlung, die in den 1850ern aufgegeben worden war und in deren Ruinen heutzutage Schafe herumirrten. Dermott, der sich einmal in der Woche ansoff und dann seine Frau verprügelte, sodass ihr lautes Wehklagen selbst die Geister zu verjagen schien; Omar, der pensionierte Postoffizier, der nichts so sehr liebte wie die Abgeschiedenheit dieses Fleckens; Marjorie und ihre Schwester Liz, die nie einen Mann gefunden und auch nie einen gesucht hatten – das waren die einzigen Nachbarn im Umkreis von mehreren Hundert Yards. Sonst war da bloß noch der Wind, der in unregelmäßigen Abständen vom Ben Muire herabwehte, wie ein Sturmkind, das heulte und weinte und peitschenden Regen mit sich brachte.

Andere Einwohner des Dorfs mieden dieses Stück Land. Sie fürchteten sich vor den Gespenstern, die angeblich in den Ruinen hausten und zu besonderen Gelegenheiten hervorgekrochen kamen. Justine hingegen liebte es, in der Nacht zwischen halb niedergebrochenen Steinmauern herumzuhuschen, den

Lauf des Mondes zu verfolgen und gälische Schriftzeichen zu entziffern, die ins verwitterte Holz der Türen und der Fensterrahmen geschnitzt worden waren.

Doch nicht jetzt, nicht heute. Sie wollte nach Hause. Feuer machen, eine Tasse Tee trinken, eingewickelt in eine warme Decke dasitzen und nur ja nicht darüber nachdenken, was Titus Brown erzählt hatte.

Exorzismen. Teufelsaustreibungen. Die Existenz dunkler und böser Geschöpfe, die Angel Island heimsuchten. Auftraggeber, die in kirchlichen Kreisen zu finden waren und sich dem Wahn hingaben, mit Hilfe uralter Gebete und Sprüche das Böse von dieser Welt fernhalten zu können ...

»Das ist verrückt!«, sagte sich Justine immer wieder vor, »verrücktverrücktverrückt!«

Die Umrisse ihres Hauses waren bereits zu erkennen. Im Küchenfenster brannte ein Kerzenlicht, wie immer. Die Kate lag auf einer winzigen Anhöhe. Der Bach, der niemals einen Namen erhalten hatte, ließ sein dunkles, torfhaltiges Wasser nur wenige Meter neben dem Haustor vorbeifließen.

Sie überquerte vorsichtig die Holzbrücke. Die wenigen Planken waren glitschig und nass, wie immer. Ein ungewöhnliches Donnergrollen ertönte, dann kam ein Blitzlicht, dann ein heftiger Windstoß, der Regen mit sich brachte. Justine erreichte die Tür, noch bevor die Nässe ihren Mantel durchdrang.

Es war kalt im Inneren, wie immer. Kalt und dunkel. Es war eine gute, eine angenehme Dunkelheit. Eine, die sie kannte und die sie ganz gewiss vermissen würde, wenn sie eines Tages Angel Island verließ und aufs Festland zog.

Der getrocknete Torf lag bereits im Kamin. Sie hatte die Scheite aufgeschichtet, noch bevor sie Richtung Hafen aufgebrochen war. Es flammte bereitwillig auf. Eine winzige Insel der Wärme bildete sich rings um Justine. Die Hitze würde sich weiter und weiter ausbreiten und, wie sie aus leidvoller Erfahrung wusste, erst dann die kalten Gemäuer rings um sie vollends in Besitz nehmen, wenn es Zeit war, ins Bett zu gehen. Die Tage, da sie die Annehmlichkeiten eines Feuers tatsächlich genießen durfte, waren rar gesät.

Flammen tanzten hoch und nieder. Sie waren gelb und rot und gelbrot. Wie kleine Teufelchen bewegten sie sich über den Torf. Früher, in ihrer Kindheit, hatte sie an diesem Platz und auf diesem Sitzkissen ruhend Geschichten ersonnen. Garn gesponnen. Die winzigen diabolischen Figuren waren Darsteller kindlicher Dramolette gewesen.

Freunde waren im Haus der Eltern seit jeher verboten. »Wenn du spielen willst, dann geh ins Dorf!«, hatte Vater mit strenger Miene befohlen, und Mutter hatte sich seinen Worten gefügt, wie immer.

Es gab die beiden nicht mehr, sie waren vor sechs Jahren gestorben. *Friede euren Seelen – und belästigt mich nur ja niemals mehr wieder.*

Justine ging in die Küche und setzte Teewasser auf. Es dauerte eine Weile, bis der Ofen ausreichend Hitze liefern würde. Bis dahin konnte sie lesen. Das Licht war schlecht, gewiss, doch immerhin: Die Elektrifizierung der Insel hatte sich selbst bis an diesen einsamen Flecken fortgesetzt.

Sie nahm ihr Lieblingsbuch zur Hand und kehrte zum Kamin zurück. *Wuthering Heights* von Emily Brontë. Die Geschichte einer unmöglichen, traurigen, unendlich romantischen Liebe, die über den Tod hinausreichte und Cathy, die Heldin, in den Wahnsinn trieb.

Das Buch war abgegriffen, Schmutzspuren verunzierten die Ränder. Manche Seiten, die sie immer und immer wieder gelesen und verinnerlicht hatte, waren vergilbt, eingerissen.

Geister. Gespenster. Wahnsinn. Exorzismus. Schatten in der Nacht. Die Eltern, ihr schrecklicher Unfall ... Das Gefühl der Erleichterung, das sie unmittelbar danach gespürt hatte und das selbst nach ausgiebigen Exerzitien nicht hatte weichen wollen ... Das alles wirbelte in Justines Kopf umher und machte, dass sie, während sie durch Wuthering Heights blätterte, immer müder wurde, bis ihr Kopf nach vorne fiel und sie ... sie ...

Das Pfeifen des Teekessels riss sie aus dem Halbschlaf. Justine verließ die Insel der Wärme, nahm das blecherne Geschirr mit Hilfe des Topflappens von der Feuerstelle und brühte Tee auf. Der angenehme Geruch des Bergamotte-Öls breitete sich rasch aus und machte, dass eine exotische Welt vor ihren Augen Gestalt annahm. Ein südländisch wirkender Küstenstreifen, der von unzähligen Fruchtbäumen beherrscht wurde. Grüngelbe Früchte hingen prall an den Zweigen, Frauen mit Kopftüchern ernteten sie. Sie wandten sich ihr zu und lächelten, riefen etwas und ...

Jemand klopfte gegen das Küchenfenster. Da war ein Mann. Ein fahles Gesicht, der Mund wie im Schmerz weit aufgerissen, einem Albtraum entsprungen.

Justine tat einen Schritt zurück, stolperte gegen den einfachen Holztisch, stürzte beinahe. Wertvolles Porzellan fiel zu Boden, es kümmerte sie nicht. Ihr Herz klopfte so laut, dass sie meinte, ihr Haus müsste erbeben und in sich zusammenbrechen. Sie wollte fliehen, sich verstecken vor diesem Unbekannten, diesem schrecklichen Geschöpf, das nach wie vor durchs Fenster starrte, gierig und mit irre glänzenden Augen ...

»Ich bin's doch nur, Justine!«, hörte sie eine plötzlich wieder bekannte Stimme. »Ich bin's, Titus Brown!«

*

Er war pitschnass. Wasser tropfte von der Krempe seines Huts zu Boden. An den schweren Schuhen klebten fette Erdklumpen. Titus Brown verschmutzte das Vorzimmer damit, und er hinterließ Wasserspuren im Wohnzimmer, die Justine eilig mit Hilfe eines Reibfetzens beseitigte.

»Es tut mir leid, dass ich Sie so erschreckt habe«, sagte der Historiker. »Aber Sie reagierten nicht auf mein Klopfen.«

»Der Tee«, sagte Justine einsilbig. »Das Pfeifen. Ich war in Gedanken ganz woanders.«

»Das dachte ich mir.« Er deutete in Richtung der Küche. »Ich werde Ihnen den Schaden selbstverständlich ersetzen. Und ich hoffe, dass Sie mir mein unangemeldetes Erscheinen verzeihen?«

»Die Witwe Dunnogh wird morgen das gesamte Dorf mit ihrem Getratsche gegen mich aufbringen. Das hat mir gerade noch gefehlt.«

»Keine Sorge, die alte Klatschbase wird nichts von meiner ... Flucht erfahren.« Titus lächelte, wie so oft. »Ich führte nach Ihrem übereilten Abschied noch ein Gespräch mit der Witwe. Ich glaube, dass sie einige Sherrys zu viel hatte. Als ich ging, schlief sie tief und fest im Sessel ihres Mannes.«

»Sie haben sie betrunken gemacht?!«

»Ich habe sie bloß nicht daran gehindert, ihr Glas immer wieder nachzufüllen. Und ich habe mich über Dinge mit ihr unterhalten, die sie sichtlich aufgewühlt haben.«

»Sie sollten sich etwas schämen, Titus Brown! Das Leid einer alten Frau so auszunützen und ... und ...«

»... und Sie zu besuchen, weil ich mich unbedingt bei Ihnen entschuldigen wollte?« Er sprach leise und mit reuevoll gesenktem Kopf. »Ich habe Sie mit meinen Erzählungen sichtlich überfordert, Justine. Das wollte ich keinesfalls. Doch ich bin ein Mann der kurzen Wege, das lange Herumreden liegt mir nicht.«

»Sie haben Dinge gesagt, bei denen ich mich unwohl fühlte. Geistergeschichten und Exorzismen gehören in alte Bücher, und dort haben sie gefälligst auch zu bleiben.«

»Sie irren sich, Miss Justine! Dies Erzählungen sind aktueller denn je, und wenn ich meine Aufgabe nicht zu einem gefälligen Ende bringe, mag die Welt mit Angst und Schrecken konfrontiert werden, die sie bislang nicht kannte.«

Titus Brown sprach voll Inbrunst und Überzeugung. Er strahlte ein Gefühl der Gewissheit aus, das Justine noch mehr schreckte als alles andere. »Das sind große und schreckliche Worte, die Sie in den Mund nehmen«, sagte sie.

»Irgendwie muss ich Ihnen meine Besorgnis begreiflich machen. Zumal ich unter Zeitdruck stehe. Übermorgen ist All Hallows' Eve, und bis dahin muss ich die Quelle all des Bösen kennen, das auf dieser Insel haust. Und ich muss es beseitigen.«

»Bei allem Respekt, Titus – aber Sie sind völlig verrückt.«

»Ach ja?« Er beugte sich vor zu ihr, legte seine riesige Hand auf ihre. »Sie glauben also nicht an das Böse? An Geister und Wesen der Nacht, an wiederkehrende Boten der Finsternis? Sie bezweifeln, dass dort draußen, unmittelbar vor Ihrer Haustüre, die Spuren der Verstorbenen zu finden sind? Sie schlagen kein Kreuz, wenn Ihnen schwarze Katzen über den Weg laufen, und Sie murmeln kein Gebet, wenn irgendwo auf dieser Insel ein Unglück geschieht? – Sagen Sie mir, dass Sie frei von Aberglauben sind, und ich werde Sie nicht länger belästigen, Justine.«

»Ich bin eine aufgeklärte Frau, Titus. Zugegeben: Ich kann das Erbe meiner Vorfahren niemals ganz verleugnen. Wie denn auch?! Die ganze Insel besteht aus Geschichte und Geschichten, und keine davon scheint jemals einen geraden Verlauf genommen zu haben. Alles hier ist Mysterium, Wunder, von dunklen Völkern geschicktes Unglück ... Es steckt in mir und ist ein Teil von mir. Aber ich verwehre mich dagegen, diesem Unsinn mehr Raum zu geben, als er verdient.«

»Dann sind Sie dümmer, als ich dachte, Miss Justine.« Titus Browns Augen glitzerten. »Ich habe gesehen und erlebt, was andere Menschen in den Wahnsinn treiben würde. Ich *weiß*, dass es Dinge gibt, die mit unseren Sinnen, mit Logik und Verstand, nicht erklärbar sind.«

Er packte hart zu, drückte gegen ihre Fingerknöchel. Zog Justine näher an sich heran. Sie roch seinen Atem, fühlte seine Präsenz. Das Animalische, das er in sich trug. Das Mann-Sein. Das Beherrschende. Etwas, das sie so lange vermisst und herbeigesehnt hatte.

Er presste seine Lippen auf ihre. Warf sie nach hinten, auf den kühlen Steinboden, stopfte hastig seinen Pullover unter ihren Rücken, packte sie, umarmte sie, zwängte seine Beine zwischen sie.

Justine wehrte sich gegen seine Heftigkeit und genoss sie gleichermaßen. Wie lange war es her, dass sie ...? In der Stadt war es gewesen, in jener schrecklichen Absteige, die sie während ihres Studiums als Heim angesehen hatte. Und seitdem ...

»Lass das Denken sein!«, flüsterte Titus in ihr Ohr und benetzte es gleich danach mit seiner Zunge. Er ging leidenschaftlich und zärtlich gleichermaßen vor, drängend und rücksichtsvoll, voll Gier und sachte.

Wärme hüllte Justine ein, die rauchige und harzig schmeckende Hitze des Kamins. Doch noch viel mehr Feuer steckte in ihrem Inneren. Es brannte und loderte und wurde immer größer, je inniger die Umarmungen des Mannes wurden.

Je intensiver ihr Zusammensein wurde, desto wütender

peitschten Sturm und Wind gegen Justines Haus, so, als hätte eine höhere Macht etwas gegen diese Vereinigung von Mann und Frau.

*

»Guten Morgen, Titus.«

»Guten Morgen, Miss Justine!« Er reichte ihr höflich die Hand, so, als wäre in der letzten Nacht nichts geschehen. »Sind Sie bereit für unser kleines Abenteuer?«

»Sobald ich meinen Tee ausgetrunken habe.« Sie drängte sich sachte gegen ihn und ließ ihn die Berührung ihrer Hüften spüren. Bloß für einen Augenblick, um Nähe zu dokumentieren und andererseits die anderen morgendlichen Besucher des Tabby's nicht auf ihr ungebührliches Verhalten aufmerksam zu machen.

»Wohin soll's denn gehen, Lassie?«, fragte Paddy und wischte vor ihr über den Tresen. »Und Sie, Master, wollen Sie etwas trinken? 'n warmes, dunkles Bier, um den Tag so richtig zu beginnen?«

»Nein, danke.«

Titus achtete nicht auf den Wirt des Pubs. All seine Aufmerksamkeit war auf sie gerichtet, auf Justine. Da war sie wieder, diese ganz besondere Hitze, die von ihrem Leibeszentrum weg ausstrahlte.

»Mister Titus möchte die alten Kavernen besichtigen«, sagte sie, an Paddy gerichtet.

»Das ist nicht ungefährlich.« Der Wirt lehnte sich mit den Ellenbogen auf dem Tresen auf. »Du weißt, dass die unterirdischen Wege jederzeit einstürzen können.«

»Besser als du, Paddy. Schließlich habe ich Wochen und Monate meines Lebens dort unten verbracht.«

»Und dennoch bist du immer meine kleine Lassie geblieben, um die ich mich sorge. Denk an die Hnoys, die in den Dunklen Bereichen ihr Unwesen treiben. Sie kommen und schnappen dich, sobald du auch nur für eine Sekunde in deiner Achtsamkeit nachlässt. Du weißt, dass sie insbesondere zu All Hallows' Eve munter werden...«

»Die Hnoys?«, hakte Titus Brown nach.

»Dabei handelt sich's um lokale Sagengestalten«, erklärte Justine. »Es gibt sie nirgendwo sonst auf der Welt. Die Alten behaupten, dass dies mit Besonderheiten auf Angel Island zu tun hat. Man meint, dass sich hier das Zentrum allen Seins befände.«

»Natürlich.« Titus lächelte. »Meinen Erfahrungen nach muss es mindestens drei Dutzend Zentren der Welt geben. Ich hörte diese und ähnliche Geschichten auf Guernsey, der Isle of Man, auf zwei Inseln der Orkneys und den Äußeren Hebriden, vor der Küste Neufundlands, aber auch in den Ebenen der Niederlande oder in alpinen Gegenden.«

»Aber bei uns stimmt es!«, sagte Paddy mit Nachdruck. »Die Hnoys sind der Beweis dafür! Sie sind grimmig und groß, und sie sorgen dafür, dass niemand ins Innere der Erde einsteigen kann. Sie halten uns Menschen davon ab, das Unbekannte zu erwecken.«

Weitere Gäste betraten das Pub. Paddy drehte sich beiseite und kümmerte sich um die neuen Gäste, um Kyle und seinen Bruder Rory, die wie jeden Morgen mit ihrem Kutter die unruhige See nördlich von Angel Island durchpflügt hatten. Ihr Fang garantierte Nahrung für die Hälfte der Dorfbewohner.

»Nordische Mythologie vermengt mit einigen lokalen Erzählungen«, sagte Titus leise und drehte sich Justine zu, »die vermutlich auf Begebenheiten beruhen, die sich die Bewohner

Angel Islands früher nicht erklären konnten. Ich schätze, dass sie vor hundert, maximal hundertfünfzig Jahren erstmals auftauchten. Wie langweilig, aus der Sicht des Forschers.«

»Spotte nicht über die Leute hier!«, entgegnete Justine ebenso leise, aber mit Nachdruck. »Es mag ja sein, dass diese Dinge banal für dich klingen. Aber für uns sind sie Wirklichkeit wie das Licht der Sonne und die Fruchtbarkeit der Erde.«

»In dir steckt also doch ein abergläubisches kleines Mädchen?«

»Nein. Aber ich achte die Menschen für das, was sie glauben.«

Er berührte sie sachte mit der Hand. »Na schön, ich möchte nicht weiter mit dir darüber diskutieren. Aber wir sollten uns nun auf den Weg machen.«

»Ja, das sollten wir.« Justine legte Paddy einige Münzen auf den Tisch, verabschiedete sich und verließ das Pub, tunlichst darauf achtend, einen Respektabstand zu Titus Brown zu halten.

Sie füllte ihre Lungen mit frischer, nach Salz schmeckender Luft. Im Tabby's roch es stets abgestanden und nach ranzigem Fett.

»Der Einstieg in die Kavernen befindet sich im alten Friedhof«, sagte sie, winkte Titus an ihre Seite und deutete in Richtung des Kirchturms, der von jedem Fleck des Dorfes aus gut zu sehen war.

»Musst du den Pater um Erlaubnis fragen?«

»Pater Wilshere kümmert sich nicht um jene Dinge, die in der Erde begraben sind. Er meint, dass seine Hilfe ausschließlich jenen gelten sollte, die noch leben.«

»Er ist ein dummer Mann, dieser Pater Wilshere.«

»Jedenfalls bereitet er mir niemals Schwierigkeiten, wenn ich in die Kavernen hinabsteige.«

Der Friedhof befand sich innerhalb des von einem schmiedeeisernen Zaun umgebenen Kirchengrunds, an dessen nördlichem Ende. Justine grüßte Paul, den alten Gärtner, der wie immer über den Rosenbüschen gebückt dastand und in ein Zwiegespräch mit sich selbst vertieft war, und umrundete dann den steinernen Hauptbau. Orgelklänge waren zu hören. Sie klangen falsch und kündeten davon, dass die Orgelpfeifen verstimmt waren, wie so oft. Die Feuchtigkeit und das Salz des nahen Ozeans, das die Luft sättigte, schädigten die metallenen Pfeifen.

Titus berührte sie einmal mehr an der Hand. Dann an der Hüfte. Dann an der Schulter.

»Nicht hier«, sagte Justine leise.

»Fürchtest du dich etwa davor, auf geheiligtem Grund zu sündigen? – Ich sage dir, dass es niemals böse sein kann, wenn man einander Zuneigung beweist.«

»Das mag in der Stadt richtig sein. Nicht aber hier. Nicht an einem Ort, da jeder jeden kennt.«

Sie passierten die Reihen der ältesten Steinkreuze. Hier waren die Worksops, die Steels und die Arms begraben. Geschlechter, die vor über hundert Jahren ausgestorben waren, deren Namen aber immer noch in der Gegenwart nachhallten. Über die ganze Insel verteilt gab es Flecken, deren Bezeichnungen mit einer der drei Familien zu tun hatten. Worksops' Mill, die alte Mühle zwei Kilometer landeinwärts, war einer davon. Steels' Corner, ein besonders fruchtbares Feld, in dem ein uralter Steinkreis existierte, ein anderer.

»Irgendwann einmal wirst du mir von all den Familien erzählen müssen«, sagte Titus.

»Gerne«, sagte Justine zögernd. *Hat er etwa meine Gedanken gelesen?! – Nein. Er beschäftigt sich wie ich mit Geschichte. Er weiß wie ich um die enge Verbundenheit der*

Bevölkerung mit ihrer Region. Vor hundert oder mehr Jahren wurde kaum gereist. Das gesamte Leben spielte sich innerhalb eines Bereichs von wenigen Meilen Durchmesser ab. Und er denkt wie ich.

Sie erreichten das hintere Ende des Friedhofs. Hier warteten nur noch schlecht erhaltene Grabstätten auf sie – und der Zugang zu den Kavernen. Markiert durch zwei Engelsgestalten links und rechts des steinernen Tors, die Totenschädel wie Kronen trugen.

Justine stieg die ersten Stufen der Treppe hinab und beugte ihren Kopf. Die Deckplatte aus Granitgestein war ein weiteres Mysterium dieses Monuments. Denn wenn alle ihre bisher vorgenommenen Untersuchungen richtig waren, stammte das Material nicht von Angel Island. Irgendjemand musste es unter größten Mühen hierher verschifft haben.

»Pater Wilshere und sein Vorgänger haben sich niemals um diese Absurditäten der Kavernen gekümmert«, erklärte sie und tastete nach den Fackelstümpfen, die sie in einer Mauernische zu ihrer Rechten verborgen hatte.

»Und warum nicht?«

»Du hast eine seltsame Art, seltsame Fragen zu stellen.«

»Ich denke bloß an das Offensichtliche. Ein Abgang in die Tiefen der Insel ist ein Mysterium, dem sich insbesonders die Hüter der Kirche widmen sollten. Zumal es vom Friedhof aus seinen Anfang nimmt.«

»Man redet möglichst wenig über diese Dinge auf Angel Island. Man ist der Ansicht, etwas totschweigen und damit aus den Erinnerungen der Menschen verbannen zu können.«

»Das ist ja lächerlich!«

»Natürlich ist es das – und dennoch funktioniert es. Für die Kinder des Dorfs gilt es als Mutprobe, in die Kavernen hinabzusteigen und zumindest eine halbe Stunde im Dunklen bei Kerzenschein zu verbringen.« Sie hatte die Fackel endlich entzündet, das Licht flackerte über grob behauene Wände. »Links von uns führt ein schmaler Gang zu einer kreisrunden Höhle. Sie ist vollgestopft mit Müll. Mit Zigarettenkippen, Verpackungsresten, alten Decken, Zeitungen. Sogar ein ausrangiertes Sofa findet sich darin. Dort sitzt man und wartet, bis die Zeit verstrichen ist und man die Mutprobe bestanden hat.« Sie zuckte mit den Achseln. »Abgesehen von diesen Initiationsritualen haben die Kavernen keine Bedeutung für die Menschen hier. Sie vergessen sie oder ignorieren schlichtweg ihre Existenz.«

»Mit einer Ausnahme, scheint mir.«

»Einige Bewohner von Angel Island sagen, dass ich nicht nur eine Ausnahme, sondern auch noch verrückt sei. Eine junge Frau hätte hier unten nichts zu suchen. Ich solle mich gefälligst um die Gründung einer Familie kümmern und nicht im Dreck herumwühlen.«

»Mir ist eine Drecksühlerin bedeutend lieber als ein Hausmütterchen.«

»Das sagst du bloß, weil du selbst Archäologe bist.«

»Mag sein.« Titus machte eine rasche Bewegung auf sie zu, packte sie, so dass sie beinahe die Fackel fallen ließ, drückte sie gegen die Wand, gegen feuchtes und schmieriges Gestein, presste seinen Leib gegen ihren und küsste sie mit jener unbändigen Leidenschaft, die er bereits gestern zur Schau gestellt hatte.

»Du bist ... ein Tier«, brachte sie zwischen zwei heftigen Küssen hervor.

Titus Brown knurrte und stöhnte. Er schob ihren langen Rock hoch, dann den Unterrock, öffnete seine eigene Hose, fummelte sein steifes Glied hervor und drang in sie ein, unvermittelt, ohne auch nur eine Spur von Zärtlichkeit zu zeigen.

Und Justine gefiel es. Sie mochte es, wild und unerbittlich genommen zu werden. Die Stärke dieses Mannes zu fühlen, die keinerlei Widerstand akzeptierte und ihren sonst so starken Willen beseitigte, zerfetzte, in Nichts auflöste.

Es war kurz und heftig. Ihrer beider Gestöhne hallte von den nahen Wänden wider, und je heftiger sie beide sich aneinander abarbeiteten, desto näher schien der Fels zu kommen. Justine meinte, Gesichter im Gestein zu entdecken. Münder, die weit aufgerissen waren, und Augen, die sie gierig musterten.

In der Ferne waren Geräusche zu hören. Wind, der um die Ecken pfiff, oder Fledermäuse, die sich zu Hunderten in den Kavernen angesiedelt hatten.

Sie bewegten sich auf einen Höhepunkt zu, der dann so schnell und intensiv kam, dass sie beide selbst davon überrascht wurden und den Schwung ihrer Gefühle über sich ergehen ließen, zittrig und erschöpft. Justine hatte die nackten Beine um den Leib Titus Browns geschlungen. Sie fühlte einen Krampf nahen und löste sich so rasch wie möglich von ihm, um Atem zu schöpfen, ihren Körper auszuschütteln, den Nachhall ihrer Empfindungen zu genießen.

Sie gingen weiter, nachdem sie sich in peinlich wirkender Stille gereinigt hatten. Nach rechts, die in den Stein gehauenen Treppen hinab in jene Tiefen, die die Kavernen von Angel Island ausmachten.

Justine wusste nicht, was sie sagen sollte. Sie war sittsam erzogen worden und hatte bis zur Ankunft Titus Browns keinerlei Gefühle für einen Mann gehegt, schon gar nicht *solche*, die sie alles rings um sie vergessen ließen und sie zu einem Objekt seiner Begierden machten.

Was geschah hier bloß? Warum war sie so verwirrt, dass sie kaum noch einen klaren Gedanken zu fassen vermochte?

»Nach rechts«, fasste sie das Offensichtliche in Worte, bloß, um diese auf ihr lastende Stille brechen zu können. »Dann nach links, den alten Weg entlang.«

»Wie weit bist du in die Kavernen vorgedrungen?«, fragte Titus.

»Weit genug, um zu wissen, dass ich alleine sie zu meinen Lebzeiten niemals ergründen werde. Sie scheinen die ganze Insel zu durchziehen, und das auf mehreren Ebenen übereinander. Einige Male bin ich auf Überreste von Holzleitern gestoßen, die noch weiter hinab in die Tiefe führten. Dann wiederum glaubte ich, Lichter zu sehen. Spiegelungen in tiefen Seen. Und erst unlängst ist mir ... etwas begegnet. Eine Art Schattengestalt, die Kälte ausstrahlte.«

»Die tapfere Justine scheint vor nichts und niemandem Angst zu haben.«

»Ich besitze einen gut geölten Verstand, der mir sagt, dass es für all die Ereignisse logische Begründungen gibt. Vielleicht haben sich Leuchtkäfer hier herab verirrt, deren Gestalten auf nassen Gesteinsflächen reflektierten. Und die Bewegungen der vermeintlichen Schattenwesen sind gewiss durch mein unruhiges Fackellicht entstanden.«

»Mag ja sein, dass du ein abstrakt denkendes und vernunftbegabtes Geschöpf bist. Aber selbst in deinem Denken haben Gefühle ihren Platz. Andernfalls wäre nicht eben passiert, was passiert ist.«

»Danke, dass du mich daran erinnerst!«, sagte Justine wütend.

»Hat es dir etwa nicht gefallen?« Titus tastete mit seinen Händen über ihren Rücken hinab zum Gesäß, sachte und gierig gleichermaßen.

»Doch. Aber es hätte nicht hier unten geschehen dürfen.« Sie musterte sein Gesicht. Es wurde seitlich beleuchtet und brachte die Krümmung seiner Nase deutlich zum Vorschein. Die Mundpartie war – wie so oft – spöttisch verzogen, die Augen glitzerten.

»Solche Angelegenheiten sind an der Oberfläche Angel Islands offenbar nicht erwünscht. Also müssen sie ihren Platz hier in der Tiefe finden.« Titus nahm seine Hand von ihr. »Auch in der Stadt gibt es Ansichten von Sitte und Moral, die einer praktischen Prüfung nicht standhalten. Doch ein bigottes Benehmen wie hier auf der Insel ist in unserer aufgeschlossenen Zeit doch sehr merkwürdig. Es ist wie ein Relikt aus einem anderen Jahrhundert.« Er tat eine Handbewegung, im flackernden Schein der Fackel kaum erkennbar. »Wie dies alles hier.«

Justine wollte es nicht auf eine Diskussion über die Gebräuche auf Angel Island ankommen lassen. Sie ging weiter, tastete um sich und suchte jene Markierungen, die sie im Laufe der Jahre hinterlassen hatte.

»Hier beginnt der Abstieg zum Teufelsloch«, sagte sie, »und wenn wir dann geradeaus weitergehen, gelangen wir ins Spiegellabyrinth. Es ist Teil der alten Kanalisation und am besten von allen Teilen der Kavernen erforscht.«

»Dann folgen wir mal diesen ausgetretenen Pfaden. Nach Ihnen, werte Mademoiselle.«

Titus Browns Spott war manchmal nur schwer zu ertragen. Er ließ sie spüren, dass sie ein Spielzeug für ihn war. Etwas, das er von oben herab betrachtete und nach seinen Vorstellungen manipulierte.

Sie ging voran, noch ärgerlicher als zuvor. Sie deutete ihm, wo er sich festhalten sollte, während sie den steilen Weg über ins Gestein gehauene Stufen tiefer stiegen. Rechts von sich wusste sie, im Fackellicht bloß zu erahnen, den Beginn der Großen Höhle, etwa dreißig Fuß unter ihr. Der Weg hinab war exponiert. Justine hatte vor zwei Jahren lange Nägel ins Gestein zu ihrer Linken getrieben und Fischerseile darumgeschlungen, die sie von Zeit zu Zeit nachfettete. Entlang dieser Reling ließ sich der Abstieg problemlos bewältigen.

Nach fünf Minuten erreichten sie den Boden der Höhle. Ein jeder Schritt erzeugte ein mehrfaches Echo, leise gesprochene Worte entwickelten ein merkwürdiges, x-fach gebrochenes Tremolo. Der Boden war feucht. Die Bearbeitungsspuren früherer Inselbewohner waren überall deutlich erkennbar. Ein unterirdischer Fluss, womöglich derselbe, der an ihrer Haustüre vorbeifloss und dann irgendwo zwischen Steinen und Felsen verschwand, sprudelte durch die Dunkelheit. Das Geräusch war leiser als erwartet und so, als wäre der Fels müde, Tag für Tag, Stunde für Stunde, Sekunde für Sekunde sein Rauschen wiederzugeben.

»Dies sind die eigentlichen Kavernen«, sagte Justine möglichst leise. »Von hier aus geht es etwa tausenddreihundert Schritte geradeaus. Durch ein Labyrinth an Stalagnaten, Stalaktiten und Stalagmiten, deren Oberflächen nicht gelblich und rau sind, sondern die Umgebung wie Eis reflektieren. Obwohl sie eindeutig aus Calcit bestehen. Aber das ist nur eines der vielen kleinen Rätsel der Kavernen. Ein anderes ist die Schwarze Quelle.«

Titus blickte sie interessiert an. »Was hat es mit der Schwarzen Quelle auf sich?«

»Sie scheint eine Art Zentrum der Kaverne zu sein. Wasser blubbert aus diesem kreisrunden Loch hoch und verteilt sich auf drei Abflüsse, die nach Norden, Süden und Westen abrinnen. Die Flüssigkeit ist dunkel und breiig. Sie hat nichts mit einem überhöhten Torfgehalt zu tun. Die Konsistenz ist anders als alles, was ich jemals gesehen habe.«

»Das ist es«, murmelte Titus, »dort muss ich hin.« Er nahm

ihr sachte die Fackel aus der Hand und leuchtete mal hier-, mal dorthin. Bis er an etwas hängenblieb, das an Rohre erinnerte, jedoch über und über mit Sinterablagerungen bedeckt war.

»Die früheren Inselbewohner haben die natürlichen Hohlräume benutzt und das Kanalisationssystem hier untergebracht?«

»Ja. Was von der Oberfläche durch unzählige Röhren aus den meisten Häusern Angel Islands hier herabtransportiert wird, wird von den Bächen weitergetragen, um irgendwo ins Meer gespült zu werden.« Justine lächelte. »Das System ist über hundert Jahre alt, und es erfüllt immer noch seinen Zweck.«

»Wie hat man das Röhrensystem konzipiert? Wer hat es errichtet? Wie hat man den Boden angebohrt, und das in all den Häusern, die zum Großteil auf Felsgestein erbaut wurden?«

»Das ist ein weiteres Geheimnis von Angel Island. In alten Aufzeichnungen ist von einem Architekten die Rede, einem düsteren und unheimlichen Gesellen, der vom Festland gekommen war und dann drei oder vier Jahre über die Insel wanderte, bevor er sich anbot zu helfen. Auf Angel Island herrschten damals Hungersnot und Seuchen. Nachdem er das Kanalisationssystem in Betrieb gesetzt hatte, verschwand er wie vom Erdboden verschluckt – und das womöglich im wahrsten Sinne des Wortes. Die Alten erzählen, dass er nach wie vor hier umherirre, auf der Suche nach einem Ausgang. Gejagt von Geistern, die ihn daran hindern, den Weg nach oben zu finden. Sie rächten sich an ihm, weil er ihre Ruhe in den Höhlen gestört habe.«

Titus Brown kicherte. Es klang seltsam deplatziert.

»Findest du das etwa lustig?«

»Ach, ich amüsiere mich bloß über den Aberglauben der Menschen.«

»Mag ja sein«, sagte sie, wütend auf den Mann, den sie so nahe an sich herangelassen hatte. »Fakt ist, dass mit dem Architekten des Kanalsystems auch alle Pläne der unterirdischen Bereiche verlorengegangen sind.«

»Du hast doch sicherlich damit begonnen, das Innere der Kavernen neu zu kartographieren?«

»Selbstverständlich. Aber mir fehlen die Mittel, um diese Arbeit so voranzutreiben, wie ich es gerne hätte.«

»Das heißt?«

»Gib mir dreitausend Pfund und fünf unerschrockene Männer, und du hast deinen Plan innerhalb von drei Wochen.«

»Du weißt, dass das nicht möglich ist. Selbst mit Unterstützung privater Gönner wie McClough reichen die Mittel kaum, um all das aufzuzeichnen, was in den letzten Jahrzehnten an Anlagen, Grabfeldern und Schätzen entdeckt worden ist. Je feiner die Instrumente der Geologie werden, je exakter wir das Land mit Hilfe der Oberflächenfotografie von Flugzeugen aus vermessen können, desto mehr längst vergessene Stätten entdecken wir. Und umso weniger Geld bleibt für einzelne Projekte übrig.«

Eine Windbö fuhr durch die Höhle, das Wasser des unterirdischen Bachs schwappte mit einem Mal über Justines Schuhe. Die Temperatur nahm abrupt ab, etwas veränderte sich.

»Wir sollten jetzt gehen«, sagte sie, »und wir sollten uns beeilen.«

»Aber warum...?«

»Frag nicht – komm!« Sie packte Titus am Arm und zog ihn mit sich. Hin zur Treppe, vorbei an unzähligen ineinander verschlungenen Röhren, vorbei an versifftem Gerümpel, Stalagmiten und an Dingen, die Justine in der Eile gar nicht richtig einordnen konnte. Sie unternahm nicht einmal den Versuch, es zu tun. Sie wusste, dass sie von hier wegmusste, möglichst rasch!

»Sag mir endlich, was los ist! Ich...«

»Später!« Sie erreichte den Treppenabsatz, hielt sich am Seil fest und zog sich hoch, Schritt für Schritt. Der Wind nahm indes zu. Er brachte Gestank mit sich. Bewegung. Die Ahnung von etwas, das nicht von dieser Welt war, das nicht hierher gehörte.

»Schnell! Schneller!« Justine hetzte die Stufen hoch. Ihr Herz schlug rasend schnell. Sie fühlte, wie etwas nach ihr griff, ein Etwas, das sie bereits mehrmals in den weitläufigen Kavernen gefühlt hatte und dem sie stets ausgewichen war.

Die Fackel flackerte. Sie drohte zu erlöschen. Kälte griff nach ihr. Etwas Schleimiges, das sich um ihre Arm- und Fußgelenke wickelte. Etwas, das ihr böse, widerliche Gedanken einflüsterte. Das sie zu lähmen versuchte.

Das Ende der in den Stein geschlagenen Treppe war erreicht. Nun nur noch die Gänge. Links, rechts, rechts, geradeaus. Je weiter sie sich von den Höhlen entfernte, desto besser fühlte sie sich, desto leichter fiel es Justine, sich von den Fesseln der Angst zu befreien. Titus Brown kam hinter ihr hergeeilt. Er stellte keine Fragen mehr. Auch er schien zu spüren, dass sie verfolgt wurden, und teilte sich seine Kräfte ein.

Da. Die letzte Treppe. Schon war das Tageslicht zu sehen. Es war trüb – und dennoch gab es Hoffnung. Mit schweren Beinen stolperte Justine hoch, an den steinernen Säulen vorbei, bis sie zwischen vernachlässigten Gräbern zu stehen kam, unmittelbar neben Titus.

Sie wagte es kaum, sich umzudrehen, und als sie es dann tat, meinte sie, einen schwarzen Schatten zu erkennen. Ein Tuch aus Dunkelheit, das vom Wind geteilt und zerfasert wurde, um dann in völlig neuer Gestalt einen weiteren Anlauf zu nehmen und in Justines Richtung vorzustoßen.

Doch es durfte nicht ins Freie. Es war an die Kavernen gebunden. Langsam wich es zurück, glitt die Stufen hinab und hinterließ eine Spur glänzender Feuchtigkeit, aus der wiederum hässliche, wie Eiter wirkende Blasen hochblubberten.

Nach etwa einer Minute endete der Spuk. Eine Möwe kam aus dem Himmel herabgeflattert und setzte sich auf einen moosbewachsenen Grabstein, um mit heiserem Gekrächze auf sich aufmerksam zu machen. Und als wäre dies das Signal für den Rest der Welt, erwachte die Natur um sie herum wieder. Blätter raschelten im Wind, der Gärtner redete mit sich selbst, die Orgel klang unrein wie immer. Sie waren in Sicherheit.

※

Die Witwe Dunnogh hatte lange durchgehalten; doch nun, da die Penduluhr elfmal schlug, begab sie sich doch ins Bett. Nicht, ohne Justine und Titus mit strengem Blick darauf hinzuweisen, dass sie um Mitternacht keinen Laut mehr in ihrem Haus hören wolle.

»Endlich!«, seufzten sie im Chor, als sie allein waren, um dann über die Gleichheit ihrer Gedanken zu lachen, sich in der nachfolgenden Stille verlegen vom Sherry einzuschenken und dann die Stühle näher zum Kaminfeuer zu rücken.

Titus griff nach ihrer Hand. »Jetzt sag schon: Was war das heute? Was hast du gespürt, wovor bist du davongelaufen?«

»Was hast *du* gespürt?«, stellte Justine die Gegenfrage.

Der Mann zögerte. »Da war etwas. Die Gegenwart eines Wesens. Es hätte zum Beispiel eine Fledermaus sein können...«

»Mach dich nicht lächerlich, Titus! Du hast den schwarzen Nebel wie ich gesehen – und du hast ebenso die Präsenz dieses Geschöpfs gespürt. Es war kein Tier, es war ... etwas anderes.«

»Mag sein.« Der Mann trank vom Sherry und stierte ins Feuer. »Ich bin während der letzten Jahre um die halbe Welt gereist und habe mit Dingen zu tun gehabt, die nicht immer erklärbar schienen. In den meisten Fällen beruhten diese Erscheinungen auf Aberglauben und Hysterie. Manchmal spürte ich selbst, dass etwas Unerklärliches vor sich ging, und einige wenige Male habe ich mich im Auftrag der Kirche mit Exorzismen beschäftigt.«

»Du hast mir noch immer nicht gesagt, wie du als ausgebildeter Naturwissenschaftler dazu kommst, für die Kirche zu wirken. Ich dachte, diese beiden Dinge wären unvereinbar.«

»Du hast mich nie danach gefragt.«

»Weil du mir bis jetzt keine Gelegenheit dazu gegeben hast. Du verstehst dich ausgezeichnet darauf, mich abzulenken.«

»Ich fasse das mal als Kompliment auf.« Titus küsste ihren Handrücken, um dann mit ernstem Gesichtsausdruck weiterzureden. »Ich kenne mich nicht nur in neuzeitlicher Geschichte aus, sondern habe während meines Studiums auch Altphilologie belegt. Ich beschäftigte mich insbesondere mit Exorzismen, die im alten Reich der Sumerer und dem der Akkadier praktiziert wurden. Anu, dem Himmelsgott und Schützer der sumerischen Stadt Uruk, galt eine meiner frühen Arbeiten. Bezeichnenderweise ist Anu auch Schutzgott aller Exorzisten, was mich wiederum für die Angehörigen der Glaubensgemeinschaften interessant machte.« Titus holte tief Luft. »Ich war sehr gut bei dem, was ich tat, und ich brachte einige neue Erkenntnisse zutage. Sie wurden von der Kirche zwar abgelehnt. Nichtsdestotrotz wurde ich von diversen … Würdenträgern kontaktiert. Sie wollten mehr über mich wissen, forcierten und förderten weitere meiner Studien.« Titus lächelte. »Wenn du möchtest, nimmt die Kirche für mich eine ähnliche Rolle ein wie Master McClough für dich.«

»Sie nutzen dich also als ihren … ihren Gehilfen und setzen dich ein, wann immer sie deine Hilfe benötigen?«

»So kann man es sehen, ja. Und meine Arbeit wird fürstlich entlohnt. Nur so kann ich meiner eigentlichen Leidenschaft frönen. Ich reise durch die Welt, frei von finanziellen Sorgen, und versuche, Geheimnisse wie zum Beispiel die der Kavernen von Angel Island zu erforschen – und die einer bezaubernden jungen Dame.«

»Was die Damen betrifft, so vermute ich, dass du auch in anderen Teilen der Welt Erfolg dabei hattest, ihre Geheimnisse zu lüften?«

»Soll ich lügen und behaupten, dass ich im Zölibat lebe? Ich bin kein Priester. Ich habe Bedürfnisse. Und ich stille sie.« Titus' Rechte glitt über Justines Knie, hoch zu ihren Oberschenkeln.

Sie schob seine Hand beiseite. »Also schön. Du kamst hierher, weil du dich für die Kavernen interessiertest. Oder weil dich die Kirche darum bat?«

»Es ist eine Mischung aus beidem.« Er nahm die Zurückweisung ohne mit der Wimper zu zucken hin. »Ich verbinde einmal mehr den Beruf mit der Agenda einiger Würdenträger.«

»Was für ein Schrecken erwartet die Bewohner von Angel Island denn eigentlich morgen, am All Hallow's Eve? Warum wurdest du gebeten einzugreifen?«

»Es geht nicht nur um die Ortsansässigen, Justine. Es geht um viel, viel mehr.«

»Und zwar?«

Zögernd fuhr Titus fort: »Die Angst vor der Dunkelheit und vor den Schatten ist so alt wie die Menschheit selbst. Sie steht für das Unbekannte. Für jenen Bereich unseres Lebens, über den wir keine Kontrolle haben. Wir greifen danach und fühlen – nichts. Das ängstigt uns.« Er räusperte sich. »Wir geben den Schatten Namen. Wir machen sie zu Gottheiten oder verklären sie zu Traumgestalten. Den Kindern heutzutage werden Geschichten vom Sandmann erzählt, die im Grunde genommen auf Sagengeschichten aus dem altägyptischen Reich beruhen. Sie sind meist brutal und warnen die Kinder davor, sich mit der Dunkelheit anzufreunden.«

»Worauf willst du hinaus?«

Titus lächelte. Er wirkte müde. »Darauf, dass die Angst vor der Schwärze auf etwas beruht, das tatsächlich einmal war und sich nun wieder anschickt, in die Welt zurückzukehren. Und es ist böse. Unsagbar böse.«

*

Es gab keinen Namen dafür. Keinen Begriff, keine Begrifflichkeit. Es war dunkel, schwarz, unfassbar, substanzlos. Materie, die das Böse ruheloser Geister in sich bündelte.

»Das Schwarz besitzt Helfer«, erklärte Titus weiter. »Solche, die selbst gerne so wären. Sie besitzen vielerlei Namen.«

»So wie die Hnoys, zum Beispiel?« Justines Hände zitterten. Draußen begann es zu regnen. Die Dunkelheit, die sie stets unvoreingenommen gesehen und vor der sie sich niemals gefürchtet hatte, wirkte nun bedrohlich.

»Welche Rolle die Hnoys in diesem bösen Spiel einnehmen, weiß ich nicht. Aber wir müssen gewappnet sein, wenn wir morgen wieder in die Kavernen hinabsteigen.«

»Um was zu tun?«

»Um das Böse zurückzuhalten. Ich besitze Kenntnisse, um es aufzuhalten und zu bannen. Nicht für alle Zeiten, doch immerhin so lange, bis ein anderer als ich kommt und dafür sorgt, dass es von den Menschen fernbleibt.«

Justine schwieg. Lange. Schließlich sagte sie: »Ich weiß nicht, was ich von deinen Erzählungen halten soll. Es ist nicht das erste Mal, dass ich in den Kavernen etwas Unheimliches wahrgenommen habe. Ein Wesen, das nicht sein sollte. Es war noch nie so kräftig wie heute, und ich tat es als ... Schimäre ab. Als Hirngespinst. Aber heute fühlte es sich so an, als wollte es über uns herfallen und uns zerreißen.«

»Je näher All Hallows' Eve kommt, desto stärker wird die Schwärze. Die Unruhenacht ist für sie wie ein Tor, das sich einen Spaltbreit öffnet und ihm die Gelegenheit bietet, es weiter aufzustoßen, um in den nächsten Raum vorzudringen. Und dort das Licht aufzufressen, so, wie es das stets getan hat. Wer weiß schon, wie viele Welten es bereits zerstört hat.«

Meinte Titus Brown seine Worte ernst? War die Gefahr tatsächlich so groß, wie er tat, oder redete er im Wahn?

Sie sah den Mann an. Er war groß und kräftig, wirkte souverän und so, als wäre er völlig Herr seiner Sinne. Wenn sie ihrem weiblichen Instinkt auch nur ein kleines bisschen vertrauen konnte, dann war Titus völlig normal.

»Ich weiß noch immer nicht, was wir in den Kavernen anstellen sollen. Wo soll sich dieses Böse manifestieren, wie sollen wir es denn bannen?«

»Das lass nur meine Sorge sein, Justine. Wichtig ist, dass du mich begleitest und mir bei meinen Exorzismen zur Seite stehst. Mag sein, dass ich auf deine Hilfe zurückgreifen muss. Es ist gewiss keine leichte Aufgabe, dem Schrecken zu widerstehen. Doch mit wem sollte ich sonst zusammenarbeiten auf

Angel Island? Etwa einer alten Witwe? Den Betrunkenen, die sich Tage und Nächte im Pub um die Ohren schlagen? Einem Pfarrer, der sich nicht für die Toten interessiert und in seinem Hinterhof den Zugang zu den Kavernen beherbergt, ohne sich einen Deut darum zu scheren? Einem der anderen abergläubischen Einfaltspinsel hier? – Nein! Ich benötige jemanden mit einem wissenschaftlich geschulten Verstand, dem ich vertrauen kann. Und ich kann dir doch vertrauen, oder?«

»Ja, das kannst du«, antwortete Justine mit möglichst fester Stimme.

»Schön. Dann bringe ich dich jetzt nach Hause. Und morgen, mit den ersten Sonnenstrahlen, steigen wir in die Kavernen hinab.«

Justine schwieg. Es war alles gesagt. Oder?

»Ich bin nicht der erste Mensch, der dafür sorgt, dass das Böse zurückgedrängt wird«, murmelte Titus Brown und verteilte die Reste des Feuerholzes so, dass sie rasch verglühen und erlöschen würden.

»Was willst du damit sagen?«

»Es gab andere vor mir, die es am Aufstieg hinderten. Mag sein, dass der Architekt des Röhrensystems einer von ihnen war. Oder all die Menschen mit den ungewöhnlichen Namen auf Angel Island. Womöglich waren sie allesamt Zugewanderte, von der Kirche hierher Verschickte ... Spezialisten, die bloß die eine Aufgabe hatten, das Tor der Schwärze über Jahre oder Jahrzehnte hinweg versiegelt zu halten. Vielleicht waren die Fadashians, die Riglianis und auch die Armbrusters einstmals Hüter der Kavernen.«

*

Mit der Morgendämmerung machten sie sich auf den Weg. Die Sonne blieb hinter Wolkenbänken verborgen, der Wind wehte stürmischer als während der letzten Tage.

Justine zog die Jacke fröstelnd um ihre Schultern. Eine seltsame Kälte steckte in ihr. Nur zu gerne hätte sie sich gegen die breiten Schultern des Mannes gelehnt. Doch sie durfte ihren Freunden und Bekannten keine Gelegenheit geben, über ihren Lebenswandel zu tratschen. Noch war sie nicht weg von Angel Island, noch musste sie mit den Inselbewohnern ein Auskommen finden.

»Bist du bereit?«, fragte Titus Brown.

»Ja«, log Justine.

Sie hatte die Aufenthalte in den Kavernen stets als Abenteuer gesehen und die seltsamen Schattenspiele, denen sie von Zeit zu Zeit begegnet war, als Produkte ihrer regen Fantasie. Niemals wäre sie auf den Gedanken gekommen, einer realen Bedrohung ausgesetzt zu sein.

Bis gestern.

Das Tor zur Kirche stand offen. Pater Wilshere beschäftigte sich eben mit einem der Kandelaber, der Gärtner half ihm dabei. Wenn sie nun die beiden fragten, ob sie sie in die Kavernen begleiteten …?

»Nein!«, sagte Titus, der ihren Blick sehr wohl bemerkt hatte. »Der Pater ist alt und gebrechlich, sein Helfer nicht minder. Und die beiden sehen mir nicht so aus, als würden sie die Gegenwart einer vermeintlichen Spukgestalt überleben.«

»Und wenn wir jemand anderen bitten mitzukommen? Paddy zum Beispiel, oder einige Fischer?«

»Zweifelst du auf einmal an deinem Mut, an deiner Kraft? – All diese vermeintlich so starken Männer zerbrechen, sobald sie mit dem Unbekannten in Berührung kommen. Sie wären keine Hilfe, sondern nur Belastungen.«

»Aber was sollen wir beide gegen die Schwärze ausrichten? Wie können wir sie besiegen?«

»Sie ist bloß ein Ausdruck deiner eigenen Ängste, Justine! Erlaube ihr nicht, in deinen Kopf zu gelangen. Außerdem sind wir heute bestens ausgerüstet. Wir führen Laternen mit uns. Taschenlampen. Petroleumlampen.« Er lächelte. »Und ich bin gewappnet. Ich habe die notwendigen Werkzeuge bei mir. Solche, die seit Jahrhunderten ihren Zweck erfüllen.«

»Redest du von Spritzen, die mit Weihwasser gefüllt sind? Oder von Silberkugeln?«

»Wir bekämpfen weder Vampire noch Werwölfe, noch andere körperlich greifbare Wesen. Ich besitze andere Hilfsmittel, die sich im Laufe der Jahrhunderte bewährt haben.«

»Solche, die du bereits erprobt hast?«

»Sie wurden mir von der Kirche zur Verfügung gestellt«, gab Titus Brown knapp zur Antwort.

Justine blickte dem Tor zu den Kavernen bang entgegen. Sie meinte bereits jetzt jene Schwärze wiederzuerkennen, die sie zu bekämpfen hatten. »Was geschieht, wenn du dort unten deine Aufgabe nicht erfüllst?«, fragte sie.

»Etwas wird entweichen und in die Welt treten. Es bleibt unklar, was es bewirken kann oder wird.« Titus zögerte. »Es gibt Quellen, apokryphe Schriften, in denen das Kommen des Bösen als das eigentliche Armageddon bezeichnet wird, als das Ende der Welt.«

»Das klingt nicht sonderlich beruhigend.« Wo war sie da hineingeraten?! Wie kam Titus bloß dazu, sie in eine derartige Angelegenheit mit hineinzuziehen? Warum schickte die Kirche denn nicht eine Hundertschaft geeigneter Leute, um diese vorgebliche Krise zu bekämpfen?

»Das dort unten ist ein Übel«, sagte der Exorzist. »Aber es ist beileibe nicht das einzige, das die Welt bedroht. Wir sind ständig von Mächten umgeben, die die Kirche in aller Stille bekämpft. Es ist eine Auseinandersetzung, die seit Jahrtausenden andauert. Mehr, so denke ich, brauchst du nicht zu wissen. Und nun komm. Erledigen wir diese Angelegenheit.«

Er zog Justine mit sich. Sie atmete ein letztes Mal tief durch. Sie sah sich um. Versuchte, ein jedes Detail der Umgebung in sich aufzunehmen, um sich in Erinnerung zu behalten, wofür sie kämpfte. Dann folgte sie Titus Brown in die Dunkelheit.

*

Justine meinte, in einen Albtraum geraten zu sein. Rings um sie waren Hitze und Kälte. Grelles Licht und Dunkelheit. Sturm und völlige Windstille. Gebrüll und Geräuschlosigkeit, die selbst das Tapsen ihrer Schuhe über Stein verschluckte. Dies alles geschah abwechselnd oder gleichzeitig. Sie wusste nicht, wie sie ihre Wahrnehmungen einordnen sollte. Geriet sie von einem Schritt zum nächsten in stets neue und fremde Welten, oder wurde sie von Geistern verfolgt, die sie verwirrten und mit stetig neuen Halluzinationen versorgten?

»...lt durch!«, hörte sie Titus Browns Stimme. »Sie versuchen uns zu verwirren. Uns zur Rückkehr zu zwingen.«

Wer waren *sie*? Gab es diese Hnoys denn wirklich, von denen die Dorfältesten erzählten? Oder wurden sie von bösartigen Dämonen umgeben, die sie vom Betreten des Labyrinths abhalten wollten? Warum hatte ihr Titus keine präziseren Auskünfte über ihre Gegner gegeben? War er selbst verunsichert und wusste nicht, wie er mit der Situation umgehen sollte?

Fest stand bloß: Justine hatte sich auf einen Weg begeben, der sie weit weg von all dem brachte, was sie bis jetzt gekannt und geglaubt hatte. Diese Gestalten waren real und keine Ammenmärchen.

Sie ging Schritt vor Schritt. Hin zur Treppe. Dann die Stufen hinab. Immer wieder tauchten wundersame Gestalten vor ihr auf, mit weit aufgerissenen Mäulern, um sich auf sie zu stürzen und sie daran zu hindern weiterzugehen. Sie besaßen kaum Substanz und konnten ihr nichts anhaben. Doch sie besaßen Kräfte, die auf ihren Geist wirkten. Die sie verwirrten und ihr falsche Gedanken einsetzten.

Lass los, lass los!, hörte sie eine Stimme in ihrem Kopf. *Spring in die Tiefe, jetzt gleich!,* eine andere.

Titus Brown hatte längst die Führung übernommen. Er wirkte gefestigt und mit einem Selbstbewusstsein gesegnet, dem die Geister ringsum nichts anzuhaben vermochten. Sie prallten gegen ihn, brüllten und traten, durchdrangen ihn und ließen stets neue, bislang nicht gesehene Schrecken entstehen, um ihn außer Tritt zu bringen. Doch er kümmerte sich nicht um diese Schimären.

Er war Justines Anhaltspunkt. Sie konzentrierte sich bloß noch auf ihn. Auf seinen Rücken. Auf die Kraft, die von ihm ausging und sie auf dem Weg hielt, so lange, bis sie das Ende der Treppen erreicht hatten und die Geister zurückwichen, als hätten sie ihre Versuche aufgegeben, sie von den Tiefen der Kavernen fernzuhalten.

Justine hörte ihre eigene Stimme wieder, ihr Atmen, das Echo ihrer Schritte. Sie fühlte sich erschöpft wie niemals zuvor, in ihrem Kopf brummte und summte es.

»Sie kommen wieder«, sagte Titus leise. »Sie holen bloß Luft, um sich dann mit noch mehr Furor auf uns zu stürzen.« Er lächelte schwach. »Wir müssen die Atempause nützen. Zeig mir den Weg zur Schwarzen Quelle.«

Justine zögerte, drehte sich mehrmals im Kreis und deutete dann auf einen zwischen breiten und körpergroßen Stalagmiten vorbeiführenden Trampelpfad. Fußspuren waren da und dort zu sehen. Sie stammten von ihr, von ihren früheren Ausflügen in die Tiefen der Kavernen.

»Bist du sicher?«

»Ja«, sagte sie und ging vorneweg. Sie musste über einen der vielen Bäche springen, die die Höhle wider jegliche Logik kreuzten. Die Gewässer flossen in alle Himmelsrichtungen ab, ein Umstand, der Justine niemals zuvor aufgefallen war. Änderten sie etwa die Fließrichtung, heute, an All Hallows' Eve? War das ebenfalls eine Erscheinung, die nur an diesem ganz besonderen Tag zur Geltung kam?

Bekanntes Gelände blieb hinter ihnen zurück. Die Laterne in ihrer Hand fühlte sich schwer an, der Lichtschein reichte nur wenige Meter weit. Auch die klobigen Taschenlampen vermochten die Dunkelheit kaum zu durchdringen. Punktuell beleuchteten sie da und dort Felswände; doch was auch immer Justine unternahm, der Lichterkreis ließ sich nicht vergrößern.

Sie entdeckte zwei weitere Rohre, die aus der Decke herabstießen. Sie waren über und über mit Kalkablagerungen bedeckt, in ihrem Inneren gluckerte es. Sie meinte, dem Verlauf der Zwillingsrohre bereits einmal gefolgt zu sein. Sie waren ineinander verdreht und umschlangen einander wie Liebhaber.

»Wir müssen ihnen folgen«, sagte sie leise. »Es ist nicht mehr weit.«

Titus ging neben ihr her. Das Licht seiner Laterne verlieh seinem Gesicht ein gespenstisches Aussehen. Er wirkte hochkonzentriert und angespannt. Immer wieder drehte er sich zur Seite, als wartete er darauf, den Geistern, die hinter ihnen zurückgeblieben waren, ein weiteres Mal zu begegnen.

»Nur noch etwa hundert Schritte«, sagte Justine. »Hier wird es etwas anstrengender.«

Da war ein Hügel. Sinterstufen, über die Wasser stetig bergabblubberte und deren Kalkgehalt bizarre Formen geschaffen hatte. Justine meinte, in den Ablagerungen hässliche Fratzen zu erkennen. Zerrissene und zerfetzte Geschlechtsteile von Mann und Frau. Ausgeweidete Innereien, abgetrennte Körperglieder. Und immer wieder weit geöffnete Münder, die ihr all die Angst vergegenwärtigten, die man hier unten spüren *musste*.

»Ich habe einige Keile in den Sinter geschlagen«, sagte sie und deutete auf rostige Haken. Sie wirkten wenig vertrauenswürdig; doch sie hatten bislang stets ihren Zweck erfüllt.

»Sie kommen!«, sagte Titus hastig und deutete nach hinten. »Hör zu, Justine: Du bleibst stets in meiner Nähe, steigst vor mir hoch und mischst dich in den Kampf nicht ein. Ich ziehe den Zorn dieser ... Hnoys auf mich. Ich weiß mich zu wehren; aber du musst mich führen.« Er kramte Gegenstände aus seinem Koffer. Seltsame Figuren, die über und über mit Symbolen bedeckt waren. »Mag sein, dass ich völlig die Orientierung verliere und vom Weg abweiche. Wir müssen die Schwarze Quelle so rasch wie möglich erreichen, ja?«

Er wollte noch etwas sagen, wollte mit seinen Anweisungen fortfahren. Doch Titus Brown kam nicht mehr dazu. Unzählige Gestalten umgaben ihn, eine schrecklicher als die andere. Sie umtanzten seinen Körper, griffen nach ihm, pressten seine Kiefer auseinander, schlüpften in sein Inneres.

»Führe mich!«, gurgelte er, während er den ersten der Hnoys abzuwehren versuchte und aus dem weit geöffneten Mund zog.

Keine der Gestalten kümmerte sich um Justine. Sie verstanden, dass allein der Mann sie und die Schwarze Quelle gefährdete. Sie bohrten ihre semimateriellen Finger in seine Augen, stachen mit spitzen Nägeln in sein Zahnfleisch, rissen und zerrten an seinen Gliedern, hieben in Richtung seines Penis, stachen mit Lanzen nach seinem Anus.

Titus Brown sagte nichts und bewegte sich kaum. Bloß mit den Figuren in seinen Händen vollführte er seltsame, abwehrende Bewegungen, die Justine schwindeln ließen, und mit jeder dieser Bewegungen bewirkte er, dass einer oder mehrere der Hnoys von ihm abließen. Doch sie waren zu viele. Sie stürzten von allen Seiten herbei und begruben ihn unter sich. Bald würden sie ihn in die Knie zwingen, wenn sie, Justine, nicht endlich etwas dagegen unternahm.

Führe mich!, hatte er befohlen, und das tat sie nun auch. Sie stieg an ihm vorbei, hoch zur ersten Sinterterrasse, hielt sich an einem der Metallkeile fest und zog dann mit aller Kraft an der linken Hand Titus Browns. Sie meinte, auch etwas anderes zu spüren. Die Kälte eines Hnoys, eines Geschöpfs, das es nicht geben durfte.

Titus tat den ersten Schritt, Justine zerrte ihn weiter. Die Terrassen reichten etwa zwanzig Meter in die Höhe. Über sechzehn Ebenen. Überall zeigten sich die Hinterlassenschaften schrecklichen Wirkens. Sie meinte Blut und Fleisch und beides miteinander vermengt zu sehen. Und auch die Schwärze, die sie gestern verfolgt hatte. Sie war hier präsent, ohne aber eine konkrete Gestalt anzunehmen. Sie war Teil der Höhle, sie *war* die Kaverne! In ihr vereinte sich jetzt und heute das Böse. Es war da und wuchs, wuchs, wuchs, wurde zu einem Monstrum, das sich ihnen beiden in den Weg stellte.

Justine fühlte Nässe ihre Beine entlang nach unten rinnen. Es scherte sie nicht. Viel schlimmer war die Ausstrahlung der Hnoys. Sie berührten sie bloß am Rande; doch es reichte, um sie beinahe zu lähmen und sie all ihre Zuversicht und Kraft vergessen zu lassen. Da war bloß noch die Zuneigung, die sie Titus Brown gegenüber empfand.

Ihre Liebe zu dem Mann.

Justine zog sich vorwärts und nahm Titus mit. Schritt für Schritt. Dem Gipfel entgegen. Ihr Begleiter war unter einer Traube hässlicher Gestalten verborgen, die ihre Zähne in ihn schlugen und ihn von innen her aufzufressen drohten. Doch er lebte noch, er kämpfte noch. Dank ihr, dank ihrer Hilfe.

Justine schrie ihre Wut und ihre Angst in die Welt hinaus. In eine Welt, die begrenzt war und bloß aus den Kavernen bestand. Noch zwei Terrassenstufen, noch eine...

Geschafft! Die höchste Erhebung war erreicht, vor ihnen breitete sich glatter, fugenlos wirkender Fels aus. Er glänzte rot und grün und blau im Lichtkegel der Taschenlampe. Die Laterne hatte sie irgendwo während des Aufstiegs verloren. Zur Seite geworfen, um sich besser auf Titus Brown konzentrieren zu können.

Justine wandte sich ihrem Begleiter zu – und schrie. Er war nicht viel mehr als ein aufrecht gehendes Skelett. Die Geister, die Hnoys, hatten ihn abgenagt und von innen her aufgefressen. Hatten seinen Leib all dessen beraubt, was einen Menschen ausmachte.

Eben hieb er mit der skelettierten Hand um sich und schleuderte spielerisch einen der wenigen verbliebenen Gegner zur Seite. Sie zogen sich wimmernd und laut heulend zurück, als würden sie einsehen, dass sie den Kampf verloren hatten.

»Keine Angst!«, ächzte Titus, »das wird wieder. Was du siehst, ist nicht die Wirklichkeit, nicht die Wahrheit. Ich werde wieder, was ich einmal war.« Er lächelte, aus dem Unterkiefer brachen zwei Schneidezähne heraus.

Justine wich zurück. Ihr Begleiter nahm ein Aussehen an, das noch widerlicher war als das der Hnoys. Es war, als legte sich all die Hässlichkeit, die die Bewohner der Kavernen besessen hatten, Schicht für Schicht über Titus Brown ab.

»Führe mich!«, forderte er, laut ächzend. Und nochmals: »Führe mich!«

Justine nahm all ihren Mut zusammen und griff nach Titus' Hand. Sie fühlte sich weich an, wie Gelee. Unter der Haut bewegte sich etwas, so, als fräßen sich Dutzende oder Hunderte kleiner Tiere durch das verwelkende Fleisch des Mannes. Sie zog ihn mit sich. Seine Gelenke knacksten, die Beine drohten nachzugeben. Doch irgendwie hielt er sich aufrecht, trotz weiterer Angriffe, die nun von fliegenden, figur- und konturlosen Kreaturen kamen. Hände, Tentakel, Klauen und Krallen tasteten aus dem Fels nach oben, um Titus aufzuhalten. Immer mehr der Figuren hielten sich an ihm fest und wollten ihn zerreißen, zerfetzen, töten, während ihn menschenähnliche Gestalten umkreisten und sich an seinen Leib klammerten. Die Hnoys, wer oder was auch immer sie waren, unternahmen einen letzten Versuch, ihn vom Erreichen der Schwarzen Quelle abzuhalten.

Von all dem Treiben blieb Justine völlig unberührt. Die Geschöpfe nahmen sie wahr, ignorierten sie aber. Die Hnoys fühlten, dass einzig von Titus Gefahr für sie und die Schwarze Quelle ausging.

Es ist ein Wunder, dass ich noch nicht verrückt geworden bin, dachte Justine, um sich gleich darauf wieder auf ihr Ziel zu konzentrieren. Auf einen kreisrunden Brunnen, dessen Oberfläche schwarzmatt glänzte wie ein Ölfilm, dessen Schlieren die Gesichtszüge eines Wesens nachzeichneten. *Nur noch wenige Schritte ...*

Geschätzte fünfzig Wesen hingen nun an dem Exorzisten. Sie rissen ihm weiteres Fleisch aus dem abgemagert und hinfällig gewordenen Körper. Justine zog Titus vorwärts. Ihr Freund, ihr Liebhaber würde diese Gefahr bannen. Die Dunkelheit und das Geschöpf, das von einer ... einer anderen Seite her kommend anklopfte und in ihre Realität vordringen wollte, würde ein weiteres Mal daran gehindert werden. Dank ihrer Stärke.

Justine erreichte die Quelle. Ein weiterer Schritt hätte sie den Ölfirnis berühren lassen. In der Schwarzen Quelle blubberte es, und das Blubbern hörte sich wie ein zorniger Schrei an.

Sie zog Titus Brown an ihre Seite. Er war nicht mehr zu erkennen unter dem Berg an Feinden. Nun, da sie ihre Aufgabe erfüllt hatte, überkam sie mit einem Mal all der Schrecken, den sie während ihres Aufstiegs über die Sinterterrassen zurückgehalten hatte.

Sie erbrach in die Schwärze, sie zitterte, sie weinte, sie schluchzte. Sie wusste keinen klaren Gedanken mehr zu fassen. Alles, was sie tun konnte, war, Titus zu sich herabzuziehen, sodass er vor der Schwarzen Quelle zu knien kam und das tun konnte, wozu er hierhergekommen war.

»Danke«, hörte sie ihn murmeln.

Dann ließ er sich in die Schwarze Quelle plumpsen. Er versank in der Masse, während sich die Hnoys von ihm lösten, entsetzt schrien und davonschwirrten oder sich ins Gestein zurückzogen.

Stille.

Justine saß da und starrte ins Leere. Die Taschenlampe gab bloß noch flackerndes Licht von sich. Mit zittrigen Händen wechselte sie die Blockbatterie. Sie tat es mit mechanischen Handbewegungen und ohne nachzudenken. Alles, was ihr nun blieb, war zu warten und darauf zu hoffen, dass Titus aus der Schwarzen Quelle zurückkehrte. Er und niemand sonst.

Da! Die Oberfläche kräuselte sich! Dort, wo vor wenigen Minuten noch ein überdimensioniertes Gesicht zu sehen gewesen war, tauchten nun die Umrisse einer menschlichen

Gestalt auf. Sie hob sich aus der Schwärze, trotz des zähen Widerstands, den die Masse leistete. Sie kam daraus hervor wie einst Lazarus, der wiedererweckt wurde. Wahrscheinlich hatten sich die Gläubigen, die dieses Wunder miterlebten, genauso gefürchtet wie nun sie.

Die Gestalt stieg über den Rand. Sie war mit Schwärze bedeckt. Tröpfchenweise platschte das seltsame Material zu Boden.

Titus hat es tatsächlich geschafft!, dachte Justine voller Hoffnung. *Er schüttelt den Firnis ab, den Rest des Bösen aus der Schwarzen Quelle, und wird wieder zu dem, was er einstmals war.*

»Das hast du gut gemacht«, sagte die Gestalt vor ihr mit viel zu tiefer, viel zu lauter Stimme. Das Wesen lachte.

»Titus ...?« Justine erhob sich langsam.

»Titus ist nicht mehr. Ich bin er, er ist ich. Wir haben es gemeinsam geschafft.« Schallendes Gelächter ertönte. »Jahrtausende hat es gedauert, und es bedurfte einer einfältigen, liebesbedürftigen Frau, um mich zu befreien. Eines Weibs, das die leibliche Hülle des Titus Brown vorwärtsschleppte, in dem Glauben, Gutes zu tun.«

»Nein ...!«

»Die Hnoys, die Wächter, haben mich gebannt. Haben dafür gesorgt, dass keiner meiner Verehrer mich befreien konnte. Haben diese Insel und die ganze Welt vor meiner Rache bewahrt. Sieh sie dir an und vergleiche mit dem, was dich Titus Brown hat sehen lassen.«

Hagere Geschöpfe kamen aus der Dunkelheit gekrochen. Sie sahen erbärmlich aus, nun, da sie wussten, dass sie besiegt worden waren. Einstmals waren sie wohl so etwas wie Engelsgestalten gewesen. Ätherisch schöne Gestalten, die nur Gutes im Herzen getragen hatten. Und die Justine in ihrer Verblendung als das Böse wahrgenommen hatte. Sie waren allesamt siech und dem Ende nahe. Der Kampf gegen den Exorzisten hatte sie ihre letzten Kräfte gekostet.

»Aber die Kirche... Titus redete stets von der Kirche...«

Wiederum lachte das Wesen. »Es gibt nicht nur die eine Kirche. Es gibt auch solche, in denen zu Dämonen gebetet wird.«

Das von Schwärze überzogene Wesen beugte sich weit vor, hin zu ihr. Blicke aus kränklich-gelben Augen trafen sie, und Justine meinte, in der Musterung der Iriden eine Gestalt wahrzunehmen, einen riesenhaften Wurm, der das eigentliche Ich ihres Gegenübers ausmachte. Der Schwarze stank nach Pestilenz.

»Das Gute, wie du es nennen würdest, ist ausgeschaltet, Justine Armbruster. Nichts kann mich mehr aufhalten, die Erde gehört mir. Und du, mein leckeres Stück Fleisch, darfst zur Belohnung ihr Ende miterleben. Erst zu guter Letzt werde ich mich um dich kümmern.«

Das Schwarze wuchs zu weiterer Größe an, so lange, bis es beinahe die Höhle zur Gänze ausfüllte. Es wischte die noch lebenden Hnoys wie beiläufig beiseite und wandte sich dann von Justine ab, um den Aufstieg zu beginnen, an die Oberfläche, um die Menschen von Angel Island zu vernichten, zu fressen, zu zerstören. Um dann weiterzuwandern. Um weiterzutöten.

Justine blieb am Rande der ausgetrockneten Schwarzen Quelle sitzen. Die Dunkelheit umfasste sie, es kümmerte sie nicht. Es würde niemals mehr wieder etwas anderes als Schwärze auf dieser Welt geben.

Michael Marcus Thurner, geboren 1963, lebt mit seiner Familie als freischaffender Autor in Wien. Er schreibt für die

Heftroman-Serie PERRY RHODAN und veröffentlicht eigenständige Romane. 2013 erschien bei Blanvalet der Titel *Der Gottbettler*. 2015 folgt *Der unrechte Wanderer*, der im selben Fantasy-Universum angesiedelt ist. Bei Bastei Lübbe erschien im Rahmen der E-Book-Reihe HORROR FACTORY der Roman »Herrin der Schmerzen«.

http://mmthurner.at

Prayer's Rock

von Malte S. Sembten

Der Name der Insel leuchtete mir sofort ein, als ich einen Blick auf die Karte warf. Die Küstenlinie des Eilands ähnelte dem Umriss eines Engels mit gespreizten Schwingen. Seit der Christianisierung im 5. Jahrhundert hieß die Insel *Angel Island* – oder, in der Sprache ihrer heidnischen Ureinwohner: *Oileán na haingil*.

Ich nahm einen Stift und markierte einige Punkte auf der Karte. Etwa die Anlegestelle der Fähre, die Angel Island mit dem Festland verband. Oder Porta-Éilís, die kleine Hafenstadt, die an einer natürlichen Bucht unterhalb des nordöstlichen Inselausläufers – bildlich gesprochen: der längeren ›Engelsschwinge‹ – lag. Und ebenso den Leuchtturm. Er stand auf der nördlichen Inselspitze – dem ›Haupt‹ des Engels. Dorthin wollte ich. An diesem entlegenen Ort würde ich während der nächsten Jahre versuchen, die Bruchstücke meines zerstörten Lebens zu sortieren, um festzustellen, ob sie noch zusammenpassten.

Natürlich hätte ich das Flugzeug nehmen und für den Rest der Strecke einen Helikopter chartern können. Doch ich wählte den langsamen, schrittweisen Übergang in die Einsamkeit.

Der ICE der Bundesbahn war brechend voll. Auch im ›BritRail‹-Waggon und später an Bord der Fähre von ›DFDS Seaways‹ war ich noch mit Artgenossen zusammengepfercht, wenn auch bereits weitgehend abgeschnitten von der Muttersprache. Der Überlandbus von ›Bus Éireann‹ war nur halb besetzt und leerte sich mit jedem weiteren Zwischenhalt. Auf der Inselfähre konnte man die Passagiere an einer Hand abzählen. Das Inseltaxi teilte ich mir dann nur noch mit dem Fahrer. Bevor wir das Ziel erreichten, ließ ich anhalten. Ich wuchtete mein Gepäck aus dem Kofferraum und stapfte zu Fuß weiter. Den letzten Kilometer der Reise legte ich allein zurück.

Der salzige Atem der See wirkte belebend. Dennoch schleppte ich mich wie in Trance voran. Auf der Herreise war ich oft im Sitzen eingedöst. Richtig geschlafen hatte ich seit fast dreißig Stunden nicht mehr.

Endlich stand ich vor der Tür des Leuchtturmwärterhauses. Der Koffer und die Reisetasche plumpsten zu Boden, als hätte mich jede Kraft verlassen. Ich klopfte an. Dann erst nahm ich den in englischer Sprache beschrifteten Zettel wahr, der im Spalt zwischen Türblatt und Zarge klemmte.

Willkommen auf Angel Island! Leider konnte ich nicht länger auf Sie warten. Die Tür ist unversperrt. Der Schlüssel liegt auf dem Küchentisch. Im Kühlschrank finden Sie das Nötige. Ich komme später wieder vorbei.

Der Zettel segelte zu Boden, als ich die Tür aufstieß. Das Innere des Cottages war kühl und anscheinend frisch durchgelüftet. Der Hunger zog mich in die Küche, doch die Müdigkeit lenkte meine Schritte zum Schlafzimmer. Dort erwies sich die Lockung des breiten Doppelbettes als übermächtig. Voll bekleidet ließ ich mich auf die Tagesdecke sinken. Noch bevor der leise Protest der Bettfedern erstarb, schlief ich wie ein Stein.

Mich weckte das Raunen der Brandung. Es hatte sich als das Stöhnen ruheloser Seelen in meine Träume geschlichen.

Ich schlug die Augen auf. Rings um mich herrschte Dunkelheit.

Dort, wo die Nachttischlampe sein sollte, fingerte ich durch leere Luft. Einen Moment lang überfiel mich Panik. Dann wurde mir bewusst, dass ich in Kleidern auf dem zugedeckten Bett lag. Das rief mich in die Wirklichkeit zurück. Ich war auf der Insel. Und es war Nacht.

Jeder Atemzug teilte mir mit, dass ich mich in fremder Umgebung befand. Wie Menschen, so haben auch Häuser einen unverwechselbaren Geruch. In diesem Fall ließ er mich vage an Torf und nasse Schafwolle denken. Der Geruch war nur schwach. Nicht unangenehm, aber charakteristisch.

Ich erhob mich und tappte durch die Finsternis, bis ich die Tür und neben ihr den Lichtschalter ertastete. Die Deckenlampe war nur eine Funzel. Doch als sie aufflammte, blinzelte ich einen Moment lang geblendet.

Ich ging durchs Haus. Schlafzimmer, Wohnstube, Küche, Bad, Toilette, Abstellkammer. Ein winziger Büroraum. Jedes Zimmer war seinem Zweck entsprechend, aber unpersönlich eingerichtet. Nichts erinnerte mehr an den ursprünglichen Bewohner. Er mochte das eine oder andere Möbelstück zurückgelassen haben. Aber von dem, was eine Wohnung wohnlich macht, war nichts geblieben. Der Wandschmuck bestand aus modern gerahmten Kalenderdrucken mit maritimen Motiven. Wie im Hotel. Oder im Ferienapartment. Und genau das war es ja auch.

Bei meiner Ankunft hatte offenbar ein Willkommensfeuer im Wohnzimmerkamin geprasselt. Nun war es zu einem Haufen Asche niedergebrannt. Ich drehte die Heizung auf.

Plötzlich war der Hunger wieder da. Das ›Nötige‹ im Kühlschrank bestand aus Käse- und Schinkenscheiben, jeweils fertig abgepackt, sowie aus Milch und Margarine. Außerdem fand ich in der Küche Toastbrotschnitten, Tee, Kaffee und eine Batterie Konservenkost vor. Also nichts, was ich nicht auch zu Hause im Supermarkt um die Ecke bekommen hätte.

Kaum eine halbe Stunde später war ich gesättigt, frisch geduscht und umgekleidet. Das Gepäck hatte ich verstaut. Viel war es nicht. Man hatte mir versichert, dass ich alles, was ich brauchte, vor Ort bekommen könne. Im Village gebe es einen Laden und außerdem eine Poststelle und einen Pub.

Weil der Heizkörper nur langsam warm wurde, trug ich den dicken Norwegerpullover. Ich fühlte mich ausgeschlafen und tatendurstig. Aber noch immer herrschte tiefste Nacht. Als Erstes wollte ich nach einem geeigneten Ort für meine künftige Schreibecke suchen. Die Bürozelle mit dem winzigen, landeinwärts blickenden Fenster kam dafür jedenfalls nicht infrage.

Ich durchquerte die enge Diele. Da fiel mein Blick auf ein Paar orangefarbener Gummistiefel, wetterfest mit hohem Schaft und weißer Segeltuchstulpe. Die Stiefel waren abgenutzt, aber blitzblank. Und sie sahen aus, als könnten sie mir passen.

Ich stieg hinein. Perfekt! Minuten später war ich ausgehfertig. Ich trug warme Unterwäsche. Außer dem Pullover hatte ich die Segeljacke an, die ich zu Hause gekauft hatte. Taschenlampen – gleich mehrere – hatte ich in einer Küchenschublade entdeckt. Ich wählte die mit dem kräftigsten Strahl aus. Im letzten Moment fiel mir der Feldstecher ein, den ich auf der Kaminplatte gesehen hatte. Ich wusste nicht, wann es hell werden würde. Dennoch hängte ich mir das Fernglas um.

Ich trat ins Freie.

Der Nachthimmel bot einen herrlichen Anblick. Über der

Millionenstadt, die ich zurückgelassen hatte, löschen die nie versiegenden Lichter und der Baldachin aus Smog die Himmelstiefen aus, und meist ist kein Stern zu sehen. Doch hier, in mondlos klarer Nacht, besäten Sterne das Firmament wie Diamanten, die auf eine Zeltbahn aus schwarzem Samt gestickt sind.

Die See hieß mich mit einer steifen Brise willkommen. Sie war gesättigt vom Geruch nach Salzwasser und Tang, nach Gras und nassem Felsgestein. Ich sog die Meeresluft tief in die Lungen, sodass mich ein Sekunden währender Schwindel ergriff. Auch das Rauschen der Brandung trug der auflandige Wind mit sich heran. Es klang so laut und deutlich, als seien die Klippen nur wenige Meter entfernt. Plötzlich wurde ich mir der Gefahr bewusst, mitten in der Nacht ohne Ortskenntnisse am Rand des Steilufers herumzuspazieren.

Ich betrachtete die gedrungene Masse des Leuchtturms, der neben dem Haus aufragte. Die schwarze Silhouette wirkte, als habe man sie ins Sternenzelt hineingeschnitten. An der Spitze glühte das Laternenhaus. Der Schimmer hob die Reling der Galerie und die Sonnenkollektoren aus der Dunkelheit.

Dann sah ich, wie der Leuchtfeuerstrahl in die Nacht hineinwuchs. Durch die Drehbewegung der Optik wurde der Lichtfühler aus meiner Perspektive immer länger und länger. Er verlor sich in der Richtung, in der die Brecher gegen die Felsen schlugen, kreiste wie der Flügel eines Riesenventilators langsam über meinen Kopf hinweg und verschwand allmählich, verschluckt von der landeinwärts weisenden Rückwand des Laternenhauses. Weit draußen auf See erscheint das rotierende Leuchtfeuer wie ein in endlosem Wechselrhythmus pulsierendes Licht. Ein gleichmäßig blinkender Wegweiser. Auch mich würde er leiten. Dank des Leuchtfeuers konnte ich mich nicht verirren.

Ich folgte dem Fußweg, der um den Turm und die Station herumführte und an den Uferklippen entlanglief. Die natürliche Helligkeit reichte aus, den ausgetretenen Pfad zu erkennen. Der Taschenlampenkegel wanderte über schwarzgrauen Fels und windgebürstetes Gras. Das Rauschen der Wellen, das Klatschen der Brecher erklang aus dem Dunkel wie das Atmen und Schnauben eines gigantischen Urzeitwesens. Ich zog die Kapuze der Segeljacke über den Kopf. Immer wieder wehten mir Spritzer eiskalter Gischt ins Gesicht. Streckenweise artete das Beschreiten des Felsenpfades in eine wahre Kletterei aus. Hierfür erwiesen die Gummistiefel sich als weniger gut geeignet. Vielleicht lag es auch an der ungewohnten Seeluft, oder die Strapazen der Reise steckten mir noch zu sehr in den Knochen – jedenfalls wich die euphorische Unrast, die ich nach dem Erwachen verspürt hatte, bald neuer Ermüdung. Verärgert wegen meiner unüberlegten Nachtwanderung, wählte ich einen leicht zugänglichen Felsvorsprung und legte eine Rast ein.

Mein Blick glitt über das Meer. Es erschien so schwarz und so grenzenlos wie das Firmament, mit dem es zusammenfloss. Doch statt Sternen tupften Wellenkämme die Wasserfläche wie kleine weiße Narben. Linkerhand erblickte ich eine Stelle, wo die Gischtflecken heller und größer waren. Ich vermutete, dass dort eine Untiefe war oder ein Riff, an dem die Wellen sich brachen. Nicht weit davon entfernt sah ich ein Licht, das in regelmäßigem Abstand aufblitzte und erlosch. Ich hob den Feldstecher an die Augen.

Das Instrument war kein Nachtglas. Viel ließ sich nicht erkennen. Das Blitzen stammte wahrscheinlich von einem Seefeuer, einem Leuchtturm draußen im Meer. Ich nahm die Flecken in Augenschein, die ich für den Schaum einer Brandung hielt. Und wirklich meinte ich im Sternenschimmer nass glitzerndes Felsgestein auszumachen. Darüber thronte eine aufragende schwarze Masse, die aber nur als unbestimmbarer Schatten im Okular erschien. Entlang des Horizonts zeichnete sich ein dünner, heller Streifen ab. Der Tagesanbruch war nicht mehr fern. Aller Erschöpfung zum Trotz beschloss ich, zu bleiben und den ersten Sonnenaufgang über dem Meer abzuwarten, der sich mir auf der Insel bot.

Ein Silberstreif in schwarzer Nacht. Eine Morgendämmerung; mein Neuanfang.

Vor fünf Monaten hatte ich meine Tochter verloren. Es war an dem von mir gerichtlich erstrittenen ›Daddytag‹ geschehen. Diese zweiwöchentlichen Termine, an denen ich mein Mädchen sehen durfte, waren im ersten Jahr nach der Scheidung fast das Einzige gewesen, was mich am Leben erhielt.

Die Mutter, meine Exfrau, setzte unser Kind bei mir ab und fuhr dann wie immer wortlos davon. Ich hatte eine Überraschung für meine Süße: ein neues Fahrrad. Ihre Freude, ihr strahlendes Gesicht werde ich nie vergessen – und zugleich mein Geschenk auf ewig verfluchen. Ich war nur wenige Augenblicke lang abgelenkt gewesen; hatte meine Kleine für Sekunden aus den Augen gelassen, während derer sie auf das neue Fahrrad kletterte, das ich versehentlich eine Nummer zu groß gekauft hatte, und unbeholfen aus der Garageneinfahrt rollte. Als ich wieder hinsah, zerriss schon das Kreischen der Autobremsen die Luft.

Ihre Mutter gab mir die Schuld am Tod unseres Kindes. Genauso wie ich selbst.

Sofort nach der Beerdigung tilgte ich die 250 000 Anschläge des neuen *Alex Stark*-Thrillers, die ich bereits geschrieben hatte, von der Festplatte und jagte die Ausdrucke durch den Reißwolf. Den Vorschuss des Verlags im mittleren sechsstelligen Bereich erstattete ich samt Zinseszins zurück. Ich hatte mich von meinem Agenten getrennt – oder er sich nach der »Wahnsinnstat« von mir – und ein kleines Verlagshaus gefunden, das mir einen bescheidenen Vorschuss für mein nächstes Buch bot. Kein kalkulierter Bestseller, sondern ein Werk von bleibendem Wert. Eine Geschichte, die ihren Lesern auch dann noch Trost und Hoffnung schenken würde, wenn meine bisherigen Bücher längst im Massengrab kurzlebiger Schmöker vermoderten.

Angel Island bot an diesem Fleck ideale Voraussetzungen für kreative Einsamkeit. Der Leuchtturm auf Cormoran Point, dem nördlichsten Ausläufer der Insel, war wie die meisten Leuchtfeuer schon vor Jahren automatisiert worden. Mit dem Abzug des Leuchtturmwärters verwaiste auch das angrenzende Wohnhaus. Inzwischen wurde es wie viele andere seiner Art vom regionalen Landmark Trust erhalten, indem man es an Touristen vermietete. Mir war es gelungen, einen zweijährigen Mietvertrag auszuhandeln. Hier wollte ich zurückgezogen leben und mein großes Werk erschaffen.

Über mir verblassten die Sterne. Ich fror. Das hielt mich wach. Dennoch verschwamm mir vor Müdigkeit der Blick. So gewahrte ich anfangs gar nicht, dass es eine Nebelwand war, die den Horizont, wo jetzt das Silberband mit dem flüssigen Kupfer der ersten Sonnenstrahlen verschmolz, erst trübte und kurz darauf ganz auslöschte. Mit ungeahnter Schnelligkeit kroch die Nebeldecke auf die Küste zu. Während der Tag graute, überzog sich die See weiß.

Der Seenebel erreichte das Ufer wie eine bleiche Monsterwoge. Er kletterte an den Klippen empor, doch mein Standort lag zu hoch. Geisterhaften Fangarmen gleich, tasteten Nebelfetzen über die Felsenkante, griffen aber ins Leere. Ich überblickte eine endlose Nebelfläche. Nur das Lichtsignal des Leuchtturms durchdrang gedämpft die milchigen Schwaden.

Weit dahinter, am Horizont, sog der Dunst die Morgenröte auf wie Verbandswatte.

Ich rappelte mich hoch. Ringsumher traten die Umrisse der Felsformationen hervor. Ich begann Farben zu unterscheiden. Grauschwarzen Granit, bräunliche Flechten, sattgrünes Heidekraut. Die Felsen umwogten mich wie eine steingewordene Dünung.

Von meinem Standort aus erspähte ich den Leuchtturm und daneben das Dach meines Quartiers. Bei meiner Ankunft hatte ich die Gebäude vor lauter Übermüdung gar nicht richtig wahrgenommen. Das Cottagedach bestand aus dunklem Schiefer, begrenzt von weißen Giebeln, von denen der vordere in den Schornstein mündete. Der Turm war weiß mit schwarzem Band. Das Laternenhaus war weiß gestrichen; noch immer kreiste sein Licht. Turm und Haus mussten etwa achthundert Meter entfernt sein. Demnach hatte ich im Dunkeln eine größere Strecke zurückgelegt als vermutet.

Ich schob die Leuchte in die Jackentasche und trat den Rückweg an. Der Wind hatte mittlerweile leicht gedreht; er blies jetzt aus nordwestlicher Richtung. Nach etwa der Hälfte des Weges sah ich, dass der Seenebel sich so rasch aufzulösen begann, wie er zuvor aufgezogen war. Als ich endlich das Cottage erreichte, zerfaserte die Nebeldecke bereits zu dünnen Schwaden.

Was ich für einen vor der Küste gelegenen Leuchtturm gehalten hatte, erwies sich nun als Feuerschiff, das ungefähr zehn Seemeilen vom Ufer entfernt auf Position lag. Etwas weiter östlich gab der Nebel das Felsenriff frei, das ich im Dunkeln anhand der Brandung lokalisiert hatte. Gleich einem einsamen Obelisken wuchs ein mächtiges Gebilde vom Riff empor.

Ich justierte das Fernglas nach, bis ich das Objekt deutlich im Blick hatte. Es war ein Leuchtturm. Ein alter Leuchtturm von jener Art, wie sie im 18. und 19. Jahrhundert vor der britischen Nordsee- und Nordatlantikküste unter sagenhaften Schwierigkeiten auf todbringenden Ozeanfelsen errichtet worden waren. Er besaß die vom Wuchs eines Eichenstamms abgeleitete, zur Spitze hin sich verjüngende Form, und die Quader waren aus ursprünglich grauem Granit oder Gneis gehauen. Das Riff selbst war bereits von den Gezeiten überspült. Ich schätzte, dass der Turm noch etwa dreißig Meter aus der Dünung hinausragte. Bis zur Flutmarke, die der Wasserstand noch nicht ganz erreicht hatte, waren die Steinblöcke schwarz verfärbt. Auch darüber war das Gemäuer schwarzfleckig und narbig. Die eiserne, um die Galerie führende Balustrade war rostzerfressen und verbogen von der Gewalt der Wogen, die bei orkangepeitschter See wahrscheinlich fast in voller Höhe gegen den Turm anrannten. Es kam einem Wunder gleich, dass zumindest auf der mir zugewandten Seite die Verglasung unversehrt war. Doch das deutlichste Anzeichen dafür, dass der Leuchtturm schon lange außer Dienst stand, war der Guano, der die Kuppel des Laternenhauses, die krumme Wetterfahne, die blinden Scheiben sowie Teile der Galerie bedeckte wie ein schlohweißer Schopf. In fledermausähnlichem Torkelflug umkreisten sonderbare Vögel den Turm. Es waren keine Sturmvögel, denn dafür waren sie zu klein. Sogar für Möwen waren sie zu klein, und vor allem zu dunkel.

Staunend betrachtete ich das anmutig schlanke, den Elementen aufgezwungene und ihnen letztendlich preisgegebene Bauwerk. Gewiss trotzte es schon über ein Jahrhundert lang Stürmen und Wogen auf einsamer Wacht. Zwar schien der Leuchtturm vernachlässigt, doch noch weit entfernt vom Verfall. Warum wurde er nicht als automatisiertes Leuchtfeuer weiterbetrieben? Das nahebei vor Anker liegende Feuerschiff bewies ja, dass das Riff noch immer eine Gefahr für den Seeverkehr darstellte.

Neben der Eingangstür des Cottages lehnte ein altertümliches Fahrrad an der Hauswand. Bei meiner übermüdeten Ankunft war es mir gar nicht aufgefallen. An der Lenkstange hing ein geräumiger Gepäckkorb. Hatte jemand es hier stehen lassen? Vermutlich gehörte das Gefährt zum Haus, und die Benutzung war im Mietpreis inbegriffen. Mir kam es gelegen, um im Dorf Besorgungen zu erledigen.

Nach dem Umkleiden braute ich mir einen Becher Kaffee, schwärzer als ein Pechpfuhl. Ich befürchtete, sonst die Aufwartung Mr. Searcaighs zu verschlafen. Mr. Searcaigh war der sogenannte *Attendant* des Leuchtfeuers und lebte im Village. Als eine Art Hausmeister stattete er dem Turm, der vom Festland aus fernüberwacht wurde, regelmäßig Kontrollbesuche ab und hielt das Wärterhaus in Schuss. Wir hatten vereinbart, dass er gegen Bezahlung Besorgungen für mich erledigen würde. Seine Schwester hatte sich bereit erklärt, bei Bedarf im Cottage zu putzen und sich um meine Wäsche zu kümmern.

Häufig wurde der Posten des *Attendants* nach der Automatisierung eines Feuers an den Leuchtturmwärter vergeben. Ich nahm mir vor, Mr. Searcaigh zu fragen, ob er früher als ›Keeper‹ auf Cormoran Point gedient hatte.

Während ich in der Küche stand und in den dampfenden Kaffee blies, blickte ich durchs Fenster hinaus. Ich überschaute einen Grashang voller gelber Blüten, gezackte Klippen, darunter ein Stück Felsenstrand und dahinter das Meer. Der Nebel war fort. Am äußersten linken Rand des Blickfeldes, knapp oberhalb der mittleren Fenstersprosse, sah ich den verlassenen Leuchtturm aus den Wellen ragen. Das Feuerschiff war von meiner Warte aus vom Fensterrahmen verdeckt.

Ich musterte den schlicht gezimmerten Küchentisch. An jeder Seite standen zwei Stühle. Er war groß genug. Ich rückte die Stühle ab und schob den Tisch vors Fenster. Hier sollte mein Arbeitsplatz sein. Der Ort, wo das große, tröstende Werk entstand.

Anschließend ging ich daran und befreite die Zimmerwände von den Wechselrahmen mit den kitschigen Seemotiven, die ich im Büro lagerte. Dabei fiel mein Blick durch das kleine Fenster, und ich sah den Radfahrer, der sich vom Leuchtturm entfernte. Ich nahm an, dass das Fahrrad, das neben der Haustür lehnte, vom Besitzer abgeholt worden war. Aber als ich vors Haus trat, stand das Vehikel noch immer an der Hauswand. Der Radler war bereits außer Sicht.

Ich sah, dass das Drehfeuer des Turms sich inzwischen abgeschaltet hatte. Dann bemerkte ich den Zettel, der an der Tür befestigt war.

Wollte die Begrüßung nachholen. Sie schlafen wohl noch. Am besten, wir verabreden die Treffen vorher telefonisch.

Es folgte eine Telefonnummer, aber wieder keine Unterschrift. Egal. Ich wusste jetzt, dass der Radfahrer Mr. Searcaigh gewesen war. Dass ich den Mann schon wieder verpasst hatte, verdross mich. Außerdem hatte er eine Kippe auf dem Abtritt zertreten. Mit spitzen Fingern hob ich sie auf, um sie in den Hausmüll zu werfen. *Carrolls*, lautete der Aufdruck des Zigarettenpapiers. Eine Marke, von der ich nie zuvor gehört hatte.

Nach der Abnahme der großen Rahmen in den Zimmern erkannte man deutlich die Stellen, wo frühere Bilder gehangen hatten. Dunkle Gevierte und Ovale musterten die Wände, als kehrte gespenstisches Leben in die verblichenen Tapeten zurück.

Die Wände der Toilette waren roh verputzt. Ein Waschbecken gab es nicht, dafür musste man ins Badezimmer wechseln. Ich hockte auf der Brille und betrachtete den alten Stich, der in einem breiten, schweren Rahmen an der gegenüberliegenden Wand hing. Es war eine Inselkarte. ›Angel Island, 1880‹, stand in verschnörkelten Lettern im oberen Bildrand. Das Village war deutlich kleiner als auf heutigen Karten, Gleiches galt für den Friedhof. Das Leuchtfeuer auf Cormoran Point war eingezeichnet, und ebenso der Leuchtturm auf dem Felsenriff. Nun las ich den Namen: ›Prayer's Rock‹. Riff der Gebete. Der Name klang schicksalhaft. Als sei der Felsen das Grabmal vieler gesunkener Schiffe und ertrunkener Seeleute. Es war zum Lachen: Das Rauschen und Gurgeln des Wassers, das aus dem Spülkasten schoss, klang mir einen Moment lang unheildrohend im Ohr.

Das Telefon stand im Büroraum, aber die Schnur reichte bis zum Wohnzimmertisch. Ich wählte Mr. Searcaighs Nummer. Eine Frau hob ab. Nein, ihr Bruder sei noch nicht wieder zurück.

Wir vereinbarten eine tägliche Uhrzeit, zu der Searcaigh mich im Cottage antreffen könne. Ob es möglich sei, mir einige Dinge aus dem Dorfladen mitzubringen? Ich diktierte ihr die kurze Einkaufsliste. Ich bedankte mich, zögerte aber noch, aufzulegen. Bevor die Frau es tat, fragte ich sie, was sie über den Leuchtturm auf Prayer's Rock wisse. Augenblicklich änderte sich ihr Tonfall. Der Leuchtturm sei seit fast fünfzig Jahren außer Betrieb. Mehr könne sie mir nicht sagen, versetzte sie abweisend. Nur, dass sie tagtäglich den Orkan herbeibete, der das verfluchte Ding im Meer versenke.

Der Aufputschkaffee erfüllte seinen Zweck, und ich kochte eine ganze Kanne voll. Feierlich platzierte ich den Aufstellrahmen mit dem Foto meiner Tochter auf dem Küchentisch. Es war das einzige Bild von ihr, das ich mitgenommen hatte, fotografiert an ihrem letzten Geburtstag. Danach rückte ich meinen Laptop zurecht, legte Schreibblock und Kugelschreiber daneben und zog mir einen Stuhl heran. Der Stuhl war hart. Gut. Ich arbeitete gern auf harten Stühlen. Über einen Internetanschluss verfügte das Cottage nicht. Aber ich hatte die Vorabrecherchen für mein Buch bereits durchgeführt und die Ergebnisse auf der Festplatte abgelegt. Außerdem hatte ich ein elektronisches Lesegerät dabei, das eine umfangreiche Fachbibliothek enthielt. Ohnehin war das Wichtigste die Inspiration.

Ausgerechnet daran fehlte es mir. Ständig ertappte ich mich dabei, wie ich durch die Fensterscheibe auf den Prayer's Rock hinausstarrte. Nach zwanzig Minuten hatte ich nur die schlichte Widmung getippt: *Für Talisa (2006–2014).*

Irgendwann stand ich auf, hängte die gerahmte Inselkarte von ihrem Platz an der Toilettenwand ab, nahm sie mit in die Küche und stellte sie aufrecht in die Fensternische. Nun hatte ich beides im Blick: den realen Leuchtturm draußen im Meer und sein Abbild auf der Karte. Seltsamerweise entspannte mich das. Die Unruhe verließ mich und ich schaffte es, eine Weile lang konzentriert zu schreiben. Gegen Mittag machte ich mir eine Dosenmahlzeit warm. Danach arbeitete ich relativ lustlos weiter, bis das Tageslicht schwand und nur noch der glühende Monitor meinen Arbeitsplatz erhellte. Ich hätte die Deckenleuchte anschalten können, aber raumfüllendes Licht erzeugt eine schlechte Arbeitsatmosphäre. Was mir hier fehlte, war eine Schreibtischlampe.

Den Abend hätte ich am liebsten bei einem Glas Whiskey am Kamin verbracht. Whiskey gab es nicht; das Kaminfeuer entfachte ich trotzdem. Zur Erlabung braute ich mir Ingwertee, der einem *Bushmills* wenigstens farblich ähnelte.

Danach ließ ich mich in den Sessel neben dem kleinen Büchergestell sinken. Die Auswahl der Bände erschien willkürlich. Die zerknickten Taschenbuchkrimis und Cecilia-Ahern-Schmonzetten waren wahrscheinlich von früheren Feriengästen zurückgelassen worden. Dazwischen standen zwei Bücher über Vogelbeobachtung. Für diese Beschäftigung bot die Insel beste Bedingungen. Jetzt fand auch das Fernglas, das ich auf dem Kaminsims vorgefunden hatte, eine Erklärung. Ich stöberte weiter in der chaotischen Sammlung, die typisch war für Gästebibliotheken in Ferienhäusern. Und dann machte ich einen Fund.

Ich zog einen alten, in geprägtes Leder gebundenen Folianten hervor. Der Titel schlug mich augenblicklich in den Bann. *An Account of the Prayer's Rock Lighthouse.* Verfasst von ›Robert Halpin jr., F.R.I.A, M.I.C.E., Engineer to the Commissioners of Irish Lights‹. Die Abkürzungen kennzeichneten fraglos das Mitglied irgendwelcher erlauchter Körperschaften. Halpin war als Chefingenieur für die Konstruktion und den Bau des Leuchtturms auf Prayer's Rock verantwortlich gewesen und hatte auf Anweisung seines Auftraggebers, der nationalen Leuchtfeuerbehörde, diesen Bericht über die Unternehmung veröffentlicht. Auf einem unterseeischen Riff vor der Atlantikküste, von dem gezeitenbedingt nur wenige Stunden am Tag ein paar Quadratmeter aus den Fluten ragten, ein schlankes, vierzig Meter hohes Bauwerk aus schwerem Granit zu errichten, das tobenden Stürmen und turmhohen Wogen generationenlang trotzen würde, stellte eine architektonische und technische Bravourleistung dar. Aber die Opfer, die der Leuchtturmbau forderte, waren groß. Da die Arbeiter nur bei Ebbe drei oder vier Stunden lang auf dem Felsen bleiben konnten, quartierte man sie auf einem nahebei vor Anker liegenden Schiff ein. Oft herrschte raue See, und das Übersetzen zum Felsen erwies sich als gefahrvoll. Vor allem kostete es Arbeitszeit. Und bald das erste Menschenleben. Ein Arbeiter wurde von einer Sturzwelle aus dem Boot gerissen und ertrank. Nun entschied man, die Arbeiter direkt auf dem Riff unterzubringen. Doch nach dem Unglück rebellierten die Leute. Von Anfang an hatte sich ein Aberglaube in den Männern festgesetzt, der mit den *storm petrels* zusammenhing, angeblichen Unglücksvögeln, die nur auf dem Prayer's Rock nisteten. Man bestach die Arbeiter durch eine Lohnerhöhung, und eine auf hohen Stelzen ruhende Unterkunft entstand. Der erste schwere Herbststurm schleuderte sie mit achtzehn Mann ins Meer. Der Bau wurde unterbrochen und erst im darauffolgenden Mai unter günstigeren Witterungsbedingungen wiederaufgenommen. Weil die bisherigen Beschäftigten sich weigerten, auf die Baustelle zurückzukehren, mussten auswärtige Arbeitskräfte angeworben werden. Eine neue Stelzenhütte wurde errichtet, die sich als robuster erwies. Dagegen rissen die übrigen Schwierigkeiten nicht ab. Das Anlanden der fertig zugehauenen, tonnenschweren Granitblöcke und ihr Transport über den zerklüfteten, schlüpfrigen Fels waren auch bei ruhigem Wetter halsbrecherisch. Regelmäßig wurden Baumaterial und Kräne ins Meer gespült. Und immer wieder gab es Verletzte und Tote. Trotzdem wurde Steinreihe auf Steinreihe gelegt. Jedes Jahr im November, vor Einsetzen der Herbststürme, endete die Bausaison, erst im folgenden Frühjahr begann sie wieder. Doch endlich, man schrieb das Jahr 1872, konnte der Prayer's-Rock-Leuchtturm in Betrieb genommen werden – er hatte 110 357,65 Pfund Sterling, fünf Jahre Bauzeit und vierundzwanzig Menschenleben gekostet.

Ich las und blätterte, oft verständnislos, durch die Seekarten, die topografischen Darstellungen, die Bauzeichnungen, die Berechnungstabellen. Eine Seite war herausgetrennt. Und zwar die Inselkarte, die gerahmt an der Toilettenwand gehangen hatte.

Mir gingen die *storm petrels* nicht aus dem Sinn. Handelte es sich um die kleinen, dunkel gefiederten Seevögel, die ich auf Prayer's Rock gesichtet hatte? Ich nahm das dickere der beiden Vogelbücher zur Hand. Der Verfasser schrieb recht ausführlich über die *storm petrels*. Später verriet mir das elektronische Wörterbuch meines Lesegeräts den deutschen Namen: Sturmschwalben. Wie zu erfahren war, ist diese Vogelart im Nordostatlantik viel weniger verbreitet als etwa Möwen, Kormorane oder Albatrosse. Sie sind die kleinsten aller Meeresvögel. Ihr Flug ist durch den Wechsel zwischen kurzem Gleiten und unruhigem, fledermausartigem Flattern gekennzeichnet. Frühe Seefahrer betrachteten die Sturmschwalbe als Unglücksvogel, der Unwetter heraufbeschwört. Anderen Vorstellungen zufolge verkörpern Sturmschwalben die Seelen ertrunkener Seemänner.

Mit solchen Gedanken im Kopf ging ich schlafen. Aber nicht, ohne vorher das Bild meiner Tochter vom Küchentisch zu nehmen und über Nacht am Bett aufzustellen.

Ich schlief unruhig und stand früh auf. Lange blickte ich in den Badezimmerspiegel. Kein Leser, dem das neueste Autorenfoto auf den Umschlagklappen meiner Bücher vertraut war, hätte mich jetzt noch erkannt. Ich sah Schatten unter den Augen, erschlaffte Wangen und Falten, die wie Haken an den Mundwinkeln zu ziehen schienen. Ich meinte zu erkennen, dass seit Talisas Tod selbst der Haaransatz über der Stirn zurückwich. Impulsiv fällte ich die Entscheidung, zum Ausgleich die Barthaare wachsen zu lassen.

Irgendetwas war mit dem Konservenfraß nicht in Ordnung gewesen und hatte meine Darmtätigkeit ins Stocken gebracht. Jedenfalls hockte ich ziemlich lange auf der Toilette, ohne dass die Erleichterung sich einstellen wollte. Zu allem Überfluss war das ›stille Örtchen‹ eng und karg wie eine frisch geweißte Einzelzelle. Nichts bot dem Auge Halt und den Gedanken Beschäftigung. Die Klobrille verbarg sich unter mir, den Spülkasten und das winzige Fenster hatte ich im Rücken. Also betrachtete ich die Tür, die glatt und langweilig war. Dann die Glühlampe. Sie war nackt und zu grell. Schließlich die Stelle an der Stirnwand, wo ich den Rahmen mit der Inselkarte abgehängt hatte. Was war nur an dieser Fläche, das meinen Blick festhielt? Das Grübeln brachte die gewünschte Ablenkung, und die Verkrampfung meiner Eingeweide löste sich.

Diesmal wollte ich sichergehen, Mr. Searcaigh nicht zu verpassen. Ich riss ein Blatt vom Schreibblock und notierte darauf: ›Falls ich nicht aufmache, bitte am Küchenfenster klopfen!‹ Dann öffnete ich die Haustür, um die Mitteilung von außen daran zu befestigen. Dabei stolperte ich über etwas, das jemand vor der Schwelle abgestellt hatte.

Was auch immer der Karton mit dem *Glenilen-Farm*-Logo ursprünglich enthalten hatte, jetzt war er vollgepackt mit den Dingen von meiner Besorgungsliste, einschließlich einer Flasche Whiskey. Searcaighs Schwester oder er selbst hatten sich einen kleinen Scherz gestattet. *Writer's Tears*, las ich vom Etikett ab. Schriftsteller-Tränen. Natürlich eine irische Marke, bei diesem Namen.

Die Lieferung musste früh im Morgengrauen abgestellt worden sein. Wie es schien, wich Mr. Searcaigh mir vorsätzlich aus. Ärger packte mich. Ich beschloss, dem Mann bald einen Besuch abzustatten. Mir fehlte die Lust, ständig nur über Zettel mit meiner Vertrauensperson zu kommunizieren, ohne sie je zu Gesicht zu bekommen. Das Fahrrad neben der Haustür würde demnächst Verwendung finden.

Ich nahm den Karton, um die Lieferung ins Haus zu tragen.

Beim Bücken sah ich es: Die Fahrradreifen waren platt. Hatte ich das bei der Ankunft übersehen? So hätte sich immerhin erklärt, warum das Rad scheinbar herrenlos an der Hauswand lehnte. Aber ich erinnerte mich nicht.

An der Küchentheke packte ich den Karton aus. Außer der Flasche mit Hochprozentigem hatte ich vor allem Lebensmittel bestellt. Dazwischen steckten eine Kostenaufstellung, die ich als Rechnung ansah, und ein Faltposter. Es handelte sich um eine für die wenigen Inseltouristen bestimmte, perspektivische Karte der Nordspitze von Angel Island. Der Gemischtwarenladen, der Pub und die Kirche waren wie Puppenhäuschen ins Village eingezeichnet. Den Friedhof markierte ein moosbewachsenes Keltenkreuz. Im Hafen tummelten sich Spielzeugboote und überdimensionale Möwen. Auf dem Leuchtturm hockte ein Kormoran. Die perfekte Kinderbuch-Illustration. Prayer's Rock lag zu weit draußen im Meer und war nicht eingetragen.

Die Rückseite des Blattes war mit einer Gezeitentabelle und der Reklame lokaler Dienstleister bedruckt. *Webster's Counter* – der Kramladen – versprach, binnen Tagesfrist jeden gewünschten Artikel zu besorgen. Ich merkte es mir, auch wegen der Schreibtischlampe. Dann las ich die Anzeige eines Fischers, der Vogelbeobachtern Bootsausflüge zu den Brutplätzen der heimischen Seevogelarten anbot.

Pflichtbewusst verbrachte ich einige Stunden am Küchentisch und beflirtete meine Muse. Doch sie blieb kapriziös, und das große Werk kam kaum voran. Oftmals spähte ich durchs Fenster auf Prayer's Rock hinaus. Oder der Blick verweilte auf dem Foto meiner Tochter.

Endlich machte ich mich auf den Weg. Ich folgte demselben Pfad wie beim ersten nächtlichen Ausflug auf der Insel. Jetzt, unter sonnigem Nachmittagshimmel, bei schwachem Wind und ruhiger See, wirkte er viel weniger beschwerlich. Zudem hatte ich meine Wanderschuhe und nicht mehr die klobigen Gummistiefel an den Füßen. Statt des Fauchens aufgewühlter Wogen, die sich gegen Felswände werfen, erfüllte Möwengekreisch die Luft. Das Gras glühte förmlich, entflammt von den lodernden Blüten der Wildblumen und der Glockenheide. Das schien auch den Appetit der Schafe anzuregen, denen ich immer wieder begegnete. Sie hatten schwarzbraunes Fell, einige waren ganz schwarz. Ein ungewohnter Anblick für mich, denn ich kannte nur die weiße Art. Ich sah auch nie einen Schäfer, nie einen Schäferhund und nie eine ganze Herde. Die Tiere grasten verstreut, manchmal gefährlich nah an den Steilklippen, wie grantige Eigenbrötler.

Mittlerweile führte der Fußpfad stetig abwärts. Irgendwann schaute ich zurück und sah den Leuchtturm nicht mehr. Fischgeruch wehte heran. Bald darauf erblickte ich mein Ziel.

Es waren sogar zwei Häuser. Das vordere, neuere, war ein weiß gekalktes, strohgedecktes Cottage mit blau gestrichener Tür. Das ältere, aufgegebene, war kleiner. Von ihm waren nur die nackten Bruchsteinmauern übrig. Dachlos, mit einem aufragenden dreieckigen Giebel an jeder Seite und den Fensterlöchern beidseits der Türöffnung, ließen sie mich an eine urzeitliche Katzenmaske denken. Kaum war mir dieser eigenartige Vergleich in den Sinn gekommen, da tappte ein gelbweiß gestreifter Kater aus der Ruine hervor und gähnte mich an.

Durch den amüsanten Zufall fühlte ich mich ein wenig heiterer gestimmt, als ich zu dem Mann hinabstieg, der dort unten auf dem Felsenstrand am kleineren von zwei Booten werkelte. Unterwegs stellte ich sicher, dass das Vogelbuch deutlich aus der Außentasche der Segeljacke ragte. Vor meinem Bauch baumelte unübersehbar der Feldstecher.

Am Ufer lagen eine Schaluppe und daneben ein etwa sechs Meter langes Festrumpfschlauchboot – eines jener schnellen, robusten und hochseetauglichen Wasserfahrzeuge, mit denen Meeresschützer Walfängern in die Quere kommen oder somalische Piraten Containerschiffe kapern. Der Mann hatte die Verkleidung des Außenbordmotors abgenommen und schraubte an ihm herum. Auch als er mich längst bemerkt haben musste, sah er nicht von seiner Arbeit auf.

Ich grüßte und stellte mich namentlich vor. Ob ich mit Mr. Aaron Kilduff spräche, der die Bootstouren zu den Vögeln anbiete?

Er nickte bloß.

Ich fragte ihn, ob ich eine solche Bootstour buchen könne.

Nein.

Warum nicht?

Ich sähe doch, der Motor sei kaputt.

Und sobald der Motor repariert sei?

Dann koste die Tour dreißig Pfund. Vielleicht auch mehr. Es komme darauf an, wohin ich wolle, und auf die Witterung. Endlich sah er mich an. Im Preis sei auch sein Wissen über die Vögel und die Brutplätze enthalten. Auf der ganzen Insel könne das kein anderer bieten.

Ich nickte verständnisvoll.

Sein Blick streifte mein Fernglas. Hinter welchen Vögeln ich denn her sei?

Mein besonderes vogelkundliches Interesse, erwiderte ich, gelte den *storm petrels*.

Augenblicklich war Mr. Kilduff wieder voll auf den Motor konzentriert. Nein. Solche Vögel gebe es auf der Insel nicht.

Das sei mir bekannt, erwiderte ich. Mich interessiere, was eine Fahrt zum Prayer's Rock koste.

Den Felsen steuere er nicht an, für kein Geld der Welt, versetzte Mr. Kilduff schroff.

Ich gab nicht auf. Stattdessen bot ich ihm dreihundert Pfund, die zehnfache Summe, wenn er mir das Boot vermieten wolle.

Die Antwort war ein verbissenes Schweigen.

Ich sei im Besitz eines international gültigen Sportbootführerscheins, schob ich wahrheitsgemäß nach, und könne ihn vorweisen.

Er unterbrach die Arbeit, aber sein Blick blieb auf das Motorteil geheftet, das er in der Faust hielt. Kein einziger Bewohner der Insel, sagte er, würde zulassen, dass irgendein Mensch auch nur in die Nähe von Prayer's Rock käme. Eher würden sie ihn im Meer ersäufen.

Später. Auf der Toilette in der Einzelzelle. Ich hatte mir ein Buch mitgenommen. Aber ich schlug es nicht auf; stattdessen starrte ich schon wieder auf die Stelle an der gegenüberliegenden Wand, die der Bildrahmen verdeckt hatte. Es war, bildlich gesprochen, als blicke man in irgendein Allerweltsgesicht und staune darüber, dass die nichtssagenden Züge trotzdem interessant erscheinen. Weil man die längst verblassten Narben auf Stirn und Wangen, die das Auge kaum erkennt, nur unbewusst wahrnimmt.

Nachmittags wieder ein längerer Versuch, meine Muse zu bezirzen. Sie gab sich weiterhin spröde. Anscheinend kam sie nur in der Ménage-à-trois mit Alex Stark in Fahrt. Gehobene Freier ließen sie kalt. Erstmals begann mir zu dämmern, dass ich vielleicht zu hoch gegriffen hatte mit meinem Ehrgeiz, bedeutende Literatur zu erschaffen. Talisas Kinderlächeln, mit dem sie mich aus dem Aufstellrahmen ansah, wirkte bei jedem Hinsehen mitleidiger auf mich. Allmählich sogar spöttisch. Dazwischen wanderte mein Blick immer wieder zum Fenster und zum Prayer's Rock hinaus.

Am Abend betrank ich mich mit *Writer's Tears*.

Ich schlug die Augen auf. Es war noch dunkel. Einen Moment lang wunderte ich mich, dass ich nicht im Bett lag und das Licht brannte. Doch dann sah ich die halb geleerte Whiskeyflasche, die neben dem Sessel auf dem Boden stand.

Ich war noch immer betrunken. Mein Schädel pochte. Draußen stöhnte die Brandung. Aber ich wusste jetzt, was zu tun war.

Schon früher war ich häufig im Morgengrauen erwacht und sofort zum Schreibtisch geeilt, weil ich im Halbschlaf einen Knoten durchtrennt hatte, der das Weiterspinnen des Erzählfadens behinderte. Doch diesmal hastete ich zur Toilette.

Tatsächlich. Wenn man sich dicht davorstellte, sah man es genau: Dort, wo der Rahmen gehangen hatte, besaß der Gipsputz die gleiche Farbe, aber eine andere Konsistenz als auf den übrigen Wandflächen. Er war minimal grobkörniger. Dem an dieser Stelle aufgetragenen Putz war offenbar ein anderer Sand beigemischt gewesen als der Sorte, die hauptsächlich verwendet worden war. Was wiederum den Schluss zuließ, dass man die Stelle erst nachträglich verputzt hatte. Und zwar so sorgfältig, dass es möglichst niemandem auffiel.

Ein verborgener Hohlraum im Gemäuer. In keinem einzigen *Alex-Stark*-Roman kam so etwas vor. Viel zu hausbacken. Fast schon beschämt hob ich die Hand und klopfte die Wandstelle ab. Überall derselbe dumpf-solide Klang. Nur dort, wo der Rahmen gehangen hatte, unter dem gröberen Putz, tönte es hohl.

Im Roman wäre es abgeschmackt gewesen. In der Realität war es ... aufregend!

Beim Blick in die Abstellkammer hatte ich einen Werkzeugkoffer bemerkt. Ich nahm einen Hammer. Den Meißel musste mir ein breiter Schraubenzieher ersetzen. Mit beidem kehrte ich zurück und rückte der Toilettenwand zu Leibe. Wenige Minuten später lag ein Häuflein Schutt zu meinen Füßen, und ich spähte in die flache Höhlung, die sich in der Wand aufgetan hatte. In ihr meinte ich einen kleinen Holzkasten zu erkennen. Außerdem ein Bündel beschriebenen Papiers. Ich wollte eben in die Öffnung greifen und meinen Fund bergen, da ertönte aus dem Wohnzimmer das Schrillen des Telefons.

Ich hielt inne. Wer mochte um diese Zeit anrufen? Draußen war es noch nicht einmal hell! Ich hatte Wichtigeres zu tun. Unentschlossen wartete ich das zweite Klingeln ab, das dritte ... erst jetzt kam ich zu mir. Ich hastete los und unterbrach den nächsten gellenden Ton, indem ich den Hörer hochriss.

Ich kam gar nicht erst zu Wort. Jemand blaffte mir ins Ohr. Ich solle mich von Prayer's Rock fernhalten!

Wer am Apparat sei, verlangte ich zu wissen.

Er selbst sei es, Mr. Searcaigh, erwiderte der Anrufer. Seine Stimme war heiser, aber kräftig. Sie klang älter als erwartet. Mir lag die Frage auf der Zunge, ob Aaron Kilduff mich verpfiffen habe. Aber Searcaigh holte kaum Atem, sondern sprach sofort weiter.

Er habe, offenbarte er, bis zur Automatisierung als Leuchtturmwärter auf Cormoran Point gedient. Und davor auf Prayer's Rock.

Jetzt dachte ich nicht mehr daran, ihn zu unterbrechen.

Vor der Automatisierung seien Leuchttürme, die draußen im Meer liegen, jeweils von zwei Wärtern gemeinsam betreut worden, und die Besatzungen hätten einander regelmäßig abgelöst. Prayer's Rock zu bemannen habe immer Schwierigkeiten bereitet. Der Grund dafür sei ein unheilvoller Ruf, der dem Turm seit seiner Errichtung anhafte. Er selbst, Searcaigh, sei damals – fünfzig Jahre liege es nun zurück – der erste einheimische Wärter auf Prayer's Rock gewesen. Für Aberglauben und Altweibergewäsch habe er nie etwas übriggehabt, und die ungewöhnlich hohe Bezahlung sei verlockend gewesen. Zum Kollegen habe er zu jener Zeit einen Bretonen gehabt. Dieser habe wegen einer Verfehlung keine Anstellung mehr auf heimischen Leuchttürmen gefunden und sich wie andere zuvor vom guten Lohn nach Prayer's Rock locken lassen. In einer Sturmnacht des Jahres 1964 – genauer gesagt, in der Nacht vom 31. Oktober auf den 1. November – habe der Bretone Wachdienst gehabt und sei für das Leuchtfeuer verantwortlich gewesen. Dabei habe er die Kardinalsünde jedes Leuchtfeuerhüters begangen: Er habe sich betrunken, sei eingeschlafen und habe das Feuer sich selbst überlassen. Die Ölpumpe verstopfte, und das Feuer verlosch, woraufhin eine große Jacht, die nach Liverpool wollte und den Nordkanal ansteuerte, am Prayer's Rock Schiffbruch erlitt. Erst als er, Searcaigh, aus der Koje stieg und turnusmäßig die Wache übernahm, bemerkte er, was geschehen war. Nur der Eigentümer der Jacht überlebte. Für seine Familie, die an Bord gewesen war, und für die gesamte Crew kam jede Rettungsmaßnahme zu spät.

Ich hatte keinen Schimmer, worauf Searcaigh hinauswollte. Aber ich hörte seinem Bericht gespannt zu.

Unter den wenigen Fremden, die sich nun die Nachfolge des

Bretonen bewarben, war ein Amerikaner. Was ihn hierher verschlagen und zu dem Stellengesuch bewogen hatte, blieb unklar. Aber er konnte durch seemännische Erfahrung punkten. Außerdem wirkte er menschenscheu und selbstgenügsam, wodurch er der wochenlangen Isolation auf dem Leuchtturm gewachsen schien. Der Fremde brachte einen Haufen alter Bücher und ungewöhnlicher Instrumente mit, denen er seine gesamte freie Zeit widmete. Gegen Searcaigh schien er eine besondere Abneigung zu hegen. Aber Spannungen, bis hin zu offener Feindschaft, sind nichts Ungewöhnliches zwischen Männern, die wochenlang auf so engem Raum unter extremen Bedingungen zusammengesperrt sind. Erst recht nicht, wenn keine gemeinsame Herkunft sie verbindet, was bei den Leuchtturmwärtern auf Prayer's Rock oft der Fall war.

Eines Nachts rief der neue Kollege, der Wachdienst hatte, Searcaigh ins Laternenhaus hinauf. Das Firmament war klar, Mond und Sterne spiegelten sich in der glatten See, während das Leuchtfeuer gleichmäßig kreiste und sein beruhigendes Signal an die Schiffe hinaussandte. Das war ungewöhnlich um diese Jahreszeit, zu Beginn der Herbststürme. Es handelte sich um die letzte Nacht im Oktober. Der Zeitpunkt des keltischen *Samhain*-Festes, wenn das Tor zur Unterwelt aufklafft und die Verstorbenen auf Erden wandeln. Die Nacht, in der einstmals *Cromm Crúach*, dem Totengott, Blutopfer dargebracht wurden.

Der Amerikaner hielt in der einen Hand ein Seil, in der anderen hatte er ein Messer. Ohne ein Wort stieß er Searcaigh die Klinge in den Leib. Dann eröffnete er ihm, ebenjener Mann zu sein, dessen Jacht durch die Pflichtvergessenheit der Leuchtfeuerbesatzung von Prayer's Rock am Felsen zerschellt war. Heute Nacht werde er die Toten anrufen und ihnen opfern, damit er Frau und Kind zurückbekomme.

Er begann, sein Opfer mit den Armen an die Reling der Galerie des Laternenhauses zu fesseln. Searcaighs Blut sammelte sich auf dem Boden der Galerie, leckte über die Kante und tropfte ins Meer. Aber er setzte sich zur Wehr. Als der Angreifer abermals mit dem Messer zustechen wollte, schlug er es ihm aus der Hand. Sie rangen miteinander. Searcaighs Gegner erkannte, dass er körperlich unterlegen war. Verzweifelt stimmte er eine unverständliche Beschwörung an.

Searcaigh schaffte es, sich das Messer zu schnappen und den noch unfertigen seemännischen Knoten, der sein Handgelenk mit der Reling verband, zu durchtrennen. Die blutige Klinge entglitt seinem Griff und wirbelte in die Tiefe. Eine plötzlich heranfegende Bö erfasste Searcaigh und warf ihn vor den Eingang des Laternenhauses. Er stolperte die Stiege hinab. Während immer mehr Blut aus der Stichwunde strömte, erreichte er seine Kammer und verbarrikadierte sich. Dann brach er zusammen und lauschte hilflos, wie ein furchtbarer Sturm anschwoll und binnen Kurzem Wogen gegen die Granitmauern schleuderte, die den ganzen Turm erbeben ließen.

Am nächsten Tag war die reguläre Wachablösung fällig. Dieser glücklichen Fügung und der Tatsache, dass der Sturm ebenso plötzlich abflaute, wie er aufgekommen war, verdankte Searcaigh das Leben. Der Kutter erreichte Prayer's Rock und nahm den Verletzten an Bord. Searcaigh hatte viel Blut verloren und bedurfte dringend ärztlicher Versorgung.

Was seine Retter auf der Galerie des Laternenhauses vorfanden, wusste Searcaigh nur aus ihren hinter vorgehaltener Hand geflüsterten Erzählungen.

Blutige Hautlappen, Fleischklumpen und Knochensplitter, durchsetzt mit blutgetränkten Stofffetzen, waren über die Galerie verteilt gewesen. Sie hingen an der Reling wie Schnupftücher von der Trockenleine und klebten sogar auf der Kuppel des Laternenhauses. Noch rätselhafter und im Nachhinein sogar beunruhigender als die Schlachthausszene waren die Dinge, die den Boden der Galerie bedeckten. Eine schlickverschmierte Golddublone. Aufgequollenes, muschelbewachsenes Leder. Eine rostzerfressene Gürtelschnalle. Angeknabbertes, von Seegras überwuchertes Gebein. Dazwischen lagen Krebse, Würmer und Algen, die sich im Meeresschlamm tummeln. Über allem hing der Gestank von Tang, Salzwasser, Fäulnis und Verwesung.

Die Männer reinigten das Laternenhaus und die Galerie spurlos von den blutigen Resten und dem Auswurf der See. Sie schafften Searcaigh an Bord des Kutters und fuhren zur Insel zurück.

Seither, raunte Searcaigh mir ins unwillige Ohr, habe kein Lebender mehr den Leuchtturm von Prayer's Rock betreten. Ein halbes Jahrhundert rage er jetzt verlassen und tot aus dem Meer, ausgesetzt dem schleichenden Verfall und stetiger Abnutzung durch Witterung und Wogen. Aber einmal im Jahr, in der Nacht der *Samhain*-Feier, erwache der Leuchtturm zum Leben. Dann seien die Granitblöcke wieder makellos gefugt. Das Laternenhaus sei sauber, die Scheiben blank. Das Linsensystem kreise wieder um das Petroleumglühlicht, und der Lichtstrahl ködere die Geister der Ertrunkenen.

Nach diesen Worten sammelte sich Schweigen im Telefonhörer.

Ich war im Zwiespalt. Von Berufs wegen wusste ich ein gut gesponnenes Garn zu würdigen, und Searcaighs Gruselstory hatte mir gefallen. Und dennoch war ich verärgert. Glaubte der Alte, er könne mir Angst einjagen, sodass ich dem Leuchtturm fernbliebe?

Ich sagte zu Searcaigh, dass Angel Island offenbar eine Schatzkiste für Sammler moderner Volksmythen sei, und erinnerte ihn daran, dass ich kein kleiner Junge mehr war, den man mit Spukgeschichten willfährig machen konnte.

Ob ich die Geschichte glaubte oder nicht, sei egal, versetzte er. Für mein künftiges Wohlergehen sei allein entscheidend, woran die Inselbewohner glaubten. Nach diesen Worten legte er auf.

Searcaighs kaum verhohlene Drohung kam für mich einer Herausforderung gleich. Aber ich war innerlich so sehr mit der Entdeckung des Geheimverstecks beschäftigt, dass ich meinen Grimm verdrängte.

Mein Fund bestand in einem vergilbten, fadengehefteten Notizbüchlein und einer Holzschatulle von länglicher Form und schlichter Machart. Vielleicht weil das Behältnis verschlossen war und der Schlüssel fehlte, forderte es meine ganze Neugier heraus. Der Schließmechanismus wirkte primitiv. Ich beschaffte mir einen Nagel und stocherte damit im Schlüsselloch herum. Mit einem gedämpften Knacken, als würde ein Kronkorken von der Flaschenöffnung entfernt, schnappte die Verriegelung auf. Ich öffnete den Deckel.

Die Schatulle war mit violettem Stoff ausgeschlagen. Ihr Inhalt enttäuschte mich. Er bestand nur aus einem Haufen schwarzer Scherben und Splitter. Als ich sie näher in Augenschein nahm, erkannte ich, dass es sich um eine Art von Kristallbruchstücken handelte. Einige wiesen Spuren eines Schliffs auf, so als hätte sich jemand in der Kunst der Kristallbearbeitung geübt. Die Mineralogie war nicht mein Fach, daher hatte ich keine Ahnung, worum genau es sich bei dem Material handelte. Die Objekte wirkten undurchsichtig, ähnlich wie Gagat. Aber wenn ich sie ins Helle hielt, offenbarten sie, abhängig vom Einfallwinkel des Lichts, eine unnatürlich wirkende Luzidität. In einigen entzündete das Licht ein winziges Feuer, ähnlich einem glühenden Auge im Dunkel der Nacht.

Das Büchlein war stark vergilbt und die Tinte auf den Seiten altersbraun. Die Handschrift wirkte altmodisch und war schwer zu entziffern. Ich vermutete aber, dass die Einträge auf Holländisch abgefasst waren. Dies bereitete mir die nächste Enttäuschung, denn ich beherrsche die Sprache nicht. Modernes Holländisch hätte ich mir noch halbwegs zusammenreimen können. Aber offenkundig hatte ich es mit einer altertümlichen Wortwahl und Schreibweise zu tun. Die eingestreuten Zeichnungen ließen immerhin den Schluss zu, dass es um Optik und Lichtbrechung ging. Auf den letzten Seiten fand ich eine unbeholfen ausgeführte, von Hand kolorierte Illustration. Sie zeigte eine Kerze, vor deren Flamme ein schwarzer, eigentümlich geformter Schirm befestigt war. Gestrichelte Linien verliefen von der Flamme zum Schirm, durchdrangen ihn, wobei ihre Farbe von gelb zu schwärzlich-rot wechselte, und trafen in breiter Streuung auf eine unheimliche Gestalt. Ich überlegte, warum die Gestalt so gespenstisch auf mich wirkte. Vielleicht nur wegen der kindlichen Darstellungsweise. Sie ähnelte einem aufrecht stehenden Menschen. Doch die Konturen wirkten unangenehm grob und unfertig. Die Figur war unbekleidet, aber ihre Nacktheit ermangelte der Details.

Wie ernüchternd! Weil das Wandversteck hinter der gerahmten Karte aus dem Buch über den Prayer's-Rock-Leuchtturm verborgen gewesen war, hatte ich erwartet, dort irgendetwas vorzufinden, das mit Prayer's Rock und dem Leuchtturm in Zusammenhang stand. Das war natürlich naives Wunschdenken gewesen. Mit dem Fund wusste ich wenig anzufangen. Ich fragte mich, was so bedeutsam an einem Kasten voller Kristallsplitter und einem alten Heft mit fremdsprachigen Notizen sein mochte, dass jemand es der Mühe für wert befunden hatte, beides hinter dem Gipsputz in der Mauer zu verbergen?

Ich war versucht, mir einen weiteren Schluck *Writer's Tears* einzuschenken. Aber draußen zog bereits die Morgendämmerung auf. Besser, ich schlief noch eine Runde.

31. Oktober. Wäre ich im Leuchtturmwärterhaus auf Angel Island nicht vom Internet abgeschnitten gewesen, hätten launige Halloween-Grüße meinen Eingangsordner gefüllt. So aber öffnete ich nur das Textprogramm. Ich löschte alles, was ich bisher geschrieben hatte. Nur die Widmung ließ ich abgeändert stehen.

Für Talisa. Wir sehen uns wieder.

Ich hatte meine literarischen Pläne umgeworfen. Den Inselaufenthalt würde ich für ein anderes Buch als die schriftstellerische Fehlgeburt nutzen, für die ich bislang meine Zeit vergeudet hatte. Ich tippte den Arbeitstitel:

Prayer's Rock

Über den Einstieg sann ich länger nach. Geistesabwesend zupfte ich mir den sprießenden Bart. Schließlich schrieb ich:

Natürlich hätte ich das Flugzeug nehmen und für den Rest der Strecke einen Helikopter chartern können. Doch ich wählte den langsamen, schrittweisen Übergang in die Einsamkeit.

Das gefiel mir schon mal ganz gut. Aber es täuschte mich nicht über das große Problem meines Unterfangens hinweg. Wenn ich die Sache ernsthaft in Angriff nahm, musste ich dem Prayer's Rock einen Besuch abstatten. Und zwar in der Nacht des *Samhain*-Festes. In der Halloween-Nacht.

Heute Nacht.

Oder die Chance war vertan.

Zudem konnte ich nur bei Niedrigwasser auf dem Riff landen. Das erste Niedrigwasser für heute war schon vorbei. Aber die nächste Ebbe hatte bereits eingesetzt, und bis zum zweiten Niedrigwasser blieben mir noch etwa fünf Stunden. Genug Zeit, wie mir schien. Aber ich musste noch Vorbereitungen treffen und – die größte Herausforderung! – ein Boot beschaffen. Hierfür kamen, soweit meine Kenntnis der lokalen Gegebenheiten bisher reichte, Mr. Kilduff und der Hafen infrage. Gegen den Hafen sprach das allgemeine Aufsehen, das ich dort erregen würde. Mein Wunsch, mir den Leuchtturm auf Prayer's Rock näher anzusehen, hatte sich ja schon herumgesprochen. Wahrscheinlich würde die soziale Kontrolle innerhalb der Gemeinschaft verhindern, dass irgendein Insulaner wagte, mich zum Felsen zu bringen oder auch nur ein Boot an mich zu vermieten. Gegen Mr. Kilduff sprach, dass ich mir an ihm schon einmal die Zähne ausgebissen hatte. Aber bei ihm war es vielleicht doch nur eine Frage des Geldes. Den Ausschlag gab letztendlich, dass Mr. Kilduffs Bucht zu Fuß schneller zu erreichen war als der Hafen. Falls ich in der Bucht keinen Erfolg hätte, wäre der Rückweg nicht so lang, und mir würde genügend Zeit bleiben, um anschließend auch noch zum Hafen zu marschieren.

In Ruhe und mit Umsicht packte ich den Rucksack. Hinein wanderten verschiedene Dinge, von denen ich glaubte, dass sie mir bei meinem Unterfangen nützlich sein konnten, ganz zuletzt ein wasserdichtes Behältnis voller zusammengerollter Geldscheine.

Gerade als ich das Haus verlassen wollte, fielen mir die Schatulle und ihr Inhalt ein. Es widerstrebte mir, die Sachen offen auf dem Wohnzimmertisch liegen zu lassen. Kurz entschlossen räumte ich alles ins Wandversteck zurück und hängte den Rahmen mit der Inselkarte wieder davor auf. Zum Schluss entfernte ich den verräterischen Schutt, der noch auf dem Boden lag.

Der Himmel war grau bewölkt. *Als hätte der liebe Gott die Schmutzwäsche rausgehängt,* um es auszudrücken wie der Ich-Erzähler Alex Stark in einem meiner Krimis; eine Bildsprache, die von den Lesern geliebt und von den Kritikern verachtet wurde. Aber die See war verhältnismäßig ruhig, und es ging nur ein schwacher Wind. Irgendwann vernahm ich laute Schreie unsichtbarer Möwen. Die Brise trug Aasgestank herüber. Ich wagte mich bis zur Klippenkante vor und blickte hinab. Eines der schwarzbraunen Schafe hatte sich auf den Felsen zu Tode gestürzt. Der Kadaver war von Möwen bedeckt, die ihre Schnäbel in das verwesende Fleisch hackten. Ich wandte mich rasch ab und setzte meinen Weg fort. Nicht lange danach erblickte ich Mr. Kilduffs Hütte und die geschützte Bucht mit den beiden Booten.

Diesmal schien der Fleck wie ausgestorben. Die Fenster der Hütte waren gardinenverhängt. Ich klopfte an die blau getünchte Tür. Nichts regte sich.

Da sprach mich jemand von hinten an.

Das Mädchen war nicht nur scheinbar aus dem Nichts aufgetaucht wie ein Halloween-Kobold, es sah auch ein bisschen so aus wie einer. Allerdings wie ein extrem hübsches Exemplar. Rabenschwarzes Haar wehte ihr ungehindert ins blasse Gesicht. Zwischen den Strähnen leuchteten die gelbbraunen Augen wie Feueropale. Die Wangen glühten, die Lippen waren voll und rot. Sie trug Gummistiefel, hauteng, verdreckte Jeans, ein Sweatshirt und eine abgenutzte Fleecejacke. Der Stoff des Shirts spannte sich über frühreife Brüste. Sie konnte nicht viel älter als dreizehn sein. Ihre Finger waren blutverschmiert, und sie roch, als habe sie gerade Fisch ausgenommen.

Sie hatte eine sexuelle Ausstrahlung, die sich in keinem Hochglanzheft fand und auf die ich ohne es zu wollen körperlich reagierte. Schon weil sie noch ein Kind war, schämte ich mich dafür.

Ich fragte, ob sie die Tochter von Mr. Aaron Kilduff sei.

Sie achtete nicht darauf. Stattdessen wollte sie wissen, was ich hier zu suchen habe.

Ich deutete auf das Festrumpfschlauchboot. Das wolle ich bis morgen mieten. Eine Bootsführerlizenz könne ich vorweisen, und ich wäre bereit, eine Kaution zu entrichten.

Das Boot sei nicht mietbar, versetzte sie prompt. Aber verkäuflich.

Ich hatte mich darauf vorbereitet, Kilduff ein solches Angebot zu machen. Aber dass seine Tochter – wer sollte sie sonst sein? – mir das Gefährt umstandslos zum Kauf andiente, verschlug mir sekundenlang die Sprache.

Sie bezifferte ihre Forderung: dreitausend Pfund, bar auf die Hand.

Das erschien noch nicht einmal ein überhöhter Preis zu sein. Nicht für das Boot und nicht für eine Chance, die sich nur einmal im Jahr anbot und die ich nutzen musste, wenn ich mein Buch schreiben wollte. Okay, die Kleine war minderjährig und noch gar nicht geschäftsfähig. Und außerdem gehörte das Boot ihrem Vater. Aber wenn ich eine Quittung bekäme, wäre es jedenfalls kein Diebstahl. Genügend Geld hatte ich dabei.

Die Kleine sah mit Argusaugen zu, während ich ihr die Kaufsumme abzählte. Ich schrieb eine Empfangsbestätigung auf ein Blatt meines Schreibblocks. Ehe ich ihr den Stift reichen konnte, unterschrieb sie grinsend mit dem blutigen Zeigefingernagel.

Das Mädchen quetschte zwei Finger in die knappe Jeanstasche, worin sich etwas Längliches abzeichnete, und förderte es zutage. Ohne den Zündschlüssel für den Außenborder ginge es nicht, sagte sie und hielt ihn mir hin. Ach ja, im Preis sei der volle Tank inbegriffen.

Ich schwang den Rucksack ins Boot und wollte das Mädchen bitten, mir zur Hand zu gehen, wenn ich es zu Wasser brachte. Aber die Kleine war spurlos verschwunden.

Ich schaffte es auch allein. Der Außenbordmotor sprang sofort an. Offenbar verstand Mr. Kilduff etwas von der Reparatur solcher Maschinen. Weil alles überraschend glatt gelaufen war, hatte ich jetzt mehr Zeit, als ich brauchte. Bis die Ebbe mir die Landung auf Prayer's Rock gestatten würde, musste ich noch mindestens zwei Stunden warten. Dies bot mir Gelegenheit für ein Täuschungsmanöver. Statt direkt Kurs auf Prayer's Rock zu nehmen, was von der Insel aus bemerkt worden wäre, schipperte ich mit gedrosselter Motorleistung am Ufer entlang und setzte ab und an wie zur Vogelbeobachtung das Fernglas an die Augen. Schließlich stieß ich auf eine winzige Anse zwischen den Steilklippen, wo ich ungesehen in Lauerstellung ging.

Prayer's Rock lag außerhalb meines Sichtbereichs. Ich ließ das mit dem Feldstecher bewaffnete Auge über die Steilwände wandern, die, versteinerten Katarakten gleich, in die Brandung abstürzten, folgte dem Gleitflug der Möwen und der Basstölpel. Aber die Vogelbeobachtung langweilte mich schnell. Mein Blick fiel auf die Zigarettenpackung, die am Bug des Bootes zwischen Taurollen auf dem Boden lag. Ich hob sie auf. Sie war leer. *Carrolls Number 1*, Searcaighs Marke. *Toradh caithimh tobac – bás*, stand auf Gälisch im Feld mit dem Warnhinweis. Erst an zweiter Stelle, knapper: *Smoking kills*.

Als ich schließlich das Versteck verließ, setzte bereits die Dämmerung ein. Das Schlauchboot hatte einen marinegrauen Anstrich. Mit etwas Glück blieb meine Fahrt unbemerkt.

Im Nordosten pulsierte das Leuchtfeuer von Cormoran Point. Ich steuerte nordnordwestlichen Kurs, auf Prayer's Rock zu. Obwohl das Riff neun Seemeilen vor der Küste lag, ragte der dunkle Leuchtturm deutlich sichtbar vor dem Horizont auf.

Der Außenbordmotor war klein, aber kraftvoll. Das leichte Boot galoppierte in hohem Tempo über die Dünung. Dennoch dauerte die Fahrt bei relativ ruhiger See fast eineinhalb Stunden. Der zunehmenden Dämmerung zum Trotz zeichnete sich der dunkle Umriss des Leuchtturms mit schrumpfender Entfernung immer schärfer ab. Irgendwann nahm ich auch die Sturmschwalben wahr, die fledermausartig über dem Riff flatterten, auf dem Felsen hockten oder übers Wasser schwirrten.

Als ich ankam, war noch immer Ebbe, die Tide hatte ihren tiefsten Stand noch nicht erreicht. Das war von Vorteil, weil ich somit dichter an den Turm heransteuern konnte.

Aus nächster Nähe wirkte das Bauwerk riesig. Gigantisch, scheinbar übermächtig stieg es in den Himmel wie eine gewaltige Fontäne aus Stein. Und es wirkte alt uralt. Bis zur Hochwasserlinie, etwa fünf Meter über dem Fels, war der Granit schwarz und überzogen von Tang, Schlick und Muscheln. Darüber waren die Fugen zwischen den verwitterten Quadern von den Wogen ausgenagt, und Bärte aus Tang und Seegras hatten sich darin verfangen. Die Galerie mit der rostigen, guanobedeckten Reling ließ sich in fast vierzig Metern Höhe kaum ausmachen.

Die Sturmschwalben, nicht an menschliche Gegenwart gewöhnt, waren jetzt sämtlich aufgeflogen und hüllten den oberen Teil des Turms in eine dunkle Wolke ein. Es sah aus, als hätte ein versteinerter Mammutbaum schlagartig eine Krone rauschender dunkler Blätter ausgetrieben.

Das Riff ragte bereits weit genug aus den Wellen, um es zu betreten. Doch der schartige, salzverkrustete Fels war schlüpfrig und gewährte den Füßen nur trügerischen Halt. Zugleich bot er nur wenig Reibungswiderstand, sodass es mir dennoch gelang, das Schlauchboot nach der Landung aufs Trockene zu ziehen.

Ich vertäute das Boot an der Leiter des Turms, die eineinhalb Meter über dem Fundament begann und zum einzigen direkten Zugang führte, der sich oberhalb des massiven, gut fünf Meter hohen Sockels befand. Die Stiege, hatte ich in Halpins Foliant gelesen, bestand aus Kanonenbronze. Sie war frei von Rost, aber schwarz verfärbt und mit Tang behangen. Sie zu bewältigen stellte eine Herausforderung dar. Erst jetzt kam mir in den Sinn, dass ich, oben angekommen, wahrscheinlich auf eine versperrte und obendrein zugerostete Tür stoßen würde.

Mein erschreckend schlecht geplanter Erkundungsausflug drohte ein jähes Ende zu finden!

Aber ich schulterte den Rucksack und nahm es mit der Leiter auf, erklomm mühsam Sprosse um Sprosse. Schließlich stand ich keuchend in der Türnische und wischte mir die stinkenden, schmierigen Handflächen an der Hose ab. Welche Farbe die Tür einstmals gehabt hatte, war nicht mehr zu erkennen. Auch sie war vom Meerwasser schwarz verfärbt und mit Muscheln gepanzert. Ich umfasste den Griff. Entgegen meiner Erwartung zerbröselte er mir nicht unter den Fingern zu einer Hand voll Rost. Dennoch hielt ich unvermittelt inne.

Wenn nun auf der anderen, meinem Blick entzogenen Seite des Leuchtturms ein Bullauge eingedrückt war und der Turm meterhoch voll Wasser stand? Dann würde eine gewaltige feuchte Faust aus der geöffneten Tür schießen und mich auf den Fels hinabschleudern.

Ging die Tür nach innen auf oder nach außen? Ich schätzte die Einfassung ab. Schließlich wagte ich es. Ich drückte den Griff und stemmte mich gegen die Tür. Zu meiner Verblüffung schwang sie beinahe widerstandslos zurück.

Statt des befürchteten Brackwasser-Schwalls schlug mir abgestandene Luft entgegen. Sie roch nach feuchtem Stein, Schimmel und Meerwasser. Ich blickte in einen schmalen, finsteren Gang, an dessen Ende Stufen aufwärts führten.

Ich wandte mich um und spähte zum Boot hinab. Das Tau, mit dem ich es festgemacht hatte, war lang genug. So lang die Ebbe anhielt, würde es sicher auf dem Felsenriff liegen; stieg das Wasser wieder, würde das Boot mit nach oben getragen. Selbst bei Hochwasser müsste ich es nur am Tau zu mir heranziehen.

Aber was war, wenn ein Sturm aufkam? Leider war ich nicht auf dem Meer zu Hause und unfähig, Witterungsvorboten zu deuten. Ich wusste nur, dass gerade jetzt, in der Herbstzeit, an der Atlantikküste Stürme mit gefährlicher Plötzlichkeit auftraten.

Ein Unwetter würde das Boot wahrscheinlich losreißen oder am Turm zerschmettern. Dann säße ich hier fest.

Was hätte Alex Stark an meiner Stelle getan? Eine Frage, die ich mir oft vorgelegt hatte, um mich noch besser in meine literarische Hauptfigur hineinzudenken. Stark war ein Draufgänger und würde das Risiko in Kauf nehmen. Und natürlich würde daraufhin ein Sturm sein Boot vernichten. Das verlangte die Dramaturgie.

Innerlich fluchend ließ ich den Rucksack zurück und kletterte die schlüpfrigen Sprossen wieder hinab. Die Dunkelheit hatte zugenommen, und nun öffnete auch das Feuerschiff sein träge blinzelndes Zyklopenauge. Ich wunderte mich. Bisher war das Licht weiß gewesen. Doch jetzt war es rot.

Mühsam zerrte ich das Schlauchboot bis unter die Leiter. Ich montierte den Außenbordmotor vom Heckspiegel ab. Dann stellte ich das Boot senkrecht auf und zurrte es so eng wie möglich am Holm der Leuchtturmleiter fest. Überflutet zu werden schadet dem Boot nicht. Entscheidend war, dass es wegen des mangelnden Spielraums nicht gegen den Leuchtturm geschmettert werden konnte. Ein weiteres Tau befestigte ich am Tragebügel des Motors. Das freie Tauende knüpfte ich mir ums Handgelenk. Keuchend erkletterte ich die Türnische und ließ mich mit dem Hintern auf den Absatz plumpsen. Nach kurzer Verschnaufpause begann ich den Außenborder am Tau zu mir heraufzuhieven. Ich lehnte ihn im Gang gegen die Wand. Das Auf und Ab über die glitschigen Leitersprossen und das Gewicht des Motors steckten mir in den Knochen. Zwar besaß ich naturgemäß den Einfallsreichtum Alex Starks. Aber beileibe nicht seine körperliche Kondition.

Ich wartete ab, bis ich wieder bei Kräften war. Dann drückte ich die Tür ins Schloss. Öffnete sie probehalber noch einmal und ließ sie dann endgültig einrasten.

Augenblicklich verschluckte mich tiefe Finsternis. Eine Sekunde später wurde sie vom Strahl meiner Taschenlampe zerteilt. Einer gespenstischen Flunder gleich, irrte der Lichtfleck an den Mauern entlang. Der Verputz war grau verfärbt von der Feuchtigkeit und marmoriert von schwärzlichem Schimmel.

Ich setzte den Rucksack auf und stieg über den Außenbordmotor hinweg. Als ich die Stufen erreichte, sah ich, dass sie eine schmale, steile Wendeltreppe bildeten, die durch einen dunklen Schacht nach oben verlief.

Ich zögerte. Plötzlich fühlte ich mich wie jemand, der im Begriff ist, in einen dunklen Keller hinabzusteigen, und den beim Blick in den Kellerabgang die menschliche Urfurcht vor der Dunkelheit packt – und vor den Ungeheuern, die die eigene Einbildung gebiert. Nur dass die Stufen vor mir nicht in unbekannte, lichtlose Tiefen führten, sondern in finstere, geheimnisumwitterte Höhen.

Schließlich ermannte ich mich und erklomm die Treppe. Sie mündete in eine enge, runde Kammer.

Durch das winzige Fenster drang kein Lichtstrahl. Auch die Kammer war schwarz wie ein Grab. Der Lichtkegel der Taschenlampe schälte vergammelte Kisten und Fässer aus der Schwärze. Zu dem Geruch von salziger Nässe und Moder kamen hier Reste von Fäulnisgestank. Ich fragte mich, ob es sich um einen Lagerraum handelte, dessen Vorräte schon vor langer Zeit der Auflösung anheimgefallen waren.

An der Wand rankte sich eine gusseiserne Stiege empor. Sie führte in eine Kammer, die dem Lagerraum entsprach. Allerdings besaß sie kein Fenster. Der Strahl meiner Taschenleuchte strich über große, verzinkte Metallbehälter, die einst gespiegelt und geblitzt haben mussten. Doch nun waren sie stumpf und matt. In Holzfächern standen noch die Kannen, mit denen der Leuchtturmwärter einst das Lampenöl aus den Behältern nach oben getragen hatte.

Ich wollte weiter hinaufsteigen und setzte eben den Fuß auf die nächste Eisensprosse. Doch mitten in der Bewegung hielt ich inne. Ich hatte etwas gehört!

Ich rührte mich nicht, lauschte mit angehaltenem Atem.

An mein Ohr drang das Geräusch träger, schwerer Schritte. Anscheinend kamen sie von oben. Und sie kamen näher ...

Um mich nicht zu verraten, schaltete ich die Lampe aus.

Sofort umfing mich dichte Finsternis. Alles in mir konzentrierte sich auf den Hörsinn. Unverkennbar: Die Schritte kamen die Eisenstiege herab!

Abwärts flüchten konnte ich nicht. Nicht in völliger Dunkelheit und über die schmalen Eisensprossen. Außerdem endete dieser Fluchtweg ja in einer Sackgasse.

Ich drückte mich hinter der Treppe gegen die klamme Wand und hoffte, dass das, was immer da herabgestapft kam, achtlos an mir vorüberschreiten werde.

Am oberen Treppenabsatz erschien ein Lichtglanz. Wie hypnotisiert starrte ich darauf. Im selben Moment erklang in meinem Kopf eine Stimme. Ich kannte sie gut. *Idiot!*, sprach Alex Stark. *Deine bleiche Visage leuchtet hell wie der Mond. Willst du, dass die Bestie dich anheult?*

Ich verbarg das Gesicht.

Die Schritte wurden lauter ... bis sie keinen Meter von mir entfernt erklangen. Für jeden der ruhigen, gleichmäßigen Schritte zuckte mein Herzmuskel dreimal. Nach mehr als fünfzig bangen Herzschlägen verklangen die Schritte eine Etage tiefer im Lagerraum.

In die vorherrschende Geruchsmelange von Meerwasser, Nässe und Schimmel und den Hauch von Fäulnis mischte sich jetzt eine scharfe Nuance. Sie stach unangenehm in der Nase und weckte eine Erinnerung in mir. Aber die Verfremdung durch die übrigen Gerüche, die Situation und meine Anspannung blockierten mir das Gedächtnis.

Die Erkenntnis, dass ich im gemiedenen Leuchtturm von Prayer's Rock nicht allein war, traf mich völlig unvorbereitet. Ich hatte keinen blassen Schimmer, was dahintersteckte. Vielleicht fiel meine Reaktion deshalb beinahe panisch aus. Ich stellte mir vor, dass der Verursacher der unheimlichen Schritte wieder in die Kammer heraufkam und mich hier vorfinden würde wie auf dem Präsentierteller. Weiter oben gab es vielleicht ein Versteck. Ich schaltete die Taschenlampe wieder ein und betrat die Stiege.

Kaum hatte ich drei Sprossen genommen, spürte ich, wie etwas an mir zupfte. Eine Sekunde lang war ich wie gelähmt. Dann nahm ich allen Mut zusammen und leuchtete hinter mich. Aber da war nichts – nur die Wand, leere Stufen und Dunkelheit.

Wieder spürte ich das sachte Zupfen. Doch diesmal drängender. So etwas wie klammes Entsetzen befiel mich.

Ein drittes Zupfen, schmerzhaft jetzt. Die Berührung war nicht äußerlich. Nicht an der Kleidung oder an den Fingern oder an den Haaren versuchte irgendetwas, mich zurückzuhalten, sondern mit einem Griff tief in mich hinein. Panisch überwand ich eine weitere Sprosse. Fast wäre ich in die Knie gegangen, als eine verzweifelte, aber schwache Hand sich in meinen Herzmuskel zu verkrallen und mich zurückzuzerren schien. Ich umfasste die Taschenlampe so fest ich konnte, damit sie mir nicht aus den Fingern glitt. Dann mühte ich mich die nächste Sprosse hinauf. So kraftlos dieser geisterhafte Griff auch war, er schien mir das Herz auszuwringen. Die letzte Stufe erreichte ich kriechend.

Und war frei! Mein Herz raste, aber die grässliche Umklammerung hatte ich abgeschüttelt. Ein Herzinfarkt musste sich ähnlich anfühlen wie jener soeben gelockerte, eisige Griff in die Brusthöhle.

Da fiel mir urplötzlich ein: ich hatte etwas mitzunehmen versäumt ... das Wichtigste überhaupt – das Foto meiner Tochter! Bisher hatte ich Trost darin gefunden, es immer mit mir zu führen. Aber anstatt es aus dem Aufstellrahmen zu entfernen und zu den übrigen Dingen in den Rucksack zu packen, hatte ich es im Cottage zurückgelassen.

Tränen schossen mir in die Augen. Zum ersten Mal seit die erste Schaufel voller Erde dumpf auf Talisas Sarg aufschlug, überwältigte mich das Verlustgefühl mit solcher Gewalt, dass ich hemmungslos weinte. Warum brach aller Schmerz, den ich tief im Herzen begraben hatte, ausgerechnet in diesem unpassenden Moment wieder hervor? Ich fand keine Erklärung dafür. Doch der Kummer überwältigte mich nur umso heftiger. Es kostete mich große Mühe, die Schluchzer zu dämpfen. Sogar dann noch, als wieder die Schritte ertönten.

Diesmal näherten sie sich von unten. Rotzend und schniefend mühte ich mich auf die Beine. Noch immer war der stechende Geruch da, überlagert von den stärkeren Beimengungen. Der Lichtkegel meiner Lampe gespensterte durch eine Kammer, die in Form und Abmessung den vorangegangenen glich. Doch die Wände waren hier vollkommen schwarz. Das war kein Schimmel, sondern Übermalung. In dem Lichtkreis, der über die geschwärzten Wände huschte, schien ein Muster auf. Auf den ersten Blick wirkte es wie ein krudes Tapetendesign. Tatsächlich handelte es sich um fremdartige Symbole oder Zeichen, mit leuchtend roter Farbe auf die schwarze Tünche geschrieben. Um Tausende von ihnen; selbst das gusseiserne Rohr, das vertikal durch den gesamten Turm verlief, war in diesem Abschnitt auf solche Art verziert. Wie beim Lagerraum gab es ein Fenster. Daneben stand ein Stuhl an der Mauer, und unter dem Stuhl stand eine Flasche auf dem Boden.

All das erfasste ich binnen weniger Sekunden. Rasch floh ich in die nächste Kammer hinauf.

Es schien sich um eine Art Wohnraum zu handeln. Er hatte ein größeres Fenster, das auch weniger tief gelaibt war, denn zugleich mit der Verjüngung des Turms nahm die Dicke der Mauern ab. Es gab einen Ofen, zwei Sessel, einen Pfeifenständer. Und wieder nahm ich jenen leicht stechenden Geruch wahr, den ich nicht einzuordnen vermochte.

Ich horchte auf die Schritte. Sie folgten mir unerbittlich. Ein Versteck bot der Wohnraum nicht.

Schnell hinauf in die nächste Kammer ... offenbar der Schlafraum, denn zwei Kojen waren wie gekrümmte Etagenbetten an die runde Wand gebaut. Außerdem gab es zwei Spinde – viel zu schmal als Versteck für mich – und einen Waschtisch.

Auch hier schwebte der rätselhafte Geruch. Schon im Wohnraum war er etwas stärker hervorgetreten, denn die Feuchtigkeit und der Schimmel nahmen mit zunehmender Höhe ab. Jetzt hingegen war der Geruch so unverfälscht, dass ich staunte, ihn nicht eher erkannt zu haben. Ich führte das auf die Extremsituation zurück, auf meine Verstörung und auf die kindische Panik. Und auf den Umstand, dass Tabakqualm in meinem Herkunftsland schon seit Langem aus der Öffentlichkeit verbannt worden war.

Die Schritte waren jetzt ganz nah. Ich wandte mich der Stiegenöffnung im Boden zu und richtete den Strahl der Taschenlampe darauf.

Zuerst erschien der Kopf. Dann die Schultern und der Oberkörper. Schließlich stand der ganze Mann vor mir.

Er war klein, aber drahtig. Alter und Witterung hatten ihm tiefe Furchen ins Gesicht gegraben. Das Haupthaar und der Vollbart waren dicht und von fast identischer eisengrauer Farbe. Die Augen waren schwarz. Wie ich war er warm und wetterfest gekleidet. Zwischen den Lippen klemmte eine Zigarette.

Carrolls Number 1.

»Mr. Searcaigh!«

Er nickte, anscheinend nicht sonderlich überrascht, mich

vor sich zu sehen. »Ich muss da rauf«, sagte er und deutete an mir vorbei auf die Eisenstiege. »Wenn Sie so gütig wären...«

Während er sprach, wippte die Kippe im Mundwinkel auf und ab. Tabakasche rieselte zu Boden. Aus den Nasenlöchern drangen Qualmwolken hervor.

Er erwartete wohl, dass ich ihm Platz machte. Stattdessen erklomm ich die Sprossen. Dicht gefolgt von Searcaigh und dem Strahl seiner Stablampe, die viel stärker war als meine Leuchte, erreichte ich einen weiteren Lagerraum. Hier gab es keine Fässer und Kisten, sondern Regale. In einigen reihten oder stapelten sich trübe Flaschen, Konserven mit vergilbten Etiketten, angelaufene Blechdosen und stockfleckige Kartons. Mehrere Borde bogen sich unter einer Last aus Büchern. Es waren größtenteils unhandliche Schwarten mit abgenutzten, altersdunklen, fleckigen Ledereinbänden. Einige schienen deformiert und aufgequollen, weil die Buchblöcke Feuchtigkeit aufgenommen hatten. Was immer die Seiten dieser Bücher enthielten – an Moder und Schimmel fehlte es ihnen gewiss nicht. Fast alle Einbände besaßen Schließen, die mit Vorhängeschlössern gesichert waren.

»Die Bibliothek des amerikanischen Leuchtturmwärters«, kommentierte Searcaigh. »Lauter nekromantische Scharteken.« Er bemerkte meinen Gesichtsausdruck. »Überrascht? Bei unserem Telefongespräch dachten Sie, ich hielte Ihnen eine Märchenstunde. Aber was ich Ihnen erzählt habe, entspricht der Wahrheit.« Er entblößte die Zähne zu einem Grinsen. »Jedenfalls beinahe.«

Er nahm die nächste Stiege. Ich folgte ihm dichtauf.

»Alle Leuchtturmwärter haben einen Zeitvertreib für die dienstfreien Stunden«, sagte er. »Meistens etwas Handwerkliches. Schnitzereien zum Beispiel. Bekanntheit erlangte ein

Wärter des Leuchtturms *La Jument* vor Finistère. Er zimmerte Stühle, die er zu Hause als Sachspende im Gemeindesaal aufstellte. Irgendwann enthielt der Saal so viele identische Stühle, dass für die Gemeindemitglieder kein Platz mehr blieb.«

Wir standen in einer Kammer, die einen Arbeitstisch, allerlei Werkzeug und zahlreiche festinstallierte Instrumente enthielt. Ich sah Rohre, Messanzeigen und Handräder. An der Wand hingen eine Schreibtafel sowie ein Chronograph und ein Barometer aus stumpf gewordenem Messing. Die Verglasung war beschlagen. Überraschenderweise wirkten jedoch die meisten Instrumente funktionsbereit.

»Die Beschäftigung des Amerikaners bestand darin, unentwegt irgendwelche Kristalle zu bearbeiten«, fuhr Searcaigh fort. »Oft traf ich ihn hier im Dienstraum an, während er die schwarzen Kristallstücke schnitt und schliff und polierte, die er mitgebracht hatte. Aber ich durfte ihm nie länger dabei zusehen. Seine Beschäftigung mit den Kristallen hatte immer etwas Geheimnistuerisches an sich, fast als täte er da etwas Verbotenes.«

Searcaigh musterte mich. »Kommen Sie mit? Bis ganz nach oben?«

Nach der vielen Kletterei fühlten sich meine Beinmuskeln weich wie Brei an. Am liebsten hätte ich den Rucksack abgelegt, der mir inzwischen ungeheuer schwer vorkam. Aber ich behielt ihn auf – und folgte Searcaigh über die spiralförmigen Eisenstiegen zur Leuchtturmspitze empor.

Wir kamen im Laternenhaus zum Vorschein. Von dort traten wir auf die Galerie hinaus. Obwohl die See relativ ruhig und der Wellenschlag gegen den Fels nur als ein traumverlorenes Plätschern zu hören war, empfing uns hier oben, fast vierzig Meter über der Hochwassermarke, eine heftige, vom salzigen Aroma der See getränkte Brise. Ich klammerte mich an das rostige, guanoverkrustete Geländer. Der Himmel war bedeckt, nur wenige Sterne glänzten am Firmament. Von unserem Standpunkt aus sah ich fernab das Licht des Leuchtturms auf Cormoran Point und in der Nähe das rote Pulsieren, das vom Leuchtschiff ausging. Ich fragte Searcaigh, warum das Leuchtschiff auf rote Kennung gewechselt hatte.

Er sagte: »Zur Warnung.«

Searcaighs Bart und Schopf flatterten wie eine zerfetzte Flagge. Er blickte übers Meer hinaus, und die Dunkelheit tränkte sein Auge. »Haben Sie eine Vorstellung, wie viele Geister in diesem Wind flüstern?«

Nach kurzem Schweigen fuhr er fort: »So viele Seelen gingen hier verloren. Ich meine nicht nur die hundertfachen Opfer der tückischen Riffe. Denn an dieser Küste, auf diesem Eiland ist nicht nur die Natur gewalttätiger als woanders. Auch die Menschen waren es. Über Jahrhunderte hinweg war die Insel ein Nest von Piraten, Schmugglern und Strandräubern. Statt ›Insel der Engel‹ sollte sie ›Insel der Mörder‹ heißen. Das hatte der Amerikaner nicht so ganz begriffen oder vielleicht auch verdrängt, als er hierherkam, um seine ertrunkene Frau und seine ertrunkene Tochter zurückzuholen.«

»Mittels Schwarzer Magie?«, fragte ich und versuchte, den Spott aus meiner Stimme zu verbannen.

»Wie man's nimmt«, erwiderte Searcaigh. Dann, überraschend: »Haben Sie eine Ahnung, was ein van-Roermond-Filter ist?«

Hatte ich nicht.

»Ich selbst habe aus einem der Bücher des Amerikaners erstmals davon erfahren. Linus van Roermond war ein Mikroskopbauer, der Ende des 17. Jahrhunderts in den Niederlanden lebte. Der Legende zufolge soll es ihm gelungen sein, ein

Kristallstück so zurechtzuschleifen, dass einige Spektralanteile des durch das Kristallstück gebrochenen Lichtes imstande sind, die Geister der Toten sichtbar zu machen. Der Kristall, den van Roermond dazu verwendete, war angeblich der Überrest eines vor Urzeiten auf der Erde niedergegangenen Meteoriten. In der Nekromantik nennt man ein nach Roermond geschliffenes Kristallstück ›Totenauge‹, oder eben ›van-Roermond-Filter‹.«

»Der Heilige Gral der Totenbeschwörer!«

Searcaigh ließ sich durch meinen Hohn nicht beirren. »Richtig. Oder ihr Stein der Weisen. Lange Zeit galt der van-Roermond-Filter als ein Produkt bloßen Wunschdenkens. Aber dem Amerikaner, der reich war und seit Jahren okkulte Bücher und Handschriften sammelte, war es gelungen, van Roermonds verschollen geglaubten Nachlass aufzuspüren. Darunter fanden sich die Arbeitsnotizen des Holländers, zusammen mit einem Haufen von Bruchstücken des geheimnisvollen Kristalls.«

Ich hoffte, nicht durch meine Miene zu verraten, was mir bei Searcaighs Worten durch den Kopf ging. Aber der Alte sprach in unverändertem Tonfall weiter.

»Irgendwann stieg ich zur unteren Vorratskammer hinab, um dort etwas zu holen. Bevor ich die letzten Stufen erreichte, hielt ich inne. Mitten im schwach erleuchteten Raum, halb verdeckt vom Rohr des Aufziehgewichts, stand der Amerikaner. Er hatte mich nicht bemerkt. Seine volle Aufmerksamkeit galt der Blendlaterne, an der er herumhantierte. Ich sah, wie er das rautenförmige Kristallstück, das er am Tag zuvor geschliffen hatte, vor der Blende befestigte. Dann drehte er den ölgetränkten Docht hoch. Ein Lichtkegel brach durch die Blende und das Kristall. Bisher war das Kristall schwarz gewesen – nun wirkte es transparent, gläsern. Es begann zu strahlen, zu glühen. Das in die Kammer geworfene Licht indessen verdunkelte sich. Ein geisterhafter Luftzug setzte ein und erfüllte die Kammer. Die Temperatur sank. Ich traute meinen Augen nicht: Im Blendstrahl der Laterne verdichtete die unruhige Luft sich zu menschenähnlichen Gestalten. Mich packte eine namenlose Angst. Ich wandte mich ab und stürzte die Stufen hinauf.«

Allmählich drang der kalte Wind, der um die Galerie pfiff, durch meine Kleider hindurch. Ich fror. Gerne wäre ich wieder ins Innere des Leuchtturms zurückgekehrt. Aber irgendetwas hielt mich davon ab, Searcaighs Erzählung zu unterbrechen.

»Am nächsten Tag wurde ich krank und kam kaum noch aus der Koje raus. Der Amerikaner hatte mir etwas ins Essen getan. Da bin ich mir sicher. Ich bat per Funk um Ablösung. Meinen Dienst hätte eine Vertretung übernehmen müssen. Aber wegen des üblen Rufs von Prayer's Rock stand kein weiterer Leuchtturmwärter zur Verfügung. Der Amerikaner blieb allein zurück.«

Searcaigh steckte sich eine neue Zigarette zwischen die Lippen. Er versuchte gar nicht erst, sie anzubrennen, sondern hielt sie mit den Zähnen fest, damit der Wind sie nicht fortriss. »Wegen anhaltender Stürme«, sagte er, »konnte ich erst vier Wochen später wieder zum Leuchtturm übergesetzt werden. Seit drei Tagen war die Funkverbindung unterbrochen. Was wir vorfanden, wissen Sie ja bereits. In der Hinsicht habe ich Ihnen am Telefon die Wahrheit erzählt. Der Amerikaner jedoch war spurlos verschwunden.«

Searcaigh verfiel in Schweigen. Endlich sagte er: »Ich friere. Mir dringt die Kälte bis ins Mark.«

Als wir wieder im Laternenhaus standen, hakte ich nach: »Was waren das für rätselhafte Männer, mit denen der Amerikaner sich im Vorratsraum getroffen hat?«

Searcaigh starrte mich an, als wäge er ab, ob ich nur so dumm tat oder wirklich so dumm war. Schließlich sagte er: »Sie alle hatten üble Verletzungen. Und altmodische Kleider. Ich glaube, es waren Arbeiter, die beim Bau des Leuchtturms vor hundertvierzig Jahren umgekommen sind.«

Er gab sich selbst Feuer. Schnaubte Qualm. »Der van-Roermond-Filter, den der Amerikaner dort unten in der Vorratskammer erprobte, war nur ein bescheidener Prototyp...«

Searcaigh öffnete die Wartungsklappe der Leuchtfeueroptik. Die Optik glich einem etwa vier Meter hohen, bauchigen Kokon aus kreisförmig gestuften Glaspaneelen. Die Klappe war so groß wie eine Haustür, und wir traten hindurch.

Im Inneren des Linsensystems wurden unsere Taschenlampenstrahlen gleißend zurückgeworfen. Searcaigh richtete den Lampenstrahl auf den Brenner.

»... Ein Prototyp für das hier!«

Ich erblickte eine sonderbare Konstruktion. Ihr Ausgangspunkt war die Brennlampe, die Lichtquelle des Leuchtfeuers. Um den Glaszylinder der ölgespeisten Lampe gruppierten sich, von einem Drahtgestell gehalten, vier große van-Roermond-Filter. Sie umschlossen die Lampe wie ein umlaufender schwarzer Schirm.

Searcaigh erklärte: »Sobald er mich losgeworden war, brachte der Amerikaner vier gewaltige van-Roermond-Filter um den Brenner herum an.« Mit einer Mischung aus Ehrfurcht, Grauen und Begeisterung im Tonfall fuhr er fort: »Ich habe selbst gesehen, was ein van-Roermond-Filter von der Größe eines Streichholzheftchens vor dem Licht einer einfachen Blendlaterne bewirkt, damals im Vorratsraum. Und jetzt überlegen Sie: Jeder einzelne dieser van-Roermond-Filter ist mehr als fünfmal so groß. Die Argand'sche Lampe, um die sie angeordnet sind, übertrifft die Leuchtkraft einer Blendlaterne um das Zwanzigfache. Aber das ist noch längst nicht entscheidend.« Searcaigh ließ den Taschenlampenstrahl über die gläsernen Innenwände des »Kokons« blitzen. Ich hatte bereits bemerkt, dass die Linsen der Leuchtfeueroptik ebenso wie die Sturmglasscheiben des Laternenhauses akribisch gereinigt und poliert worden waren.

»Das Entscheidende: Dies ist eine hyperradiale Optik, die größte überhaupt, die es für Leuchttürme gibt. Die Stufenlinsen verstärken das von den Kristallen gefilterte Licht des Brenners ins Unermessliche – auf weit über eine halbe Million Candela! – und feuern es über zwanzig Seemeilen weit hinaus.«

Er verstummte, offenbar um seine Worte wirken zu lassen.

»Haben Sie selbst die Linsen und die Scheiben gereinigt?«, fragte ich. In meiner Neugier schwang Ungeduld mit. »Wozu? Was treiben Sie hier draußen?«

Statt die zweite Frage an mich zurückzugeben, sagte Searcaigh: »Ich bin jedes Jahr hier draußen, zu dieser Zeit. In jeder *Samhain*-Nacht seit fünfzig Jahren.« Er hantierte an der Brennlampe herum. »Jedes Jahr überprüfe ich alle wichtigen Funktionselemente des Leuchtfeuers und mache sie betriebsbereit. Ich reinige die Linsen und die Scheiben des Laternenhauses. Ich reinige den Brenner. Ich reinige die Pumpen und die Leitungen, die dem Brenner Öl zuführen. Ich ziehe das Gewicht des Uhrwerks hoch, das die Pumpen in Gang hält und die Optik kreisen lässt.«

Der Brenner flammte auf. Geblendet hielt ich die Hand vors Gesicht. Ich hörte, wie ein Hebel umgelegt wurde. Ein leichter Ruck ging durch den ›Kokon‹. Searcaigh ergriff mich am Ärmel und zog mich auf die Galerie hinaus. Noch während er die Wartungstür schloss, begann die gigantische Optik hinter den Sturmscheiben sich zu drehen.

Die Galerie wurde jetzt vom Laternenhaus beschienen. Immer heller wurde der Schein, je weiter die erste der gewaltigen Fresnel-Linsen in unsere Richtung rotierte. Die Helligkeit begann uns einzuhüllen. Sekunden später standen wir inmitten des Lichtbündels, das von der Linse in die Nacht hinausgeschleudert wurde. Es war grell und gleißend, bis auf den gedämpften, milchigen, nebelartigen Kern. Während das ›normale‹ Licht der Randzone, das mich traf, reflektiert wurde, drang der Kernstrahl in meinen Körper ein und durch ihn hindurch. So ähnlich, stellte ich mir vor, wie Gammawellen. Der Unterschied zu diesen war, dass ich es spürte. Es schmerzte nicht; noch nicht einmal besonders unangenehm war es. Ich empfand nur ein eigenartiges Kitzeln unter der Haut und in den Eingeweiden. Die Drehlinse bewegte sich weiter, und die Helligkeit nahm ab, das Kribbeln ließ nach.

Zugleich frischte der Wind auf. Eine kalte, salzige Bö fuhr über die Galerie hinweg. Searcaigh teilte die Lippen, und der Zigarettenstummel wehte in die Dunkelheit hinaus. Dann jagte ein Windstoß den nächsten, und jeder war stärker als der vorangegangene. Die Wolkendecke riss auf, enthüllte aber nur Schwärze und hie und da einen blassen Stern. Ihre Fetzen segelten in Richtung Küste. Dafür zog sich wie aus dem Nichts eine Armada finsterer Wolken über dem Leuchtturm zusammen. Es war, als hätten sie sich aus den Tiefen des Alls materialisiert. Unter uns bäumte sich die See auf. Wir hörten, wie die Wellen gegen den Fels klatschten und sich am Granit der Leuchtturmmauern brachen. Immer lauter toste die Brandung, immer höher wogte das Meer. Schwarze Wellentäler wechselten mit Bergen, auf deren Kämmen bleiche Gischt kochte wie vom Meeresgrund emporgeworfenes Gebein. Und dicht über dem Wasser flatterten die Sturmschwalben wie ein Schwarm großer Nachtfalter und stießen ihre eigentümlich quietschenden und gurrenden Laute aus. In meinen Ohren tönte ihr Chor wie eine unirdische, namenlos fremdartige Totenbeschwörung.

Und dann kam der Nebel. Er schien von den Gischtkronen auszudunsten und wie mit Legionen fahler Skelettfinger am Turm emporzuklimmen.

Searcaighs Augen leuchteten. Er sagte etwas, doch der Sturmwind pflückte ihm die Silben von den Lippen. Um nicht vom Sturm mitgerissen zu werden, hangelten wir uns an den Außengriffen der Sturmglasrahmen entlang und flüchteten von der Galerie ins Laternenhaus. Bevor der volle, gebündelte Leuchtfeuerstrahl uns wieder erfassen konnte, waren wir bereits die Stiege hinabgeklettert und betraten den Dienstraum. »Ich kann mich immer nur schwer losreißen, wenn es beginnt«, keuchte Searcaigh. »Jetzt müssen wir uns beeilen.«

Mit den Lichtfühlern der Taschenlampen tasteten wir uns Leuchtturmebene um Leuchtturmebene hinab. Ich folgte Searcaigh, ohne zu wissen, was er vorhatte. Die untere Zugangstür war jetzt dem Ansturm des Meeres ausgesetzt. Sie zu öffnen hätte bedeutet, den Turm zu fluten. Ich spürte, dass nackte Angst Searcaigh antrieb, aber er schien sich seiner Sache sicher zu sein.

Wir durchquerten den Raum mit den alten Büchern und den Schlafraum. Die Wut des Sturms steigerte sich sekündlich. Selbst durch die meterdicken Mauern drang das Donnern der anbrandenden Wogen. Manchmal war der Aufprall der Wassermassen so gewaltig, dass der ganze Turm erbebte.

Als wir schließlich die schwarz getünchte, mit Symbolen ausgemalte Kammer erreichten, hielt Searcaigh inne. Er ließ sich auf den Holzstuhl sacken, der neben dem Fenster stand, langte die Flasche unter der Sitzfläche hervor, öffnete den Verschluss und nahm einen tiefen Schluck. »Hier sind wir sicher«, seufzte er. »Jetzt gilt es, die Nerven zu bewahren und zu warten.«

»Warten worauf?«

»Dass der Tag anbricht. Und die Geister wieder im Meer verschwinden.« Er nahm einen weiteren Schluck aus der Flasche. »Bis zum Morgen halten die Toten den Leuchtturm in Besitz...« Er hielt mir die Flasche hin. »*Sláinte!*« Es war hochprozentiger *Poitín,* klarer irischer Schnaps. Ich hatte jedoch nicht vor, mich ausgerechnet jetzt zu besaufen.

Erschöpft legte ich den Rucksack ab, setzte mich unter dem Fenster auf den Boden und lehnte mich mit dem Rücken gegen die Wand.

Ich ordnete meine Gedanken. »Sie scheinen zu glauben, dass dieser Amerikaner das Leuchtfeuer mit Hilfe der Roermond-Filter in einen ... Apparat zur Totenbeschwörung umgewandelt hat? Dass das Licht die Ertrunkenen anzieht wie ... Motten?«

»Das glaube ich nicht nur. Oder glauben *Sie,* dass ein plötzlicher Sturm, der unter solchen Umständen aufkommt, natürlichen Ursprungs ist?«

Abermals warf sich wieder eine wuchtige Woge gegen den Turm und ließ ihn in den Grundfesten erbeben. Ich erhob mich und sah aus dem Fenster. Die Laibung war so tief wie die Mauer dick war, also knapp zwei Meter. Das Fenster war zweifach verglast. Die äußeren Scheiben waren nur wenig zurückgesetzt und schlossen fast mit der Außenmauer des Turms ab. Sie bestanden wahrscheinlich aus wetterfestem Glas und waren von Sprossen unterteilt und verstärkt. Die innere Scheibe befand sich nur wenige Fingerbreit von meinem Gesicht entfernt. Obwohl die Kammer nur von den beiden Taschenlampen erleuchtet war, erkannte ich jenseits des Fensters nichts als Schwärze. Doch dann donnerte die nächste Woge gegen den Turm, und ich sah, dass Gischt an der Scheibe zerstob. Im Licht meiner Lampe offenbarte die Scheibe einen Riss. Abermals spie die Brandung ihren Geifer gegen das Glas. Einen Lidschlag lang zerrann der Schaum zu einer grässlichen bleichen Schädelfratze: leere Augenhöhlen, Totengrinsen. Auf dem Knochen Fetzen verwester Haut und tangdurchwirkten Haars. Dann zerbarst die Scheibe, und zusammen mit einem Wasserschwall klirrten die Scherben direkt vor meiner Nase gegen die innere Fensterscheibe. Das Wasser floss ab. Im Mauerloch zurück blieben Scherbenreste, Splitter der hölzernen Fenstersprossen ... und etwas, das mich erstmals, seit ich Prayer's Rock betreten hatte, mit wirklichem Grauen erfüllte.

Zwischen den Scherben lagen Zähne. Menschliche Zähne, weiß wie Elfenbein, an denen teilweise noch Stücke des von Algen bewachsenen Kieferknochens hingen. Doch schon im nächsten Moment zerrannen sie, und zurück blieben nur Lachen aus Schaum und Meerwasser.

Searcaigh schien nichts bemerkt zu haben. Er klammerte sich an die Schnapsflasche und sprach ebenso zu ihr wie zu mir.

»Wir Kelten wissen, dass man besser im Haus bleibt und die Türen versperrt und die Fenster verrammelt, wenn die Toten umgehen. Und das tun sie, die Toten, in der Nacht von *Oíche shamhna*, wenn die Wände zwischen dem Jenseits und dem Diesseits bröckeln und die Hölle ihre Pforten aufstößt. Angel Island ist besonders heimgesucht. So viele Tote im Laufe der Jahrhunderte! Vor der Küste, durch die bösen, heimtückischen Riffe und Unterströmungen. Und auf der Insel selbst – durch Armut, Hunger und Gewalt. Daher locke ich jetzt schon seit fünf Jahrzehnten in jeder Samhain-Nacht die Toten nach Prayer's Rock. Damit die Menschen auf der Insel in

Sicherheit sind. Sie haben es nur noch mit den *Fomoraig* zu tun, die sich dann ebenfalls unter die Sterblichen mischen ... aber die *Fomoraig* sind nicht halb so schlimm wie die Toten!«

Ich hatte noch nie von diesen *Fomoraig* gehört. Aber mir kam unwillkürlich das Mädchen in den Sinn, das ich vor Aaron Kilduffs Hütte getroffen hatte. *Verdammt!* Sie war Kilduffs Tochter. *Musste* seine Tochter ein. Wer sonst?

Im selben Moment lenkte mich ein Geräusch ab. Auch Searcaigh hatte es gehört. Es war ein sich regelmäßig wiederholendes Platschen. Wie Schritte in vollgelaufenen Stiefeln, aus denen Wasser quillt.

Ich richtete den Strahl meiner Leuchte auf die Eisensprossen. Was auch immer das Geräusch verursachte, es befand sich direkt über uns in der Wohnraum-Ebene, nahe der obersten Sprosse.

»Sie können uns nichts tun«, raunte Searcaigh. »Kein Totengeist kann diese Ebene betreten oder durchqueren. Ich habe die Zeichen eigenhändig an die Wand geschrieben. Es sind magische Symbole, abgemalt aus einem der Bücher des Amerikaners. Sie bannen die Toten.«

Das Platschen verebbte, ohne dass wir etwas zu Gesicht bekamen.

Searcaigh setzte die Flasche an. Sein Adamsapfel pumpte. Er wischte sich über den Bart. »Aus den alten Büchern hab ich viel über die Toten erfahren. Wussten Sie, dass es zwei Arten von Toten gibt? Natürlich nicht. Woher denn auch! Nun, da sind zum einen jene Verstorbenen, denen es gewährt ist, weiterhin in der Nähe geliebter Orte oder Menschen zu verweilen, bis sie schließlich selbst bereit sind, von unserer Welt Abschied zu nehmen und für immer in die Welt der Schatten überzutreten. Und dann sind da noch die anderen ... jene, denen das versöhnliche, friedvolle Abschiednehmen aufgrund der Umstände ihres Lebens oder Sterbens nicht gegeben war. Das sind die Toten, die in der *Samhain*-Nacht wiederkehren, ruhelos und zornig.«

Ich hatte nur mit halbem Ohr zugehört. Zu sehr hielt mich die Furcht in Bann, die nächste Woge werde auch die letzte, innere Fensterscheibe zertrümmern, oder etwas könne sich auf den Stufen zeigen. Mein selbstgewisser Skeptizismus war verflogen, der Spott war mir vergangen. Immer wieder stahl sich der Lichtkegel meiner Lampe zum Fenster hin und schwenkte dann wieder zur Stiege zurück. Aber einige Worte aus Searcaighs Monolog hatten einen Widerhall in mir hervorgerufen, und ich fragte ihn:

»Was sagen Sie da? Über Tote, die weiterhin bei geliebten Menschen verweilen?«

»Meine Frau«, murmelte Searcaigh heiser. »Nachdem sie gestorben war, blieb ihr Geist noch jahrelang bei mir. Ich spürte sie immer in meiner Nähe. Schließlich konnte ich sie sogar beinahe sehen, bevor sie dann für immer fortging. Ich glaube, das kam, weil ich Jahr für Jahr das Leuchtfeuer dort oben entfachte und weil das von den Roermond-Filtern veränderte und von der Fresnel-Linse verstärkte Licht mich traf. Sie müssen es doch selbst gespürt haben! Es ist wie radioaktive Strahlung ... es verändert etwas im menschlichen Körper. Eine Art Krebs, der zwar nicht tötet ... der aber die Barriere zwischen dem Reich der Lebenden und der Toten verwischt. Ich nehme an, man darf nicht zu viel auf einmal davon abbekommen. Immer nur einzelne Dosen. Aber ich mache das jetzt schon so lange ... Ich glaube, bevor mich das Alter hinrafft – oder der Schnaps, oder das Nikotin –, bin ich in beiden Reichen zu Hause.«

Er prüfte mit einem Blick den Flüssigkeitspegel in der Flasche, stellte sie auf den Boden und zündete sich eine Zigarette an.

Ich erhob mich und ließ den Lampenstrahl über die Sprossen der Eisenstiege emporklettern. Er verlor sich in der Dunkelheit. Allerdings bemerkte ich einen intensiven Salzwassergeruch. Dann drehte ich mich um und stieg mit heftig klopfendem Herzen in die Kammer hinab, wo die Öltanks waren.

Ich wurde erwartet.

Dünne, kalte, gestaltlose Arme drangen durch meine Kleider, schlüpften zwischen den Rippen hindurch und umfingen mein Inneres wie ein Anker, der mich nicht mehr freigeben wollte. Zugleich zogen sie mich sanft mit sich, nur immer fort von der schwarzen Kammer, die für Tote tabu war.

Ich folgte willig. Tränen rannen mir über die Wangen, als ich die nächste Treppe erreichte und in den unteren Lagerraum hinabstieg.

Searcaighs Stimme ertönte. »Ist was da unten?«

Offenbar hatte ich unbewusst einen Freudenschrei ausgestoßen oder meine Tochter beim Namen gerufen.

»Alles okay!« Mehr bekam ich nicht heraus, und es klang tränenerstickt. Ich glaube nicht, dass Searcaigh es überhaupt hörte. Meine Kehle war wie zugeschnürt.

Ich fühlte mich zur Wendeltreppe weitergezogen. Ich stieg hinunter und blickte in den schmalen, kurzen Korridor, der vor der Eingangstür endete. Die Arme, die mich festhielten, waren eisig kalt – und unendlich tröstend.

»Wer ist da bei Ihnen?«

Searcaighs Stimme klang betrunken. Und näher als zuvor. Er kam über die Stufen herab!

Schließlich erblickte ich ihn. Zwischen seinen Lippen steckte die glimmende Zigarette und sein Gesicht war von Tabakdunst umwölkt. Die halbe Flasche *Poitín* tat jetzt ihre Wirkung. Er stützte sich mit dem Ellbogen an der Wand ab, während er mit unsicheren Schritten Stufe um Stufe ertastete.

Schließlich stand er vor mir. Der Strahl der Lampe, die er in der zitternden Linken hielt, traf mich voll ins Gesicht. Ich hielt mir die Hand vor die Augen und sah, dass Searcaigh bewaffnet war. Ich wich in den Gang zurück. Der alte Webley-Revolver in Searcaighs Faust mochte seinem Vater oder Großvater im Krieg gedient haben. Aber die Waffe wirkte alles andere als eingerostet.

»Da sind geweihte Kugeln drin«, sagte Searcaigh mit schwerer Zunge. »Keine Ahnung, ob die bei Geistern wirken. War aber das Einzige, was mir einfiel. Für den Notfall ...«

Der Lichtkegel glitt von mir ab, geisterte über die Mauer und traf auf den Außenbordmotor, den ich vor der Eisentür deponiert hatte. Der Anblick schien Searcaigh ein wenig zu ernüchtern.

»Was ...?«

Ich erklärte es ihm.

»So war das nicht geplant«, brummte er. »Aaron hat mich gestern mit dem Schlauchboot hergebracht, und heute bei Tagesanbruch wollte er mich abholen.«

»Wir können zusammen zurückfahren.«

Er schüttelte den Kopf. »Alles war darauf berechnet, dass Sie zum Leuchtturm herauskommen. Sie lassen sich wirklich leicht manipulieren. Aber die Rechnung geht nur auf, wenn Sie nicht wieder auf die Insel zurückkehren ...«

Noch während ich zu begreifen suchte, was Searcaigh mit diesen Worten andeutete, redete er weiter: »Sie waren zu neugierig in Bezug auf Prayer's Rock. Also haben wir sie hergelockt. Ob wir Sie einfach im Turm zurücklassen oder auf der Rückfahrt aus dem Boot werfen würden, wollten wir aus der Situation heraus entscheiden.«

Ich machte den Mund auf. Aber mir fehlten die Worte; in dem Moment muss ich unfassbar schäfisch ausgesehen haben.

Die Zigarette glomm auf. Entweichender Rauch verhüllte Searcaighs Gesicht.

Ich fand die Sprache wieder: »Warum haben Sie mir dann all diese Dinge erzählt?«

Er dachte über die Antwort nach. Schließlich sagte er: »Die Neugier, die Sie hierher geführt hat, sollte immerhin befriedigt werden; es ist ja nichts Persönliches zwischen uns. Außerdem quatsche ich gern.«

Er winkte mit dem Waffenlauf. »Wir gehn jetzt wieder nach oben. Gemeinsam. Ich möchte Sie im Auge behalten.«

Searcaigh und die Revolvermündung im Rücken, stieg ich bis zur Kammer mit den Ölfässern hinauf. Aber statt auch die nächsten Stufen zu nehmen, die zur ›gespenstersicheren‹ Leuchtturmebene führten, hielt ich inne.

»Weiter!«, kommandierte Searcaigh.

Ich wandte mich zu ihm um. »Ich ... kann nicht.« Mir war bewusst, wie unsinnig sich das anhörte.

Er richtete den Strahl seiner starken Taschenlampe auf mich. Er wollte etwas sagen. Aber seine Stimme stockte. Er kniff die Augen zusammen. »Was ... was ist das? Was klebt da an Ihnen dran?«

Er spannte den Revolverhahn.

Ich sah, wie sein Finger zuckte, und warf mich hin. Als der Schuss knallte, nahm mich bereits der harte Steinboden in Empfang. Der Widerhall des Revolverschusses innerhalb der engen Wände klang, als detonierte eine Sprengladung. Die Kugel schlug in einen Öltank ein.

Der Sturz war schmerzhaft, aber noch mehr schmerzte mich, dass ich die zarten, kalten Finger nicht mehr spürte.

Searcaigh schwenkte die Waffe, als käme etwas auf ihn zu,

das nur er sah. Er feuerte erneut. In dem kleinen, steingemauerten Raum wirkten die Schüsse wie Hiebe aufs Trommelfell. Das Projektil schnitt durch leere Luft und schlug dann in den nächsten Öltank ein.

Zu einem dritten Schuss kam Searcaigh nicht mehr. Er wich zurück wie vor einem Angreifer, verlor das Gleichgewicht und krachte mit dem Hinterkopf auf den Steinboden. Der Revolver schlitterte auf mich zu. Eine Handbreit vor meinem Gesicht blieb er liegen. Schmauchgeruch traf meine Nase. Ich sah, wie die glimmende Zigarette aus Searcaighs Mund fiel. Sie zog einen Speichelfaden nach und verfing sich im Bart. Von den versengten Haaren kräuselten Rauchfäden empor. Zugleich kroch eine Öllache heran und leckte wie eine schwarze Zunge ins Bartgestrüpp hinein. Eine Sekunde lang glaubte ich, das Öl werde die Tabakglut ersticken. Stattdessen entzündete es sich, und Augenblicke später bedeckte ein Flammenmeer den Boden der Kammer.

Ich sprang auf die Beine. Beglückt spürte ich, wie die dünnen, kalten Arme in mich zurückschlüpften. Einen Moment lang unentschlossen, sah ich auf Searcaigh nieder. *Lass ihn liegen*, mahnte eine wohlbekannte Stimme in meinem Kopf. Es war das letzte Mal im Leben, dass Alex Stark zu mir sprach.

Für Talisa und mich gab es nur den Weg nach unten. Gehetzt stolperte ich die Stufen hinab, bis wir uns wieder vor dem Eingang befanden, gefangen zwischen dem Ölbrand und der Eisentür, die noch immer unter dem Ansturm der Brecher in den Angeln knirschte. Ich hatte Angst, brennendes Öl könne über die Treppenöffnungen zu uns herablecken oder dass giftiger Qualm sich bemerkbar machen würde. Doch schon im nächsten Augenblick geschah etwas, das mir größere Furcht einflößte.

Der Turm wurde von einer Woge getroffen, die das Bauwerk abermals im Fundament erschütterte. Die Metalltür erbebte und wurde fast aus den Angeln gehoben. Salzwasser sickerte über die Schwelle in den Gang herein.

Gleichzeitig sah ich, dass die Türklinke sich bewegte. Langsam, zielstrebig wurde sie von außen nach unten gedrückt.

Wieder warf sich eine tonnenschwere Woge gegen den Turm und die Tür. Und noch immer befand sich jemand draußen und versuchte hereinzukommen.

Dieses gespenstische Phänomen lähmte mich einige Atemzüge lang. Dann kam mir jäh zu Bewusstsein, dass die Eingangstür unverschlossen war.

Ich warf mich nach vorn. Ich umfasste die Klinke mit beiden Händen und übte Gegendruck aus. Die körperliche Kraft von etwas Namenlosem zu spüren, das inmitten tödlicher Brecher den Türgriff betätigte ... gegen etwas Unfassbares anzukämpfen, das kaum eine Handbreit von mir entfernt war und Zutritt begehrte ... das war eine grauenerregende Erfahrung, die an den Festen meines Verstandes rüttelte.

Der mir abverlangte Kraftaufwand war nicht groß. Wogegen auch immer ich ankämpfte, es war kaum stärker als ein Kind. Doch es ließ nicht nach. Ich merkte, dass meine Ausdauer zu erlahmen begann. Meine Muskeln versagten. Ich keuchte und mein Schädel dröhnte. Schließlich wurde mir schwarz vor den Augen.

Als ich wieder zu mir kam, stand die Metalltür offen. Nur einen Spalt breit. Aber dies hatte genügt, um mir das Leben zu retten.

Die Schwaden des Ölbrandes hatten sich bis in die unteren Ebenen des Leuchtturms ausgebreitet. Beim Absinken in die Bewusstlosigkeit hatte ich mich an der Klinke festgehalten, sie dabei nach unten gezogen und ungewollt die Tür geöffnet. Deshalb war ich nicht erstickt.

Draußen war es noch immer dunkel. Der Sturm hatte sich ebenso plötzlich gelegt, wie er aufgekommen war. Unter der Dünung schien das Meer zu schlummern wie ein ausgetobter Riese, der sich in unruhigen Träumen wiegt. Die Sturmschwalben schwiegen. Die Luft war salzig und durchsättigt von Ozon. Übriggebliebene Nebelfetzen klammerten sich an die Mauern des Turms, doch der Seewind pflückte und verwehte auch sie.

Das Schlauchboot hatte wenig Schaden genommen. Es war unterhalb der Hochwasserlinie festgezurrt gewesen, sodass die Brecher es weitgehend verschont hatten. Nun begann die Ebbe das Felsenriff wieder freizugeben.

Mich quälten Husten und ein hämmernder Schädel. Dennoch schaffte ich es, das Boot klarzumachen und den Außenborder abzuseilen. Verfolgt vom rot funkelnden Auge des Leuchtschiffs, steuerten wir Angel Island an. Das Lichtsignal von Cormoran Point wies uns den Kurs.

Ich warf einen Blick zurück. Äußerlich wirkte der Leuchtturm unverändert. Aber ich wusste, dass ein vergleichbarer Brand den ähnlich gebauten Leuchtturm von Skerryvore vor der Nordwestküste Schottlands Mitte des vorigen Jahrhunderts für mehrere Jahre außer Betrieb gesetzt hatte.

Die Fahrt schien endlos zu währen. Endlich stiegen die Uferklippen aus der Dämmerung empor. Wir landeten im Morgengrauen. Beim Ersteigen der Felsen versagte mir die Taschenlampe. Ich warf sie fort und kletterte im Halblicht weiter. Dennoch erreichte ich unbeschadet den Fußpfad, der zum Cottage führte.

Sie waren zu viert, und sie erwarteten uns am Leuchtturm. Genau genommen erwarteten sie nur mich. Talisa war unsichtbar für sie. Außer Aaron Kilduff kannte ich keinen von ihnen. Was sie vorhatten, wusste ich im selben Moment, als ich ihre Gesichter sah.

Ohne zu zögern, schritt ich auf sie zu. In meiner Hand lagen fünf kleine, kalte, fast körperlose Finger. Ich erwiderte ihren kaum merkbaren Druck, leichten Herzens und erwartungsvoll, während Kilduff als Erster von den Männern das Messer zog.

Epilog

Der Tote hatte seine Geschichte zu Ende erzählt und schwieg nun. Seine Erscheinung wirkte wie eine realistische, dreidimensionale Projektion. Er war blutüberströmt. Das kleine Mädchen an seiner Seite hingegen war nur eine bleiche, nebelhafte Ahnung, ein negativer Schatten. Beide hatten die gesamte Zeit stehend verbracht. Irdische Bequemlichkeit besaß für sie keine Bedeutung mehr.

Was wollen Sie mit Ihrem Fund anfangen?, fragte der Tote. Seine Stimme erklang nur im Kopf des Zuhörers, wie die frische Erinnerung an etwas eben Gesagtes.

»Ich bin Wissenschaftler«, erklärte der Mann. Er saß im Sessel, am Kamin. Er hielt das Ankerlicht in der Hand, das er im Village gekauft und mit einem Schirm und einer Blende versehen hatte. Vor der Blende hatte er den van-Roermond-Filter angebracht.

Er selbst betrachtete sich als Wissenschaftler – doch die Welt sah ihn als Scharlatan und Ausbeuter der Leichtgläubigen. Nach seinem jüngsten, aufsehenerregenden Experiment war er gezwungen gewesen, der Öffentlichkeit zu entsagen und sich eine abgeschiedene Zuflucht zu suchen. Im Wandversteck hatte er die Schatulle und die Notizen des alten Holländers entdeckt. Sie zu entziffern war ihm leichtgefallen. Der Deckel der Schatulle enthielt ein Geheimfach. Darin war der kleine, rautenförmige Roermond-Filter verborgen gewesen. Im Behältnis selbst lagen noch genügend Kristallbruchstücke, um auch größere Filter herzustellen.

Der Mann im Sessel bemerkte kaum, dass das Ankerlicht erlosch, weil das Petroleum verbraucht war, worauf der Tote und seine Tochter entschwanden. Er grübelte. Vom Büro des Cottages führte ein Zugang zum Insel-Leuchtturm. Nach der Automatisierung des Leuchtfeuers und der Vermietung des Leuchtturmwärterhauses an Feriengäste war er zugemauert worden. Er ließ sich auch wieder aufbrechen.

Die Frage war, ob der van-Roermond-Filter auch mit einer modernen, elektrifizierten Lichtquelle funktionierte.

Halloween stand bevor. *Samhain. Oíche shamhna.*

Zeit für ein weiteres Experiment.

Malte S. Sembten hat zahlreiche, teilweise preisgekrönte fantastische Erzählungen veröffentlicht. In der E-Buch-Reihe HORROR FACTORY von Bastei Lübbe erschienen die Novellen ›Der Behüter‹ und ›Nähte im Fleisch‹. Eine Auswahl seiner besten Erzählungen der letzten zwanzig Jahre liegt unter dem Titel *Maskenhandlungen* im Golkonda Verlag vor. Weitere Informationen bietet das Internet unter: *www.mssembten.de*

Tommyboy

von Hendrik Schmitz

Tag

1.

Zweige schlugen Thomas ins Gesicht, Äste knackten und brachen unter den Stiefeln entzwei. Er rannte so schnell er konnte. Doch ein Junge wie er, neunzig Kilo schwer, groß und breit wie ein Schrank, springt nicht wie ein Reh durch den Wald. Er walzt, stolpert und macht Lärm. »Tommyboy! Bleib doch stehen, Tommyboy!« Sie waren wieder näher gekommen. Nur noch wenige Meter, dann hatten sie ihn. Die Jungen waren viel kleiner als Thomas, flink und wendig huschten sie problemlos zwischen all den Bäumen hindurch, an denen Thomas festhing, wichen den Ästen und Löchern aus, in die Thomas unweigerlich stolperte. Sie schlugen mit ihren Stöcken gegen die Stämme. Und nirgendwo war Hilfe zu erwarten. Es gab weit und breit kein Haus hier in der Gegend.

Er hatte gehofft, heute, einen Tag vor Halloween, hätten Neil und die anderen Besseres zu tun, als ihre gemeinen Späße mit ihm zu treiben. Doch er hatte sich geirrt. Lachend und Stöcke schwingend waren die fünf aus dem Unterholz gebrochen. Wäre nicht das unwirkliche Kichern des fetten Shaun gewesen, der massige Körper des Jungen von der alten Eiche nur gerade so verdeckt, hätten sie ihn direkt gehabt. Thomas hatte keine Sekunde gezögert und war so schnell gerannt, wie er konnte.

»Die Jungen hier sind nicht zimperlich«, hatte sein Vater ihm immer gepredigt, wenn er wieder einmal mit einem blauen Auge nach Hause gekommen war: »Sie riechen deine Schwäche drei Meilen gegen den Wind. Alles Streuner und Rabauken, da musst du zurückschlagen, Thomas, damit sie dich in Ruhe lassen.«

Thomas hatte nie zurückgeschlagen. Die Lungen brannten. Seine Füße, von der ungewohnten Geschwindigkeit und seinem Gewicht überfordert, ließen ihn jetzt mehr stolpern als laufen. Lange schon hatte er die Orientierung verloren, schlug sich blind durchs Gestrüpp, egal wohin, nur weiter. Seine Verfolger waren ein Stück zurückgefallen. Fluchend drängten sie sich durch die eng stehenden Büsche, die sich in ihren Kostümen verfangen hatten, behinderten sich gegenseitig. Ein Zombie, ein Clown, zwei Piraten und ein Vampir kämpften hinter Thomas gegen die Natur an, die Thomas' massiger Körper wie ein Bulldozer durchbrach.

Durch den Tränenfilm, der ihm die Sicht verschleierte, bemerkte Thomas eine Gestalt. Mary! Endlich! Der Schatten seiner Schwester flackerte am Rand seines Blickfeldes hin und her. Sie winkte, gestikulierte wild, forderte ihn auf, ihr zu folgen.

Der Schmerz in den Gelenken ließ ihn kurz aufschreien, als er die Richtung änderte. Er folgte seiner Schwester. Das Blut rauschte ihm in den Ohren. Ein umgestürzter Baum tauchte vor ihm auf, ein riesiges Ungetüm, ein Opfer des letzten Sturmes. Marys Schatten flimmerte zwischen den Ästen hindurch, aufgeregt und hektisch. Thomas dachte nicht lange nach. Er hörte die Jungen hinter sich, die die Distanz zu ihm noch weiter verringern konnten. Er fiel auf die Knie, robbte so schnell es ging nach vorne und tauchte wie ein riesiger Käfer in den Schatten unter das Holz des umgestürzten Riesen.

Gleichungen und Algebra. Die Zahlen aus dem Mathe-unterricht vom Morgen hatte Thomas schon wieder vergessen. Stattdessen dachte er an Merediths Kichern. Sie lachte sonst nie, wenn er etwas sagte. Sie interessierte sich eigentlich gar nicht für ihn. An diesem Morgen hatte sie aber gelacht, war ganz rot geworden, als sie die Rose entdeckte, die Thomas ihr vor dem Unterricht heimlich auf den Platz gelegt hatte. An dieses Kichern klammerte er sich jetzt, hier in der Höhle unter dem faulen Holz, wie an einen Lichtstrahl im Nebel.

Die Jungen waren innerhalb von wenigen Augenblicken um den Baum herumgekommen. Nur einen halben Meter von Thomas' Kopf entfernt drehten sich fünf dreckige Schuhpaare im Kreis. Melvin der Zombie trug neue Nikes. Seinem Vater gehörte das Sportgeschäft im Ort. Aufgeregt liefen die Sportschuhe hin und her, wippten nervös, die Spitzen leicht erhoben, als schnüffelten sie in den Wind.

Thomas fand Meredith hübsch. Ihre langen braunen Haare, die Sommersprossen um ihre Nase. Auch wenn sie nicht gewusst hatte, von wem die Blume kam, war das Rot auf ihren Wangen für Thomas Grund genug, um zumindest ein bisschen froh zu sein. Er hatte sie angelächelt. Von der anderen Seite des Klassenzimmers. Dann hatte sie sich zu Neil gebeugt, hatte ihm etwas zugeflüstert, und sie hatten wieder angefangen, Thomas mit Sachen zu bewerfen.

Neils Schuhe waren leicht auszumachen. Die riesigen, abgewetzten Lederstiefeln scharrten im Laub wie die Hufe eines Stieres. An den Spitzen sah Thomas das Grau der Stahlkappen durchscheinen. Neils Vater hatte die Schuhe bei seiner Arbeit im Sägewerk getragen, bevor er sie an seinen Sohn weitergegeben hatte. Neil trug sie fast jeden Tag, für neue fehlte das Geld.

Still wie ein Stein lag Thomas im feuchten Moos und wagte kaum mehr zu atmen. Der Geruch von faulen Blättern setzte sich in seiner Nase fest. Aus dem toten Holz über ihm sah er Würmer kriechen.

»Wo ist der Idiot? Ich hab ihn doch gerade noch gesehen!« Neils Stimme war schrill und hart. Er war viel kleiner als Thomas, sogar kleiner als die meisten seiner Altersgenossen. Mary sagte, dass das auch der Grund sei, warum Neil ihn nicht mochte. Von Anfang an hatte es der Junge auf Thomas abgesehen, hatte ihn erst ausgelacht, dann, wenn niemand hinsah, unter dem Tisch getreten. Später, als Neil gemerkt hatte, dass Thomas sich nicht wehrte, waren seine »Strafen« immer schlimmer geworden.

Thomas hörte das Tuscheln der Jungen, ohne die Worte zu verstehen. Sie waren so nahe, dass Thomas nach ihren Schuhen greifen konnte. Eine Stimme in seinem Kopf forderte ihn auf, es zu tun, sich zu wehren, doch Thomas ignorierte sie. Er konzentrierte sich stattdessen auf seinen Atem, während ihm die Würmer und Käfer über die nackten Beine krochen.

Nach einer Zeit, die Thomas wie eine Ewigkeit erschien, entfernten sich die Schuhe. Thomas wartete, immer noch unbewegt. Er versuchte den wachsenden Schmerz in seinen Gelenken zu ignorieren. Zwei, fünf, fünfzehn Minuten vergingen, ohne dass die Jungen zurückkamen. Sein Atem beruhigte sich allmählich, sie mussten es aufgegeben haben, ihn zu suchen.

Thomas begann sich aus seinem Versteck hervorzuschieben, erst langsam, dann immer hektischer, um vor Einbruch der Dunkelheit von hier wegzukommen. Die Bewohner von Angel Island nannten diesen Ort die »Teufelsklippen«. Ein paar Schritte von hier gab es nur noch abfallende Steilküste, scharfe Felsen und gefährlich rutschige Untergründe. Es war kein guter Ort, voller dunkler Erinnerungen. Thomas war nur zweimal hier gewesen. Beim Tod seiner Schwester und bei ihrer Beerdigung.

Nach einer unendlich langen Zeit fühlte Thomas sich wieder sicher. Er schüttelte die verkrampften Beine aus und atmete tief durch. Die Sonne war fast untergegangen

Diesmal gab es keine Warnung. Mit lautem Gebrüll stürzten sich die Jungen auf ihn. Sie hatten auf ihn gewartet, gebückt und mucksmäuschenstill wie Geister. Sie rammten ihm ihre Ellbogen in die Seite, schlugen ihn mit ihren Stöcken auf Hände, Beine, Wangen und brachten ihn zusammen zu Fall.

»Jetzt haben wir dich!« Neil lachte, als er sich mit seinem ganzen Gewicht auf Thomas' Brustkorb kniete. Seine spitzen Knie nahmen Thomas die Luft zum Atmen, sein Mund, ganz nah an Thomas' Gesicht, grinste hässlich verzerrt auf ihn herab. »Lass uns spielen, Tommyboy.«

Ein Vogel zwitscherte über Thomas' Kopf. Ein Fink, aufgeregt von Ast zu Ast hüpfend, beobachtete er die Jungen unter sich. Thomas konzentrierte sich auf den Anblick des Vogels, auf die Sonnenstrahlen, die durch das Herbstlaub der Bäume fielen. Beinahe schaffte er es, den Schmerz auszublenden, die Tritte, das Lachen der Jungen und die Schläge. Beinahe.

Als es vorbei war, wischte sich Thomas das Blut weg und stand schwankend auf. Seine Rippen schmerzten, da, wo ihn Neils Stiefel getroffen hatten, in seinem Kopf hämmerte es.

Es war schon lange nach Abendessenszeit. Die Jungen hatten sich beeilt, nach Hause zu kommen, nur Neil war noch geblieben, wie er es immer tat.

Er hatte sein Taschenmesser gezückt, das er so gerne den Mädchen in der Klasse zeigte, und es Thomas gegen die Wange gedrückt. Ein einzelner Blutstropfen war auf die Klinge gelaufen, und Neils Augen waren groß geworden, vom Schreck und vom Erstaunen zugleich. Er hatte sich zu Thomas heruntergebeugt, eine Geste, so vertraut wie zwischen Liebenden, und hatte ihm zugeflüstert: »Meredith gehört mir, du fetter Bastard. Noch ein Blick, nur noch ein Gedanke an sie und ich schlitze dich auf.«

Das war der Moment gewesen, in dem Thomas die Stimme wieder gehört hatte. Erst leise, kaum wahrnehmbar, ein Flüstern zwischen den Bäumen, dann immer lauter, bis sie alle anderen Geräusche unter sich begraben hatte.

»Brich ihm den Arm, Tommyboy, dem Wurm, dem Feigling, brich ihm den Nacken, dem Zwerg, drück ihm seine feuchten Augen aus!«

Es war seine eigene Stimme, und es erschreckte Thomas, wie schwer er sie von seinen eigenen Gedanken unterscheiden konnte. Machtlos blickte er auf seine Hand, die sich öffnete, ohne sein Zutun, sich vom feuchten Boden hob und langsam, wie die Klaue eines Monsters, nach Neils Haaren griff.

»Schneid ihm alle Zähne raus, schlitz ihm die Kehle auf, Tommyboy. Nimm das Messer, nimm das Messer, NIMM DAS MESSER.«

Das Blut tropfte von der Klinge und mischte sich mit dem Dreck des Waldbodens. Thomas' Hand, zur Faust geballt, schwebte über Neils Kopf.

Neil stand auf und lachte in Thomas' schreckverzerrtes Gesicht. Er dachte sich nichts dabei, als seine Schulter Thomas' riesige Hand streifte, drückte sie weg, als wäre sie nichts weiter als ein lästiger Käfer.

Angewidert blickte er auf Thomas herab. Spuckte aus. Verschwand aus Thomas' Blickfeld.

2.

Das Beige des Marmors war im Laufe des Sommers unter einer dicken Moosschicht verschwunden. Obwohl Thomas sich bei seinem letzten Besuch den richtigen Felsen genau eingeprägt hatte, hatte er die letzten Minuten mit Suchen verbracht. Ohne Werkzeug hatte er das glitschige Grün von den Steinen gekratzt. Schleimige Pflanzenreste mischten sich jetzt mit dem Blut unter seinen Fingernägeln.

Erschöpft und außer Atem lehnte sich Thomas an einen der kargen Bäume. Die steinige Fläche um ihn herum war nur einige Meter breit. An der einen Seite von halb kahlen Büschen und abgestorbenen Bäumen begrenzt, hörte das Land auf der anderen Seite jäh auf. Die Teufelsklippen. Das Ergebnis seiner Suche schimmerte milchig im Licht der Abendsonne. Die Grabplatte war nicht größer als eine Kinderhand, unscheinbar, die Inschrift war vom Salz des Windes abgeschliffen und so klein, dass man den Stein fast mit der Nasenspitze berühren musste, um sie lesen zu können.

»Hier liegt Mary Dalton. Geliebte Tochter und Schwester. Möge die See ihr Frieden geben.«

»Ich habe dich hier lange nicht mehr gesehen, Bruderherz.« Thomas versuchte sich seinen Schreck nicht anmerken zu lassen. Obwohl sein Herz wild schlug, zwang er sich weiter, starr auf Marys Grab zu schauen. Seine Schwester hatte es immer gemocht, ihm Streiche zu spielen. Nach ihrem Tod noch mehr als zuvor. Thomas beobachtete aus dem Augenwinkel, wie die schmale Silhouette ihn mit schief gelegtem Kopf musterte. Der bekannte Geruch nach Salz und Algen stieg ihm in die Nase. Der schwarze Nebel um sie herum war heute dichter als sonst. Fast greifbar umgab er sie, wie ein schützender Mantel gegen das leuchtende Rot der Abendsonne.

Mary hatte damals keine Beerdigung bekommen. Wo kein Körper war, musste man auch nicht graben, hatte sein Vater gesagt. Kein Friedhof, kein Gottesdienst, nur die Platte, verloren im Hinterland, am dem Ort, wo Thomas' Schwester von den Wellen verschluckt worden war. Anfangs hatten sich noch einige Tapfere auf den langen Weg gemacht, um hier für Mary zu beten. Einige ihrer besten Freunde hatten hier für ein paar Tage gezeltet, in der Hoffnung, dass Mary vielleicht doch noch unversehrt aus den Wellen auftauchte. Halb in den dornigen Büschen liegend, um dem Abgrund nicht zu nahe zu kommen, hatten sie ihr Unternehmen jedoch schnell abgebrochen. Heute, nach drei Jahren, waren die letzten Blumen verdorrt, die letzten Kerzen erloschen. Niemand kam mehr hierher, außer Selbstmördern und Touristen. Und Mary, die lebenslustige, frohe und schlaue Tochter des Fischers, war zu einer Vergessenen geworden, für alle, außer für ihren Bruder.

Thomas hatte bei ihren ersten Besuchen nach der Beerdigung immer wieder versucht, sie direkt anzuschauen. Er wollte sehen, ob es wirklich Mary war, die ihm da erschien, anfangs meistens nachts und immer, wenn er alleine war. Minutenlang hatte er den Kopf von der einen auf die andere Seite geworfen, immer dem Schatten hinterher. Doch was die wabernde Dunkelheit auch war, die seine Schwester umgab, sie war ihm immer einen Schritt voraus gewesen. In einem Augenblick saß Mary auf dem schmalen Sessel in seinem Zimmer, im nächsten stand sie neben dem Fenster und schaute aufs Meer hinaus. Als Thomas' Blick ihr auch dahin gefolgt war, lag sie plötzlich auf dem Bett, lachte laut und strampelte mit den Beinen. Die Versuche, sie mit seinen Blicken festzuhalten, hatten ihm nach einiger Zeit solche Kopfschmerzen bereitet, dass er es schnell wieder aufgegeben hatte.

Thomas stöhnte, als er sich jetzt langsam von dem harten Steinboden erhob. Er würde einige blaue Flecken davontragen, dafür hatten die Jungen gesorgt. Langsam humpelte er zum Geist seiner Schwester, der an den Klippen stand und in den Abgrund hinabsah. Die Wellen brachen sich weiß an den scharfkantigen Felsen unter ihnen. Niemand, der in den Strudel geriet, würde jemals wieder auftauchen, das wussten sie beide.

»Papa will Mama aufs Festland bringen. Dort gibt es eine Klinik, sagt er, wo ihr besser geholfen werden kann.« Mary zeigte keine Reaktion, aber Thomas wusste, dass sie genau zuhörte und verstand, was das für ihn bedeutete.

»Er sagt, dass es ihr zu Hause nicht gut gehen würde.«

Thomas überlegte sich seine nächsten Worte sehr genau: »Ich glaube, er hat Angst, dass ich ihr wehtun könnte.«

Ein Druck, der sich den ganzen Tag in ihm aufgebaut hatte, entlud sich. Tränen liefen ihm die Wangen hinunter. Er ballte die Fäuste, wenn er an seinen Vater dachte, der alles immer so falsch verstand.

»Was macht das mit dir, Bruderherz?« Mary wusste, was es bedeutete, wenn seine Mutter nicht mehr da war, um auf ihn aufzupassen. Wusste, was geschehen konnte, von der Stimme und von dem anderen Thomas. Was würde geschehen, wenn ER nach all den Jahren wiederkam? Stumm standen die Geschwister nebeneinander und starrten in den Abgrund hinab. Tobend schlugen die Wellen gegen die Felsen und verschluckten alles, was ihnen in die Quere kam.

3.

Nebel war nichts Ungewöhnliches. Er gehörte zum Herbst auf Angel Island wie die Winterstürme und das Blöken der neugeborenen Schafe im Frühling. Thomas kannte von seinem Vater, der Fischer gewesen war, Dutzende Arten von Nebel, doch dieser war anders. Thomas starrte aufs Meer hinaus. Innerhalb eines Lidschlags war der Nebel aufgetaucht, eine weite, dichte graue Wand, die sich über den ganzen Horizont erstreckte und mit rasender Geschwindigkeit näher kam.

Der Wind fegte um Thomas herum. Mit dem Untergehen der Sonne schienen sich die Schleusen geöffnet zu haben, die ihn am Tag über dem Wasser festhielten. Kalt und zischend durchdrang er Thomas' Kleidung, machte krächzende Geräusche in den Felsspalten am Wegesrand: »TMMMMSSSS!«

Ein blauer VW-Käfer, beulig und mitgenommen von ungezählten Löchern in den Straßen, rumpelte auf Thomas zu, als er die Straße nach Hause wieder erreicht hatte. Thomas lächelte. Er wusste, wem das Auto gehörte, und die dunklen Gedanken und die Stimme in seinem Kopf zogen sich zurück.

Die Beifahrertür öffnete sich, und das Innenlicht offenbarte ein heilloses Chaos aus leeren Junkfood-Schachteln, Schokoriegeln, Windelboxen und Schals in allen Regenbogenfarben.

Cathy lächelte Thomas vom Fahrersitz aus an. Sie trug den grünen Mantel mit dem kleinen Schokoladenfleck am Kragen, den Thomas ihr letztes Weihnachten von seinen ganzen Ersparnissen gekauft hatte.

»Na, wen haben wir denn da? Was macht denn so ein hübscher junger Mann so ganz allein in der Herrgottskälte?« Cathy lachte und schob dabei mit einer Hand einen Haufen Zeitschriften vom Beifahrersitz.

Erst als sich Thomas zu ihr gesetzt hatte und das Licht des Käfers die dunklen Flecken in seinem Gesicht erkennen ließ, wurde Cathy ernst. Sie berührte die Stelle unter Thomas' Auge, wo ihn einer der Knöchel erwischt hatte. Ihre kühlen Finger fühlten sich gut an. »Das waren wieder die verfluchten Jungen, oder?«

Thomas antwortete nicht. Er hielt die Augen geschlossen, selbst als Cathy das Auto wieder in Bewegung setzte. Sie war es gewohnt, dass er nicht viel sprach.

Cathy war die Pflegerin seiner Mutter. Der Engel der Insel, wie Pfarrer Barton immer sagte. Thomas betrachtete ihr Gesicht, das konzentriert auf die Straße gerichtet war. Die Sommersprossen, die trotz Kälte das ganze Jahr über da waren, die Lippen, weich und immer zu einem Lächeln geteilt. Die kleinen Brüste, ein Stück darunter. Dreimal in der Woche kam Cathy ins Dalton-Haus, wusch und wickelte Thomas' Mutter und unterhielt sich freundlich mit den beiden Männern, die den Rest der Zeit kein Wort miteinander sprachen. Thomas zählte immer die Stunden vor Cathys Ankunft, wich ihr keine Sekunde von der Seite, wenn sie da war. Wenn Cathy ging, ihr Käfer den schmalen Schotterweg Richtung Dorf hinunterfuhr, hinterließ sie eine riesige Leere in ihm.

Cathys Augen folgten seinem Blick. Thomas' Kopf wurde heiß wie Feuer. Schnell schaute er nach vorne und tat so, als wäre nichts gewesen, legte seine Hände gefaltet in den Schoß. Cathy lächelte breiter, das konnte er selbst aus den Augenwinkeln sehen, und legte ihre Rechte Hand auf seine. »Was immer auch geschieht, Thomas, merke dir, dass du immer zu mir kommen kannst.« Sie drehte sich zu ihm, ernst diesmal. Der Wagen rumpelte um die letzte Kurve. Sie wiederholte ihre Worte:

»Was immer auch in dieser Nacht geschieht.«

Nacht

4.

Kein Wind. Kein Regen. Kein einziges Knacken in dem alten Holz, aus dem das Haus gebaut war. Nur Stille. Thomas schlug die Augen auf.

Der Mickymaus-Wecker neben seinem Bett blinkte. Die ehemals knalligen Farben der Figur waren über die Jahre verblasst, der bunte Lack abgeblättert und spröde. Mickys ehemals lustige Augen starrten Thomas jetzt aus weißen Höhlen an, sein Grinsen war gleichgültig und kalt. Das kleine Display zeigte zwölf Uhr. Mitternacht. Halloween. Was hatte ihn geweckt?

Ein Stockwerk tiefer hörte Thomas schwere Schritte, dann das Klicken der Haustür, als sie ins Schloss fiel. Die Schritte entfernten sich langsam auf dem Kiesweg vorm Haus. Jemand versuchte, so wenig Lärm wie möglich zu machen.

Thomas setzte sich auf, schwang seine Beine vom Bett, eilte durchs Zimmer. Wer war um diese Uhrzeit noch unterwegs? Die Dielen ächzten unter seinem Gewicht. Er riss die Vorhänge zur Seite, warf einen Blick auf den kleinen Vorplatz, und sah sich plötzlich Auge in Auge mit einer dunklen Gestalt, die ihn von der anderen Seite des Glases anstarrte. Sie war menschlich, aber ohne Gesicht. Nur Schwarz. Die Gestalt bewegte sich blitzschnell, griff nach ihm. Lange Finger streckten sich nach seiner Kehle aus.

Erschrocken fuhr Thomas zurück. Er verlor sein Gleichgewicht und stolperte weg vom Fenster.

Die Gestalt verschwand so schnell, wie sie gekommen war. Was war das gewesen? Thomas lag auf dem harten Dielenboden und fluchte über seine eigene Feigheit, als er erkannte, was geschehen war. Die dunkle Gestalt, die er gesehen hatte, war er selbst gewesen, ein Abziehbild, eine Spiegelung auf der grauen Leinwand vor dem Fenster.

Thomas schüttelte den Kopf über seine eigene Dummheit, versuchte zu lachen, doch das gelang ihm nicht. Nur ein Spiegelbild. Nichts weiter! Er hatte sich nur eingebildet, dass es nach ihm gegriffen hatte. Es konnte gar nicht anders sein.

Vorsichtig, bemüht, kein Geräusch zu machen, schlich sich Thomas zum Fenster zurück, legte eine Hand an die Scheibe und berührte die seines Schattens auf der anderen Seite. Das Glas war eisig, viel zu kalt für die Jahreszeit. Kriechend, fast tastend, fand der Nebel draußen die Ritzen im Holz des Rahmens, erspürte jedes Loch und kroch hinein. Obwohl Thomas wusste, dass er vor Nebel keine Angst haben musste, dass er nichts anderes als Wasser war, zog er seine Hand zurück. Hatte er sich nur eingebildet, dass sich sein Schatten anders bewegt hatte als er selbst, oder war es gar nicht sein Spiegelbild auf der anderen Seite, sondern etwas ganz anderes?

»TTMMMMMSSSS!« Die Scheinwerfer des alten Ford seines Vaters tauchten das Haus in grelles Licht, der Motor stotterte. Der Wagen wendete auf dem kleinen Vorplatz, beschleunigte und war schnell hinter der nächsten Kurve verschwunden. Wohin sein Vater um diese Nachtzeit unterwegs war, war Thomas ein Rätsel. Lange stand er am Fenster und starrte in das Grau hinaus, das von Minute zu Minute dichter wurde. Je länger er dort stand, umso mehr hatte er das Gefühl, dass dort draußen etwas war, das ihn beobachtete, etwas, das langsam und unaufhaltsam auf das Haus zukroch.

Erst als er zu frieren begann, drehte sich Thomas um und legte sich zurück ins Bett, zog die Decke bis zum Kinn hoch und versuchte, die dunklen Gedanken nicht an sich heranzulassen, die alte, vertraute Stimme in seinem Kopf. Das Fenster behielt er im Auge. Nur zur Sicherheit. Schlafen konnte er jetzt sowieso nicht.

»Bist du wach, Thomas?« Ganz ruhig, wie eine Statue, saß Mary auf dem kleinen Stuhl in der Ecke des Zimmers. Thomas starrte seine Schwester einige Sekunden lang an, dann schloss er die Augen und zählte langsam bis zehn. Als er wieder hinsah, saß Mary immer noch am selben Platz, und Thomas' Herz wie verrückt zu schlagen. Er hatte sie direkt angesehen, und Mary war an Ort und Stelle geblieben. Kein Schwarz um sie herum, kein springender Schatten.

»Mary? Bist du das?« Thomas' Stimme klang schwach, fast wie ein Quieken. Mary räkelte sich wie ein Insekt nach einem langen Schlaf. Ihre nackten Füße erschienen Thomas im Mondlicht milchig grau, wie der Nebel, der vom Fenster hereinsah. Im Schatten hinter dem Stuhl erschien es Thomas, als bewegte sich die Dunkelheit wie ein lebendiges Wesen.

Ein Zischen antwortete ihm aus der Ecke. »Hallo, Thomas.« Es war Marys Stimme, doch auch irgendwie nicht. Wie zwei Stimmen, ähnlich, aber nicht gleich, die dieselben Worte sprachen.

Mary beugte sich nach vorne, und Thomas sah seine Schwester das erste Mal seit drei Jahren wieder deutlich vor sich. Ihre Haut war vom Meerwasser aufgedunsen, ihr Haar, ehemals braun und glänzend, hing ihr nass und klebrig über den Schultern. Wo die Augen gewesen waren, befanden sich nur Löcher, schwarz und tief, in denen die Dunkelheit so dicht war, als könnte man sie berühren. Wasser tropfte aus ihrem zerrissenen Kleid und bildete eine kleine Pfütze am Boden. Sie lächelte ihn an. Ihre Zähne waren dunkel und verfärbt, spitz, wie die von Fischen.

»Heute ist eine besondere Nacht, Thomas.« Marys Hände öffneten und schlossen sich, ihre Finger tanzten hin und her, als spannten sie ein Netz, das Thomas nicht sehen konnte.

Sie stand mit einem Ruck auf, ein bisschen zu schnell für einen Menschen, abgehackt und ungelenk, und kam dann Schritt für Schritt durch den Raum auf ihn zu. Die nackten Füße hinterließen nasse Abdrücke auf dem Holz. Wasser breitete sich über den Boden aus.

Nie hätte Thomas gedacht, dass er einmal vor Mary Angst

haben würde. Selbst als sie ihn das erste Mal besucht hatte, kurz nach der Beerdigung, gekleidet in das Schwarz und eigentlich nicht richtig da, war er eher erstaunt als ängstlich gewesen. Jetzt rutschte er auf seinem Bett zurück, bis ganz hinten zur Wand. Ein Geruch von Salz und Fäulnis nahm das Zimmer ein. »TTTMMMSSSS.« Der Wind drückte gegen die Scheibe, wollte herein zu ihm.

Das Laken erschien Thomas auf einmal nicht mehr wärmend, sondern legte sich wie eine große Schlange um seinen Körper. Mary lachte, als könne sie Thomas' Gedanken lesen. Das Wasser aus ihrer Kleidung breitete sich langsam auf dem Boden weiter aus.

Sie setzte sich zu ihm, lehnte sich vor. Das Bett knarzte so laut unter ihrem Gewicht, als würde ihr Schatten zwei Tonnen wiegen. Marys Gesicht bewegte sich unentwegt, zog Grimassen, veränderte sich von Freude zu Hass zu Trauer, in einem stetigen, abgehackten Fluss ohne Schleusen. Sie strich mit ihren Fingern über Thomas' Schlafanzug. Von den Füßen aufwärts, langsam, unangenehm langsam, strich sie seine Beine hinauf, kicherte, als er an seiner empfindlichen Stelle zusammenzuckte, wanderte dann seine Hüfte hinauf, seinen Bauchnabel entlang.

»Armer Thomas. Wehrt sich nicht gegen die bösen Jungen. Wehrt sich nicht gegen den eigenen Vater. Wehrt sich nicht, gegen niemanden.«

Marys Augen waren schwarze Spiegel, in denen Thomas sich selbst sehen konnte. Den großen, einsamen Trottel, den Sohn des Fischers, der in allem so langsam war, dass er besser gar nicht erst anfing. Aus dem Augenwinkel sah er, wie das Wasser im Zimmer anstieg. Es hatte den Boden des Zimmers bereits bedeckt, hatte den kleinen Teppich verschluckt, den Thomas' Mutter für ihn gestrickt hatte.

Mary drückte mit den Fingern zu, drehte sie, langsam, spielerisch genau an der Stelle, wo Neils Stiefel ihn getroffen hatte. Thomas wollte ihre Hand wegschieben, wollte sich gegen den Schmerz wehren, doch er konnte sich nicht bewegen.

Hilflos sah er zu, wie Marys kantige Fingernägel durch seine Kleidung drangen, den Stoff zerrissen und sich langsam in sein Fleisch vortasteten. Der weiße Schlafanzug mit den Feuerwehrautos färbte sich rot.

»Haben sie dir sehr wehgetan, Thomas?« Marys Stimme war sanft. Ganz nah an seinem Ohr: »Komm heraus, Tommyboy. Zahlen wir es ihnen heim. Ihnen allen.«

Zu Thomas' Entsetzen hörte er eine Antwort in seinem Kopf. Eine Stimme, seine eigene, nur dunkler, kälter, ein Schatten, ein Echo auf Marys Worte.

»Es ist Zeit.«

Thomas kannte diese Stimme, kannte sie, seit er denken konnte. Es war sein Schatten auf der anderen Seite des Fensters, die geballte Faust neben Neils lächerlich kleinem Kopf. ER war es, der da zu ihm sprach.

Das Wasser stand jetzt schon einen halben Meter hoch im Zimmer. Es leckte an Thomas' Bein, schwappte über die Kanten des Bettes.

»Komm heraus, Tommyboy. Es ist Zeit, zu spielen.« Mit einem Ruck zog Mary die Finger zwischen Thomas' Rippen hervor. Mit einem Schlag war er hellwach.

Seine Beine ließen sich wieder bewegen. Er schlug um sich, wollte sich befreien, er musste hier raus. Nur schnell raus. Das dunkle Wasser floss über Thomas' Brust, lief in seinen offenen Mund, brackig und faul. Ein Schrei löste sich von seinen Lippen: »Lasst mich in Ruhe!«

Mary lachte, als sich Thomas' Beine bei seinem Fluchtversuch ungeschickt in dem nassen Betttuch verfingen. Panisch strampelte er sich los, schlug um sich. Micky, den Mund jetzt zu einem hämischen Grinsen verzogen, fiel von der Kommode.

Mühsam stieg Thomas aus seinem Bett. Seine Füße fanden keinen Halt mehr auf dem glitschigen Boden. Mary, die lachend auf dem Bett sitzen geblieben war, versank in der dunklen Flüssigkeit.

Die Stimme im Schädel wurde lauter, gewann an Kraft. Thomas hatte nicht mehr viel Zeit. Er musste zu seiner Mutter. Mühsam kämpfte er sich Schritt für Schritt in Richtung Zimmertür, die auf einmal Kilometer weit entfernt schien.

Die Fenster sprangen auf, Wind peitschte ins Zimmer, während Arme unter der Wasseroberfläche nach Thomas griffen.

Marys Flüstern, sein Flüstern: »Komm spielen, Tommyboy«, hallte in seinem Kopf wider.

Verzweifelt rüttelte Thomas am Türknopf. Er musste seinen Kopf hochhalten, trotzdem schluckte er Salzwasser und musste husten. Er schlug gegen die Tür, mit all seiner Kraft, doch die alten Bretter gaben nicht nach.

»Du Schwächling, du Trottel, schlag die Tür ein, schlag ihr den Kopf ein, deiner dämlichen Schwester.«

Thomas' Kopf pochte wie wahnsinnig, die alten Kopfschmerzen waren wieder da. Verzweifelt stemmte er sich gegen die Tür. Seine Beine fanden keinen festen Halt. Er prustete, trat um sich, während Marys Arme ihn in die Tiefe zogen.

»Spürst du, wie es sich anfühlt, Thomas? Komm, ertrinke mit mir.«

Die Tür gab unter dem Gewicht des Wassers plötzlich nach, und Thomas wurde nach draußen gespült.

Luft. Er musste atmen. Hustend rappelte sich Thomas auf und taumelte den Flur hinunter. Marys Lachen verfolgte ihn. Das Zimmer seiner Mutter war nur den Gang hinunter, drei Türen, nicht mehr.

Das Haus um ihn herum wirkte ganz anders, als er es kannte, unwirklich. Der Flur schien sich zu strecken, mit jedem stolpernden Schritt rückte die Tür weiter von ihm weg. »Komm heraus zum Spielen, Tommyboy!« Thomas hielt sich die Ohren zu.

Unter der Tür drang Licht hindurch. Dahinter hörte Thomas Stimmen, laute Stimmen, Lachen. Waren die Leute vom Festland etwa schon da? Wurde seine Mutter jetzt schon weggebracht? Thomas' Herz schlug wie wild in der Brust, er begann zu laufen. Sein Vater hatte doch gesagt, sie würden Ruth erst am nächsten Tag mitnehmen. Er brauchte sie jetzt, mehr als jemals zuvor.

Es waren keine unbekannten Stimmen, die Thomas durch die geschlossene Tür hörte. »Der Hecht war riesig!« Die Stimme seines Vaters, laut und lachend, begleitet vom Kichern eines Mädchens.

»Hat ihn ganz allein reingebracht, der kleine Kobold. Gezogen wie ein Weltmeister. Zwanzig Pfund schwer, Ruth, zwanzig Pfund allein dafür!«

Wie konnte sein Vater hier sein? War er nicht gerade weggefahren?

Thomas öffnete die Tür, langsam, ängstlich vor dem, was ihn auf der anderen Seite erwartete.

Grelles Licht flutete das Haus, blendete Thomas, der blind vorwärts stolperte, in das Licht hinein.

5.

Der Raum seiner Mutter, den Thomas kannte, war verschwunden und hatte einem anderen Platz gemacht. Die Wände, die ein paar Stunden zuvor noch mit alten, abblätternden Tapeten überzogen gewesen waren, sahen jetzt frisch gestrichen aus. Vasen, mit bunten Sommerblumen darin, standen auf einem kleinen Tisch in der Mitte des Raums. Das Zimmer sah aus wie auf einem Foto, das Jahre zuvor gemacht worden war. Sonnenlicht drang durch den Nebel und ließ den Raum taghell erscheinen. Alles warf weiche Schatten, Staubpartikel tanzten durch die Helligkeit.

Ursprünglich war das Zimmer ein Malzimmer gewesen, das sein Vater für seine Frau eingerichtet hatte. Es war ihr Rückzugsort gewesen, genau wie für Thomas. Stundenlang hatten sich die beiden hier nur damit beschäftigt, zu sitzen und zu reden, um Thomas' Schatten im Zaum zu halten, um ein bisschen glücklich zu sein.

Das alte Bett, in dem seine Mutter die letzten fünf Jahre verbracht hatte, war verschwunden. Eine große Leinwand stand an seinem Platz. Eine noch feuchte Palette mit Farben lag davor, ein begonnenes Bild war darauf gespannt. Thomas kannte das Bild. Es hing jetzt im Zimmer seines Vaters, immer noch unvollendet.

Mitten im Raum stand seine Schwester Mary, schlank und adrett, als wäre sie nie weg gewesen. Stolz blickte sie sich um, während Thomas' Vater neben ihr von dem großen Fang erzählte, den sie gemacht hatten.

Sein Vater sah jünger aus, Jahre jünger. Die dunklen Ränder unter den Augen waren verschwunden. Die vergangenen Jahre, die Spuren der Wutanfälle, des Trinkens und der Arbeitslosigkeit waren wie weggewischt. Thomas konnte sich nicht daran erinnern, wann er seinen Vater das letzte Mal hatte lachen sehen. Seine Haare waren schwarz und voll. Lachend stand er neben seiner Tochter, hatte ihr eine Hand auf die Schulter gelegt und wandte sich gerade an die schöne Frau, die am Fenster stand.

Thomas vergaß zu atmen. Seine Mutter! Wach und lächelnd stand sie da, in ihrem weißen Kleid, das sie immer am liebsten getragen hatte. Ihre Haut, blass und unbeeinflusst von der Sonne. Ihr blondes Haar fiel ihr auf die Schultern.

Die Szene war wie aus Thomas' Kopf entsprungen. Eine Erinnerung an eine bessere Zeit, als ER nur ein kleines, nagendes Flüstern in seinem Hinterkopf gewesen war.

Thomas schluchzte auf. Er wollte auf seine Familie zugehen, wollte sie alle in die Arme schließen und nie wieder loslassen, doch eine Hand auf seiner Schulter hielt ihn zurück.

»So eine glückliche Familie.« Aus Marys Augen wuchsen Algen, aus denen Krebse und Würmer hinab auf ihre Wangen krochen. Das Kleid klebte ihr am Körper, braun und ranzig vom Meerwasser.

Seine Familie schien den Geruch von Fäulnis und Tod nicht zu bemerken, sie unterhielten sich weiter, als wäre nichts geschehen. Keiner der drei schien Thomas und seine tote Schwester überhaupt zu sehen.

Marys Gesicht war zu einer Grimasse verzogen. Hass, Wut und Abscheu standen darin.

»Erinnerst du dich, Tommyboy?«

Thomas erinnerte sich. Das war der Tag, an dem seine Mutter den Unfall gehabt hatte, draußen auf dem Meer. An dem Morgen waren sie alle das letzte Mal glücklich gewesen, alle, außer Thomas.

In der Ecke hinter seiner Mutter sah er einen Schatten, den einzigen störenden Fleck in dieser Szene aus Weiß und Freude. Er erinnerte sich. Dort hatte er gestanden und sich für Mary mitfreuen wollen. Sie war der Liebling seines Vaters, immer schon, war mit ihm hinausgefahren und hatte die Taue und Netze des Schiffes mit einer Selbstverständlichkeit bedient, als wäre sie auf dem Meer geboren worden.

»Die Kleine hat Salzwasser in den Adern«, hatte sein Vater immer gesagt und Thomas, den ruhigen, langsamen Thomas, dabei selten erwähnt, ihn in den Armen seiner Mutter gelassen, wenn er morgens zur Arbeit fuhr.

Die Eifersucht, die Ohnmacht, seine eigene Unfähigkeit trafen Thomas wie ein Schlag in den Bauch. Es waren alte Gefühle, böse Gefühle, von denen er wusste, dass sie allen nur Unglück brachten, vor allem ihm selbst.

Das Gespräch seiner Eltern war verstummt. Sie folgten dem Blick der jungen Mary, drehten den Kopf zu ihm, langsam, wie im Traum, und sahen ihn stumm an. Thomas sah alles in ihren Blicken, die Anklagen, Wut und Trauer, die er selbst spürte.

Mary, die alte Mary, stand zwischen seinen Eltern und lachte ihn aus.

»Armer Thomas. Niemand will mit dir spielen.« Der kalte Atem seiner Schwester in seinem Ohr. Sein Vater begann zu lachen.

»Armer Tommyboy.«

Sie standen jetzt um ihn herum. Sein Vater, mit einer zerbrochenen Whiskyflasche in der Hand, sein stinkender Atem in Thomas' Nase. »Schwächling.« Er nahm die Flasche und drückte sich die scharfen Kanten in die Augen. Blut quoll an den Rändern herab, doch er schien es nicht zu merken: »Feigling.« Worte, die er nie zu ihm gesagt hatte. Thomas versuchte sich an dem Gedanken festzuhalten, doch er entglitt, machte der Leere Platz, die er so lange gefühlt hatte.

Das Lachen seines Vaters wurde schrill, als das Glas der Flasche seine Stimmbänder durchtrennte, wurde zu einem Fiepen.

Die junge Mary tanzte um ihn herum. Wunden taten sich auf ihren Armen auf, wo die Fische an ihr gefressen hatten. Sie kicherte, wandte sich an Thomas: »Lass uns spielen, Tommyboy«, streckte ihre Hände nach ihm aus, die Augen weit aufgerissen, ganz weiß, wie die Gischt, bohrte sie ihre Daumen in Thomas' Augen. Thomas schrie auf, hielt sich die Hände vors Gesicht, und das Licht verlosch.

Schwer atmend schreckte Thomas auf. Schatten zogen vor seinen Augen vorbei. Er wusste nicht, wo er war. Langsam, ganz langsam nahm seine Umgebung Gestalt an. Er war im Zimmer seiner Mutter. Er lag auf den harten Holzdielen. Der Nebel war vor dem Fenster, nicht im Zimmer. Es war wieder dunkel geworden, und eine kleine, übelriechende Pfütze breitete sich unter ihm aus.

Keine Leinwand, keine Blumen mehr, die Vision war verschwunden. Um ihn herum nur noch die nackten, mit Kalk geweißten Wände. Das Bett in der Ecke, der alte Kleiderschrank, in dem Cathy die Windeln und Waschlotionen für seine Mutter aufbewahrte, waren die einzigen Möbel. Thomas' Mutter lag in ihrem Bett. Wie immer. Unbewegt. Starr. Die Augen, weit aufgerissen, blickten ohne zu blinzeln an die Zimmerdecke, der Brustkorb hob und senkte sich kaum sichtbar, als wäre sich der Körper nicht sicher, ob er noch atmen wollte.

Thomas rappelte sich vom Boden hoch, wankte wie betrunken durchs Zimmer. Die Stimme in seinem Kopf, ER, der andere, war jetzt nur noch ein beständiges Flüstern.

»Er will sie dir wegnehmen. Er will sie dir wegnehmen.«

ER schaffte es nicht, in Thomas Geist zu dringen. Die Anwesenheit seiner Mutter hielt Ihn davon ab.

Thomas' Finger strichen hilfesuchend über die vertrauten Haare, Tränen liefen ihm die Wangen hinunter. Unkontrolliert und zitternd tasteten sich seine Hände weiter nach unten, seine Arme, dick wie Baumstämme, umschlangen den zierlichen Körper unter dem weißen Laken. »Niemand darf dich mir wegnehmen.«

Thomas legte seinen Kopf gegen die kalte Schulter und versuchte, die Stimme in seinem Hinterkopf zu ignorieren, die immer und immer wieder denselben Satz wiederholte: »Er will sie dir wegnehmen. Er will sie dir wegnehmen. Er will sie dir wegnehmen. Er will sie dir wegnehmen.«

Seit Jahren hatte Ruth Dalton kein Wort mehr gesprochen. Sie verließ ihr Zimmer nicht mehr, lag auf ihrem Bett oder saß im Stuhl am Fenster, wo Cathy sie alle zwei Tage hintrug. »Ruth hat sich im Meer verloren«, sagten die Leute im Dorf und betrachteten Thomas dabei mit einer Mischung aus Mitleid und Anklage, wenn er vorüberging und so tat, als hätte er sie nicht gehört. »So eine fröhliche Frau, so schade um Henry.«

Ihr Unfall, ihre ständige Abwesenheit, hatte Thomas' Vater schwer getroffen. Nach Ruths Unfall war die Stille ins Dalton-Haus eingezogen und hatte sich Zimmer für Zimmer erobert, bis das Haus gar kein Haus mehr war, sondern die Stille selbst.

»Großauge« hatte seine Mutter ihn immer genannt und war ihm mit den Fingern durchs Haar gefahren. »Worüber wunderst du dich wieder, Großauge?« Sie hatte sich über jeden seiner mühsam hervorgestotterten Erklärungsversuche so gefreut wie über die Bestnoten, die Mary immer nach Hause gebracht hatte. Seine Mutter hatte ihn gekannt, besser als irgendjemand sonst.

Sie war es gewesen, die ihm von der dunklen Seite erzählte, von dem anderen, von IHM, von der schwarzen Sonne, die in seinem Kopf brannte, und der Stimme, die immer wieder in seinen Ohren dröhnte. Wäre Ruth nicht da gewesen, Thomas wusste nicht, was Er alles mit ihm angestellt hätte. Seine Mutter hatte ihn vor sich selbst beschützt und tat es immer noch, auch noch nach dem Unglück.

Jetzt nahm er sie fest in die Arme, wischte ihr den schmalen Speichelfluss vom Mund und glaubte ganz fest daran, dass sie jetzt, in dem furchtbaren Nebel, bei ihm war und ihn vor sich selbst beschützte.

Thomas bemerkte erst nach ein paar Augenblicken, dass seine Mutter ihn ansah. Erschrocken fuhr er zurück, zog seine Hände mit einem Ruck unter ihrem Körper hervor. »Mama?« Der Kopf seiner Mutter lag schräg vor ihm auf dem Kissen, ihr Gesicht war ihm zugewandt. Ihr Mund, trocken und schorfig, bewegte sich, formte Worte, die Thomas nicht verstand, während ihre Augen immer größer wurden.

Langsam beugte sich Thomas zu ihr nach unten, versuchte die geflüsterten Worte seiner Mutter zu verstehen.

»Weg von mir!«

Der Schrei entsprang ihrer Kehle, erst leise, dann wurde er immer lauter. Ihr Körper zuckte wie bei einem Krampf.

Erschrocken sah Thomas sie an. Die Hände seiner Mutter bewegten sich, packten seine Arme. Ihre Fingernägel bohrten sich in seine Haut.

Im Spiegel auf der anderen Seite des Raumes sah Thomas sich selbst, das Bett mit seiner Mutter darin, deren Körper von immer heftigeren Anfällen geschüttelt wurde. Sie schrie jetzt aus voller Kehle, ein Geräusch, das die Stille durchschnitt wie ein Rasiermesser. Ihre Fingernägel waren lang und kantig und hinterließen blutige Striemen auf seiner Haut. Sie versuchte, sein Gesicht zu packen, seine Augen, wie Mary zuvor.

»Weg von mir!« Sie spuckte es ihm ins Gesicht, Speichel lief ihr das Kinn herunter: »Was hast du mit meinem Thomas gemacht? Teufel! Weg von mir.«

Thomas wusste nicht mehr, was er tun sollte. Er versuchte

seine Mutter zu beruhigen, machte die »Sssssss«-Laute, die Cathy immer machte, während sie Ruth wickelte.

Es half nichts. Seine Mutter schrie weiter, immer lauter und schriller. Er legte ihr eine Hand über den Mund, nur damit sie sich beruhigte. Er wollte doch nur, dass die Schreie aufhörten.

Sein Spiegelbild blieb unbeweglich. Der Junge auf der anderen Seite sah aus wie er, doch er war es nicht. Seine Augen waren grau, wie der Nebel. Seine Gesichtszüge, Thomas' Gesichtszüge, waren verzerrt, als stünde er hinter einer Fensterscheibe im Regen.

Grinsend sah er Thomas an, während dieser mit seiner Mutter rang. Das Schreien, ihre Worte, kamen jetzt nur noch gedämpft hervor, aber immer noch viel zu laut.

Der andere stand vom Bett auf und ging langsam durch das Zimmer auf Thomas' Seite des Spiegels zu. Seine Stimme schallte in Thomas' Kopf, ohne dass er seine Lippen bewegte. »Sie kann dich nicht mehr vor mir beschützen, Thomas.«

ER streckte eine Hand aus, und sein Arm kam durch das Glas des Spiegels auf die andere Seite, hinein in Thomas' Welt.

Der Tag, an dem seine Mutter den Unfall gehabt hatte, spielte sich erneut vor Thomas' Augen ab. Sie hatte ihn gefunden, mit Blut beschmiert, über den gehäuteten Kadaver des Nachbarhundes gebeugt. ER war da gewesen, mit Thomas. ER hatte sich in der Nacht in seinen Kopf geschlichen, ihm erzählt, wie wenig Thomas gebraucht wurde in dieser Welt. Thomas hatte ihm zugehört, hatte in der Ecke gestanden, wütend und frierend, an dem Morgen, an dem Mary den großen Fisch gefangen hatte.

Er hatte ihm gezeigt, wohin sich der Hund verirrt hatte. ER hatte Thomas das Messer gereicht, während sich das Tier vertrauensvoll an Thomas' Oberschenkeln rieb, hatte ihm die Stellen gezeigt, an denen die Sehnen lagen, und Thomas hatte ihm zugehört.

Es war das erste Mal gewesen, dass Thomas den bösen Gedanken gefolgt war. Seine Mutter hatte ihn mit aufs Meer genommen, wie sie es immer getan hatte. Die Wellen waren für Thomas immer beruhigend gewesen, eine Erinnerung an eine bessere Zeit, als sein Vater noch mit ihm hinausgefahren war. Seine Mutter hatte versucht, ihn zu beschützen, doch ER war mit an Bord gewesen. Thomas hatte versucht, sich zu wehren, doch ER hatte seine Mutter immer wieder unter Wasser gedrückt und dabei gelacht, bis sie bewegungslos in den Wellen trieb.

Sein Vater war aus dem Haus gerannt, als Thomas mit seiner bewegungslosen Mutter über dem Arm den Kiesweg heraufgekommen war. Er hatte sie seinem Sohn aus den Armen gerissen, mit einem Ausdruck von Unglauben und Abscheu im Gesicht. Es war das erste Mal gewesen, dass Thomas das andere Gefühl im Gesicht seines Vaters gesehen hatte, den Hass und den Verdacht, den er ihm entgegenbrachte.

Es war kein Geräusch, das Thomas in die Wirklichkeit zurückholte, es war eher die Abwesenheit davon. Er blinzelte, spürte den Körper seiner Mutter unter sich, der bewegungslos und verdreht auf dem Bett lag. Das Schreien hatte aufgehört, stattdessen lag sie nun still unter ihm, die Augen immer noch geöffnet. Die Hand hing schlaff herunter, und im Spiegel sah Thomas nur noch sich selbst, zusammengesunken auf dem Bett.

Seine Gedanken rasten. Was hatte er getan? Sie schlief nur! Das musste es sein. Sie hatte den anderen gesehen und war bewusstlos geworden.

Ihr Körper war überraschend schwer. Er schob sie von sich,

legte sie auf das Bett, die Arme an die Seiten, strich ihr noch eine Strähne aus der Stirn.

Er musste Hilfe holen. Cathy! Er musste Cathy holen. Sie würde seiner Mutter helfen, würde das Ding, das wie Thomas aussah, zurückschicken, wie es seine Mutter immer getan hatte. Verzweifelt rappelte sich Thomas auf. Er musste sich beeilen.

5.

Benommen stolperte Thomas die Treppenstufen hinunter. Das Dorf war gut drei Kilometer von hier entfernt, Cathys Haus lag nicht weit vom Zentrum, in einer kleinen Seitenstraße in der Nähe der Kirche.

Thomas hörte ein Kichern von oben, schwere Schritte, die über den Flur eilten, die Treppe hinab. Thomas wusste, wer da kam. ER wollte ihn holen, ihn mit sich nehmen in das Reich auf der anderen Seite.

Thomas rannte so schnell er konnte. Aus der Haustür hinaus in den Nebel hinein. Er orientierte sich an den Steinen und Weggabelungen, an denen er jeden Tag vorbeikam, doch die vertraute Landschaft erschien ihm auf einmal fremd, wie eine graue Kopie der Insel, die er kannte.

Jedes Geräusch wurde vom Nebel gedämpft, der Geruch nach Salz und Gras, der um diese Jahreszeit über Angel Island hing, war abgetötet, stumpf und faulig.

Er hatte solche Kopfschmerzen. Sein Gehirn schien platzen zu wollen, immer wieder spürte er IHN, wie er nach ihm griff, aus dem Nebel heraus, und sich in seine Gedanken mischte.

»Armer Tommyboy, niemand mehr da, der ihm hilft. Lass mich herein, Tommyboy, dann wird es dir bald besser gehen!«

Er erreichte den Platz, auf dem ihm vor wenigen Stunden die Jungen aufgelauert hatten. Der Wald lag jetzt still und tot um ihn herum. Eine alte Eiche bewegte sich knarzend, wie von selbst, als wolle sie ihre Äste nach Thomas ausstrecken.

»Wer ist da?«

Thomas erstarrte. Eine Gestalt war aus dem Nebel aufgetaucht, keine zwei Meter vor ihm blockierte sie den Weg. Thomas wich zurück, sein Magen rebellierte gegen den Anblick, der sich ihm bot.

Neils Augen waren weiß wie der Nebel. Blind und weit aufgerissen starrten sie in Thomas' Richtung, ohne ihn zu sehen. Mit ausgestreckten Händen, tastend, bewegte sich der Junge, wie ein Betrunkener, Schritt für Schritt über den schmalen Pfad. Sein geliebtes Messer trug er dabei in einer Hand, die glänzende Spitze, suchend und scharf, war auf Thomas' Gesicht gerichtet.

Neils Zähne waren verschwunden, herausgeschnitten, sein Zahnfleisch war nur noch eine rote, zerfetzte Masse, in der sich Speichel und Blut zu einem schaumigen Brei vermischten. Ein Gurgeln begleitete jede seiner Bewegungen. Sein Mund formte Worte, die Thomas kaum verstehen konnte: »Sie hat gesagt, dass ich dich hier treffen werde.«

Eine zweite Gestalt löste sich hinter Neil aus dem Nebel. Mary. Ruhig, fast liebevoll legte sie ihm eine Hand auf die Schulter, dirigierte ihn an den Schlaglöchern und Wurzeln vorbei, immer in Richtung ihres Bruders.

»Jetzt wirst du dich wehren, Tommyboy.«

Neil streckte die Hände weiter nach vorne, suchend, lauschend auf jedes Geräusch, das ihm Thomas' Position verraten würde.

Thomas schob sich zurück, weg von dem Messer, von dem grausigen Anblick des Jungen.

»Sie hat gesagt, du wärst es gewesen. Du hast den Nebel gerufen.« Eine Träne lief aus Neils toten Augen. »Ich muss dich töten, aufschlitzen.« Neil wirkte auf einmal wie ein kleines Kind, verloren und weit weg von allem: »Sie hat gesagt, dann darf ich wieder nach Hause.«

Mary lachte auf. Es war ein kurzes, kaltes Geräusch, und Thomas wollte sich dafür auf sie stürzen, wollte ihren Kopf auf den Boden schlagen, ihre Knochen brechen.

»Tu es, nimm sie dir«, flüsterte die Stimme in Thomas' Kopf.

Ohne Vorwarnung sprang Neil nach vorne, holte aus und stach mit seinem Messer zu. Thomas wich zurück. Die Klinge fuhr nur Millimeter an seinem Gesicht vorbei.

Neil taumelte an Thomas vorbei. Vom Schwung seines eigenen Schlages mitgerissen. Sein Atem ging schwerfällig, und er schien alle Mühe zu haben, sich aufrecht zu halten.

»Lass mich dich töten, Tommyboy.«

Neils Stimme war viel zu hoch. Er schwang sein Messer verzweifelt von links nach rechts, taumelte in die eine, dann in die andere Richtung.

»Lass mich dich doch bitte töten.«

Ein Stein, versteckt unter dem Laub, brachte Neil zum Stolpern. Das Messer entglitt ihm und landete vor Thomas' Füßen.

»Sieh ihn dir an.«

Mary beugte sich zu dem Jungen herab und riss seinen Kopf an den Haaren hoch. Neils Körper zuckte, doch er wehrte sich nicht. Alle Kraft hatte ihn verlassen, nur seine Arme bewegten sich weiter, suchten immer noch wie bei einem Insekt, dessen Körper noch nicht eingesehen hatte, dass er so gut wie tot war.

Thomas betrachtete das Messer vor sich auf dem Boden. So ein kleines, unauffälliges Werkzeug, fast unschuldig lag es da.

»Nimm das Messer, Tommyboy. Das ist mein Geschenk für dich!«

Thomas hob es auf, betrachtete es näher.

Eine Inschrift: »Für meinen lieben Sohn«, zierte das Heft. Zorn, heiß wie Feuer, entzündete sich in Thomas' Innerem: Der liebe Sohn! Er spürte immer noch die Stellen, an denen ihn Neils Stiefel erwischt hatte. Der liebe Sohn war nichts anderes als ein gewalttätiges Monster, dem es Spaß machte, andere zu quälen, dessen Leben nicht mehr wert war als das eines Wurms, einer Made. Niemand vermisste eine Made.

Thomas betrachtete den erbärmlichen Körper vor ihm. Es war so einfach. Er könnte es beenden, hier und jetzt, und niemand würde auch nur auf die Idee kommen, dass Thomas Dalton, der liebe, freundliche und zuvorkommende Junge, etwas mit dem schrecklichen Unfall zu tun gehabt haben könnte.

Mary lächelte, als könnte sie Thomas' Gedanken lesen. Sie riss Neils Kopf weiter nach oben.

Zögernd trat Thomas einen Schritt vor, hob das Messer und legte die Klinge vorsichtig, wie zum Test, an Neils Kehle. So einfach. Eine Bewegung, und dann gab es keine Schmerzen mehr, keine Tritte.

Thomas beobachtete, wie sich das Messer Millimeter für Millimeter bewegte. Die scharfe Klinge schnitt in das weiche Fleisch an Neils Hals, geräuschlos. Es war ein gutes Messer. Das Pochen im Nebel war jetzt ohrenbetäubend laut, trieb Thomas voran, wirbelte ihm die Gedanken im Kopf herum. Mary, seine Mutter, die seltsamen Bilder in dieser Nacht, vielleicht waren sie alle hierfür gewesen, als Vorbereitung, vielleicht wollten sie ihm nur helfen. Das war es. Seine Mutter hatte es gewusst, hatte ihn hier rausgeschickt, damit er endlich Ruhe vor Neil haben würde. Er sah die Sehnen weiß und feucht unter der Haut hervortreten, mit jedem Tropfen Blut, der aus der Wunde floss, ließ die Angst in Thomas nach und machte einem anderen Gefühl – Erleichterung, Stolz, sogar Freude – Platz.

»Hierfür bist du gemacht«, Marys Stimme klang ihm im Ohr. »Guter Junge, wehrt sich, schlägt zurück.«

Das Messer begann sich jetzt leichter zu bewegen. Mit weniger Druck, dafür genauer, genüsslicher, trennte es kleine Stücke Haut von Neils Hals. Das Blut quoll in Strömen aus der Wunde, das Leben wich aus ihm heraus.

Ein Lachen entwich Thomas' Mund. Es klang nicht nach ihm selbst, doch das war in Ordnung. Er sah, wie der Junge starb. Schlaff lag er jetzt in Marys Armen, Thomas über ihn gebeugt, seine Augen schlossen sich, und Thomas schnitt mit seinem Messer immer weiter.

Es war der Vogel, der Fink vom Vortag. Lautes Gezwitscher drang über den dunklen Weg, brachte eine Erinnerung von Tag und Sonne zurück.

Neil bäumte sich plötzlich unter Thomas auf, wehrte sich blind gegen die Hände, die ihn hielten. Ein heftiger Husten schüttelte ihn, und er spuckte Thomas einen Schwall seines Blutes ins Gesicht.

Thomas trat keuchend zurück. Der Vogel war wieder verstummt, war so schnell verschwunden, wie er gekommen war.

Neils Körper zuckte. Der Kragen seines Clownskostüms war dunkelrot gefärbt.

Was hatte er getan? Thomas trat einen Schritt zurück. Steine knarzten unter seinen Schuhen. Das Geräusch durchdrang die Stille wie ein Donnerschlag.

Neils zerschnittener Körper wirkte auf Thomas wie etwas Unwirkliches, etwas, das nicht von dieser Welt war und schon gar nichts mit ihm selbst zu tun hatte. Thomas wollte zu ihm, wollte ihm helfen, doch etwas hielt ihn zurück, ein dunkler Gedanke, der seinen Verstand nicht verlassen wollte.

Ein Zischen drang aus Marys Kehle. Enttäuscht. Wütend. Thomas übergab sich auf der Stelle. Es war so einfach gewesen, viel zu einfach. Er schlug sich mit der Hand gegen den Kopf, doch die dunklen Gedanken verschwanden nicht. Er drehte sich um, lief los, ließ Neil im Nebel zurück.

Erst als sich die Lichter von Kilmaley am Ende eines Wäldchens durch die dicken Nebelbänke kämpften, ließ Thomas das Gefühl der Erleichterung zu. Es war nicht mehr weit von hier, Cathys kleines Haus am Ende der zweiten Straße, das gemütliche Wohnzimmer und der Holzofen versprachen ihm alle Geborgenheit und Hilfe, die er jetzt so dringend benötigte. Der verfluchte Nebel hatte ihn dazu gebracht, all diese Dinge zu tun. Thomas war wütend, auf sich, auf Mary. Wichtig war es jetzt, zu Cathy zu kommen. Er brauchte ihre Hilfe.

Das Dorf lag seltsam ruhig an den Seiten des Weges, zu dem sich der schmale Pfad jetzt verbreitete. Nur selten bewegte sich eine Gestalt hinter den erleuchteten Fensterscheiben. Obwohl Halloween war, sah Thomas kein einziges Kind, das von Haustür zu Haustür zog.

Schreie drangen aus der Ferne zu Thomas herüber. Er achtete nicht darauf. Cathy. Die Vorstellung von ihrem Lächeln, von ihrer stillen Wärme in seiner Umarmung, gab Thomas Kraft. Das Haus lag scheinbar unberührt hinter einer hohen Hecke, die Cathy regelmäßig schnitt und pflegte.

Die Angeln des Gartentores quietschten, Unkraut wuchs zwischen den Steinen, die durch den kleinen Garten zum Haus führten.

Mary stand neben dem schmalen Pfad, doch Thomas beachtete sie nicht. Hier konnte sie ihm nichts mehr tun, hier würden keine Monster auf ihn warten, das wusste er.

Er ging an seiner Schwester vorbei, stieg die einzelne Stufe zur Veranda des Hauses hoch. Vorsichtig öffnete Thomas die Tür und schob seinen Körper hindurch.

Im Flur brannte ein Kohleofen. Seine Wärme empfing ihn und ließ ihn die Kälte der Nacht vergessen. Kurz lehnte er sich gegen die Wand, sein Atem ging noch schwer, aber er hatte es geschafft.

Das Haus war nicht teuer, aber liebevoll eingerichtet. Überall standen kleine Vasen mit Blumen darin, denen selbst der Nebel ihre frohen Farben nicht nehmen konnte. Die alten Holzdielen waren frisch geschliffen und gepflegt, lange Tücher ersetzten die Türen und schwangen in einer leichten, kaum spürbaren Brise.

Cathys gluckerndes Lachen kam aus dem Wohnzimmer, hell und glockenklar, unberührt von dem Grauen der Nacht.

Thomas musste lächeln. Er war zu Hause, in Sicherheit. Vorsichtig, er wollte Cathy mit seinem plötzlichen Auftauchen nicht erschrecken, setzte er sich in Bewegung. Alles würde gut werden. Sie würde ihn in den Arm nehmen, ihn beruhigen, und sie würden zusammen in ihren Käfer steigen und nach Hause fahren, wo seine Mutter schon auf ihn warten würde.

Sein Vater stand mit dem Rücken zu ihm. Er war nackt bis auf ein altes, blaues Halstuch, dass er immer auf See getragen hatte. Es war ein Geschenk seiner Frau gewesen, ein Glücksbringer, der ihn immer sicher nach Hause bringen sollte.

Cathy lag vor seinem Vater auf der Couch. Sie lachte und streifte sich mit der Hand eine Locke aus der Stirn. Auch sie war nackt, hatte die Beine gespreizt, die Haut glänzte vor Schweiß. Der grüne Mantel mit dem Schokofleck lag zerknittert auf dem Boden, und Cathy lachte, als Thomas' Vater ihn mit übertriebener Geste zur Seite trat und sich dann auf sie stürzte.

Thomas war in der Zimmertür erstarrt. Die weichen Stoffbahnen lagen ihm auf den Schultern, während das Gefühl von Geborgenheit und Wärme in seinem Bauch von einem Feuer verbrannt wurde.

Sein Vater grunzte wie ein Schwein im Bett. Das steife Glied war feucht und schrumpelig. Er hatte Cathy fest in die Arme geschlossen, Cathy, die eigentlich Thomas gehören sollte.

»Armer Tommyboy! Verlassen von allen. Zu feige, um etwas zu tun.«

Sie hatten Thomas noch nicht gesehen. Wie Tiere stürzten Cathy und sein Vater übereinander her, verschwendeten keinen Gedanken an ihn oder seine Mutter, die krank zu Hause lag und Hilfe brauchte.

Thomas verstand jetzt alles. Der plötzliche Aufbruch seines Vaters in der Nacht, die Geheimnistuerei. Das Abschieben seiner Mutter irgendwo aufs Festland, damit er unbehelligt diese Schlampe vögeln konnte.

Die Kopfschmerzen waren wie weggewischt, und Thomas empfing die Kälte, die sich in der Brust ausbreitete, mit offenen Armen. Die dunklen Gedanken kamen, und er war bereit, sie hereinzulassen. Das letzte Mal hatte er das getan, als er mit Mary an den Klippen gespielt hatte. Sie hatte sich über ihn lustig gemacht, über seine langsame Art, und er hatte sie geschubst. Nur ganz leicht, aber es hatte gereicht.

Cathy schrie, als sie Thomas im Raum stehen sah. Er sah an sich herunter. Seine Kleidung war dreckig und voller Blut.

Sein Vater rappelte sich auf, erschreckt von Cathys Schrei, bereit, und der Mund blieb ihm offen stehen, als er Thomas sah. Er packte ein Laken vom Sofa und schlang es sich um die nackte Hüfte. Seine Erregung war immer noch zu erkennen, drückte von innen gegen den weichen Stoff des Lakens.

»Tommyboy, was zur Hölle machst du hier?« Erst jetzt

schien er das Messer in Thomas' Hand zu bemerken, das dieser so fest gepackt hatte, dass die Knöchel weiß hervortraten.

Sein Vater kam auf ihn zu, die Hände erhoben, als könne er ihn beschwichtigen. Schritt für Schritt in diesem lächerlichen Outfit, sein Schwanz noch halb steif, verschwitzt, stinkend.

Die Schlampe hinter ihm sah Thomas mit ängstlichem Gesichtsausdruck an. Er hatte ihren Namen vergessen. Thomas war ruhig. Das erste Mal seit langer Zeit wusste er genau, was das Richtige war, was getan werden musste.

Sein Vater stand jetzt vor ihm, legte ihm die Hand auf die Schulter, väterlich, kraftvoll. In seinen Augen standen Tränen. Es irritierte Thomas. Sein Vater weinte nicht, nie, selbst bei Marys Beerdigung hatte er nicht geweint. Er hatte Thomas nur seltsam angeschaut.

Es war so einfach. Das Messer blitze kurz auf, dann steckte es in seinem Vater. Der Ausdruck auf seinem Gesicht war lustig. Die Augen wurden groß, die Hand auf Thomas' Schulter packte fester zu, fast so, als wolle er seinen Sohn ermutigen, jetzt endlich Schluss zu machen.

Thomas stach erneut zu, und wieder. Jede Bewegung des Messers schüttelte den Körper seines Vaters durch.

Die Schlampe hing auf einmal an seinem Arm, schrie etwas, versuchte ihn von Henry wegzuziehen, doch sie war viel zu klein und unwichtig. Thomas wischte sie mit einem Schlag zur Seite. Sie fiel, ihr Kopf stieß krachend gegen die gläserne Tischplatte. Sie blieb liegen, mit starrem Blick, den Kopf in einem komischen Winkel verdreht.

Sein Vater hatte noch nicht genug. Er röchelte, ein hohes Geräusch kam aus seiner Brust, Thomas hatte die Lungen erwischt. Gut. Keine Worte mehr, kein »Tommyboy« mehr.

Er wischte sich die Hand seines Vaters von der Schulter und

legte ihn langsam, fast behutsam zu Boden. Sein Opfer wollte die Augen schließen, wegdämmern, doch das konnte Thomas nicht zulassen. Ein paar Ohrfeigen, und sein Vater war wieder bei Bewusstsein.

Thomas kniete sich neben ihn, legte das Messer zur Seite, legte ihm beide Hände um den Hals und drückte zu.

6.

Seine Mutter hatte auf ihn gewartet, friedlich, mit offenen Augen schlief sie in ihrem Bett. Sie würde sich freuen, wenn sie erwachte, da war sich Thomas sicher. Langsam ließ sich Thomas neben ihr nieder, legte seine Arme um ihren Körper, beschützend und stark.

Er war der neue Herr im Haus. Er würde sich gut um alles kümmern. Niemand würde sie ihm mehr wegnehmen. »Ich bin zu Hause, Mama.« Die Kopfschmerzen waren verschwunden. Die Stille, die über der Insel lag, sang Thomas in den Schlaf.

Wenn Horrorfilme bei Videoabenden laufen, findet man **Hendrik Schmitz** meist versteckt hinter Sofakissen oder nervös rauchend auf dem Balkon. Der Filmfan, Kinovorführer und Drehbuch-Absolvent der Filmakademie Baden-Württemberg veröffentlichte bisher Kurzgeschichten und Kurzfilme. Trotz seiner schwachen Nerven schreibt er gerade an seinem ersten Fantasyroman. Hendrik Schmitz ist Stipendiat der Bastei Lübbe Academy und hat an der Masterclass, einer einjährigen Autorenausbildung, teilgenommen.

Masken des Hasses

von Jörg Kleudgen

Harold Webster hörte das Lachen zum ersten Mal, als er den Kirchplatz überquerte und an den alten Kapitänshäusern vorbei zu dem Laden ging, den er seit einigen Jahren betrieb.

Auf seinem Weg war er am Gemeindehaus vorbeigekommen und hatte den Priester in seinem Arbeitszimmer gesehen. Einen Augenblick lang überlegte er, ihn auf das Weihnachtsbingo anzusprechen, für das er, wie schon in den letzten Jahren, großzügig Preise zur Verfügung stellen wollte. Doch der Priester war derart in das Studium eines auch aus seiner Perspektive ersichtlich dicken Buches versunken, dass Webster den Gedanken verwarf.

Es war für ihn immer noch nicht recht fassbar, wie schnell man ihn als Teil der kleinen Inselgemeinschaft akzeptiert und auch aufgenommen hatte. Als er damals in dem kleinen Hafen an Land gegangen war, hatte er sich die ersten Tage wie in einer fremden Welt gefühlt. In St. Elizabeth Port war die Zeit stehengeblieben. Abseits der häufig befahrenen Schiffsrouten gelegen, war dieser Teil der Insel trotz moderner Medien ein Stück weit von der Welt abgeschnitten. Die Menschen interessierten sich nur wenig für politische und gesellschaftliche Themen wie Globalisierung oder Umweltzerstörung, solange sie selber nicht unmittelbar davon betroffen waren.

Etwa die Hälfte von ihnen beherrschte nach wie vor das *Angelic*, eine Sprache, die sich aus gälischen und französischen Dialekten zusammensetzte und seit dem 11. Jahrhundert fast unverändert geblieben war.

Webster hatte erwartet, dass man ihm mit Misstrauen und Ablehnung begegnen würde. Doch das Gegenteil war der Fall gewesen.

Mrs. Clayton (»Nennen Sie mich doch bitte Rose!«), die den Laden vermietete, hatte ihn quasi vom Fleck weg adoptiert. Er hatte festgestellt, dass die Damenwelt Angel Islands seine gepflegten Umgangsformen schätzte. Sich unter den männlichen Bewohnern der Insel Respekt zu verschaffen war für ihn ebenfalls leicht gewesen, nachdem er erst einmal seine Trinkfestigkeit unter Beweis gestellt hatte. Alles in allem schienen die Menschen dankbar zu sein, dass jemand sich des Geschäfts annahm, das nur wenig Gewinn abwarf, aber eine Menge Arbeit bereitete.

Es war nur ein kleiner Laden. Von draußen war kaum zu erahnen, wie umfangreich das Sortiment war. Doch Webster hatte den Platz bestmöglich genutzt. Nur er wusste, wo jedes einzelne Teil zu finden war, das er einmal bestellt hatte. Die meisten Kunden erwarteten sowieso, dass man sich Zeit für ein Gespräch nahm. Manchmal kamen sie unter einem leicht zu durchschauenden Vorwand und gingen nach einiger Zeit wieder, ohne etwas gekauft zu haben. Ihn störte das nicht. Er hatte Zeit.

Heute war er spät dran. Aber es war nicht schlimm, wenn er das Geschäft zehn Minuten später öffnete. Meistens kamen die ersten Kunden gegen Mittag. Trotzdem war er gerne zeitig im Laden, denn es gab dort immer etwas zu tun. Bestelllisten mussten ausgefüllt, Regale bestückt und das kleine Schaufenster dekoriert werden. Webster erledigte solche Tätigkeiten gerne ungestört. Dann bereitete es ihm Freude, die Dosen und Gläser so auszurichten, dass die Etiketten gut lesbar nach vorn zeigten. Und er fühlte Genugtuung angesichts des wohlgefüllten Lagerraums und der hochwertigen Qualität seines Angebots. Das war sicherlich nicht mit dem eines Supermarktes vergleichbar, doch die Inselbewohner fanden hier alles, was sie zum Leben brauchten.

Es war merkwürdig, wie hartnäckig sich der Nebel an diesem Morgen des 31. Oktobers hielt. Frühnebel galt in der Regel als Indikator für einen sonnigen Tag. Doch heute schien sich die Sonne einfach nicht gegen den Nebel durchsetzen zu können. Es herrschte ein seltsames Zwielicht, und selbst Geräusche wurden gedämpft. Das Bellen eines Hundes, eine Tür, die zugeschlagen wurde, immer wieder die Stimmen von Kindern, die aus der Ferne herüberdrangen, und dann das Lachen...

Es war ein helles, keineswegs unfreundliches Lachen, und Webster war sich sicher, dass es Kinder waren, die er hörte. Dennoch fröstelte ihn, und er hielt inne, um sich umzusehen. Nein, er war allein. Der Nebel musste die Geräusche von der Inselschule herübergetragen haben.

Webster legte eine Hand auf den Türgriff, während die andere den altmodischen Schlüssel im Schloss drehte. Er öffnete die Tür, und ihm schlug der Geruch von frisch gemahlenem Kaffee, Gewürzen, Kerzenwachs, Lampenöl und Seife entgegen. Alles war so, wie er es am vorherigen Abend verlassen hatte.

Er legte die Jacke ab und machte sich an die Arbeit. Als Erstes musste er Platz für eine Warenlieferung schaffen, die er gegen Mittag im Hafen abholen würde.

Bald war er so vertieft in seine Arbeit, dass er später nicht sicher sagen konnte, ob er das Lachen noch weitere Male gehört hatte. Die Kinder selbst sah er jedenfalls erst einmal nicht.

Nach einer Stunde hatte er den notwendigen Platz geschaffen und ging in den kleinen Nebenraum, um einen Kaffee aufzusetzen. Er hatte kaum den Kocher mit Wasser aufgefüllt, als aus dem Laden das leise Klingen der Türglocke ertönte.

Typisch, dachte er, *wenn das Geschäft mal nicht läuft, brauche ich nur rauszugehen.*

Mit einem Seufzen stellte er Filter und Kaffeepulver zur Seite und kehrte in den Verkaufsraum zurück.

Eine Kundin stand suchend vor einem Regal mit Sanitärartikeln.

»Hallo, Maud!«, begrüßte Webster die schlanke Mittvierzigerin mit den mausgrauen Haaren. Sie zuckte erschrocken zusammen. Webster sah ihr sofort an, dass etwas nicht stimmte. Sie bemühte sich um ein Lächeln, das jedoch reichlich gequält wirkte. »Was führt dich so früh am Tag zu mir?«

Maud Jennings war als Schulsekretärin angestellt und arbeitete um diese Uhrzeit normalerweise. Er hatte sich einmal für sie interessiert, und noch jetzt beschleunigte sich sein Pulsschlag unwillkürlich, wenn er ihr begegnete. Er hatte sie zwei- oder dreimal zum Tee getroffen. Aber es war nie ein Paar aus ihnen geworden, und er konnte keinen konkreten Grund dafür nennen.

»Harold, ich ...« Sie hielt inne, und ihr Blick glitt suchend über die Regale. »Also, es ist so, dass sich eines der Kinder verletzt hat. Wir brauchen Verbandmaterial ...«

Webster nickte und trat vor den Verkaufstresen. »Du guckst schon an der richtigen Stelle. Hier unten sind drei Päckchen. Im Lager habe ich noch mehr davon. Ist es denn eine größere Verletzung? Ich meine ... ihr habt doch einen Erste-Hilfe-Koffer drüben in der Schule?«

Maud Jennings wich seinem Blick aus. »Ja, es ist nur eine Vorsichtsmaßnahme. Direktor Marsh meinte, wir sollten für alle Fälle einen Vorrat anlegen.« Dankbar nahm sie die Päckchen entgegen. Dann beugte sie sich vor und sprach mit gesenkter Stimme: »Der kleine Jeff...« Sie blickte sich um, als wolle sie sich vergewissern, dass sie nicht belauscht wurden. »... es ist furchtbar! Er hat einen anderen Jungen angegriffen und verletzt. Ich habe das ja seit Langem kommen sehen! Die Kinder verändern sich. Unter dem Einfluss der Medien verrohen sie zusehends. Ich weiß nicht, wohin das alles noch führen soll.«

Webster wusste nicht recht, was er antworten sollte.

Er überlegte, ob es vielleicht das übervorsichtige und altjungfernhafte Wesen war, das damals verhindert hatte, dass er seine Bemühungen um Maud verstärkte. Sie war eine ängstliche Natur und fürchtete sich vor allem Neuen. Soviel er wusste, hatte sie Angel Island in ihrem Leben noch nicht ein Mal verlassen. Alles Fremde musste ihr bedrohlich erscheinen.

»Nun, wie auch immer... ich gehe jetzt besser, sonst macht sich Mr. Marsh noch Sorgen«, sagte sie und suchte in der Handtasche nach ihrer Geldbörse.

Sorgen? Webster runzelte die Stirn. Weshalb sollte sich der Schuldirektor Sorgen machen? Was konnte seiner Sekretärin auf dem Weg zu Websters Laden denn Schlimmes zustoßen?

Er kassierte das Geld für das Verbandmaterial und stellte eine Quittung aus.

Nachdem Maud gegangen war, kehrte er in die kleine Küche zurück und bereitete seinen Kaffee zu. Obwohl er bereits zu Hause gefrühstückt hatte, genoss er diesen Moment stets. Es war ein Ritual, an dem er seit der Eröffnung des Ladens festhielt.

Als er mit seiner Tasse in den Verkaufsraum zurückkehrte, vernahm er erneut ein Kinderlachen. Er hörte es deutlicher als die vorherigen Male, und als Webster aus dem Schaufenster sah, zuckte er zusammen.

Sie waren zu dritt und der Größe nach noch nicht im schulpflichtigen Alter. Das erklärte, warum sie um diese Zeit nicht in der Schule, sondern bereits in Halloween-Verkleidung auf der Straße unterwegs waren. In die Kostümierung schienen sie selbst oder ihre Eltern eine Menge Zeit und Geld investiert zu haben. Das musste Webster anerkennend zugeben, obwohl ihm vor Schreck fast die Tasse aus der Hand gefallen war. Unwillkürlich hielt er die Luft an.

Es waren eindeutig Masken (*Natürlich, was sonst?*, dachte er), aber es musste einen neuen Hersteller geben, dem es gelungen war, sie täuschend echt aussehen zu lassen.

Das erste Kind, das hereinschaute, trug eine Art Koboldmaske mit spitz zulaufenden Ohren und struppigen Haarbüscheln. Sie verdeckte nicht nur das Gesicht, sondern legte sich um den ganzen Kopf. Für ihren Träger musste das sehr unbequem sein, doch dem Kind schien es nicht viel auszumachen. Vielleicht war das Material atmungsaktiver als der üblicherweise verwendete Latex.

Die Maske des zweiten Kindes war ähnlich gefertigt und sah doch ganz anders aus. Sie schien aus grob vernähten Lederstücken zu bestehen. Augen und Mund waren lediglich unregelmäßige Schlitze. Webster fühlte sich durch sie an eine Figur aus einem Horrorfilm erinnert, die ›Leatherface‹ geheißen hatte. Insofern war diese Maske vielleicht noch am ehesten die, die man zu Halloween erwartet hätte, so wie die ganzen Verkleidungen als Werwolf, Dracula oder Frankensteins Monster, die er in den vergangenen Jahren gesehen hatte. Nichtsdestotrotz fühlte er auch bei diesem Anblick ein tiefes Unbehagen.

Und das verstärkte sich noch, als das dritte Kind an seinem Schaufenster vorbeilief und er in das Gesicht eines uralten Mannes mit bösen, gelben Augen sah. Bei dieser Maske hatte sich der Hersteller selbst übertroffen. Das Bild des Jungenkörpers mit dem aufgepfropften Haupt des Greises war grotesk. So unterschiedlich sie auch waren, hatten sie doch eines gemeinsam. Sie zeigten einen Ausdruck abgrundtiefen Hasses. Und das war es wohl auch, was die Bewegungen der Kinder so aggressiv erscheinen ließ.

Aus einem ihm selbst unerfindlichen Grund (*Es sind Kinder, Harold!*) war er froh, dass sie an seinem Laden vorbeiliefen, ohne hereinzukommen. Stattdessen umringten sie einen älteren Mann, der zufällig vorbeikam. Webster erkannte den alten Jack Davis. Er war Alkoholiker und hatte ein schlimmes Bein. Deshalb musste er sich beim Gehen auf eine Krücke stützen. Wenn er getrunken hatte, war er unausstehlich, auch wenn er nüchtern war, hielt man sich besser von ihm fern.

Webster rechnete damit, dass der Alte seine Krücke benutzen würde, um die Kinder zu verscheuchen. Das tat er jedoch nicht. Davis blickte sie verwirrt an, während die Maskierten laut johlend um ihn herumtanzten. Webster konnte das Schreien bis in den Laden hören. Was der Alte entgegnete, verstand er erst, als er die Tür einen Spaltweit öffnete: »Schert euch fort! Einen harmlosen alten Mann wie mich zu belästigen... Ihr Feiglinge! Zeigt eure wahren Gesichter!«

Es schien tatsächlich so, als ob sie von ihm abließen. Dann jedoch drehte sich eines der Kinder, das mit dem Koboldgesicht, noch einmal um und trat gegen die Krücke des Alten, sodass diese meterweit davonflog.

Davis ging zu Boden wie ein nasser Sack.

Das kleine Scheusal zögerte einen Augenblick, und Webster glaubte, es werde Davis einen Fußtritt versetzen, doch dann ließ es den Mann liegen und folgte johlend seinen Gefährten.

Webster hielt es nicht länger an seinem Platz. Er stürzte aus dem Laden und lief zu Davis, um ihm wieder auf die Beine zu helfen. Der alte Mann schien jedoch noch nicht mitbekommen zu haben, dass die Kinder davongelaufen waren. Er wich zurück.

»Lasst mich in Ruhe! Wollt ihr mich noch länger verspotten?« Davis befand sich in einem Zustand äußerster Aufregung.

Mit einem Mal empfand Webster tiefes Mitleid. »Nein, ich will Ihnen helfen. Diese Kinder haben Ihnen ja übel mitgespielt.«

Mit von Tränen verschleiertem Blick sah Davis sich um. »Wo sind sie, die kleinen Teufel?« Die Kinder waren in einer Seitenstraße verschwunden. Man konnte von Zeit zu Zeit noch eines von ihnen johlen hören.

»Sie sind fort«, stellte Webster fest. »Kommen Sie, Jack! Wir holen Ihre Krücke, und dann wärmen Sie sich erst einmal bei einem heißen Kaffee auf.«

Eine Viertelstunde später ging es Davis bereits wieder besser. Webster füllte die Tasse des Alten zum zweiten Mal mit frisch aufgebrühtem Kaffee. An diesem Tag war er offenbar nüchtern geblieben. »Haben Sie sie vielleicht mit irgendetwas gereizt? Was haben Sie denn zu ihnen gesagt?«

»Eigentlich gar nichts.« Davis nippte an dem heißen Getränk und nickte dann zufrieden. »Wissen Sie, die haben sich auf mich gestürzt wie ein Schwarm Raubmöwen auf ein Fischbrötchen. Ich dacht ja, das is einer von ihren Halloweenspäßen, aber als ich sie mir dann genauer angeguckt hab, hab ich doch 'ne Gänsehaut gekriegt. Ihre Masken...«

»Ja, die sahen täuschend echt aus«, bestätigte Webster.

»...weiß ich nich, hab ich auch nich drauf geachtet. Aber, wissen Se, sonst ham die immer was Überzogenes, Albernes. Die hier war'n voller Hass. Das hat mir richtig Angst gemacht!«

»Haben Sie die Kinder deshalb aufgefordert, ihre wahren Gesichter zu zeigen?«

»Hab ich das? Kann sein. Vielleicht wollt ich sehen, ob die auch so hasserfüllt sind.« Davis strich über sein schmerzendes Bein. Gebrochen hatte er sich bei seinem Sturz glücklicherweise nichts. »Das ist alles zu viel für einen Tag.«

Webster horchte auf. »Wieso? Was ist denn sonst noch passiert?«

Davis schien zu zögern. »Na ja, da war diese Sache mit meinem Nachbarn. Trevor Banford is sonst 'ne Seele von Mensch, der keiner Fliege was zuleide tut. Aber heut Morgen muss ihm irgendwie 'ne Sicherung durchgebrannt sein. Seiner Frau is beim Spülen 'n Teller kaputtgegangen. Trev hat darüber so 'ne Wut gekriegt, dass er ihr den Arm gebrochen hat.«

»Nein!«

»Doch, Linda hat's mir erzählt, als sie mit ihrem Gipsarm vom Arzt zurückkam.«

»Hat sie ihren Mann angezeigt?«

»Weiß ich nich'. Er is davongelaufen, keiner hat ihn seitdem gesehen!« Davis wischte sich die Nase am Ärmel seiner abgewetzten Jacke ab und schüttelte den Kopf. »Ich versteh das alles nich. Was wird aus unserer Insel? Was wird aus uns allen?«

»Ach, das waren doch nur ein paar Rotzlöffel, die sich einen Scherz mit Ihnen erlaubt haben«, sagte Webster zur Beruhigung und musste dabei an sein eigenes Unbehagen beim Anblick der Kinder denken. »Und Trevor taucht im Laufe des Tages sicher wieder auf und bittet seine Frau um Verzeihung. Schätze, er hat selber einen gehörigen Schrecken davongetragen, als ihm klar wurde, was er getan hat.«

»Wie auch immer ... ich muss sehn, dass ich heimkomm. Ich kann Ihnen ja nich länger zur Last fallen.« Der Alte stützte sich auf seine Krücke und stand auf.

Webster war sicher, dass er den Heimweg bewältigen

würde. »Sie können jederzeit wieder reinschauen, Davis!«, sagte er und klopfte dem Mann auf die Schulter. Er begleitete ihn zu Tür, und erst als Davis gegangen war, zog er pfeifend die Luft ein.

Er dachte an das, was Maud ihm über den kleinen Jeff erzählt hatte. Vielleicht war es so, dass an Halloween alle besonders ausgelassen waren und daher mehr Unfälle passierten. Doch eine Formulierung, die Maud verwendet hatte, machte Webster nachdenklich. »Die Kinder verändern sich«, hatte sie gesagt. Einen ähnlichen Wortlaut hatte Davis verwendet. Das klang nicht so, als handele es sich um ein Phänomen, das erst heute aufgetreten war. Waren die Ereignisse Folge einer Entwicklung, die sich bereits seit Längerem ankündigte?

Es war möglich, dass Maud recht hatte und die Aggressivität bei Kindern und Jugendlichen zunahm. Vielleicht trugen tatsächlich die Medien Schuld daran, wie manche meinten. Im Vergleich zu London waren die Verhältnisse auf Angel Island jedoch durchaus als harmlos zu bezeichnen. Schnelle Internetverbindungen würde es in den nächsten zehn Jahren wohl kaum geben. An manchen Tagen brach das Mobilfunknetz für mehrere Stunden zusammen, und Tageszeitungen kamen nur bei ruhiger See die Woche über mit dem Schiff, das auch die Waren für Websters Laden brachte. Im Fernsehen empfing man zwei, bei guter Wetterlage drei staatliche Kanäle.

Nein, die wenigen Fälle von Vandalismus und Gewalt in den Schulen, die ihm zu Ohren gekommen waren, seitdem er auf der Insel lebte, ließen sich an den Fingern einer Hand abzählen und bewegten sich somit im Rahmen des Normalen.

Aber verdammt noch mal, welche Zukunft hatte Angel Island den Jüngeren zu bieten? Sie waren an einem Ort gefangen, von dem sie nicht wussten, dass er im Grunde ein Paradies war.

Vermutlich war es am Festland auch nicht viel anders. Die Jugend zog es immer dorthin, wo sich ihr die besseren Chancen und Aussicht auf Unterhaltung boten. Als er jung gewesen war, hatte er genauso gedacht.

Harold Webster war in einem Vorort Londons aufgewachsen und hatte den überwiegenden Teil seines Lebens in der Stadt an der Themse gelebt. Als mittlerer Bankangestellter hatte er selbst den Zusammenbruch der *New Economy* relativ unbehelligt überstanden und hätte sich niemals vorstellen können, die Stadt zu verlassen. Als er jedoch während der Unruhen im Jahre 2011 versucht hatte, jugendliche Randalierer davon abzuhalten, seinen Wagen in Brand zu stecken, hatten diese ihn mit Benzin übergossen. Er war sich bis heute nicht sicher, ob sie ihn wirklich angezündet hätten, aber in ihren Augen hatte ein fanatisches Feuer geglüht. Die Todesangst, die er in diesen Sekunden ausgestanden hatte, würde er sein Lebtag nicht vergessen. Er hatte Glück gehabt, dass ihm eine berittene Einheit der Metropolitan Police zu Hilfe gekommen war, die den aufgebrachten Mob davontrieb. Später hatte er gehört, dass andere weniger Glück gehabt hatten als er. Es hatte Tote gegeben, und ein Mann im Vorort Ealing war von einem Sechzehnjährigen erschlagen worden, als er versucht hatte, ein Feuer zu löschen.

Kurz darauf entdeckte Webster in der Zeitung einen Bericht, in dem über Angel Island berichtet wurde. Als er von dem Geschäft las, das nach dem Tod des vorherigen Betreibers verwaist war und für das sich kein neuer Pächter fand, hatte er kurz entschlossen seine Sachen gepackt und war aufgebrochen.

Es war alles ganz einfach gewesen. Er hatte sich bei Mrs.

Clayton vorgestellt, die ihm angeboten hatte, im Obergeschoss ihres Hauses zu wohnen. Es erschien ihr seit dem Tod ihres Ehemannes und dem Fortgang der beiden Söhne schon lange als zu groß und zu einsam.

Webster hatte sich das Geschäft angesehen und sofort vor Augen gehabt, was er daraus machen könnte. Im Umgang mit Zahlen kannte er sich ja aus, und im eigenen Laden machte ihm die Buchführung deutlich mehr Spaß als in der Bank, in der er nur ein winziges Rädchen in einem riesigen Getriebe gewesen war.

Webster zuckte mit den Achseln. Es war einer der Tage, an denen er kein Geschäft machen konnte. Die Leute schienen nicht in Kauflaune zu sein. Anstatt hier herumzusitzen, konnte er die Zeit genauso gut nutzen, um zum Hafen zu fahren und seine Warenlieferung abzuholen.

Er wollte sich dafür wie gewöhnlich Hank Napiers Kleintransporter ausleihen.

Der Weg zu Napiers Haus lag zwar gut einen Kilometer entfernt in entgegengesetzter Richtung, doch er konnte die schweren Pakete schlecht den langen Weg vom Hafen herauf zur Stadt schleppen.

Die ersten Male hatte er Hank noch gefragt, ob er den Transporter benutzen dürfe, bis der Freund ihm gesagt hatte, er solle endlich mit seiner blöden Fragerei aufhören, sonst müsse er ihm die Freundschaft aufkündigen.

Seitdem begnügte Webster sich damit, zweimal im Jahr seinen Dank in Form einer Flasche Whiskeys Ausdruck zu verleihen; ein Geschenk, das von Hank gerne angenommen wurde.

Als Webster das Haus erreichte, war von dem Freund keine Spur zu sehen. Er sah die Haustür offenstehen, doch auf sein Rufen antwortete niemand. Darüber machte er sich keine

Gedanken. Er hatte sich immer noch nicht daran gewöhnt, dass es in seiner neuen Heimat durchaus üblich war, die Türen nicht abzuschließen. Ihm war auch noch kein Fall von Diebstahl zu Ohren gekommen. Die Möglichkeiten, Angel Island zu verlassen, beschränkten sich im Wesentlichen auf den Hafen. Wenn man ein eigenes Boot besaß, konnte man auch in der *Angel Bay* vor Anker gehen. Aber es wäre schwierig, größere Mengen Diebesgut ungesehen von der Insel fortzuschaffen.

Der Transporter stand im ehemaligen Stallgebäude. Es handelte sich um ein Modell aus den 1970er Jahren, an dem Hank alle Reparaturen selber vornehmen konnte. Er hatte eine Ausbildung als Schlosser und hielt sich mit Gelegenheitsarbeiten über Wasser.

Wahrscheinlich ist er gerade zu einem seiner Jobs unterwegs, überlegte Webster. Er wusste, wo er den Schlüssel für den Transporter fand, an einem Haken an der Wand.

Webster öffnete das klapprige Tor und setzte sich in den Wagen. Er betätigte die Zündung, und der alte Zweitaktmotor sprang ohne weiteres an. Mit lautem Knattern verließ der Transporter die Scheune und bog in die Hauptstraße ein.

Webster kurbelte die Fensterscheibe herunter und genoss die frische und salzhaltige Luft, die immer ein wenig nach Fisch roch. In Momenten wie diesem wurde ihm bewusst, wie sehr er die Insel liebgewonnen hatte. Auf grünen Weiden, die durch Bruchsteinmauern voneinander getrennt waren, sah man die für Angel Island typischen schwarzen Schafe. Über ihnen kreisten Möwen, und ein Kormoran flatterte mit aufgeregtem Flügelschlag dicht über Webster dahin.

Eines der schmucken Cottages, die den Weg säumten, gehörte der 83-jährigen Minette Myers. Er sah die rüstige alte Dame schon von Weitem am Zaun stehen, abgestützt auf den

Rechen, mit dem sie das Herbstlaub zu ihren Füßen zusammengeharkt hatte. Das Bild wirkte auf ihn wie die vollendete Komposition eines impressionistischen Malers. Die blassvioletten Stockrosen vor den weißen Latten des Zaunes, Mrs. Myers in ihrem dunkelgrauen Kleid mit weißem Kopftuch und das Steinhaus mit den riesigen Hortensienbüschen in unterschiedlichen Farben.

Webster betätigte die Hupe und winkte der Frau zu, doch Minette schien mit ihren Gedanken woanders zu sein. Sie erwiderte seinen Gruß nicht, und als er nur wenige Meter entfernt an ihr vorüberfuhr, blickte sie immer noch in Richtung Stadt, als erwarte sie von dort jemanden.

Webster beschloss, auf der Rückfahrt bei ihr anzuhalten und sich zu erkundigen, ob alles in Ordnung sei.

Für einen Freitag, an dem die Fähre vom Festland anlegte, war auf der Straße erstaunlich wenig los. Webster erreichte eine Gabelung und hielt sich rechts in Richtung Hafen. Die linke Abzweigung führte nach *Cormoran Point*. Er hatte den Leuchtturm dort ein-, vielleicht zweimal besucht, als er gerade neu auf die Insel gekommen war. Wie er gehört hatte, war vor einiger Zeit von einem Deutschen das alte Leuchtturmwärterhaus angemietet worden, angeblich ein Vogelkundler, der den ganzen Tag mit seinem Fernglas aufs Meer hinausstarrte.

Die Nordseite der Insel war schroff zerklüftet und die See dort rauer als im Süden. Auch hier gab es steil abfallende Klippen, doch sie wurden von zahlreichen, manchmal nur mit dem Boot zugänglichen Sandbuchten unterbrochen. Insgesamt besaß der Süden Angel Islands einen freundlicheren Charakter.

Der Hafen – *St. Elizabeth Port* – hatte schon existiert, als die Insel noch ein Seeräubernest gewesen war. Eine zahlenmäßig kleine Flotte von umso furchtloseren Freibeutern war von hier aus zu wagemutigen Fahrten aufgebrochen. Von der

Regierung geduldet, hatten sie Jagd auf schwerbeladene spanische Galeonen gemacht. So mancher Einwohner Angel Islands mochte noch Piratenblut in den Adern haben.

Nun, das Zeitalter der großen Seeräuber war vorüber, und die Insel war zu einem der friedlichsten und sichersten Orte der Welt geworden.

Webster nahm die letzte Kurve mit Schwung und sah am Ende der steil abfallenden Gerade das Abfertigungsgebäude, in dem Hafenmeister Jones und ein Zollbeamter ihren Dienst versahen. Auch der Schmuggel, der eine Zeitlang geblüht hatte, lohnte sich nicht mehr.

Er hielt an der Rampe an, und während er aus der Fahrerkabine ausstieg, wurde die Tür des Hafenbüros geöffnet. Der Zollbeamte trat heraus und grüßte. Webster kannte seinen Namen nicht. Meist blieben die Leute nur einen oder zwei Monate auf der Insel. Sie schienen ihren Aufenthalt als Strafversetzung zu betrachten.

Webster erwiderte den Gruß. »Wenig los heute«, stellte er fest. Auf dem Namensschild des Mannes las er, dass er Spencer hieß. »Sie sind alleine im Dienst?«

»Leider ja. Weiß nicht, was mit Jones los ist. Heut Morgen ist er einfach nicht gekommen, und übers Telefon hab ich ihn auch nicht erreicht.«

Im Grunde war es Webster gleichgültig. Der Hafenmeister war ihm noch nie sympathisch gewesen. »War denn heute für mich was dabei?« Wenn er Pech hatte, hatte der Zollbeamte die angekommenen Pakete noch nicht bearbeitet.

»Ja, das Übliche. Warten Sie, ich hol's Ihnen!« Spencer verschwand in einem Nebenraum und kehrte bald darauf mit einer Sackkarre zurück. »Brauchen Sie Hilfe beim Aufladen?«

»Nein, nein danke, das schaffe ich schon!« Webster nahm

den Karren in Empfang, quittierte den Erhalt des Pakets und schaffte es hinaus zur Rampe. Er verstaute es auf der Ladefläche des Transporters und warf eine Decke darüber. Dann fuhr er los.

Um die erste Steigung problemlos nehmen zu können, musste er Vollgas geben. Bald lag das Meer als blaugrüner Teppich hinter ihm.

Das Haus von Mrs. Myers kam in Sicht, und Webster hielt vergeblich nach der alten Dame Ausschau. Sicher war sie nur kurz ins Haus gegangen, um eine Kleinigkeit zu sich zu nehmen, denn ihre Harke hatte sie am Zaun stehen gelassen.

Er fühlte sich beruhigt und kurbelte die Scheibe wieder hoch. In den letzten Tagen war es merklich kühler geworden. Obwohl die Insel vom Golfstrom profitierte und es so gut wie nie Frost gab, kündigte sich auch hier allmählich der Winter an.

Webster bog in den Ort ein. Es waren nur wenige Leute auf der Straße unterwegs; vereinzelt winkten ihm Menschen zu, die ihn erkannten. Den Kindern mit den schaurigen Masken begegnete er glücklicherweise nicht.

Er parkte den Transporter hinter dem Laden und schaffte das Paket in den kleinen Lagerraum. Als er es ausgepackt und die Waren eingeräumt hatte, beschloss er, den kleinen Lkw zu Hank Napier zurückzubringen, bevor der ihn vermisste. Er wollte die Gutmütigkeit des Freundes nicht zu sehr strapazieren, obwohl er langsam hungrig wurde und gerne erst eine Kleinigkeit zu Mittag zu sich genommen hätte.

Webster fand Napiers Haus unverändert vor. Es schien auch jetzt niemand dort zu sein.

Nachdem er den Transporter in der Garage abgestellt hatte, deponierte er den Schlüssel an gewohnter Stelle und schloss die Tür des Geräteschuppens hinter sich. Er zögerte, zu seinem Geschäft zurückzukehren, ohne sich vergewissert zu haben, dass mit Hank alles in Ordnung war. Da Hank keine Verwandten hatte und seine Unzuverlässigkeit schon legendär war, würde ihn so schnell keiner vermissen, wenn er einen Herzinfarkt oder Schlaganfall erlitt und keine Hilfe herbeiholen konnte. Wäre das der Fall gewesen, dann hätte Webster sich schwere Vorwürfe gemacht.

»Hank?« Er warf einen zögerlichen Blick in den Flur. Linkerhand führte eine steile Treppe hinauf zum Obergeschoss. »Herrje, was für ein Chaos!«

Hank Napier lebte in einem klassischen Junggesellenhaushalt. Mit Sauberkeit und Ordnung nahm er es nicht so genau. Schon hinter dem Eingang stapelten sich Kartons und leere Flaschen, und das Bild setzte sich in der Wohnküche, dem einzigen größeren Raum im Erdgeschoss, fort.

Wobei es nicht richtig war, zu sagen, dass Hank hier *lebte*.

Denn er war tot.

Webster fand ihn in einer riesigen Blutlache vor dem Backofen liegend, in den er offenbar gerade eine Pizza hatte schieben wollen. Er war keines natürlichen Todes gestorben. Auf keinen Fall! Hank bot einen furchtbaren Anblick. Wer auch immer hierfür verantwortlich war, hatte ihm mit einer schweren Waffe, einem Beil oder Hammer, den Schädel eingeschlagen. Das Grausigste daran war, dass er dazu nicht einen oder zwei gezielte Schläge gebraucht, sondern immer und immer wieder auf sein Opfer eingedroschen hatte, sodass eine Hälfte des Schädels bloß noch eine blutig schleimige, mit Knochensplittern durchsetzte Masse war.

»Nein!« Webster keuchte ungläubig auf. Er wich einen Schritt zurück und spürte, wie sein Magen rebellierte. Er musste Hilfe holen, die Polizei benachrichtigen.

Bevor er den Gedanken jedoch in die Tat umsetzen konnte,

ertönte ein spitzer Schrei. Er kam von draußen, vermutlich von der Straße vor dem Haus.

Webster musste unwillkürlich an Trevor denken, der laut Jack Davis schon am Morgen Amok gelaufen war. Ging Hanks Tod auf sein Konto?

Webster stürzte ins Freie und sah zwei Dinge, die auf den ersten Blick in keinem Zusammenhang standen.

Aus dem zur Garage umfunktionierten Stallgebäude quoll dicker Qualm. Webster fragte sich, wie es innerhalb der kurzen Zeit zu einem so großen Brand hatte kommen können. Hatte er ihn vielleicht selbst durch Unachtsamkeit ausgelöst?

Das zweite war eine junge Frau, die neben einem Fahrrad auf der Straße lag. Ihr Sturz musste gerade eben stattgefunden haben, denn das in sich verbogene Vorderrad drehte sich noch.

Die Entscheidung, ob er zuerst das Feuer bekämpfen oder der Frau helfen sollte, die auf den ersten Blick nicht verletzt schien, wurde ihm abgenommen, als aus der Garage ein dumpfer Knall einer Explosion ertönte. Entweder war der Tank des Transporters oder ein Benzinkanister in die Luft geflogen. Die Flammen schlugen nun schon zum Dach hinaus und griffen aufs Haupthaus über.

Hatte er es seinen überreizten Nerven zuzuschreiben, oder hörte Webster tatsächlich in diesem Moment ein bösartiges Lachen?

Er eilte zu der immer noch am Boden liegenden Frau. Entgeistert starrte sie ihn an. Offensichtlich stand sie unter Schock.

»Wo ist er? Haben Sie gesehen, wohin er geflohen ist?« Webster ging neben ihr in die Hocke und half ihr, sich aufzurichten.

»*Er?* Wen meinen Sie?« Sie hatte rotblondes Haar und strahlend grüne Augen. Webster, der glaubte, jeden Bewohner der Insel zu kennen, war sich sicher, dass er sie noch nie gesehen hatte.

»Den Kerl, der Sie vom Rad geworfen und den Schuppen in Brand gesteckt hat!«

Sie war eindeutig mit der Situation überfordert. Vielleicht hatte es gar keinen Sinn, sie zu fragen, was geschehen war. Unter Schockeinwirkung erinnerte sie sich offenbar an nichts.

»Ich weiß nicht, wovon Sie reden. Mich hat niemand umgestoßen. Ich bin lediglich ein paar spielenden Kindern ausgewichen, die plötzlich auf die Straße liefen. Dabei habe ich die Kontrolle über das Rad verloren. Ich muss bei dem Sturz mit dem Kopf aufgeschlagen sein.«

»Mein Gott, Sie bluten ja!« Erst jetzt fiel Webster auf, dass die Frau eine hässliche Schürfwunde an der Stirn hatte. »Sie müssen das versorgen lassen!«

Sie machte eine wegwerfende Handbewegung. »Als ich mich vom ersten Schreck erholt hatte, sah ich, dass es dort in dem Schuppen brannte. Und dann kamen Sie aus dem Haus gestolpert. Haben Sie das Feuer gelegt?«

»Was, ich?« Webster zuckte zusammen. »Nein, ich...« Er hielt inne. Es war nicht nötig, ihr vom Tod Hank Napiers zu berichten. Ein Ermordeter hätte sie nur noch mehr verwirrt und ihn zusätzlich in Erklärungsnot gebracht. »Hören Sie, hier läuft ein Verrückter herum. Er heißt Trevor, und Sie müssen ihn knapp verpasst haben.«

Sie nickte, immer noch sehr blass. »Dann sollten wir die Polizei verständigen. Und die Feuerwehr...«

»Kommen Sie! Nicht weit von hier betreibt Miss Mayfield einen kleinen Hofladen. Von dort aus können wir telefonieren. Hier...«, er zeigte über die Schulter auf das brennende Haus, »... ist das wohl nicht mehr möglich.«

Sie konnten Miss Mayfields Laden in etwa hundert Metern Entfernung sehen. Webster erfuhr auf dem Weg dorthin, dass die junge Frau Sue Hamilton hieß und erst vor Kurzem mit ihrem Sohn auf Angel Island angekommen war.

»Ich habe die Tage so sehr genossen!« Sie bemühte sich um ein Lächeln. »Mein Leben in Manchester war zur Hölle geworden. Mein Mann... nun, er hat uns einfach sitzengelassen und ist auf und davon. Unser gemeinsames Konto hat er leergeräumt. Ich konnte gerade noch das Geld für die Fahrt hierher zusammenkratzen. Tante Georgia hat mich mit offenen Armen aufgenommen. Mir erschien diese Insel wie ein Paradies, doch nun...«

»Machen Sie sich keine unnötigen Sorgen, Sue«, versuchte Webster sie zu beruhigen. »Auf Angel Island gibt es nicht so viele Möglichkeiten, sich zu verstecken. Die Polizei hat sicherlich schon Verstärkung vom Festland angefordert. Dieser Verrückte dürfte bald festgenommen sein, und dann...« Er sprach nicht weiter. Eine merkwürdige Stille lag über der Insel. Sie erinnerte ihn an den Film »Das Dorf der Verdammten«. Er hatte bei ihm einen nachhaltigen Eindruck hinterlassen. Nicht einmal das sonst allgegenwärtige Schreien der Möwen war zu hören, nur ein leiser Wind, der die jungen Bäume des *Five-Oaks*-Wäldchens zum Rauschen brachte. Und darunter mischte sich erneut das weit entfernte Lachen von Kindern.

Webster und Sue folgten dem Straßenverlauf etwa fünfzig Meter und gelangten an das schmucke, etwas zurückgesetzte Haus von Miss Mayfield. Der kleine Laden, den sie betrieb, war besonders bei Touristen beliebt. Im Herbst und im Winter hätte sie ihn ja eigentlich schließen können, denn dann verirrte sich kaum jemand hierher.

Webster sah jedoch schon von Weitem, dass das Schaufenster beleuchtet war, und Sue, die es ebenfalls bemerkte, lächelte ihm aufmunternd zu.

Die Auslage suggerierte Behaglichkeit und weckte in Webster den Wunsch, hier kurz durchzuatmen, während sie darauf warteten, dass die Polizei eintraf.

Als er die Tür öffnete, ertönte ein leises Läuten. Miss Mayfield, die hinter der Ladentheke saß und in ihre Strickarbeit vertieft gewesen war, blickte über den Rand ihrer Brillengläser und taxierte die beiden Besucher abschätzend.

»Dürfen wir bitte Ihr Telefon benutzen? Wir müssen dringend die Polizei benachrichtigen. In Hank Napiers Haus wurde Feuer gelegt.«

Miss Mayfield schien Webster nicht verstanden zu haben, denn sie reagierte nicht, sondern lächelte auf eine ganz eigentümliche Art. Dann sagte sie mit säuselnder Stimme: »Wollt ihr etwas von meinem Quittengelee kaufen? Oder ein Paar handgestrickte Socken?« Demonstrativ hielt sie ihre Strickutensilien in die Höhe.

Die Alte hat ein Rad ab!, dachte Webster. *Sie guckt, als ob sie in einer anderen Welt lebt.* »Wir sind nicht hier, um etwas zu kaufen, Miss Mayfield.« Er bemühte sich, seine Ungeduld nicht zu zeigen. Er wusste nicht viel mehr über sie, als dass sie die Vorsitzende des Landfrauenvereins war. In ihrem altmodischen Kleid mit der biederen Strickweste wirkte sie zehn Jahre älter, als sie in Wirklichkeit war. Sie trug ihr frühzeitig ergrautes Haar zu einem strengen Dutt am Hinterkopf zusammengesteckt und sah aus wie die typische Großmutter im Märchen. Die Augen hinter der Brille mit den kleinen, kreisrunden Gläsern waren von Tausenden von Falten umringt. Doch mit diesen Augen stimmte etwas nicht. Webster glaubte, in ihnen eine Schwärze zu sehen, die finsterer als die lichtlose Leere des Weltalls war.

Und als er genauer hinsah, blitzte darin ein ferner Komet auf, der sich rasch näherte und dabei immer größer wurde.

»Nicht? Wozu dann?« In den Worten der gutmütig wirkenden Alten schwang eine unterschwellige Drohung mit, beinahe als wolle sie sagen: ›Das ist eure letzte Chance, hier mit heiler Haut rauszukommen. Nutzt sie!‹

Webster ignorierte ihre Worte. »Hören Sie, es ist wirklich sehr dringend. Wenn wir nicht sofort etwas unternehmen, besteht die Gefahr, dass ...«

Er kam nicht dazu, seinen Satz zu Ende zu sprechen, denn in dem Moment geschah es.

Das innere Leuchten füllte die Pupille gänzlich aus. Die faltige Gesichtshaut der Frau platzte an der Stirn auf, dann über der Nase, am Mund und am Kinn. Darunter kam das nackte Grauen zum Vorschein. Eine feuchtrote Masse, die in ständiger Bewegung war. Obwohl der Anblick ihn zutiefst erschreckte, konnte Webster nicht anders, als sie weiter anzustarren. Erst als er Sues Kreischen hörte und den Schmerz spürte, ihre Fingernägel hatten sich fest in seinen Arm gekrallt, kam er zu sich.

»Raus hier!«, schrie er mit aller Kraft, um Sue zu übertönen. »Nichts wie raus!«

Das Ding, das Miss Mayfield gewesen war, grinste böse.

»Aber, meine Kinder, wir haben doch gerade erst damit angefangen, uns zu unterhalten ... setzt euch zu mir! Ich koche uns einen Tee!«

Webster musste Sue mit sich reißen, die ihre Hände vors Gesicht geschlagen hatte und immer noch schrie. Solange die Ladentheke sie von Miss Mayfield trennte, waren sie nicht in unmittelbarer Reichweite der Gefahr, doch die Alte erhob sich ganz gemächlich, und wenn sie sich jetzt nicht bewegten, würde sie ihnen den Weg versperren.

Welche Gefahr kann sie schon für uns darstellen?, überlegte er. *Sie ist nur eine alte Frau.* Aber dann wurde er sich der züngelnden Masse ihres Kopfes bewusst, und er schob Sue durch die Ladentür ins Freie.

Gerade rechtzeitig schlug er die Tür hinter sich zu, als von drinnen etwas Schweres dagegenkrachte, sodass die eingearbeitete Glasscheibe splitterte.

Webster stemmte einen Fuß gegen das Türblatt, doch er spürte, dass er der unerwarteten Kraft der alten Frau nicht lange standhalten konnte.

»Sue, ich brauche Ihre Hilfe!«, schrie er der jungen Frau zu, die weitergetaumelt war, als er sie losgelassen hatte. »Verdammt, helfen Sie mir!«

Es war, als müsse sie ganz allmählich aus einem bösen Traum erwachen. Sie schüttelte den Kopf und schien seine Worte wie aus weiter Ferne vernommen zu haben.

Miss Mayfield zeigte das Gesicht so nah an der Glasscheibe, dass das Glas beschlug. In ihrem Mund bewegte sich eine bläulich verfärbte Zunge, und noch immer schien sie zu grinsen.

Webster konnte die Tür nicht mehr halten. Er sprang beiseite, und als Miss Mayfield von ihrem Schwung ins Freie befördert wurde, brachte er sie zu Fall, indem er ihr ein Bein stellte.

Mit einer Geschicklichkeit, die ihr niemand zugetraut hätte, rollte sich die Frau ab und stemmte sich hoch. Im selben Augenblick traf sie der Spaten, der an der Hauswand gelehnt und den Sue ergriffen hatte. Sie hatte mit dem flachen Blatt zugeschlagen, aber die Wucht des Schlages warf Miss Mayfield erneut zu Boden, wo sie liegenblieb.

»Kommen Sie, Sue, wir müssen verschwinden, bevor sie wieder zu sich kommt!« Auch wenn das, was da vor ihnen lag, unbegreiflicherweise kein Mensch mehr war und das Bewusstsein der Miss Mayfield, die er gekannt hatte, nicht mehr existierte, brachte Webster es nicht fertig, sie zu töten. Allein die Vorstellung, den Spaten zu nehmen und ihr das monströse Haupt abzuschlagen, erschreckte ihn zutiefst. Er lief los, ohne abzuwarten, ob Sue ihm folgte.

»Mein Gott, was war das?«, hörte er ihre Stimme wenige Schritte hinter sich.

Ohne seinen Lauf zu verlangsamen, antwortete er. »Ich weiß es nicht, aber ich glaube, es kam direkt aus der Hölle. Ich habe so etwas noch nie in meinem Leben gesehen, und ich wünschte, es wäre nur ein schlimmer Traum gewesen.«

Sue holte auf. Sie war offenbar eine gute Läuferin. Webster befürchtete, dass seine Kondition für einen längeren Lauf nicht ausreichen würde. Sport war in den letzten fünfzehn Jahren kein Thema für ihn gewesen. Er bedauerte, dass Napiers Transporter nicht mehr zu gebrauchen war. Mit ihm hätten sie beide nicht einmal zehn Minuten gebraucht, um zum Hafen zu gelangen. Zu Fuß hatten sie wahrscheinlich einen Marsch von einer guten Stunde vor sich.

»Sagen Sie, laufen wir nicht in die falsche Richtung?«, meldete sich Sue zu Wort. »Wenn wir die Polizei informieren wollen, müssen wir doch zur Stadt, und überhaupt...«

»Nein«, Webster schüttelte den Kopf. Er verfiel in einen zügigen Gehschritt, der ihn weniger Kraft kostete. Der Abstand, den sie zwischen sich und den Laden von Miss Mayfield gebracht hatten, musste vorerst ausreichen. »Hören Sie, Sue, das hier ist nichts, womit die Polizei von Angel Island fertigwerden könnte. Dass ein Mann durchdreht, seine Frau schlägt und dann davonläuft, ist eine Sache. Aber haben Sie schon mal von einer freundlichen Großmutter gehört, der die Kopfhaut aufgeplatzt ist, sodass eine rohe, blutige Masse übrigbleibt? Eine nette Oma, die dann mit übermenschlicher Kraft auf zwei harmlose Passanten losgeht? Ich weiß nicht, *was* es ist, und ich habe keine Erklärung dafür, *warum* es geschieht, aber ich bin sicher, es ist eine tödliche Bedrohung für jeden Einzelnen von uns. Wenn es sich zum Beispiel um einen neuartigen Virus handelt, dann gibt es auf der ganzen Insel niemanden, der etwas dagegen unternehmen kann. Deshalb werde ich versuchen, mich zum Hafen durchzuschlagen, um von dort mit einem der Fischerboote zum Festland hinüberzufahren.«

»Aber ich muss in die Stadt«, stellte Sue entschieden fest. »Ich kann Joey nicht hier zurücklassen! Ohne mein Kind gehe ich nirgendwohin!«

Webster blieb schwer atmend stehen. Irrte er sich, oder stieg über der nahen Stadt Rauch auf? »Ich kann Sie verstehen, aber wir können nicht in die Stadt zurück. Ich bin sicher, dass Miss Mayfield kein Einzelfall ist. Es passiert auf der ganzen Insel, jetzt, in *diesem Moment!*«

»Und gerade deshalb muss ich auf dem schnellsten Weg zu Joey! Ohne ihn verlasse ich die Insel nicht. Sie müssen ohne mich gehen, Harold!«

Webster wusste, dass er die Frau nicht überreden konnte. Der Gedanke, sie im Stich zu lassen, behagte ihm nicht. Aber jene innere Stimme, die er seit seinem Erlebnis im Jahre 2011 hörte, sagte ihm, dass ihr Vorhaben einem Selbstmord gleichkam. Mit derselben Deutlichkeit machte sie ihm bewusst, dass er auf keinen Fall in die Stadt gehen dürfe.

»Gut, ich begleite Sie bis zum Stadtrand.«

»Danke, dass Sie das für mich tun, Harold!«

»Nun, kommen Sie, wir wollen keine Zeit verlieren!« Webster hatte sich überlegt, dass der Weg an der alten Konservenfabrik vorbei der sicherste für sie sei. Die Wahrscheinlichkeit, dort auf jemanden zu treffen, war gering. Sorge bereitete ihm nur, dass der Weg sie ziemlich nahe an der Schule vorbeiführte. Um die Uhrzeit war jedoch der Unterricht längst vorbei. Die Kinder waren vermutlich auf der ganzen Insel unterwegs, um Süßigkeiten einzufordern.

Die Kinder ... Webster konnte keine Logik hinter den Ereignissen des Tages erkennen, doch sie schienen in irgendeiner Weise mit den Kindern und ihren Verkleidungen zu tun zu haben. Er dachte an den kleinen Jeff aus Maud Jennings' Bericht, an die Kinder, die den alten Jack Davis bedrängt hatten, an die Kinder, die durch ihr plötzliches Auftauchen Sues Sturz herbeigeführt hatten. Ein Zufall? Waren vielleicht auch Kinder im Spiel gewesen, als Trevor Banford die Kontrolle verloren hatte? Oder verrannte er sich nur in eine fixe Idee?

»Alles okay, Harold?« Sue warf ihm einen besorgten Blick zu.

»Ich frage mich, was hier vorgeht. Ich sehe keinen Sinn in all dem, was heute geschehen ist. Wissen Sie ... die Insel ist ein Paradies. Die Menschen sind entweder glücklich oder sie gehen von hier fort. Aber jetzt ...«

»Das Böse fragt nicht nach dem Sinn. Worin liegt der Sinn einer Flutkatastrophe, eines Amoklaufs oder einer Epidemie? Das Böse existiert um seiner selbst willen, wie auch das Gute.«

»Sie glauben an das Gute?« Webster zog eine Augenbraue hoch.

»Natürlich! Wenn Sie wie ich ein Kind hätten, würden Sie das auch tun. Es bleibt Ihnen ja gar nichts anderes übrig ...«

»Ich wünschte, ich könnte so denken wie Sie. Bei dieser Geschichte habe ich ein verdammt schlechtes Gefühl. Nein, das ist viel zu harmlos ausgedrückt, Sue. Ich habe eine Scheißangst!«

Webster blieb stehen. Sie hatten die Konservenfabrik erreicht. Sie hatte ihre Produktion mangels Rentabilität schon vor über zehn Jahren eingestellt. Seitdem wurde ausgiebig diskutiert, ob man sie abreißen sollte oder ob sich ein anderer Verwendungszweck fand. Zwischenzeitlich hatten Sprayer sie als Fläche für Graffiti entdeckt.

Webster ließ seine Blicke über das flache graue Gebäude schweifen. Nichts bewegte sich, dennoch hatte er das Gefühl, dass sich dort etwas verbarg. Als ihm zwischen den Erkennungszeichen der Sprayer eine längere Zeile auffiel, erschrak er.

»Zeigt eure wahren Gesichter!«, stand da geschrieben.

Das hatte er doch heute schon einmal gehört! Was mochte der Verfasser damit gemeint haben? Bezog es sich auf das Halloweenfest? Oder war es eine Parole, wie sie jede Jugendkultur besaß?

Er machte Sue nicht darauf aufmerksam. Es war nicht nötig, sie noch mehr zu verängstigen.

»Kommen Sie, es ist nicht mehr weit!« Er wollte sich gerade in Bewegung setzen, als ein Geräusch ihn innehalten ließ. »Haben Sie das gehört?«

Sue lauschte angestrengt. »Kinder«, sagte sie achselzuckend. »Es war das Lachen von Kindern, oder?«

Webster ergriff ihre Hand. »Lassen Sie uns verschwinden, Sue. Wir verstecken uns, bis sie vorüber sind!«

»Aber ... wieso ... es sind ...«

»*Bitte!*« Er zog sie sanft, aber bestimmt hinter sich her, durch eine Lücke in dem Zaun, der das Gelände abgrenzte. Dahinter wucherte kniehohes Gestrüpp, doch ein schmaler Trampelpfad führte zu einer Tür, die gewaltsam aufgebrochen worden war.

Webster schob Sue ins Innere der Fabrikhalle, in der staubiges Zwielicht herrschte. Noch immer lag Fischgeruch in der Luft. Auf großen Metalltischen standen Pfützen rostigen Wassers. Das Dach war an zahlreichen Stellen undicht.

»Harold, was ...« Sues fragender Blick traf ihn.

»Tsch!« Webster bedeutete ihr zu schweigen. »Sie kommen näher!«

Tatsächlich war das Lachen nun aus nicht allzu weiter Ferne zu vernehmen. Vereinzelte Stimmen intonierten: »Trick or treat!«

»Es sind Kinder«, flüsterte Sue. »Sollten wir sie nicht lieber warnen?«

»Auf keinen Fall!« Webster hielt sie am Arm zurück. »Das ist viel zu gefährlich. Bleiben Sie!«

In diesem Moment ertönte ein schauriges Kreischen, das beide zusammenfahren ließ.

Hinter ihnen war ein Schiebetor geöffnet worden, gerade so weit, dass sich ein Mann hindurchzwängen konnte.

Er bot einen furchtbaren Anblick und schien einiges durchgemacht zu haben. Webster erkannte ihn sofort.

»Trevor!«

Banford grinste grimmig. »Bleibt, wo ihr seid!«

Webster musterte den Mann. Er schien gänzlich unbewaffnet zu sein, doch das hieß nicht, dass von ihm keine Gefahr ausging.

»Banford, die Polizei sucht Sie. Es hat keinen Sinn, sich hier zu verstecken. Früher oder später findet man Sie. Machen Sie es nicht noch schlimmer!«

Banford strich sich eine Strähne fettigen Haars aus der Stirn. Er wirkte fiebrig. Würde mit ihm dasselbe passieren wie mit Miss Mayfield?

»Noch schlimmer, hm? Habt ihr es denn noch nicht mitgekriegt? Es ist das Ende! Der Tag des Jüngsten Gerichts. Har-

Magedon! Die Gog und Magog sind auf die Erde gekommen. Ich habe sie mit eigenen Augen gesehen! Und sie sind nur die Vorboten von etwas viel Schlimmerem. Das Tier wird aus dem Meer steigen und Satan endlich seine tausendjährige Herrschaft auf Erden antreten.«

»Wen oder was haben Sie gesehen, Banford?«, fuhr Webster den Mann an.

Trevor kam jedoch nicht dazu, die Frage zu beantworten. Ein helles Lachen erklang, viel näher als vorhin. Ein Ausdruck tiefster Verzweiflung trat auf Trevors Gesicht. »Es ist zu spät. Sie haben uns gefunden, weil ihr Narren sie hierhergeführt habt!« Er versetzte Webster vollkommen unerwartet einen heftigen Stoß, sodass er zu Boden ging. Dann warf sich Banford herum und floh durch das noch offen stehende Schiebetor.

Sue, die zu überrascht war, um sich ihm in den Weg zu stellen, half Webster auf die Beine.

»Er ist wahnsinnig«, stellte er fest. »Lassen wir ihn laufen! Allerdings ... den Kindern will ich auch lieber nicht begegnen. Kommen Sie, wir suchen uns ein anderes Versteck und warten, bis sie vorüber sind!«

»Verstecken? Aber wo?« Sue blickte sich suchend um. Die Halle bot wenige Möglichkeiten. Bis auf die Tische war sie leergeräumt.

»Da lang, kommen Sie!« Webster deutete auf das andere Ende, wo eine rostige Tür zu sehen war. »Erst mal raus aus der Schusslinie!«

Viel zu laut hallten ihre Schritte durch den riesigen Raum, als sie ihn durchquerten. Webster öffnete die Tür, sie schlüpften hindurch und befanden sich in einem Treppenhaus. Hier gelangte man den Beschriftungen nach zu den Büroräumen der Verwaltung.

Sie waren nicht weniger verfallen als die Halle, aus der sie kamen. Etliche Fensterscheiben waren in den wenigen Jahren zerbrochen oder mit Steinen eingeworfen worden. Wände und Boden waren mit grünen Schleiern überzogen.

Während Webster noch überlegte, ob sie wohl in eine Sackgasse liefen, hörte er aus der Halle das Trappeln zahlreicher kleiner Füße. Aufgeregte Rufe erklangen. An einem anderen Tag hätte Webster an einem Versteckspiel wie diesem Spaß gehabt, doch nun erschien es ihm wie blutiger Ernst.

Ihm kam der absurde Gedanke, Banford könne womöglich der Einzige außer ihm selbst und Sue sein, der bei Verstand geblieben war. Er hatte das einzig Richtige getan und sich eine vermeintlich sichere Zuflucht gesucht.

»Da hinauf, schnell!« Er eilte die Treppe hinauf, wobei er feststellte, wie schwierig es war, auf von Algen bedeckten Stufen nicht ins Rutschen zu kommen. Als Sue hinter ihm das erste Stockwerk erreichte, vernahmen sie, wie die Eisentür zur Halle aufgeschmettert wurde, sodass sie gegen die Wand krachte. Putz bröckelte zu Boden, dann rief eine lauernde Stimme: »Hallo, wo seid ihr denn? Wir wollen mit euch spielen!«

Webster schüttelte heftig den Kopf, doch auch ohne die Warnung hatte Sue verstanden, dass sie in größter Gefahr schwebten.

»Wenn ihr uns nicht sagen wollt, wo ihr seid, dann suchen wir euch eben!«, ertönte es von unten. »Ich zähle bis zehn ... *eins, zwei ...*«

Webster nickte Sue zu. Dann machte er sich an den Aufstieg ins nächste Geschoss. Er wusste, dass sie so nur wenig Zeit gewannen. Die Kinder würden sie früher oder später finden. Und was dann?

»... *drei, vier ...*«

Webster hatte die ersten Stufen hinter sich gebracht, ohne ein Geräusch zu verursachen. Sue war dicht hinter ihm.

»... *fünf* ...«

In diesem Moment tauchte der erste Kopf am unteren Ende der Treppe auf. Die kleinen Bestien hatten nicht vor, zu warten, bis ihr Anführer bis zehn gezählt hatte. Sie waren bereits auf dem Weg zu ihnen herauf!

»Laufen Sie, Sue!«, stieß Webster hervor und rannte los. Gleichzeitig mit der jungen Frau erreichte er die Drahtglastür, die das Treppenhaus vom angrenzenden Gebäudeflügel trennte. Sie stießen die Tür auf und warfen sie hinter sich ins Schloss. Webster fiel eine Latte auf, die aus einem Türrahmen herausgebrochen war und in den Korridor ragte.

»Das wird sie nicht lange aufhalten, aber...«, knurrte er grimmig und brach das schmale Brett aus seiner Verschraubung. Gerade rechtzeitig gelang es ihm, es so in die Türgriffe zu verkeilen, dass die beiden Flügel blockiert wurden. Die ersten Kinder hatten das Ende der Treppe erreicht und warfen sich mit voller Wucht gegen das Drahtglas. Ihr Gewicht war zu gering, um es zu beschädigen, aber schon der Anblick der sich drängenden kleinen Leiber mit den unterschiedlichen Horror-Masken ließ ihm einen Schauer über den Rücken laufen. Er erinnerte Webster an eine Szene aus einem der Untoten-Filme, den er vor vielen Jahren gesehen hatte.

Sue schien sich immer besser in ihre neue Situation einzufinden. Während Webster sich gegen die Tür stemmte, um zu verhindern, dass die Kinder die provisorisch errichtete Sperre aufbrachen, war sie in das nächste Büro gestürmt. Sie kehrte mit einem Stuhl zurück, dessen Lehne gebrochen war. Fachmännisch klemmte sie ihn so ein, dass Webster seinen Posten verlassen konnte.

»Danke, Sue!«, keuchte er. Wütende Kinderfäuste trommelten gegen das Glas. »Ich fürchte, wir sind hier nicht mehr lange sicher. Aber es muss eine zweite Fluchttreppe geben, schon aus Brandschutzgründen.«

Die Masken der Kinder waren von erbittertem Hass gezeichnet. Webster sah eine mumienartige Kreatur, die mit einem täuschend echt aussehenden Krummdolch in der Luft herumfuchtelte. Ein Kind trug eine Maske, die ihm erschreckende Ähnlichkeit mit Seth Brundle aus »Die Fliege« verlieh.

Sue lief den Gang entlang.

Die Beschilderung wies einen Fluchtweg in dieser Richtung aus. Tatsächlich stießen sie hinter einer weiteren Metalltür auf eine Treppe.

Webster nahm mit Sorge zur Kenntnis, dass das Gerüst aus Stahl einfach von außen auf die Fassade geschraubt worden war.

Die Kinder waren nicht dumm. Sicherlich konnten sie sich denken, dass er und Sue versuchen würden, über die Feuertreppe zu entkommen. Eine Sekunde lang überlegte er, den Weg aufs Dach einzuschlagen, doch dort oben hätten sie endgültig in der Falle gesessen. Von dort gab es kein Entkommen mehr.

Sie liefen die Treppe hinab, ohne einem der Kinder zu begegnen.

Vielleicht hatten sie sie doch überschätzt.

Das wütende Kreischen und Trommeln war nach wie vor zu hören.

Offenbar waren ausnahmslos alle Kinder vor der verbarrikadierten Glastür versammelt.

Webster und Sue erreichten das Ende der Treppe unbehelligt. Sie kehrten der Fabrik den Rücken und liefen querfeldein über das verwilderte Gelände.

Erst nachdem sie mehr als hundert Meter Abstand zwischen sich und die Fabrik gebracht hatten, wagten sie stehen zubleiben.

Webster blickte zurück. »Sind Sie immer noch sicher, dass Sie zurück zur Stadt wollen, Sue?«

Sie nickte wortlos. Trotz der verschorften Stirnwunde und ihrer nicht zu übersehenden Erschöpfung war sie hübsch, wie Webster zum ersten Mal feststellte. Er bedauerte, dass sie nicht mehr Zeit gehabt hatten, einander kennenzulernen.

»Gut. Es tut mir leid, dass ich Sie nicht begleiten kann. Aber wenn Sie diesem Pfad folgen, gelangen Sie an den Gärten vorbei ins Stadtzentrum. Vielleicht ist es sogar der sicherste Weg. Ich werde im Hafen auf Sie warten, bis...« Er blickte auf die Uhr. Es war Viertel nach drei. »...sagen wir sechzehn Uhr. Sollten Sie es bis dahin nicht geschafft haben, muss ich davon ausgehen, dass...« Er brauchte nicht auszusprechen, was er dachte. Sue hatte verstanden, in welche Gefahr sie sich begab.

Webster reichte ihr die Hand. »Ich wünsche Ihnen alles erdenkliche Glück, Sue. Passen Sie auf sich auf! Ich hoffe, es geht Ihrem Kind gut.«

»Danke, Harold. Ich glaube, Glück werden wir beide brauchen.« Sie wandte sich ab und lief die Straße hinab, ohne sich noch einmal umzudrehen.

Webster fragte sich, ob es ein Fehler war, sie gehen zu lassen. Hatte sie eine Chance, alleine durchzukommen? Und er selbst?

Er befand sich leider sehr weit im Norden, wohingegen sein Ziel, *St. Elizabeth Port*, im Südwesten lag. Dieser Teil der Insel war ausgesprochen dünn besiedelt und auch nicht für die landwirtschaftliche Nutzung geeignet. Zwischen schroffen Felsen gedieh nur Farn. Dieser allerdings wucherte üppig und bot einem Angreifer, der sich hier verbarg, eine hervorragende Deckung.

Er beschloss, die Stadt weiträumig zu umgehen. Der Rauch, den er beobachtet hatte, war nun nicht mehr zu sehen. Vielleicht hatte nur jemand Abfälle verbrannt. Möglicherweise brannten aber auch Menschen. Eine Welle von Panik überflutete ihn. Bevor sie über ihm zusammenschlug, kämpfte er sich frei. Er wollte leben!

Nach einer Weile tauchte zu seiner Rechten der sogenannte *Schmugglerpfad* auf. Der Weg war steil und ungesichert, aber Webster zog es vor, die Straße zu meiden.

Leider bot ihm der Stechginster, der sich an den salzverkrusteten Fels klammerte, nur wenig Deckung, und er wünschte sich das Farnkraut zurück.

Websters Gedanken wanderten zu Sue, wo sie jetzt gerade sein mochte und ob sie den Jungen gefunden hatte. Er hoffte es von ganzem Herzen für sie, schon deshalb, weil er sich wünschte, sie wiederzusehen und diese Flucht nicht alleine fortsetzen zu müssen.

Seine Gedanken hatten ihn unachtsam werden lassen. Webster stolperte über eine Wurzel, die quer über den Weg verlief. Nur durch einen schmerzhaften Griff in das Ginstergestrüpp gelang es ihm, einen Sturz zu vermeiden. Geröll löste sich und rollte den Steilhang hinab. Etwa fünfzig Meter tiefer stürzten die Gesteinsbrocken in die schäumende See.

Webster blieb stehen und atmete durch. Im selben Moment hörte er das Lachen. Es klang bösartig und verschlagen. Das waren keine Kinder! Es waren Erwachsene.

Webster ließ sich flach auf den Boden fallen. Die Stimmen waren von oberhalb gekommen, von der Straße her. Wenn er Glück hatte, liefen sie vorbei.

Er vermochte nicht zu sagen, wie gut sie ihn sehen konnten. Den Gesprächsfetzen nach zu urteilen, die zu ihm herabdrangen, waren sie entweder in einen Streit verwickelt oder in ausgelassener Feierstimmung. Die Grenzen waren fließend, wie er aus seiner Zeit in London nur allzu gut wusste. Wie schnell entwickelte sich doch aus einer wilden Clubparty eine Massenschlägerei!

Die Stimmen wurden lauter; sie schienen sich direkt oberhalb von ihm zu befinden.

Dann konnte er hören, wie sie sich entfernten.

Sie waren vorbeigelaufen! Webster konnte sein Glück kaum fassen. Zögerlich stand er auf und klopfte sich den Staub von der Kleidung.

Von einer Welle der Euphorie erfasst, verfiel er in einen gemächlichen Laufschritt. Bis zum Hafen war es nun nicht mehr weit, doch Webster fragte sich, was er dort vorfinden würde. Hatte der aufgebrachte Mob die Boote unbrauchbar gemacht? Hatten sie Spencer getötet? Oder hatte der sich ihnen vielleicht freiwillig angeschlossen und achtete nun darauf, dass niemand die Insel verließ?

Als *St. Elizabeth Port* in Sicht kam, erweckte die Hafenanlage mit den beiden kleinen Gebäuden, der Mole und dem kleinen Leuchtfeuer auf dem bereits im Meer gelegenen Felsen den Eindruck von Normalität. Webster empfand den friedvollen Anblick jedoch als trügerisch. Selbst das Dümpeln der Fischerboote im Hafenbecken hatte etwas Tückisches. Keine Menschenseele war zu sehen, weder die Fischer, die sonst immer irgendwelche Ausbesserungsarbeiten an Booten und Netzen zu verrichten hatten, noch sonst jemand.

Das signalisierte ihm, dass er noch vorsichtiger sein musste.

Nach hundert Metern mündete der Pfad in die Straße. Webster beobachtete das Gelände eine Weile. Ihm blieb nichts anderes übrig, als auch dieses letzte Stück seines Weges in Angriff zu nehmen, wollte er die Flucht schaffen. Dabei würde er seine Haut so teuer wie möglich verkaufen.

Sein Ziel war in greifbarer Nähe. Maurice Lamonts Boot lag an gewohnter Stelle vor Anker. Der Fischer hatte sich vor einer Woche zu einer komplizierten Operation aufs Festland begeben müssen.

Mit Maurice hatte sich Webster gleich nach seiner Ankunft auf der Insel angefreundet. Der Franzose war schon vor vielen Jahren nach einem bewegten Seefahrerleben auf Angel Island gestrandet. Webster wünschte sich, der Freund wäre jetzt in der Nähe gewesen. Zusammen hätten sie sicher mehr ausrichten können.

Er erreichte das Zollgebäude. Noch immer rührte sich nichts.

Es ist fast so, als wollten sie, dass ich entkomme. Webster presste sich in eine Türnische. *Aber woher sollten sie wissen, was ich vorhabe?*

Soweit er es überschauen konnte, fehlte keines der Boote im Hafen. Also hatte sonst noch niemand versucht, die Insel zu verlassen.

Die nächste Fähre kam erst am Montag. Was würden die Menschen vorfinden, die dann auf die Insel gelangten? Würde sich das alles nur als böser Albtraum herausstellen, als Halloweenspuk? Oder war das, was heute geschah, nur der Anfang? Aber der Anfang von was? Vom Ende? Har-Magedon?

Webster blickte auf die Uhr an seinem Handgelenk. Sue blieben noch fünf Minuten. Vielleicht hatte er ihr zu wenig Zeit eingeräumt. Er könnte noch fünf Minuten, vielleicht auch eine Viertelstunde länger warten, ohne in Gefahr zu geraten. Nein, das war falsch, denn er *war* bereits in Gefahr! Jede Minute, die er länger wartete, konnte sein Verderben bedeuten. Sie hatten ein Abkommen getroffen, und er musste sich ebenso daran halten, wie er es von Sue erwartete.

Er trat aus der Türnische hervor und schlenderte unauffällig über den Hafenplatz zu Lamonts Boot. Es war ein kleiner Krabbenkutter, der leicht von einem einzigen Mann manövriert werden konnte und dabei erstaunlich seetauglich war. In der kleinen Führerkabine hatte Lamont sogar einen provisorischen Schlafplatz eingerichtet.

Nachdem er sich vergewissert hatte, dass die Ausfahrt nicht durch andere Boote blockiert wurde, kletterte Webster über die Reling. Er fand alles abfahrtbereit vor, sogar der Zündschlüssel steckte im Schloss. Das Boot schien nur darauf zu warten, dass er es benutzte, um Angel Island zu verlassen.

Er beschirmte die Augen gegen die tiefstehende Sonne im Westen. Sue war nicht zu sehen. Es war zwei Minuten nach vier. Webster zählte bis hundert und dann noch einmal bis zehn. Er hoffte bis zur letzten Sekunde, dass Sue mit dem Kind in den Armen zur Mole gelaufen käme, doch es war keine Menschenseele zu sehen. Er wusste, was das bedeutete, und wollte es doch nicht wahrhaben. Sie hatten sie erwischt. Sue lebte entweder nicht mehr oder sie befand sich in der Gewalt von ... ja, von was eigentlich? Webster konnte es nicht beschreiben.

Ohne dass er es verhindern konnte, drängten sich Webster Bilder auf. Er sah Sue, der es geglückt war, unbehelligt zum Haus ihrer Tante zu gelangen. Das weißgestrichene Gartentor stand weit offen. Sue stand die Sorge um ihr Kind ins Gesicht geschrieben. Sie lief atemlos an den verblühten Hortensien und Lavendelbüschen vorbei zum Hauseingang. Aus dem Obergeschoss glaubte sie das jungenhafte Lachen Joeys zu vernehmen, und ihr fiel ein Stein vom Herzen.

Er war wohlauf!

Das Einzige, das ihrem Leben noch einen Sinn gab, war ihr erhalten geblieben. Sicherlich spielte er Verstecken mit Tante Georgia, von der man nichts sah oder hörte.

»Joey?«, rief sie noch im Flur, bevor sie die lange Treppe hinauflief. »Joey, geht es dir gut?«

»Mama?« Ja, das war ihr Junge! Sie erreichte das obere Ende der Treppe und sah, dass die Tür zu seinem Zimmer nur angelehnt war. Wieder hörte sie sein Lachen. Gleichzeitig bemerkte sie einen eigentümlichen Geruch. So hatte es in ihrem Wohnviertel in Manchester im Sommer manchmal gerochen, wenn Gewitter in der Luft hingen. Wenn die Luft in den Straßen stand, der Asphalt allmählich zäh wie Kaugummi wurde und aus den Mülltonnen ein übler Geruch drang.

Ihre Nackenhaare stellten sich auf, als sie die Tür aufstieß.

Joey wandte ihr den Rücken zu. Noch immer gab er ein leises Lachen von sich.

Sue fühlte sich, als werde ihr der Boden unter den Füßen weggezogen. Sie musste sich am Türrahmen abstützen, um nicht umzukippen.

Tante Georgia lag auf dem Bett, und man hätte denken können, sie schliefe nur, wären da nicht die zahlreichen Stichverletzungen an ihrem Körper und all das Blut gewesen, das das Bettzeug durchtränkte.

Sues Verstand weigerte sich, eine Verbindung zwischen Tante Georgias Zustand und dem blutbefleckten Messer in Joeys Hand herzustellen. Sie war nicht in der Lage, sich zu bewegen, als der Junge sich zu ihr umdrehte, und sie hatte nicht die geringste Ahnung, woher er die Maske hatte, die wie angegossen auf seinem Kopf saß. Die Maske, die ihn in einen Außerirdischen verwandelte, mit einer Nase, die nur aus zwei Schlitzen bestand, großen, schrägstehenden Insektenaugen und einem Mund, der voller spitzer Zähne war.

Sie konnte den Blick nicht abwenden, als der schreckliche Mund sich noch weiter öffnete und zu ihr sprach: »Lass uns spielen, Mama!«

Webster schüttelte den Kopf, um die Bilder loszuwerden.

Entschlossen wandte er sich von der Reling ab und trat an das Steuerrad. Er ließ den Motor an, wie er es bei Maurice gesehen hatte, wenn er ihn auf seinen Fahrten hinaus zu den Hummerkörben begleitet hatte. Er befürchtete, der Höllenlärm, den die Dieselmaschine verursachte, werde die Aufmerksamkeit seiner Verfolger auf sich ziehen, doch es blieb das einzige Geräusch in der Bucht.

Webster löste die Halteleine, und als er den Motor aufdrehte, gewann das Boot rasch an Fahrt. Er passierte die Außenmauer und fühlte sich endlich in Sicherheit.

Während das Boot aufs offene Meer steuerte, blickte er zurück zur kleiner werdenden Insel.

Einen Moment lang kam sich Webster wie ein Verräter vor, ein Feigling, der die anderen im Stich ließ. Doch wer von denen war überhaupt noch übrig? Er hatte gesehen, was mit Miss Mayfield geschehen war. Hatte die anderen ein ähnliches Schicksal ereilt?

Nein, das war keine Situation, in der es sich lohnte, den Helden zu spielen. Er hatte das schon einmal beinahe mit dem Leben bezahlt. Wem hätte sein Tod genutzt? War es nicht sinnvoller, Hilfe herbeizuholen? Wenn die Lage weiter eskalierte, würde man das Militär benötigen, um sie wieder unter Kontrolle zu bringen oder die Insel zumindest abzuriegeln, bis man die Ursache dieser Welle der Gewalt ermittelt hatte.

Was aber, wenn sich dieses Phänomen nicht alleine auf Angel Island beschränkte, sondern auch das Festland, am Ende die ganze Welt erfasste?

Webster spürte, wie ausgedörrt seine Kehle war. Wann hatte er zuletzt etwas getrunken? Es musste Stunden her sein. Wahrscheinlich kam auch der Druck hinter seiner Stirn vom Flüssigkeitsmangel her.

Wenn er sich recht erinnerte, bewahrte Maurice im hinteren Teil des Bootes zwischen den Ersatzkörben immer einen Kasten Wasser auf, für den Fall, dass er auf See manövrierunfähig wurde und es eine Weile dauerte, bis man ihn fand.

Webster beschloss, zuerst seinen Durst zu löschen und sich dann mit dem Bordfunkgerät auseinanderzusetzen. Wenn es ihm gelang, einen Notruf zu senden, und dieser auch gehört wurde, hatte er wertvolle Stunden gewonnen ... Zeit, die über das Leben von Menschen entscheiden konnte.

Er klemmte das Steuer fest und zwängte sich zu den Hummerkörben durch. Der Wasserkasten befand sich an gewohnter Stelle; die Hälfte der Flaschen war noch voll.

Webster trank in großen, gierigen Zügen. Ein Teil des Wassers lief am Mund vorbei, rann seinen Hals herab und durchnässte sein Hemd, doch er spürte es kaum.

Mein Gott, hatte er einen Durst! Er leerte die Flasche und nahm eine weitere mit nach vorn.

Auf dem Weg zum Führerhaus kam er an dem Spiegel vorbei, den Maurice am Flaggenmast befestigt hatte. Er pflegte sich hier auch bei höherem Seegang und kräftigem Wind mit einem Messer zu rasieren, von dessen einmaliger Schärfe er Webster wiederholt vorgeschwärmt hatte.

Unwillkürlich blieb er stehen und betrachtete sein Gesicht, das ihm vertraut und doch fremd vorkam. Obwohl er es erst am Morgen im Badspiegel gesehen hatte, wirkte es um Jahre gealtert. Vielleicht lag es am Licht, das schonungslos ehrlich jede graue Strähne im Haar, jede Gesichtsfalte und die unübersehbaren Zeichen von Erschöpfung offenbarte. Webster lächelte müde. Er wollte sich abwenden und zur Kabine gehen, als ihm etwas auffiel. Da war ein kaltes Licht in seinen Augen, das auf keinen Fall eine Reflexion der wolkenverhangenen Sonne über dem Meer sein konnte. Gleichzeitig durchzuckte ihn ein furchtbarer Schmerz. Alle Gesichtsnerven schienen von einem Stromschlag durchrast zu werden. Es brannte wie das Feuer der Hölle, und Webster hätte alles getan, nur damit es aufhörte.

Ihm fiel plötzlich ein, was der alte Jack Davis geschrien hatte: »Zeigt eure wahren Gesichter!«

Er begriff jetzt endlich, was ihm die Worte sagen wollten. Ja, das war es, was sie alle tun mussten! Sie mussten sich die Masken herunterreißen, die Masken des Hasses, die sie entstellten. Dann würde das Brennen enden, und der Kampf gegen das Böse wäre endlich ausgestanden.

Rasend vor Schmerz grub Webster sich die Fingernägel tief in die Stirn. Er bekam die Haut am Haaransatz zu fassen. Mit einem kräftigen Ruck und ohne ernsthaften Widerstand zu spüren, riss er die Arme nach unten.

Der Schrei, in dem aller Wahnsinn zum Ausdruck kam, dessen eine menschliche Seele fähig war, dröhnte in seinen Ohren.

Dass er selber ihn ausgestoßen hatte, war seine letzte bewusste Erkenntnis.

Jörg Kleudgen, geboren 1968 in Zülpich/Eifel, veröffentlichte seit den 1990er Jahren zahlreiche fantastische Texte, unter anderem als Autor der Vampir-Serie *Wolfgang Hohlbeins Schattenchronik*. In der HORROR FACTORY erschien von ihm der Roman »German Gothic«. Mit seiner Gothic-Rockgruppe THE HOUSE OF USHER produzierte er bislang acht Alben und trat auf bedeutenden Festivals auf. Jörg Kleudgen schreibt und zeichnet heute in Büdingen, wo er mit seiner Familie lebt.
http://literature.the-house-of-usher.de

Katharsis

von Sunny Meury

Das Callaghan-Haus erhob sich wie ein Ungetüm vor Kaitlyn. Dichte Nebelschwaden umgaben das alte Gemäuer und verhüllten es wie ein Leichentuch. Nur der vom Efeu überwucherte Turm, der sich an die Westseite des Herrenhauses klammerte, ragte aus dem Dunst hervor. Auf dem Dachfirst hüpften Krähen hin und her, schlugen mit den Flügeln und krächzten. Kaitlyn sog den leicht modrigen Geruch nach Algen und Salz ein, den eine Brise vom Meer herübertrug, und hörte die Brandung an den Klippen brechen.

Widerwillig stieg sie die Freitreppe hinauf, die zum Portikus führte. Oben angekommen, kam sie sich klein vor zwischen den Säulen, die den mächtigen, von einer Balustrade umsäumten Balkon stützten, der zugleich als Vordach diente.

Die Flügeltüren des Eingangsportals knarrten. Reverend Bright stand im Türbogen und füllte ihn beinahe aus. Trübes Licht sickerte heraus und umrahmte seine korpulente Silhouette.

»Ich habe auf dich gewartet«, sagte er schroff.

Kaitlyn nahm seine Hand, die er ihr zur Begrüßung entgegenstreckte. Der Reverend hielt sie einen Augenblick länger fest, als es ihr angenehm war. Seine Haut war kühl und leicht feucht. Sie verspürte den Drang, sich die Hand an der Hose abzuwischen. Er schien ihr Unbehagen zu bemerken und ließ sie los. Der Reverend wirkte blass und angespannt. Die hohe, gewölbte Stirn glänzte, und rote Äderchen breiteten sich wie ein feines Netz über die Nase und die feisten Wangen aus.

Reverend Bright war der Pastor der kleinen baptistischen Gemeinde auf Angel Island und ein enger Freund von Kaitlyns Mutter. Beide verband der strenge Glaube an das Wort Gottes und die Liebe zu Jesus Christus. Kaitlyn aber ekelte sich vor Bright. Er stank oft nach Talg und Schweiß und hatte einen säuerlichen Atem. Ihr gefiel außerdem die Art nicht, wie er sie betrachtete, wenn er glaubte, dass sie es nicht bemerkte. Häufig wanderte sein Blick über ihre Brüste, von denen sie hoffte, dass sie langsam ihre endgültige Größe erreicht hatten. Aber sie war erst sechzehn, und ihr standen sicher noch ein paar Wachstumsschübe bevor.

»Komm herein«, sagte Bright und tat einen Schritt zur Seite, damit sie eintreten konnte. Als sie die Schwelle übertrat, breitete sich ein unangenehmes Kribbeln in ihrem Nacken aus. Sie fühlte, dass er sie beobachtete. Sie drehte sich um, in der Erwartung, dass der Reverend sie anstarrte, doch der war gerade damit beschäftigt, die Tür zu schließen.

Die Eingangshalle war gigantisch und wurde von einer breiten Treppe beherrscht, von der aus man über zwei weitere Treppen in den Ost- und in den Westflügel gelangte. Kaitlyn empfand die Größe des Hauses als beklemmend. Das Anwesen atmete Einsamkeit und erschien ihr viel zu riesig für einen alleinstehenden Mann. Die alte Witwe Callaghan hatte es dem Reverend mitsamt ihrem Vermögen vermacht – er war für sie so etwas wie ein Sohn gewesen.

Bright lotste Kaitlyn rechts an der Haupttreppe vorbei in den tiefer gelegenen Teil des Hauses. Sie betraten einen kleinen Salon. Eine altertümliche Stehlampe aus Messing ließ nur mattes Licht durch den vergilbten Schirm dringen. Der Reverend hielt auf ein Sofa zu ihrer Linken zu. Es ächzte unter seinem Gewicht, als er sich darauf niederließ und Staub in einer kleinen Wolke aufwirbelte. Er bedeutete Kaitlyn, sich neben ihn zu setzen. Zögerlich kam sie seiner Aufforderung nach und drückte sich an die hohe Armlehne.

Auf einem ovalen Salontisch lag eine Bibel. Daneben stand ein Glas mit einer grünen Flüssigkeit darin. Sie wollte den Reverend gerade danach fragen, als er zu reden begann.

»Du hast Schuld auf dich geladen, Kaitlyn. Was du getan hast, war eine schwere Sünde.«

Sie schaute betreten auf ihre Hände.

»Ich weiß«, sagte sie leise. »Komme ich in die Hölle, Reverend?«

»Nicht, wenn du tust, was ich dir sage.«

Seine Stimme klang scharf, und sie spürte, wie sich sein Blick in sie hineinbohrte, wagte aber nicht, ihn anzusehen.

»Heute Abend geht es darum, dass du deine Sünde mit jeder Faser deines Körpers und deiner Seele bereust.«

»Ich hab doch schon gesagt, dass ich es bereue. Hundertmal.«

Sie sah zu ihm auf, fühlte fast so etwas wie Trotz in sich aufsteigen, den sie aber unter seiner strengen Miene sofort wieder hinunterschluckte.

»Worte, Kaitlyn, bedeuten gar nichts. Du musst es tief in deinem Herzen spüren. Nur dann kann deine Seele geheilt werden.«

»Ich spüre es. Wirklich.«

»Schämst du dich für das, was du getan hast?«

»Ja, Reverend.«

»Scham ist gut, weißt du. Sie macht einen demütig.«

Kaitlyn knibbelte nervös an der Nagelhaut ihres Daumens, die schon ganz wund war, seit sie damit wieder angefangen hatte. Sie hasste diese Angewohnheit, empfand sie aber zugleich als beruhigend – nur bluten durfte es nicht, denn sie konnte kein Blut sehen.

»Du hast dich durch deine Sünde von Gott isoliert und unsere Gemeinschaft gestört. Aber der Ritus wird dich mit Gott versöhnen, und wir werden dich wieder mit offenem Herzen empfangen.«

Der Ritus – Kaitlyn bekam eine Gänsehaut, wenn sie daran dachte. Der Reverend führte das Reinigungsritual an jugendlichen Sündern durch, um sie zu läutern und in die Gemeinschaft zurückzuführen. Doch niemand wusste, was genau innerhalb der Mauern des Hauses vor sich ging. Diejenigen, die das Ritual hinter sich hatten, hüllten sich in einen Mantel aus Schweigen. Sie wirkten geläutert, fügten sich demütig in die Gemeinde ein und zeigten sich gottesfürchtig. Doch war Kaitlyn auch aufgefallen, dass sie stiller geworden waren, in sich gekehrt – sogar Kenny, der sonst immer einen frechen Spruch auf den Lippen hatte. Den Erwachsenen war das offenbar nur recht, und sie lobten Bright für seine Erfolge. Kaitlyn aber fürchtete sich davor. Allerdings fürchtete sie sich auch vor der Hölle, und sie wollte nicht länger von ihrer Mutter gemieden werden, also würde sie den Ritus wohl oder übel über sich ergehen lassen müssen.

Bright legte seine fleischige Pranke auf ihr Knie und tätschelte es auf eine Weise, die er wohl für väterlich hielt. Eine Welle der Abneigung überlief sie.

»Du musst Buße tun, Kaitlyn. Das ist ein schmerzhafter Prozess. Dass du dein Vergehen gebeichtet hast, war ein erster Schritt. Aber bei Weitem nicht genug.«

»Was genau muss ich tun, Reverend?«

»Nun, zunächst musst du ein Gelübde vor Gott ablegen.«

»Ein Gelübde? Wieso?«

»Um sicherzugehen, dass alles, was hier geschieht, unser Geheimnis bleibt. Wenn es bekannt würde ... nun, dann würde es künftig seine Wirkung verfehlen, nicht wahr?«

Er lächelte, doch wie so oft hatte Kaitlyn den Eindruck, dass das Lächeln seine hellgrauen Augen nicht erreichte.

»Über den Ritus darf keine Silbe nach außen dringen, um denen, die danach kommen, nicht die Chance auf Heilung zu nehmen.«

»Und wenn ich das Gelübde nicht ablege?«

»Kein Gelübde – kein Ritus. Du kommst in die Hölle, und auch in unserer Gemeinschaft wird kein Platz mehr für dich sein.«

Kaitlyn hatte kein gutes Gefühl dabei. Ihr Magen verkrampfte sich, und sie wäre am liebsten aufgestanden und davongerannt. Aber was käme danach? Ihre Mutter, ihre Freunde – alle aus der Gemeinde würden sie meiden, solange die Sünde noch an ihr haftete. Kaitlyn musste ihnen beweisen, dass sie Buße tat.

Bright nahm die Bibel vom Tisch.

»Leg die Hand auf die Bibel und sprich mir nach: Ich gelobe bei Gott, unserem Herrn, dass ich allen Anweisungen des Reverend Folge leisten und darüber Stillschweigen bewahren werde.«

Die Worte hingen bedeutungsvoll im Raum. Wenn sie das Versprechen vor Gott abgab, würde sie für immer daran gebunden sein, und sie war sich nicht sicher, ob sie das wollte.

»Du möchtest doch nicht, dass dir dasselbe passiert wie Sean O'Donnell?«, sagte Bright und sah sie durchdringend an.

Sie biss sich auf die Unterlippe. Sean hatte den Ritus verweigert und wurde seit Monaten geschnitten – auch nachdem er versucht hatte, sich zu erhängen, sprachen seine Eltern nicht mit ihm.

»Nein, Reverend. Ich will wieder in die Gemeinschaft aufgenommen werden. Ich will ... dass Mum endlich wieder mit mir spricht.«

Eine Träne rann ihr die Wange herab. Sie wischte sie hastig weg. Vor dem Reverend zu weinen war ihr genauso unangenehm, als stünde sie nackt vor ihm.

»Gut. Dann leg jetzt das Gelübde ab.«

Er sagte ihr die Worte noch einmal vor, und sie sprach sie nach, mit leiser, etwas zittriger Stimme. Ihre Hand bedeckte das goldene Kreuz, das in den Buchdeckel der Bibel geprägt war. Als sie geendet hatte, betrachtete Bright sie zufrieden.

»Du darfst das Gelübde unter keinen Umständen brechen – sonst ziehst du den Zorn Gottes auf dich.«

Kaitlyn vermochte nicht zu sagen, wovor sie die meiste Angst hatte. Vor dem Zorn Gottes, dem Zorn ihrer Mutter, der Hölle – oder dem Ritus. Seit Tagen hatte sie das Gefühl, als umklammere eine Klaue ihr Herz mit eisernem Griff, sodass sie manchmal glaubte, nicht mehr atmen zu können.

Bright reichte ihr das Glas mit der grünlich schimmernden Flüssigkeit.

»Trink das«, sagte er.

»Was ist das?«

»Nennen wir es ein Heilelixier. Es wird deine Sinne öffnen.«

»Ist das ... Alkohol?«

Bright nickte.

»Aber ich darf doch keinen Alkohol trinken, Reverend. Wenn Mum das rauskriegt ...«

»Heute Abend werden wir eine Ausnahme machen. Es dient ja einem guten Zweck, nicht wahr? Und deine Mutter wird es nicht erfahren. Vergiss nicht, was du geschworen hast!«

Sie nahm ihm das Glas aus der Hand. Als sie daran roch, verzog sie das Gesicht. Da war eindeutig Anis drin, und sie hasste Anis.

»Trink!«, sagte Bright.

Sie überwand ihren Ekel und leerte das Glas in einem Zug. Es brannte ihr in der Kehle und breitete sich wie Feuer in der Brust aus. Noch während sie hustete, wuchtete der Reverend den massigen Körper aus dem Sofa und faltete sich förmlich auseinander.

»Warte hier, ich bin gleich zurück«, sagte er und verließ den Salon eiligen Schrittes.

Als sie endlich aufgehört hatte zu husten, merkte sie, dass sich der Raum ein wenig drehte. Der Kopf fühlte sich schwer an und die Gedanken träge.

Kaitlyn.

Sie fuhr zusammen, als sie das Wispern hörte.

»Reverend?«, rief sie in die drückende Stille hinein.

Hatte sie sich das Flüstern nur eingebildet?

Erneut überkam sie das Kribbeln, das sie vorhin am Eingang gespürt hatte. Sie zögerte kurz, dann erhob sie sich, was sie aber sofort bereute. Der Boden unter ihren Füßen schwankte und ihre Knie fühlten sich weich an wie Gummi. Sie wartete, bis das Gefühl nachließ, bevor sie zur Tür schlich und sie öffnete.

»Reverend!«

Wo war er abgeblieben? Er wollte doch gleich wieder zurück sein.

»Kaitlyn?«

Brights Stimme kam von irgendwo aus dem oberen Teil des Hauses.

»Ich brauche kurz deine Hilfe.«

»Wo sind Sie?«

»Im Ostflügel. Die Haupttreppe hoch, dann die schmale Treppe nach rechts.«

Sie verließ den Salon, stieg die große Treppe hinauf und

wandte sich nach rechts, wie der Reverend es gesagt hatte. Der schmale Korridor, der in den Ostflügel führte, lag düster vor ihr. Aus einem Zimmer am Ende des Ganges schimmerte ein schwacher Lichtschein, und sie hielt darauf zu. Die Tür stand einen Spalt weit offen, doch Bright war nirgends zu sehen.

»Reverend, sind Sie hier?«

Sie stieß mit der Hand sachte gegen die Tür, die geräuschlos aufschwang. Eine altertümliche Kinderwiege schaukelte sanft inmitten des Raums, so als habe sie gerade noch jemand angestoßen. Ein einzelner Deckenstrahler warf kaltes Licht darauf. Neben der Wiege stand ein Schaukelstuhl aus dunklem, glänzendem Holz.

Sie ging ein paar zögerliche Schritte auf die Wiege zu, die sie auf seltsame Weise anzog. Ein stechender Geruch hing im Zimmer, der ihr bekannt vorkam, den sie aber im Moment nicht näher bestimmen konnte.

Mit einem lauten Knall fiel die Tür hinter ihr ins Schloss. Sie hörte, wie ein Schlüssel herumgedreht wurde. Panisch rannte sie zur Tür und rüttelte daran. Bright hatte sie eingesperrt. Mit den Fäusten trommelte sie gegen das Holz.

»Reverend? Reverend! Bitte, ich will hier raus!«

Das Licht erlosch. Finsternis umgab sie. Wenige Sekunden später ertönte ein Klickgeräusch, und mehrere Leuchtstoffröhren flackerten auf. Erst jetzt nahm sie wahr, dass Regalbretter an den Wänden angebracht waren, die durch die Röhren indirekt beleuchtet wurden. Wie gelähmt starrte sie auf das, was sich auf den Ablagen befand.

Zylinderförmige Gläser reihten sich aneinander, in denen Embryos und Föten in einer Flüssigkeit schwammen, die durch die Beleuchtung gespenstisch schimmerte. Nun wusste sie auch, was das für ein Gestank war – Ethanol, sie kannte den Geruch aus dem Chemieunterricht. Sie schlug die Hände vor die Augen, um das Grauen nicht länger ansehen zu müssen, aber die Bilder von abgetrennten Gliedmaßen und winzigen Fingern hatten sich bereits in ihre Netzhaut gebrannt.

»Sieh sie dir an, Kaitlyn! Sieh genau hin!«, schnarrte die Stimme des Reverend aus der hintersten Ecke des Raums. Kaitlyn schaute erschrocken hoch und entdeckte eine Kamera sowie einen kleinen Lautsprecher, der daneben an der Decke befestigt war.

»Ich will, dass du sie dir ansiehst, diese bemitleidenswerten Geschöpfe Gottes!«

Kaitlyn schaute zu Boden, der sich zu drehen begann.

»SIEH GEFÄLLIGST HIN!«, bellte die Stimme des Reverend, und sie zuckte zusammen.

Du musst Buße tun, sagte sie in Gedanken zu sich selbst, holte tief Luft und betrachtete die kleinen Körper mit vor Tränen verschleiertem Blick.

»Schrecklich, nicht wahr?«

Angewidert nahm sie den zufriedenen Unterton wahr, der in Brights Stimme mitschwang. Es bereitete ihm offenbar Spaß, sie zu quälen.

»Das ist es, was du deinem Baby angetan hast.«

Die Worte bohrten sich tief in ihr Herz.

»Du hast Gottes Geschöpf ermordet. Er hat es geschaffen, und du hast seine Schöpfung aus deinem Leib herausgerissen und weggeworfen wie Müll.«

Es war keine Sünde, Kaitlyn.

Da war es wieder, das Flüstern, das sie im Salon vernommen hatte. Verwirrt sah sie sich um. Anders als die Stimme des Reverend schien sie nicht aus einer bestimmten Richtung zu kommen, sondern um sie herum zu sein, vielleicht aber auch in ihrem Kopf. Lag es am Alkohol? Sie hatte noch nie welchen getrunken und wusste nicht, was für eine Wirkung er genau hatte.

Wahrscheinlich gingen die Nerven mit ihr durch. Seit der Abtreibung war ihre Haut dünn wie Papier, und die Welt schien nur noch ein Ort voller Nadeln zu sein, die permanent auf sie einstachen.

»Geh zur Wiege«, sagte Bright.

Die Beine wollten ihr nicht gehorchen. Sie fühlten sich an wie Blei, doch sie zwang sich, Brights Aufforderung nachzukommen. Dann spähte sie in das Bettchen, schrie auf und fuhr zurück. Sie würgte, und Magensäure brannte in ihrer Kehle.

In einer Lache aus Blut lag ein kleiner Körper, nicht größer als ihr Unterarm.

Es war sicher nur eine Puppe. Es konnte nicht echt sein. Das Blut allerdings roch zu sehr nach echtem Blut, als dass sie sich hätte einreden können, dass es etwas anderes war. Sie hasste den Geruch nach Kupfer, den sie sogar auf der Zunge zu schmecken glaubte.

»Nimm es hoch.«

»Wie bitte?«

Sie hatte sich bestimmt verhört. Das konnte er unmöglich von ihr verlangen.

»Tu, was ich sage!«

»Reverend, bitte ... es ist voller *Blut*.« Ihre Stimme zitterte und klang belegt von den Tränen, die sie herunterschluckte. »Sie wissen doch, dass mir davon schlecht wird. Ich kann das unmöglich anfassen.«

»Blut ist ein Symbol für Sünde und Erlösung. Du willst doch Buße tun, nicht wahr?«

»Ich bereue meine Sünde, Reverend, wirklich ... bitte, ich will das nicht machen!«

»Tu, was ich dir sage! Oder soll ich den Ritus abbrechen und allen erzählen, dass du versagt hast?«

Sie schluckte schwer und verbarg ihr Gesicht in den Händen. Wie konnte er nur so grausam sein?

»Gott sieht dich. Willst du ihm nicht beweisen, dass du es ernst meinst?«

Du musst Buße tun, du musst Buße tun ... wie ein Mantra betete sie sich innerlich die Worte vor. Herr, gib mir die Kraft, das durchzustehen.

Widerstrebend ließ sie ihre Hände sinken und legte sie um den weichen, glitschigen Leib in die Wiege. Sie zuckte zurück, als hätte sie sich verbrannt.

»Oh mein Gott«, hauchte sie.

Das war keine Puppe, keine Nachbildung, sondern ein echter Fötus!

Er hat kein Recht, dir das anzutun, Kaitlyn. Er ist derjenige, der Strafe verdient hat. Du hast nichts Unrechtes getan.

Das Flüstern webte sich in ihre Gedanken. Einen Herzschlag lang hatte sie das Gefühl, jemand stünde ihr bei, und die Worte spendeten ihr Trost. Die Illusion zerplatzte, als sich die Stimme des Reverend erneut meldete.

»Nimm es in die Arme«, befahl Bright.

»Ich kann nicht!«

Die Kälte des Raumes kroch ihr in die Glieder, und sie zitterte.

»DU SOLLST ES IN DIE ARME NEHMEN!«

Kaitlyn hatte den Reverend noch nie so wütend erlebt. Er konnte durchaus aufbrausend sein, aber jetzt überschlug sich seine Stimme vor Zorn.

Ein Schluchzen entfuhr ihr. Sie wandte den Blick ab, als sie den Körper vorsichtig hochnahm und betete, dass sie nichts kaputt machte und dass das kleine Wesen ihren zitternden Händen nicht entglitt. Sie hörte Bright aufseufzen. Es klang beinahe obszön. Wie einen lebenden Säugling bettete sie den schlaffen Leib in ihre Armbeuge.

»Nun setz dich mit dem Baby in den Stuhl.«

Umständlich ließ sie sich im schwankenden Schaukelstuhl nieder, in der Rechten den Fötus haltend und sich mit der linken Hand abstützend, die beinahe von der Armlehne abrutschte. Der Stoff ihres Pullovers saugte sich mit Blut voll und klebte feucht an ihrer Haut.

»Sing ihm ein Schlaflied.«

Kaitlyn glaubte, den Wahnsinn nicht länger ertragen zu können. Sie spürte, wie ihr die Sinne schwanden, während der Gestank nach Blut und Ethanol sie überwältigte.

»Bitte, Reverend...«, wimmerte sie, aber ihr Flehen blieb ungehört.

»Sing!«

Sie kam sich lächerlich vor. Sie war ein kleines dummes Mädchen, von Gott verlassen und hilflos, wie sie da saß und den toten Fötus an sich presste. Was würde der Reverend tun, wenn sie nicht gehorchte?

»DU SOLLST SINGEN, HAB ICH GESAGT!«

»Hush ... little Baby ... don't ...«

Ihre Stimme brach, und sie brachte keinen Ton mehr heraus. Schluchzer schüttelten ihren Körper, während die Tränen herabtropften und sich mit dem Blut vermischten.

»Bitte, Reverend, ich bereue... ich bereue es aus tiefstem Herzen! Ich will jetzt nach Hause...«

Der Lautsprecher gab ein leises Knacken von sich, doch Bright antwortete nicht. Dann erlosch alles Licht, und sie war erneut in Schwärze getaucht. Die Dunkelheit war so absolut, dass sie glaubte, darin zu ertrinken.

Er wird dich nicht gehen lassen. Er ist noch nicht fertig mit dir.

»Reverend?«

Panik kroch ihr den Rücken hoch. Zitternd saß sie in der Finsternis und fragte sich, was Bright als Nächstes mit ihr vorhatte. War es nun vorbei? Oder würde er ihr noch Schlimmeres antun? Aber was konnte es Schlimmeres geben?

Soll ich die Tür öffnen, Kaitlyn?

War das irgendein Trick? Wollte Bright sie testen?

Vertrau mir. Geh zur Tür. Sie ist offen.

Kaitlyn konnte die toten Kinder in den Gläsern spüren, roch das Ethanol, in welchem sie konserviert waren, und das Blut, das an ihrer Haut klebte. Sie musste raus aus diesem Wahnsinn, bevor sie endgültig den Verstand verlor. Zum Teufel mit Bright, das hier konnte unmöglich Gottes Wille sein.

Geh nur, hab keine Angst.

Sie straffte die Schultern und stand auf. Ihre Hand ertastete die Wiege. Behutsam legte sie den Fötus hinein, stützte dabei das Köpfchen, als wäre er noch am Leben. Dann tappte sie in die Richtung, in der sie die Tür vermutete. Sie berührte das Holz und fand den Messingknauf, der sich kalt an ihre Haut drückte, als ihre Finger sich darumschlossen. Sie drehte ihn, und die Tür schwang auf.

*

Im Korridor herrschte die gleiche Finsternis wie im Zimmer. Kaitlyn hatte das Gefühl, hineingreifen und Stücke herausziehen zu können.

Ich will dir etwas zeigen, Kaitlyn. Etwas, das sehr wichtig ist.

»Ich kann nichts sehen.«

Es war das erste Mal, dass sie dem Wispern antwortete, und es erschien ihr seltsam, mit einer körperlosen Stimme zu reden, die vielleicht nur in ihrem Kopf existierte. Andererseits sprach sie ja auch mit Gott.

Der Gedanke ließ sie erschauern. Konnte es sein? War es vielleicht Gott, der zu ihr sprach?

Ein leises, tiefes, dämonisch klingendes Lachen fraß sich in die Stille und ließ Kaitlyn die Nackenhaare zu Berge stehen.

Oh nein, ich bin nicht dein Gott, den du so verzweifelt um Hilfe anflehst. Hat er dich je erhört? Er interessiert sich nicht für dich. Aber ich bin hier bei dir.

Eine Tür öffnete sich wie von Geisterhand. Warmes Licht ergoss sich in den Korridor.

Geh hinein. Es ist wichtig, dass du es siehst, bevor der Prediger kommt.

Als sie den Raum betrat, stockte ihr der Atem.

Was hatte das zu bedeuten? Was hatte der Reverend mit ihr vor?

Unzählige Kerzen warfen mit ihren unsteten Flammen tanzende Schatten an die Wände. Mitten im Zimmer stand ein riesiges Bett, an dessen Kopfende zwei runde Metallpfosten aufragten. Zwei lange Eisenketten hingen daran herab und ruhten wie dunkle Schlangen auf dem weißen Laken. Ihre Enden mündeten in Manschetten, die wie Mäuler geöffnet waren und nur darauf zu warten schienen, sich um Kaitlyns Handgelenke zu schließen.

Der Prediger hat sich schon den ganzen Tag auf dich gefreut.

Ihr Verstand weigerte sich, das zu glauben.

»Das kann nicht sein. Das würde er nicht tun. Niemals!«

Er wird. Und dein Gott wird dir nicht beistehen. Aber ich werde es. Ich werde dir helfen. Du musst es nur wollen.

Eine neue Welle der Übelkeit erfasste sie, und kalter Schweiß lief ihr den Rücken hinab.

»Ich muss hier raus!«

Er ist fast da.

»Wenn du mir helfen willst, dann bring mich hier raus, verdammt!«

Dafür ist es zu spät. Doch wenn es so weit ist, brauchst du dich nur mit mir zu vereinigen.

»Vereinigen?«

Sie verstand kein Wort. Ihre Gedanken rasten, und sie spürte das Herz schmerzhaft gegen die Brust pochen.

Der Prediger hat sein Leben verwirkt. Aber ich brauche dich, um ihn zu töten, so wie du mich brauchst, um ihm zu entkommen. Du musst nur sagen, dass du es willst.

Der letzte Satz wiederholte sich in ihrem Kopf wie eine Endlosschleife. Kaitlyn presste sich die Hände auf die Ohren, aber es nützte nichts. Sie wollte die Stimme nicht mehr hören, von der sie nicht wusste, woher sie stammte, und sie wollte auch keine Buße mehr tun. Der Reverend war wahnsinnig. Sie musste weg von hier, raus aus dem Zimmer, raus aus dem Haus.

Sie drehte sich auf dem Absatz um und rannte zur Tür hinaus – direkt in Brights Arme.

*

Der Aufprall ließ ihn rückwärtstaumeln.

»Wie in Gottes Namen bist du ...?«

Sie nutzte die Gelegenheit und stürmte an ihm vorbei. Er versuchte sie zu packen, doch seine Finger glitten an ihr ab. Sie rannte den Korridor entlang, stolperte, fing sich und rannte weiter. Mehrere Stufen auf einmal nehmend, sprang sie die

Treppe hinunter und spurtete zum Eingangsportal. Sie rüttelte an der Tür, doch sie war verschlossen. Verzweifelt suchte ihr Verstand nach einem Ausweg. Aber Bright kam bereits die Stufen herabgeprescht wie ein wilder Stier.

»Du hast es bei Gott geschworen«, schallte seine Stimme durch die Halle.

»Reverend, bitte ... was Sie vorhaben, ist eine Sünde!«

Er lachte.

»Eine Sünde ist es nur, wenn es im Widerspruch zum Willen Gottes steht«, sagte er mit einem Grinsen, das sein fettes Gesicht zu einer Fratze des Wahnsinns verzerrte. »Aber der Herr spricht zu mir. Er will, dass ich ihm zurückgebe, was du ihm genommen hast.«

»W... was reden Sie da?«

»Das Kind, Kaitlyn. Ich mache dir ein neues.«

Er war nun fast bei ihr. Gier flackerte in seinen Augen auf, und sein Blick wanderte lüstern über ihren Körper.

»Du bist schön, weißt du das?«

»Reverend, bitte ... lassen Sie mich gehen! Ich werde niemandem etwas sagen.«

»Nein, das wirst du nicht. Sonst ist dir der Zorn Gottes gewiss. Außerdem wird dir sowieso niemand glauben, nicht wahr?«

Er stand nun vor ihr. Seine feuchten Stummelfinger berührten ihr Gesicht.

»Gott hat mir aufgetragen, dir ein Kind zu machen – und genau das werde ich tun«, hauchte er. Sein fauliger Atem schlug ihr entgegen, und sie wandte sich ab. Er nahm ihr Kinn in die Hand und zwang sie, ihn anzusehen. Dann drückte er seinen wulstigen Mund auf ihren. Seine Zunge suchte einen Weg in ihre Mundhöhle, aber sie presste die Lippen aufeinander.

Wehr dich, Kaitlyn.

Sie grub ihm die Fingernägel in die Wangen. Er brüllte auf, packte sie an den Haaren und schleifte sie zur Treppe. Kaitlyn schrie und wand sich. Das alles konnte nicht wahr sein, und doch war es so real wie die Luft, die sie atmete, und wie die Hand des Reverend, die sich unerbittlich in ihren Haaren festkrallte.

Er warf sie rittlings auf die Stufen und drückte seinen massigen Körper auf ihren. Schwer wie ein Ochse lag er auf ihrem Brustkorb, sodass sie kaum noch Luft bekam. Seine kalten Finger schoben ihren Pullover hoch, und er vergrub sein schweißnasses Gesicht zwischen ihren Brüsten. Er schnaufte, und Kaitlyn wurde übel von seinem Gestank.

Bright grunzte wie ein Schwein, während seine Hand ihre Hose aufknöpfte. Kaitlyn hörte auf zu schreien. Stumme Tränen rannen ihr die Wangen herunter.

Sag, dass du es willst, und ich rette dich.

Das Flüstern in ihrem Kopf hatte sich in eine tiefe, sie gänzlich durchdringende Stimme verwandelt, die ihr den einzigen Halt zu bieten schien, während die Wirklichkeit um sie herum in winzige Splitter zerbarst.

Bright war inzwischen dabei, ihr die Hose herunterzureißen. Als sie sich wehrte, schlug er zu, so hart, dass sie glaubte, der Schmerz zerfetze ihr das Gesicht. Sie schmeckte Blut und sah Sterne vor ihren Augen tanzen.

Sag es!

Ihre Schläfen pochten, und sie fühlte sich benommen. Ein Schemen in Gestalt eines Mannes schälte sich aus dem Halbdunkel hinter Bright. Kaitlyn starrte ungläubig auf den Schatten, nicht sicher, ob sie sich ihn nur einbildete.

Der Reverend gab ein weiteres widerliches Grunzen von sich, als er sein erregtes Glied herausholte und es gegen ihren

Schenkel presste. Seine Finger suchten ihre Scham und gruben sich schmerzhaft in sie hinein.

Sag, dass du es willst!

Die Stimme füllte nun ihr gesamtes Denken aus und hüllte sie ein wie ein aus Schatten gewebtes Tuch, während sie spürte, dass der Reverend in sie einzudringen versuchte.

»ICH WILL!«

Ihr Schrei gellte bis zur Decke der Halle und wurde von den Wänden und Säulen zurückgeworfen.

»Ich wusste, dass du es auch willst«, hauchte er.

Etwas strömte in sie hinein, ausgehend von ihrem Unterleib, und es breitete sich in ihrem Körper aus wie heißes, flüssiges Glas. Sie glaubte, innerlich zu verbrennen, doch der Schmerz verebbte so schnell, wie er gekommen war. Zurück blieb ein Gefühl eiskalter Wut. Eine Kraft erfüllte sie, die ihre Sehnen straffte und ihre Muskeln stählte. Der Schemen hinter dem Reverend war verschwunden.

Ihre Hand schnellte vor, legte sich um Brights Kehle und drückte zu. Er erstarrte in seiner Bewegung und glotzte sie fassungslos an, während sie ihn mit einer Leichtigkeit von sich stieß, die sie selbst überraschte.

Er landete mit einem dumpfen Aufprall auf dem Steinboden und stöhnte auf vor Schmerz. Wie ein Engel des Todes glitt sie zu ihm herab, wobei ihre Füße kaum den Boden berührten. Sie lachte über seinen dümmlichen, verängstigten Gesichtsausdruck. In seinen weit aufgerissenen Augen sah sie ihr Spiegelbild. Sie war nicht länger ein Mädchen, sondern eine Frau, schön und entsetzlich, mit langem, schwarzem Haar, das sich an ihren bleichen, nackten Körper schmiegte. Ein nie gekanntes Gefühl der Freiheit und der Macht durchflutete sie. Die eiskalte Wut verwandelte sich in glühenden Hass, und es dürstete sie nach Fleisch, Schmerz und Blut.

Brights schlaffes Glied hing noch immer aus der offenen Hose. Sie beugte sich zu ihm herunter, legte ihre Finger um seinen Penis, riss ihn mit einer einzigen Bewegung ab und schleuderte ihn weit von sich. Bright gab einen markerschütternden Schrei von sich, auf den sie mit einem grausamen Lachen antwortete. Er krümmte sich heulend und wimmernd zusammen wie ein Wurm. Aus seinem Schoß ergoss sich Blut auf den Boden. Kaitlyn fuhr mit ihrem Zeigefinger hindurch, hielt ihn hoch und betrachtete den roten Lebenssaft, der an ihrer Haut herabrann. Genüsslich leckte sie den Finger ab.

Sie beugte sich erneut über Bright und riss sein Hemd entzwei. Ihre Hand bohrte sich in seinen Brustkorb, während Brights Todesschreie die Halle ausfüllten. Fleisch und Knochen hielten ihrer Kraft nicht stand, als sie sein Herz suchte und fand.

»Stirb, Prediger«, sagte sie und zog das Herz aus seiner Brust. Es pulsierte noch in ihrer Hand, als die Schreie des Predigers erstarben.

EPILOG

Belials Braut durchschritt das Portal des Herrenhauses, in der Rechten das Herz des Predigers, das sie zur Hälfte gegessen hatte, als Nahrung für ihr ungeborenes Kind. Ihr Leib wölbte sich bereits. Belials Sohn wuchs schnell heran. Sie legte ihre linke Hand auf den Bauch und fühlte, wie das Baby sich regte.

Belial, der Höllenfürst, hatte sein Versprechen gehalten. Er hatte ihr beigestanden und ihr überdies ein Kind geschenkt. Und dieses Mal würde sie keine verzweifelte Tat begehen, nur damit ihre Mutter nicht erfuhr, dass sie schwanger war. Jetzt war alles anders. Sie war frei, und sie war stark, und Belial hielt seine schützende Hand über sie.

Nebelfetzen dampften aus dem Boden, krochen die Treppenstufen hinauf und umschmeichelten ihren bloßen Leib. Die Krähen auf dem Dach hatten sich verzogen. Nur das Geräusch der Brandung unterbrach die Stille, und das Brummen eines Wagens, der sich rasch näherte.

Scheinwerferlicht sickerte durch den Dunst. Der Kies des Vorplatzes knirschte unter den Reifen der silbernen Limousine. Der Motor erstarb, die Fahrertür öffnete sich, und eine schlanke Frau mit schulterlangem, karamellfarbenem Haar stieg aus dem Auto. Sie ging auf die Treppe zu und schaute zum Portikus hinauf. Ein Schrei des Entsetzens entfuhr ihr, während sie mit vor Schreck geweiteten Augen hochblickte.

»Allmächtiger«, hauchte sie und bekreuzigte sich.

»Hallo Mutter«, sagte Kaitlyn. »Ich habe auf dich gewartet.«

Sunny Meury lebt als gebürtige Deutsche mit ihrer Familie im schweizerischen Bern. Sie studierte Medienwissenschaften, Geschichte und Journalistik und arbeitete als freie Journalistin. Mit ihrem Mann verbrachte sie einige Jahre auf dem Meer, wo sie Törns auf ihrer Segelyacht anboten. Sie veröffentlichte mehrere Kurzgeschichten und gewann 2012 die Teilnahme an der Bastei Lübbe Schreibwerkstatt. Im Anschluss wurde sie für die Masterclass der Bastei Lübbe Academy ausgewählt und arbeitet derzeit an ihrem Debütroman.

Banshees weinen nicht

von Grita Graus

»Sheriff Midnight beschützt dich, wenn längst jeder Freund gefallen und alle Hoffnung versiegt ist. Der Sheriff ist die letzte Bastion. Wenn deine Gegner übermächtig gegen dich anrennen, stellt er sich vor dich. Er zieht seine beiden Revolver und schießt deine Peiniger nieder – bis auf den letzten Mann. Danach wird er sich über dich beugen und dich fragen, ob du okay bist. Und erst, nachdem du genickt hast, wird er zu deinen Feinden gehen, sie auf den Rücken drehen und sich vergewissern, dass sie mausetot sind. Dann wird er sein Messer ziehen, sich bücken und ihnen etwas abschneiden ...«

An der Stelle unterbrach Lemmy seine Erzählung immer. Lemmy ist unser Leprechaun und unser Mädchen für alles.

Lemmy kannte bereits meine Frage. Doch selbst nachdem ich sie gestellt hatte, zögerte er die Antwort bewusst hinaus. Er genoss es, mich auf die Folter zu spannen – so lange, bis er spürte, dass ich ihm im nächsten Moment an den Hals springen würde.

»Was ... was schneidet der Sheriff ihnen denn nun ab?«, fragte ich ungeduldig.

In der Hinsicht war Lemmy sehr fantasievoll. Mal war es nur ein Ohr oder die Nase seines Gegners. Oder auch Finger und Zehen.

Aber Sheriff Midnight hatte nicht nur menschliche Feinde. Oft waren es Dämonen, denen er sich stellen musste: Voodoopriester, Zombies oder todbringende Geister. Einmal kämpfte er sogar gegen einen Drachen.

Lemmy dachte sich jedes Mal einen anderen Angreifer aus. Seit ich klein war, hatte er mir vor dem Schlafengehen von Sheriff Midnight erzählt. Und immer stand ich im Mittelpunkt der Geschichte. Stets dann, wenn meine Lage ausweglos erschien, griff Sheriff Midnight ins Geschehen ein.

»Beschützt der Sheriff alle Kinder?«, fragte ich.

»Natürlich nicht, kleine Priscilla«, erwiderte Lemmy.

»Also ist er nur für mich da?«

Lemmy wand sich. Ich kann ihn heute verstehen, denn es ist nicht einfach, die bohrenden Fragen eines kleinen Mädchens zufriedenstellend zu beantworten.

»Es ist wie mit den Fomori, den garstigen Riesen: Erst wenn du an sie glaubst, verleihst du ihnen Stärke, und sie erwachen zum Leben.«

»Also gibt es den Sheriff nicht wirklich?«

Aber Lemmy ließ mich zappeln. Meistens so lange, dass ich einschlief, bevor ich die Wahrheit aus ihm herausbekommen hatte.

Nur ein einziges Mal erwischte ich Lemmy. Das war kurz nach meinem sechsten Geburtstag, und das tägliche Einschlafritual in Form einer Geschichte grenzte selbst für mich allmählich an Langeweile. Auch Lemmy war nicht ganz bei der Sache. Vielleicht war er auch der Meinung, dass ich inzwischen alt genug war, um die Wahrheit über Sheriff Midnight zu erfahren. Aber ich glaube eher, er wollte mich ärgern und klarstellen, dass sich der Sheriff nicht mehr nur um mich kümmern konnte: »Sheriff Midnight ist auf der ganzen Welt unterwegs, um denen beizustehen, die an ihn glauben. Und nur in einer einzigen Nacht lässt er sich blicken. Du weißt, von welcher Nacht ich spreche.«

Ich nickte. »Halloween.«

Halloween ist der einzige Tag im Jahr, an dem wir uns vor

den Menschen, aber auch vor den Schwarzmagischen verstecken müssen. Weil wir *anders* sind als die anderen. Auch ich bin *anders*. Ich bin eine Banshee.

»So ist es, Priscilla, in der Nacht zum 1. November steht er den Hilfesuchenden bei. Aber es ist eine verzwickte Sache. Er muss sich sputen, um überall gleichzeitig zu sein. Außerdem tritt er in vielen Gestalten auf.«

»Warum denn das?« Jetzt hatte er mich neugierig gemacht.

»Weil sich jeder den Sheriff anders vorstellt. Das ist wie mit dem Weihnachtsmann, an den die Menschen glauben. Auch den Sheriff gibt's auf der ganzen Welt. In Amerika nennen sie ihn Marshall Midnight. Er hilft dem, der an ihn glaubt. Und er hasst alle schwarzmagischen Dämonen. Die schickt er direkt in die Hölle.«

»Hauptsache, er ist da, wenn ich seine Hilfe brauche.«

»Das wird er, keine Sorge, kleine Priscilla.«

Natürlich behagte mir nicht, dass wir pünktlich zu Halloween jedes Mal unsere magischen Fähigkeiten für einen Tag verloren. Woran das liegt, habe ich nie genau herausbekommen.

Lemmy hat einmal angedeutet, dass unser Schicksal mit einem Fluch in grauer Vorzeit zusammenhängt. An einem einzigen Tag sollen die Menschen vor uns sicher sein. Die Wahrheit ist aber, dass wir den Menschen im Gegensatz zu den Schwarzmagischen wenig schaden.

Meine Mutter zapft ihren Opfern nur so viel Blut ab, dass sie weiterleben – und sich meistens, wie nach einer Blutegelkur, nachher noch viel besser fühlen als zuvor. Außerdem kann sie nur leidlich hexen und wendet ihre Künste zu selten an, als dass sie damit Unheil stiften könnte.

Daddy jagt in seiner Wolfsgestalt ausschließlich Kaninchen

und anderes Kleingetier. Das Größte, das er je gerissen hat, war ein Lämmchen. Ihm selbst tat es hinterher am meisten leid. Überhaupt: Daddy. Als Werwolf gibt er wahrhaftig keine furchterregende Figur ab – zumindest kenne ich keinen anderen Werwolf mit rotem Fell. Wer ihn erblickt, hält seine Wolfsgestalt für ein Kostüm. Nein, wirklich, mein Dad ist eine ziemliche Niete.

Patrick – nun, Patrick ist mein kleiner Bruder, und er sieht aus wie Frankensteins Monster. Daddy und Mutter haben ihn aus ziemlich vielen Leichenteilen zusammengestückelt. Das sieht man ihm leider an, denn bei seiner Schöpfung ist wohl einiges schiefgegangen. Ich liebe ihn trotzdem. Patrick verlässt niemals das Haus, denn zu allem Übel strahlt er eine Aura aus, die jeden Menschen umbringt. Daher freut er sich jedes Jahr auf Halloween: Es ist der einzige Tag im Jahr, an dem Daddy und Mutter ihm erlauben, sich unter Menschen zu begeben, weil seine Todesaura dann nicht vorhanden ist.

Und ich? Ich habe nie jemandem was zuleide getan. Meine bescheidenen Hexenkünste unterbieten sogar die meiner Mutter. Ich glaube, dass Lemmy mich nur deshalb so oft lobt, weil er mir schmeicheln will.

Das Dumme ist, wer auch immer den Fluch oder Pakt damals ins Leben gerufen hat, hat eines vergessen: die Schwarzmagischen. Sie sind es, die den Menschen wirklich schaden. Und sie sind an Halloween genauso aktiv und bösartig wie an allen anderen Tagen im Jahr.

Was uns betrifft, so gehen wir an Halloween einfach nicht nach draußen – bis auf Patrick, der sich in sein Drachenkostüm zwängt. Lemmy hat es ihm vor ein paar Jahren erschaffen, damit sich Patrick an Halloween nach draußen wagen kann, ohne Aufsehen zu erregen.

Lemmy beendete seine Geschichte. Dann deckte er mich

liebevoll mit der wärmenden Daunendecke zu, damit ich nicht fror.

»Ich habe Angst vor schwarzmagischen Dämonen«, flüsterte ich.

»Die haben wir alle, kleine Fee«, sagte Lemmy. »Aber mach dir keine Sorgen, es ist seit langer Zeit keiner mehr von ihnen in Erscheinung getreten.«

Lemmy küsste mich auf die Stirn und löschte das Licht.

Beruhigt rollte ich mich im Bett zusammen und träumte davon, wie mich Sheriff Midnight beschützte.

»Muss Patrick wirklich ins Krankenhaus? Ausgerechnet heute?«, fragte ich. Ich war inzwischen dreizehn, und Patrick war acht.

Daddy schaute mich mit traurigen gelben Wolfsaugen an. »Ich fürchte, Priscilla, daran werden wir nichts ändern können. Der Doktor sagt, der Blinddarm könnte jeden Moment platzen.«

Daddy und ich saßen im Fond des schwarzen Bentley, während meine Mutter fuhr. In unserer Mitte krümmte sich Patrick. Seit einer Woche war ihm nicht wohl gewesen, und seit gestern hatte er starke Bauchschmerzen. Heute Morgen hatte er sich aufgerafft und war in sein Drachenkostüm geschlüpft. Patrick hatte sich so darauf gefreut. Darauf, sich unter die anderen Kinder zu mischen, und auf Halloween überhaupt.

Mutter zündete sich eine Zigarette an. Es war die dritte oder vierte, seitdem wir losgefahren waren. Ich wusste, was das bedeutete: Obwohl sich Mutter nichts anmerken ließ, war sie nervös.

»Deinem Bruder wird schon nichts passieren«, sagte sie.

»Im St.-Kevin-Hospital machen sie solche Operationen jeden Tag.«

Das Wort Saint sprach sie mit deutlichem Widerwillen aus. Ich konnte es gut nachvollziehen, denn schon der bloße Klang schmerzte auch mir in den Ohren.

Kaum hatten wir den äußeren Stadtgürtel erreicht, sah ich durch das Fenster schon die ersten verkleideten Kinder in Halloween-Kostümen auf den Bürgersteigen herumlaufen. Eine fünfköpfige alkoholisierte Gruppe von jungen Mädchen tanzte um einen sichtbar empörten älteren Herrn herum und bespritzte ihn mit Dosenbier. Die fünf hatten sich als Hexen verkleidet. Sie trugen durchsichtige Blusen und kurze Röcke aus pinkfarbenem Organza. Das Älteste der Mädchen schätzte ich auf fünfzehn.

Als unsere Limousine vorbeiglitt, ließen die Mädchen von ihrem Opfer ab und warfen uns ein paar rohe Eier hinterher.

»Mistbande!«, schimpfte Mutter. »Lemmy hat ihn erst gestern gewaschen.«

Patrick schrie auf und krümmte sich vor Schmerzen. Ich drückte seine schweißnasse Hand und flüsterte beruhigend: »Wir sind gleich da.«

Aber es dauerte noch geschlagene zehn Minuten, bis wir endlich das Krankenhaus erreichten. Und weitere zehn Minuten, bis wir einen Parkplatz gefunden hatten. Mutter stöhnte, als sich in letzter Sekunde ein dreister Porschefahrer vor sie setzte und in die letzte freie Lücke fuhr. Mutter fluchte laut und schlug wütend mit der Faust aufs Lenkrad. Sie hätte dem Kerl wohl am liebsten einen Ringelschwanz an den Hintern gehext, aber heute war Halloween. Mutter litt immer am meisten von uns allen darunter, dass sie an diesem Tag auf ihre Hexenkünste verzichten musste.

Sie war im Begriff auszusteigen und dem Lackaffen gehörig

die Meinung zu geigen, aber Daddy wies auf Patrick und hielt sie davon ab.

»Also gut, ich fahr euch zum Eingang der Notaufnahme und suche in Ruhe nach einem Parkplatz.« So leicht umstimmen ließ sie sich sonst nie. Andererseits hatte sich Patrick schon lange genug gequält. Daddy hatte wie immer die richtige Idee gehabt.

Mutter parkte direkt vor der Notaufnahme. Es kümmerte sie weder, dass sie dabei eine Amsel überfuhr, die auf dem Asphalt hockte, noch dass hinter uns ein Ambulanzwagen mit Sirene und Blaulicht genau denselben Platz beanspruchte. Anstatt dass sie Daddy und mir die Sache mit Patrick überließ, schnippte sie die Zigarettenkippe auf den Asphalt, stöckelte mit ihren viel zu hohen Absätzen einmal um den Wagen herum und öffnete die Fondtür, um Patrick aus dem Wagen zu heben.

»Wir schaffen das schon«, sagte Daddy. Ich stieg ebenfalls aus und beeilte mich, den beiden zu helfen.

Im Vorüberlaufen schaute ich auf die zermalmte Amsel. Das war absolut nicht nötig gewesen, fand ich. Aber so war Mutter nun einmal: Weil sie in erster Linie nur an sich dachte, hatte sie wenig Augen für ihre Umwelt. Sie war eine Hochgeborene, eine von und zu Brockstein. Dass sie ihre Abstammung über alles stellte, äußerte sich auch darin, dass wir sie »Frau Mutter« nennen mussten.

Die Ambulanz hinter uns hupte. Der Fahrer lehnte sich aus dem Wagen und rief: »Ist Ihnen aufgefallen, dass Sie auf unserem Platz stehen?«

»Das hier ist ein Notfall«, erwiderte Mutter kühl. Dabei sah sie ihn an, als wollte sie ihn fressen. Der Fahrer hatte Glück, dass heute Halloween war. Ich hoffte für ihn, dass er Mutter kein anderes Mal über den Weg lief.

»Ja, aber das gilt nur für die Ambulanz.« Er ließ nicht locker.

»Wir haben's ja gleich«, brüllte Daddy. Aber seine Wolfsstimme klang heute nicht besonders furchterregend. So als hätte er Kreide gefressen.

»Verpisst euch endlich!«

Jetzt reichte es selbst mir. Immerhin ging es um meinen Bruder. Ich drehte mich zu dem Fahrer, streckte ihm den Mittelfinger entgegen und konzentrierte meine ganze Wut darauf. Der Fahrer schrie auf. Dann sprang er wie von der Tarantel gestochen aus dem Wagen, sprang jaulend über den Parkplatz und hielt sich dabei die ganze Zeit den Hintern. So als steckte plötzlich ein Ast darin.

Ich war genauso verblüfft wie meine Eltern: Warum verfügte ich plötzlich wieder über meine Hexenkünste?

Mutter schaute Daddy an, und Daddy schaute Mutter an. Und beide zusammen schauten ungläubig mich an.

Nur Patrick hatte nichts mitbekommen. Er hing mit schmerzverzerrtem Gesicht zwischen Mutter und Daddy.

»Darüber sprechen wir noch, *mein Fräulein*«, sagte Mutter. Es klang sehr streng, und mir schwante nichts Gutes. Wenn sie in ihre deutsche Muttersprache überwechselte und mich dazu noch *mein Fräulein* nannte, war es höchste Zeit, das Weite zu suchen. Das letzte Mal hatte Patrick daran glauben müssen: Die Tracht Prügel hatte es gesetzt, nachdem sie ihn *mein Sohn* genannt hatte.

Mutter war keine Bestie, in anderen Familien ging es weit brutaler zu, aber sie war eindeutig eine Verfechterin der strengen Erziehung.

»Vielleicht fasst du jetzt mal endlich mit an, damit deine Mutter den Wagen wegfahren kann!«, bat Daddy. Selbst das hörte sich eher an wie eine Bitte. Im Gegensatz zu Mutter konnte er einfach nicht streng sein. *Ach, Daddy!*, seufzte ich in

Gedanken, während ich Patrick unterhakte und wir gemeinsam Richtung Notaufnahme humpelten.

Dank unseres Auftritts und der nach wie vor gellenden Schreie des herumtanzenden Ambulanzfahrers hatten sich inzwischen ein Dutzend Gaffer um uns versammelt.

Mutter stolzierte zum Wagen zurück. Sie nahm sich Zeit und war sich der Blicke der Umstehenden durchaus bewusst. Sie wirkte dabei wie ein Model auf dem Catwalk. Ein bisschen zu affektiert, fand ich. Außerdem war sie für solche Auftritte einfach zu alt.

Als wir die Notaufnahme betraten, wandten sich uns mindestens zehn Augenpaare zu. Ein altes, gebrechliches Mütterchen befand sich ebenso darunter wie ein kleiner Junge mit einem blutigen Verband um den Kopf. Alle Stühle waren besetzt.

Eine Schwester kam hereingelaufen. Ich hielt sie für kaum älter als mich. Dennoch machte sie mit ihrer Hornbrille und ihrer Pagenfrisur einen sehr erwachsenen Eindruck.

»Schwester, mein Junge muss sofort operiert werden...«, sagte mein Dad.

Sie schaute ihn an, als wäre er der Mann im Mond. »Wer sagt das?«, fragte sie schließlich von oben herab.

»Doc Graveyard, unser Hausarzt. Er hat versprochen, er wollte sie informieren, damit Sie schon mal alles in die Wege leiten können und...«

»Zunächst einmal darf ich Sie darauf hinweisen, dass wir im St. Kevin keine Kostüme erlauben. Auch nicht an Halloween!«

»Es ist ein Notfall!«, kam ich Daddy zu Hilfe. »Er hat es nicht mehr geschafft, sein Kostüm auszuziehen!«

Ihr Blick wurde noch eine Spur verächtlicher. Ein erwachsener Mann in einem lächerlichen Wolfskostüm! Ich konnte ihre Gedanken geradezu von ihrem spöttischen Lächeln ablesen. Hätte sie geahnt, dass das kurze rote Fell, die spitzen Ohren und die scharfen Reißzähne, die über die Lippen ragten, echt waren, wäre sie schreiend davongelaufen.

»Also schön. Gehen Sie bitte zur Rezeption und füllen Sie das Anmeldeformular aus.«

Patrick gab schrille Schreie von sich und hielt sich den Bauch.

»Das ist ein Notfall!«, rief mein Vater besorgt.

Die Schwester verzog keine Miene. Gelangweilt wies sie in die Runde der Wartenden.

»Niemanden von denen hat Zeit. Der Junge mit der Beule ist schon seit heute Morgen hier. Und der Herr dort hinten seit heute Nacht. Er klagt über Herzrasen. Und seit der Explosion in der Primary heute Morgen ist hier erst recht der Teufel los. Sämtliche Ärzte sind vor Ort und kümmern sich um die Verletzten.«

Ich hatte die Explosion gehört, obwohl wir weit draußen wohnten. Aber wir waren zu sehr mit Patrick beschäftigt gewesen, um uns dafür zu interessieren.

Daddy baute sich drohend vor ihr auf und knurrte. Und obwohl er nicht sehr groß ist, überragte er das Luder doch um eine ganze Kopflänge. Dennoch hätte ich ihn am liebsten am Fell gezupft und ihm ganz leise zugeflüstert: *Lass das!*

Es tut einer Tochter weh, wenn sie mitansehen muss, dass sich ihr Daddy blamiert.

Die Schnepfe sagte: »Ich kann auch die Security rufen.« Dann rief sie den nächsten Namen auf. Ein vollbärtiger Mann in mittleren Jahren sprang erfreut hoch. Jemand hatte seine linke Hand mit einem gestreiften Handtuch notdürftig verbunden. Das Handtuch war blutdurchtränkt. Wahrscheinlich musste man im St. Kevin erst den Löffel abgeben, bevor man einen Arzt zu sehen bekam.

Die anderen Wartenden schauten enttäuscht, weil sie noch nicht an der Reihe waren, während sich die Schwester mit dem Patienten entfernte.

Patrick stöhnte und japste, als läge er in den Wehen. Dabei war es nur der Blinddarm. Ich kann nicht beurteilen, was schlimmer ist, wirklich nicht. Aber ich wollte auf jeden Fall nicht in seiner Haut stecken.

Aus dem Gang, in dem Schwester Rabiata verschwunden war, kam ein junger Arzt herangeschlendert. Seine Hände waren blutverschmiert. »Hat jemand Schwes...«

Er stockte mitten im Satz, als er mich sah. Nicht etwa, weil ich so attraktiv wäre oder einen besonderen Eindruck auf ihn gemacht hätte. Trotzdem guckte er, als hätte er plötzlich die Frau seines Lebens für ihn entdeckt.

Ich hatte nicht mehr getan, als ihm in die Augen zu sehen. Das mache ich immer, automatisch, wenn ich etwas durchsetzen will. Ich fing seinen Blick und hypnotisierte ihn. Nicht so, wie die Leute im Zirkus und im Varieté das machen. Und auch nicht so, dass irgendeiner der Wartenden es mitbekam. Es passierte blitzschnell, innerhalb von einem Sekundenbruchteil, quasi im Vorübergehen.

Doch, einer bekam es sofort mit: Daddy. Wieder warf er mir einen überraschten Blick zu. Ich zuckte nur mit den Schultern. Wusste ich, warum ich heute zaubern konnte?

Bisher hatte es an Halloween nie funktioniert.

»Bitte folgen Sie mir schnell«, ließ ich den Doktor sagen. »Ich fürchte, wir haben nicht mehr viel Zeit.«

Ich befahl ihm in Gedanken, uns zum OP zu führen und bereits alles Nötige in die Wege zu leiten.

»Natürlich, sofort«, stammelte er und lief voran. Noch im Laufen zog er sein Funkgerät aus der Tasche und diktierte Anweisungen hinein.

Atemlos erreichten wir die Aufzüge. Sie steckten beide im obersten Stock fest. Patrick stöhnte noch nicht einmal mehr. Das hielt ich für ein schlechtes Zeichen.

Da ich schon mal dabei war zu hexen, versuchte ich seinen Zustand mit einem Heilzauber zu lindern. Ich weiß nicht, ob es etwas brachte, denn als Nächstes konzentrierte ich mich auf einen der Fahrstühle. Immerhin war jede Sekunde kostbar.

Die Aufzugtüren öffneten sich. Zwei Pfleger sahen uns mit großen, erschrockenen Augen an. Wahrscheinlich war die Abfahrt etwas zu rasant für sie gewesen. Sie wankten an uns vorbei, und ich hörte, wie sie sich beide übergaben.

»Schnell jetzt!«, drängte ich. Automatisch hatte ich das Kommando übernommen. So, wie es in jedem guten Rudel Sitte ist. Nur so haben wir überlebt. Heute. Gestern. Die ganzen Jahrhunderte über. Der Stärkere gewinnt.

Und das galt insbesondere für Halloween.

Je älter ich wurde, desto seltener setzte sich Lemmy zu mir ans Bett, um mir von Sheriff Midnight zu erzählen. Irgendwann passierte es wie mit allen anderen Märchen: Man kennt sie, man erinnert sich mit einer gewissen Mischung aus Wehmut und Schaudern an sie, aber man glaubt nicht mehr an sie. Was mich betraf, so landete Sheriff Midnight irgendwann in dem Gerümpelkoffer auf dem Dachboden – natürlich nur im übertragenen Sinne. Aber ich glaube, er war da nicht allein. Die Zahnfee und ein paar andere Gestalten leisteten ihm Gesellschaft.

Ich hatte jahrelang nicht mehr an den edlen Sheriff gedacht, bis zu jenem stürmischen Tag, an dem ich Lemmy am Strand aufgabelte. Es war zwei Wochen, bevor Patricks Schmerzen einsetzten.

Eigentlich hatte ich die Einsamkeit gesucht. An Tagen wie diesen trieb es mich juchzend hinaus. Obwohl es erst dämmerte, als ich das Haus verließ, war es am Strand fast dunkel. Oben am Himmel rasten schwarze Wolkenberge mit dem Sturm um die Wette. Die Wellen waren meterhoch und von weißer Gischt gekrönt. Am liebsten hätte ich mir die Kleider vom Leib gerissen und wäre nackt am Strand herumgetanzt.

Da sah ich, wie gesagt, Lemmy. Er spielte ein seltsames Spiel, das ich nicht sogleich verstand. Er sprang hin und her, immer vor und wieder zurück. Wenn eine Welle herangeflutet kam, trippelte er rasch ins Trockene, sobald sich das Meer wieder für ein paar Sekunden zurückzog, lief er nach vorn, bückte sich, hob schnell auf, was die Wellen herangespült hatten, und brachte es in Sicherheit. Mittlerweile hatte er einen ganzen Haufen aufgetürmt.

Noch hatte er mich nicht entdeckt. Ich befand mich oben auf dem Deich, umgeben von dornigen, dichtverzweigten Gebüschen.

Doch schließlich wurde es mir zu langweilig, und ich gab mich ihm zu erkennen. Er war nicht gerade erfreut, mich zu sehen.

»Was willst du hier?«, knurrte er. »Bei dem Sturm ist es viel zu gefährlich hier draußen.«

»Du vergisst, dass ich eine Banshee bin«, erwiderte ich arrogant. Obwohl ich ihn eher als guten Freund denn als Hausknecht ansah, fand ich doch, dass es ihm nicht zustand, mir Ratschläge zu geben. Er wiederum sah das anders, denn er sagte:

»Das stecke ich deinen Eltern. Ich wette, du hast sie nicht mal um Erlaubnis gefragt.«

Wütend stampfte ich mit dem Fuß auf. Ich wies auf den Haufen: »Und hast du jemanden um Erlaubnis gefragt? Was hast du hier zu suchen? Und was treibst du eigentlich hier?«

Lemmy wurde tatsächlich rot, aber nicht vor Zorn. »Das geht dich nichts an«, sagte er kleinlaut.

Ich hatte ihn in der Hand. »Okay, du verrätst meinen Eltern nicht, dass ich hier draußen war, und ich sag nicht, was du hier so machst.«

Er erwiderte nichts darauf. Wahrscheinlich, so erkannte ich, war ich doch ein bisschen zu weit gegangen. »Also gut, ich sage ihnen auch so nichts!«, setzte ich hinzu. »Es war ein Scherz.«

Er sagte immer noch nichts. Erst dachte ich, dass er beleidigt wäre, aber dann erkannte ich den Ausdruck tiefer Traurigkeit auf seinem Gesicht.

»Rück schon raus mit der Sprache«, sagte ich. »Ich hab's wirklich nicht so gemeint, Lemmy.«

In dem Moment kam eine Welle angerauscht. Sie ging mir bis zu Knien, Lemmy aber reichte sie fast bis zum Hals.

»Lass uns hier abhauen, bevor du noch ertrinkst!«, schrie ich ihm zu. Der heulende Wind und das Grollen der Wellen rissen mir die Worte von den Lippen.

Er schüttelte wild den Kopf. »Das sind die Wellen, auf die ich gewartet habe!«

Seine kummervolle Miene hatte sich von einer zur anderen Sekunde in eine Fratze des Triumphs verwandelt.

Das Meer zog sich für ein paar Augenblicke erneut zurück. Lemmy nutzte die Zeit, um sich zu bücken und ein weiteres Stück Holz zu bergen. Er schnüffelte misstrauisch daran mit seiner langen Nase, die eher an einen Rüssel erinnerte, dann verzog sich sein Mund zu einem solch breiten Lächeln, dass sein Gesicht in zwei Hälften geschnitten schien, und jubelnd lief er zum sicheren Teil des Strands zurück.

Skeptisch betrachtete ich sein Fundstück. »Was ist an einem Stück Holz so besonders?«

»Wundert mich nicht, dass du es nicht erkennst. Es ist kein normales Stück Holz. Es stammt aus dem Steuerrad eines Geisterschiffs.«

Ich war baff. Dann begriff ich, dass er mir mal wieder was vorflunkerte.

»Das kannst du gar nicht wissen«, erwiderte ich. Ich wusste, dass ich grausam war. Armer Lemmy. Aber auch er musste begreifen, dass ich mittlerweile zu alt für seine Märchen war.

Doch er schüttelte den Kopf. »Du glaubst mir nicht? Und du willst eine Banshee werden?«

»Dann beweis es mir doch! Im Übrigen: Ich *bin* eine Banshee!«, sagte ich patzig.

»Wenn du unbedingt willst! Obwohl ich es ungern wieder aus der Hand gebe.«

Er wandte sich erneut dem tobenden Meer zu, holte weit aus und warf das Treibholz zurück ins Meer. Trotz des Windes, der uns von der See entgegenschlug, wirbelte das Holzstück hoch und weit wie ein Bumerang durch die Luft.

Nur es kam nicht zurück wie ein Bumerang. Es segelte weiter und weiter, bis es irgendwann meinen Blicken entschwand.

»Ein müder Trick«, sagte ich. »Was soll das?«

»Wart's ab«, sagte Lemmy. Er funkelte mich wütend an. Ich hatte ihn beleidigt, indem ich an seinen Fähigkeiten gezweifelt hatte.

»Schau! Dort!« Er wies mit dem langen, knorrigen Zeigefinger aufs Meer hinaus. Am Horizont war plötzlich ein Segelschiff zu erkennen. Ein riesiger Zweimaster. Aber etwas stimmte nicht mit ihm. Doch erst, als es näher kam und ich genauer hinschaute, erkannte ich, dass einer der Masten zerbrochen und sämtliche Segel zerfetzt waren. Außerdem war es von einem grün fluoreszierenden Licht umgeben. Es raste mit unglaublicher Geschwindigkeit aufs Ufer zu.

»Das ist die Anna Rose. Die Brigg ging 1812 mit Mann und Maus bei einem Sturm unter. Es muss ein Sturm wie heute gewesen sein. Seitdem irrt die Anna Rose als Geisterschiff auf den Meeren, um ihren Heimathafen wiederzufinden.«

Mittlerweile konnte ich sogar Gestalten an Deck sehen. Sie trugen schwarzes Ölzeug, und wenn ich noch genauer hinschaute, erkannte ich grinsende Totenschädel unter den Südwestern. Ich bekam plötzlich Angst.

»Es rast direkt auf uns zu! Mach etwas dagegen.«

»Glaubst du jetzt, dass es sich bei meinem Fund um einen Teil des Steuerrades der Anna Rose handelte?«

»Ja, ich glaube dir!«, schrie ich.

Im nächsten Moment war die Erscheinung nicht mehr zu sehen. So als hätte die wütende See sie verschluckt. Aber ich wusste es besser. Lemmy verfügte über Kräfte, die selbst mir manchmal unheimlich waren.

»Komm mit«, sagte er plötzlich und legte mir den Arm um die Schultern. »Es ist zu ungemütlich hier draußen. Hilf mir, meinen bisherigen Schatz zu bergen, und lass uns zurück nach Hause gehen.«

Mit Schatz meinte er den Berg an Hölzern, Tang und Steinen, den er bislang angesammelt hatte.«

»Und das Geisterschiff? Wegen mir hast du auf das Holzstück verzichtet. Warten wir doch. Vielleicht wird es ja wieder angeschwemmt?«

Lemmy schüttelte den Kopf. »Nein, ich denke nicht. So einen Fund macht man nur einmal während eines Teufelssturms.«

Ich glaubte ihm.

Der Aufzug stoppte in der dritten Etage. Zwei kräftige Pfleger erwarteten uns bereits mit einer Trage. Sie nahmen Daddy und mir Patrick ab und legten ihn vorsichtig auf die Trage.

»Schnell!«, drängte der Doktor, in dessen Gedanken ich mittlerweile so tief eingetaucht war, dass ich seinen Vornamen wusste (Liam), seinen Nachnamen (O'Learys), seine Position (Assistenzarzt), seine sexuellen Vorlieben (obwohl ganz altmodisch verlobt, liebte er One-Night-Stands mit der Schwester unten im Empfang – nicht nur nachts) und vieles mehr.

Der OP war tatsächlich belegt. Ich wollte nicht riskieren, dass wegen uns jemand großen Schaden davontrug, und gab mich mit einem Nebenraum zufrieden. Schließlich ist eine Blinddarmoperation mehr oder weniger Routine. Zumindest las ich das in Liams Gedanken. Es beruhigte mich zutiefst.

Aber dann durchzuckte mich ein Schock. Während die anderen das Zimmer betraten, drehte ich mich kurz um und schaute zurück. Warum, konnte ich nicht genau sagen. Es war mehr ein Reflex als eine Ahnung. Das ist genauso eine Lebensversicherung wie die Regel, dass der Stärkere automatisch das Rudel anführt.

Vergiss niemals, nach hinten zu schauen!

Meinen Onkel Darragh erwischte es vor einem Jahr auf der Jagd. Er hatte den Geruch schmackhafter Rehkitze in der Nase und vergaß dabei vor Gier, nach hinten zu schauen. Die Kugel eines Jägers traf ihn im Rücken. Er konnte zwar noch flüchten und sich in einer Höhle verkriechen, aber dort verhungerte er kläglich. Man fand nur noch sein von Wildtieren abgenagtes Gerippe.

Als ich jetzt hinter mich schaute, sah ich die Gestalt. Sie trug ein grünes Nachthemd. Der Haarkranz leuchtete ebenso rot wie der bis auf die Brust spitz zulaufende Krausbart. Soweit ich erkennen konnte, war der Mann barfuß unterwegs. Unwillkürlich fragte ich mich, ob er sich vielleicht nur auf der Station verlaufen hatte. Irgendein verwirrter Mann, der sein Zimmer suchte. Doch drei Dinge an ihm kamen mir seltsam vor. Zum einen spürte ich seine Aura. Menschen hatten eindeutig eine andere Ausstrahlung. Zum zweiten erkannte ich den Hass in seinen Augen, als ich vergeblich versuchte, seinen Blick zu fangen. Und drittens ...

»Komm endlich!«, rief Daddy. Er stand in der offenen Tür und wartete.

»Der Doc soll schon mal anfangen«, rief ich zurück. »Schließ die Tür hinter euch ab. Ich halte hier draußen Wache.«

Daddy hörte nicht auf mich. Ich sah den verwunderten Ausdruck auf seinem Wolfsgesicht, als er an mir vorbeischaute und ebenfalls den Rothaarigen erblickte.

Und drittens hielt der seltsame Kerl einen Vogel in seiner Hand gefangen. Ich sah deutlich den kleinen Kopf des Tiers und hörte sein ängstliches Fiepen.

Dann presste der Bärtige die Faust zusammen. Das Piepsen verstummte. Blut troff aus der Faust auf das Linoleum. Als er die Finger wieder öffnete, wies er demonstrativ mit dem toten Vogel auf mich. In der anderen Hand hielt er plötzlich einen Hirtenstab. Er richtete die Spitze des Stabes in meine Richtung und schrie: »Verflucht seist du, Hexe!«

»Fick dich, alter Mann!«, schrie ich zurück. Ich vergaß die Sache mit dem Wachestehen und lief zu Daddy. Nachdem wir die Tür hinter uns geschlossen hatten, verbarrikadierte ich sie mit einem magischen Siegel. Sicher war sicher.

Der Raum war winzig. Die Sanitäter hatten Patrick inzwischen auf den OP-Tisch gelegt und mit Gurten fixiert, während der Doc aus einer Schublade das Besteck hervorholte. Patrick brüllte nun wie am Spieß.

»Wer war das?«, schrie ich gegen ihn an.

»Wen meinst du?«, fragte Liam.

»Na, der Rothaarige da draußen. Er lief in einem grünen Nachthemd und ohne Pantoffeln herum. Außerdem zerquetscht er hilflose Vögel.«

Liam legte die Stirn in Falten. Dann sagte er: »Das kann nur Kevin gewesen sein.« Er zog die Spritze auf und beugte sich über meinen Bruder.

»Kevin?«, fragte ich.

»Kevin von Glendalogh. Nach ihm ist unser Hospital benannt. Er ist der Patron der gleichnamigen Erzdiözese. Angeblich war er über einhundert Jahre alt, als er 618 starb.«

Da Liam noch immer unter meinem Bann stand, schloss ich aus, dass er log.

»Heißt das, ich habe seinen Geist gesehen?«

Der Doc zuckte mit den Schultern und spritzte Patrick das Narkosemittel. Augenblicklich verstummten die Schreie.

»War das sein Geist?«, bohrte ich nach.

Liam kratzte sich am Kopf, ein Anzeichen dafür, dass er ernsthaft nachdachte, um die Frage möglichst korrekt zu beantworten. »Es heißt, Kevin von Glendalogh lässt sich nur hier blicken, wenn unerwünschte Besucher sein Krankenhaus betreten. Wahrscheinlich hält er euch dafür. Das letzte Mal soll er vor zehn Jahren gesichtet worden sein. Das war weit vor meiner Zeit. Aber ich habe gehört, dass es damals etliche Tote und Verletzte gegeben haben soll...«

»Wenn er ein Heiliger ist, warum hat er dann den Vogel zerquetscht?«

»Das ist komisch. Es heißt, er sei ganz vernarrt in Vögel und immer von ihnen umgeben gewesen. Vor allem von Amseln.«

»Das reicht«, sagte ich. »Konzentriere dich wieder auf meinen Bruder.«

Die Sache mit der Amsel gefiel mir nicht. Mutter hatte eine auf dem Gewissen. Und dieser Heilige hatte wohl andeuten wollen, dass er es wusste und uns genauso zerquetschen würde wie einen seiner gefiederten Lieblinge. Musste ich mir um Mutter Sorgen machen oder warf er uns alle in einen Sack?

Oder war das alles zu weit hergeholt?

»Jemand muss mir assistieren«, sagte Liam. Sein Blick fiel auf mich.

»Wieso ich?«, stammelte ich. Daddy blickte betreten zu Boden. Ich wusste, dass er kein Menschenblut sehen konnte. Nicht in seinem jetzigen Zustand. Und die beiden Sanitäter waren offensichtlich nur für die grobmotorischen Arbeiten ausgebildet.

»Weil ich es nicht allein schaffe«, sagte Liam.

»Also schön.« Ich nickte, zog meine Jacke aus, krempelte mir die Ärmel hoch und stellte mich neben ihn. Dabei behielt ich die ganze Zeit die Tür im Auge. Ich traute dem Frieden nicht.

»Erst einmal die Hände desinfizieren«, befahl Liam. »Dann Handschuhe anziehen und ebenfalls desinfizieren.« Er machte es vor. Ich ihm nach.

»Seit wann klagt dein Bruder über Schmerzen?«

»Die ganze Woche schon, aber seit gestern ist es wohl besonders schlimm.«

»Ihr seid reichlich spät dran. Ich schätze, der Entzündungsherd hat sich schon bis in die Serosa ausgebreitet.«

»Se-was?«

»Innerhalb des ersten Tages breiten sich die einzelnen Entzündungsherde bis in die Submucosa aus, das ist das Gewebe, das direkt unter der Darmschleimhaut liegt. Von da geht die Entzündung immer weiter. Die Serosa ist die Gewebeschicht, die sämtliche Bauchorgane überzieht.«

»Wird er sterben?«

»Quatsch!« Selbst unter meiner Beeinflussung wirkte Liam noch ziemlich arrogant. »Sterben wird er nicht, aber ihr hättet früher kommen müssen. Es besteht die Gefahr eines Durchbruchs. Außerdem reicht eine Spritze nicht aus, wenn schon alles entzündet ist.« Er fluchte.

Die Pfleger hatten Patrick inzwischen von seinem Kostüm befreit und bis auf die Unterhose entkleidet. Mir brach es das Herz. Er wirkte so klein und so schutzlos.

Jemand pochte gegen die Tür. Es war kein sanftes Klopfen. Es klang eher so, als würde jemand wütend dagegentrommeln. Ich verstärkte den Abwehrzauber, während Liam einem der Sanitäter befahl, Patrick Thrombosestrümpfe überzuziehen. »Nur für alle Fälle«, wie er betonte. Dann stülpte er Patrick eine Beatmungsmaske über.

»Muss das alles sein?«, fragte ich.

»Natürlich muss das sein. Glaubst du, das ist meine erste Operation?« Und weil ich sicherheitshalber alles genau wissen wollte, erklärte er es mir: »Über die Maske wird ihm Sauerstoff, Lachgas und eine Art Äther zugeführt. Ich bin allerdings kein Anästhesist. Ich gehe einfach mal von der üblichen Menge aus.« Er schloss einige Schläuche an eines der Geräte an und betätigte etliche Hebel und Schalter, bis er endlich zufrieden schien mit dem Ergebnis.

Er wies auf einen Bildschirm. »Zunächst reicht es, wenn du den Herzrhythmus, den Blutdruck und den Sauerstoff kontrollierst. Wenn ich weitere Hilfe brauche, sage ich Bescheid.«

Ich atmete insgeheim auf. Wenigstens musste ich nicht selbst Patricks Bauch aufschneiden. Ich versuchte, wegzuschauen, als Liam zu einem Skalpell griff. Gleichzeitig sah ich die Sorgenfalten auf seiner Stirn. »Komisch... das gibt's doch nicht!«

Jetzt musste ich doch hingucken. Patricks Bauch schwoll an wie ein Luftballon, den jemand aufblies. Man konnte dabei zusehen.

Liam zögerte keine Sekunde. Er setzte das Skalpell an der unteren Bauchdecke an und schnitt hinein.

Das Pochen an der Tür hatte aufgehört.

»Verfluchte Scheiße!«, schrie Liam. Etwas platzte aus Patricks Bauch heraus. Ein schwarzer, kreischender Schwarm hüllte ihn ein. Amseln! Dutzende, Aberdutzende von Amseln. Sie kamen aus Patricks klaffender Bauchwunde hervorgeschossen. Patricks winziger Körper bäumte sich auf. Liam ging unter dem Angriff zu Boden. Immer mehr Vögel stürzten sich auf ihn, wie eine riesige schwarze Traube hingen sie an ihm und hackten auf ihn ein.

Als Nächstes waren die Sanitäter an der Reihe. Den Ersten brachten sie sofort zu Fall. Der zweite versuchte zur Tür zu flüchten, schaffte es aber nur zwei Meter weit. Dann brach er unter dem wütenden Angriff der Amseln zusammen. Und noch immer schossen weitere Vögel aus Patricks Bauchdecke heraus.

Jetzt waren Daddy und ich dran.

Eine der Amseln kam mit offenem Schnabel direkt auf mich zugeflogen.

Da hielt ich die Zeit an.

Über diese Fähigkeit verfügen nur sehr wenige unserer Familienmitglieder. Und die, die den Zauber beherrschten, waren nicht alt geworden. Ich glitt sozusagen in eine andere Dimension. In eine Dimension, in der die Zeit anders lief.

Aber es war nicht nur das. In der Dimension, die ich nun betrat, herrschten andere Regeln, andere Gesetze. Und andere Wesen, die über die Einhaltung der Regeln wachten. Ich wusste nur sehr wenig über sie, aber ich wusste, dass Großonkel Charles, der als ein Meister des Zeitsprungs galt, bei seiner letzten Reise die Dimension zwar wieder verlassen hatte – aber nicht an einem Stück.

Einmal hatte ich Mutter, Daddy und die anderen belauscht, als sie sich heimlich darüber unterhielten. Irgendetwas hatte Onkel Charles genau in der Hälfte senkrecht halbiert. Ein Teil von ihm hatte die Dimension quasi wieder ausgespuckt, den anderen gefressen. Klar, dass Onkel Charles diesen Eingriff nicht überlebt hatte.

Ich konzentrierte mich wieder auf die Gegenwart: Meine Umgebung wirkte wie ein besonders grausames Panoptikum. Keines, in das man Jugendliche unter achtzehn schickte. Und vielleicht noch nicht mal einen Erwachsenen. Die Schwärme von Amseln verharrten im Flug. Das sah noch einigermaßen aufregend aus, wie sie mit offenen Schnäbeln einfach so in der Luft hingen. Brutaler war der Anblick all der Vögel, die während der Auseinandersetzung zerfetzt worden waren und nun blutig verstreut auf dem Boden lagen. Am entsetzlichsten aber waren die drei blutigen Fleischhaufen, die einmal Liam und die beiden Sanitäter gewesen waren – sie wirkten eher wie zerstückelte Hamburger als Menschen. Die spitzen Schnäbel der Vögel hatten ganze Arbeit geleistet.

Daddy war bisher nur von einigen wenigen Amseln angegriffen worden. Er schien zu einer Statue erstarrt. Die Augen waren vor Schreck geweitet. Der Wolfsschwanz eingekniffen. Nein, mein Daddy gab nicht gerade ein rühmliches Bild ab.

Dennoch war er der liebste Daddy der Welt. Seinetwegen nahm ich die Sache auf mich.

Und natürlich wegen Patrick. Ihn schaute ich nicht an. Ich hätte es nicht über mich gebracht, ihn da einfach liegen zu lassen. Auch so hatte sich das Bild der klaffenden Bauchwunde, die einem schwarzen Loch glich, in dem Schwärme von Amseln nur darauf gelauert hatten, uns anzugreifen, auf meine Netzhaut gebrannt.

Mit der anderen Dimension ging die Dunkelheit einher. Es war nicht völlig finster, aber ich sah selbst bei Tageslicht alles wie durch eine besonders stark getönte Sonnenbrille. Mit dem Unterschied, dass die Dunkelheit in ständiger Bewegung war, so wie schwarzer Rauch, den man nach einem Zigarettenzug wieder ausstieß.

Noch etwas war anders: Der Druck auf meinen Ohren war enorm, so als würde ich einen Tauchgang unternehmen und dabei immer tiefer sinken. Dabei hörte ich ein dumpfes, klagendes Heulen wie von weit entfernt klagenden Walen.

Das waren die Nachtghule. Ich hatte noch nie einen von ihnen gesehen, aber ich hatte von Daddy und Mutter gelernt, dass sie die schlimmste Gefahr in der anderen Dimension waren. In meinen Albträumen erschienen sie mir regelmäßig. Dann sah ich Onkel Charles, wie er vor ihnen floh und kurz bevor er wieder unsere Dimension erreicht hatte, in zwei Stücke gebissen wurde.

Ich verwarf den Gedanken und eilte weiter voran.

Nachdem ich Lemmy am Strand erwischt hatte, schenkte er mir endlich die ganze Wahrheit ein. Allerdings erst, als wir zu Hause angelangt waren und das Strandgut sicher in einer Scheune verstaut hatten.

Ich war bis auf die Knochen durchnässt, aber mehr noch als nach einem warmen Bad spürte ich das Verlangen, hinter Lemmys Geheimnis zu kommen.

Er räumte einen Haufen Gerümpel beiseite und öffnete eine Tür, die in den Boden eingelassen war. Eine hölzerne Treppe führte hinab. Wortlos stieg Lemmy nach unten. Nur zögernd folgte ich ihm.

Als wir unten angekommen waren, entzündete Lemmy mehrere Irrlichter. Sie schwirrten um uns herum, verbreiteten mit ihrem grünlichen Schein aber genügend Licht, um einen Großteil unserer Umgebung der Dunkelheit zu entreißen.

Und dann erkannte ich, dass wir nicht allein waren. Ein schwarzer Schatten schälte sich heraus. Er war riesig und überragte mich um Längen. Instinktiv ging ich in eine Abwehrhaltung und wappnete mich, aber Lemmy sagte: »Keine Sorge, es ist nur ein Gehäuse.«

»Ein Gehäuse? Für was oder wen?« Misstrauisch hielt ich die schattenhafte Gestalt im Auge. Da die Irrlichter ihn umschwirrten, schien es, als wäre er selbst in ständiger Bewegung. Der Schatten war bestimmt zwei Meter fünfzig hoch. Er war entfernt menschlich, doch etwas stimmte mit den Proportionen nicht. Sein gesamter Körper – wenn man ihn denn so bezeichnen wollte – schien in die Länge gezogen wie ein Kaugummi.

Lemmy ergriff meine Hand und zog mich näher zu der schattenhaften Gestalt. Ich erkannte immer mehr Einzelheiten. Die Kreatur war aus Treibholz, Muscheln, Steinen und vielen anderen Fundstücken zusammengesetzt. Das also war Lemmys neue Leidenschaft: Er sammelte Treibgut, um es hier unten zu einem seltsamen Gebilde zusammenzubauen. Aber warum?

Schließlich stand ich direkt davor. »Der Kopf fehlt«, stellte ich fest.

»Es fehlt noch so manches«, sagte Lemmy. »Es ist, wie gesagt, nur das Gehäuse ... Ich habe dir früher oft Geschichten erzählt. Über Sheriff Midnight und wie er dich beschützt ...«

Allmählich begriff ich. *Oh, armer Lemmy.* »Heißt das, du bildest ihn nach? Aus dem ganzen Müll, den du gesammelt hast?«

Lemmy funkelte mich zornig an. Den Blick hatte er wirklich gut drauf. »Der Müll, wie du ihn nennst, besteht aus wertvollen Relikten...«

»Wie aus dem Steuerradteilchen eines Geisterschiffs«, sagte ich spöttisch.

»Nein, leider nicht, ich habe es ja zurück ins Meer geworfen. Dafür siehst du hier einen Knochen, der von Moby Dick stammt. Das dort ist der Hammerstiel eines Klabautermanns, und jenes Gebilde stammt vom Fangarm eines Riesenkraken. Die Federn sind vom Vogel Roch. Die meisten Hölzer stammen allerdings von versunkenen Schiffen. Und das hier...«

Er zeigte beide Handflächen, in denen sich plötzlich wie von Geisterhand jeweils eine Goldmünze befand. »Die Dukaten stammen aus dem verwunschenen Rungold. Ich werde sie ihm als Augen einsetzen.«

»Ihm?«

»Dem Sheriff. Hast du es noch immer nicht kapiert?«

Doch, ich hatte kapiert, dass der arme Lemmy sich da in etwas hineinsteigerte, was ihn letztlich den Verstand kosten würde.

»Du bastelst dir hier unten also deinen Sheriff Midnight zurecht. Aber was bezweckst du damit? Gibt es keine Schuhe mehr, die du putzen kannst?«

»Es ist nur die Hülle«, erwiderte Lemmy. »Damit er es leichter hat, zu uns zu finden, wenn wir ihn bitten, uns zu...« Er stockte plötzlich, und ich begriff, dass er die Sache sehr ernst nahm.

»Was ist? Sprich weiter!«

»Du schwebst in großer Gefahr. Ihr alle schwebt in Gefahr.«

»Und woher willst du das wissen?«

»Wir Leprechauns sind eben nicht nur zum Kinderhüten, für den Haushalt und fürs Schuheputzen gut...«

Ich nahm ihn versöhnlich in den Arm. »Das weiß ich doch, alter Lemmy. Du hast so viele gute Eigenschaften und weißt so viel, wovon ich niemals den Bruchteil einer Ahnung haben werde.«

Er schniefte. »Was du nicht weißt, ist, dass ich über die Gabe verfüge, in die Zukunft zu schauen. Manchmal ist es allerdings auch ein Fluch. Ich sah, dass ihr in großer Gefahr seid. Dein Vater, deine Mutter, du... vor allem aber Patrick.«

Der Ernst, mit dem es aussprach, gab mir zu denken. »Aber was soll uns hier groß passieren? Du und die anderen, ihr passt doch auf uns auf.« Die anderen, das waren diverse Haus- und Hofgeister, die sich im Laufe der Jahrhunderte bei uns eingenistet hatten.

»Es kommt der Tag, an dem auch ich nicht auf dich aufpassen kann. Der einzige Tag. Du kennst ihn.«

»Halloween?«

Er nickte.

»Aber was soll denn groß passieren? Wir verschanzen uns wie jedes Jahr im Haus und warten einfach ab, bis der Tag vorbei ist.«

»Ich weiß es nicht«, gab er zu.

»Kannst du nun in die Zukunft gucken oder nicht?«

»Ja und nein. In dem Fall sehe ich alles nur sehr ungenau. Wie durch einen schwarzen Nebel. Ich sehe vor allem Patrick und weiß, dass er in Gefahr schwebt. Also hütet euch.«

Ich drückte Lemmy noch fester an mich. »Ach, mein lieber, alter Lemmy. Du machst dir so viele Sorgen um uns...«

In Wirklichkeit machte ich mir aber Sorgen um ihn. Auch nachdem wir das Kellerloch verlassen und ich längst gebadet hatte und wieder auf meinem Zimmer war.

Ja, armer Lemmy! Als ich aus dem Fenster schaute, sah ich ihn in der Dunkelheit erneut Richtung Strand laufen.

Wahrscheinlich suchte er dort weiter nach Treibgut.

Was hatte ich überhaupt vor? Glaubte ich wirklich, ich würde den Weg zurück nach Hause schaffen, Lemmy bitten, Sheriff Midnight zu beschwören und dann noch die Zeit haben, zurückzukehren und mit seiner Hilfe Kevin von Glendalogh zu besiegen?

Abgesehen von der Zeit, spürte ich bereits jetzt, wie anstrengend es war, in der fremden Dimension voranzuschreiten. Und dabei hatte ich noch nicht einmal das Krankenhaus verlassen!

Ich warf einen Blick zurück und fluchte. Die Amseln bewegten sich ganz langsam weiter. Ich verstärkte den Zeitzauber, sodass sie aus meiner Sicht wieder regungslos in der Luft verharrten. In Wirklichkeit war ich es, die ich mich nun noch schneller bewegte. Der Aufzug kam nicht infrage, ich stürmte die Treppen hinab. Unten im Foyer traf ich auf Mutter. Auch sie war zur Salzsäule erstarrt. Genau wie all die anderen Besucher, Pfleger und Patienten.

Ich lief an ihnen vorbei nach draußen und sprang in den Wagen. Als er ansprang, wurde mir einen Augenblick schwarz vor Augen. Es war eine Sache, sich selbst in die andere Dimension zu versetzen. Eine andere war es, auch noch ein Auto dahin mitzunehmen.

Ich riss mich zusammen und wendete in dem großen Kreisel. Dann gab ich Gas. Doch noch bevor ich das Gelände verlassen hatte, senkte sich ein Schatten aus dem Himmel herab.

Innerhalb von Sekunden wurde er größer und größer.

Zu spät erkannte ich, um was es sich handelte. Um eine gigantische Amsel! Und sie kam direkt auf mich zugeschossen.

Ich trat auf die Bremse. Schlingernd kam der Wagen zum Stehen. Ich sprang hinaus und versuchte mich in Sicherheit zu bringen.

Keine Sekunde zu früh. Die Amsel landete direkt auf dem Dach des Wagens. Sie war so groß wie der Vogel Greiff. Und so wütend wie ein Elefant, den man verärgert hat. Mit dem riesigen Schnabel riss sie das Autodach auf. Das Kreischen, das sie dabei ausstieß, ging mir durch Mark und Bein.

Recht schnell begriff die Amsel, dass ihr Opfer das Weite gesucht hatte.

Und das Opfer war ich.

Mit einem schrillen Schrei erhob sich die Amsel vom Dach und nahm die Verfolgung auf. Ich lief, als säße mir der Teufel im Nacken.

Ich hörte, wie sie von hinten heranrauschte. Wieder fiel ihr Schatten über mich. Aus den Augenwinkeln sah ich die ausgefahrenen Krallen. Im letzten Moment ließ ich mich fallen. Die Amsel flog mit einem wütenden Kreischen über mich hinweg und prallte gegen einen parkenden Wagen. Sie ging zu Boden und blieb dort benommen liegen.

Ich überlegte, ob ich die Gelegenheit nutzen und wieder zum Auto zurücklaufen sollte. In dem Moment ließ mich ein scharf ausgerufener Befehl erstarren:

»Aus dem Weg, Mädchen.«

Ich schaute mich langsam um. Und hatte erneut das Gefühl, zu Eis zu gefrieren.

»Aus dem Weg, damit ich die Bestie abknallen kann!«, wiederholte die Gestalt, die sich zwanzig Meter vor mir breitbeinig aufgebaut hatte.

Halluzinierte ich oder stand da wirklich jenes Gebilde aus Tang und Muscheln, Holz und dem ganzen anderen Müll, den Lemmy zusammengetragen hatte?

Allerdings hatte es seit unserer letzten Begegnung einen Kopf und konnte sprechen. Ein bleicher Totenschädel saß auf den breiten Schultern. Den Schädel zierte ein viel zu großer Hut.

»Du solltest auf den Sheriff hören, Priscilla«, hörte ich eine weitere Stimme. Ich schaute mich um und sah Lemmy. Schutzsuchend hatte er sich hinter einem Abfalleimer versteckt.

Ich löste mich aus meiner Schockstarre und lief rasch zu Lemmy hin.

»Woher wusstest du, dass ich euch zu Hilfe holen wollte?«

»Intuition.« Er zwinkerte mir verschwörerisch zu, aber ich sah auch die Sorge, die sich auf seinem Gesicht widerspiegelte. »Wie steht's um Patrick? Wird er operiert?«

»Leider ist etwas dazwischengekommen«, sagte ich. Mehr konnte ich nicht berichten, denn ein abermaliges Kreischen verriet mir, dass die Amsel sich wieder gefangen hatte. Sie schaute sich irritiert um, dann sah sie den Sheriff und wählte ihn als neues Opfer aus. Flügelschlagend sprang sie auf ihn zu.

Sheriff Midnight wartete ruhig ab, bis sie nur noch wenige Meter entfernt war. Dann lag wie hingezaubert einer seiner beiden Revolver in der linken Hand. Ohne weitere Warnung gab er einen Schuss ab. Nur einen einzigen, aber der traf sein Ziel.

Wie ein Stein fiel die Amsel mitten im Angriff zu Boden. Tiefschwarzes Blut floss aus der Wunde und verätzte dort, wo es sich ergoss, dampfend den Boden.

Fasziniert schaute ich wieder auf den Sheriff. Er wirbelte den Revolver zweimal mit dem Zeigefinger durch die Luft und ließ ihn dann wieder ins Holster sacken. Seine Augen glänzten golden.

Lemmy hatte seine Ankündigung wahrgemacht. Zwei Dukaten steckten in den Augenhöhlen. Und dort, wo bei uns allen das Herz sitzt, prangte in der Brust nur ein herzförmiges Loch, in dem ein rotes Feuer glühte.

»Das ist das Ewige Feuer eines unterseeischen Vulkans«, flüsterte Lemmy, der meinem Blick gefolgt war. »Es ist nur ein winziges Lavastück, aber es erweckt ihn zum Leben.«

»Was macht er jetzt?«, fragte ich gespannt. Der Sheriff näherte sich der toten Riesenamsel, stieß sie mit dem sporenklirrenden Stiefel an, um sich zu vergewissern, dass nicht ein Funken Leben mehr in ihr war, und spuckte auf sie hinab.

Der Speichel fraß sich wie Salzsäure in ihr Fleisch.

Abermals wurde mir schwindlig. »Wir müssen uns beeilen«, sagte ich. »Ich schaffe es nicht mehr lange.«

Lemmy nickte. »Zeig uns den Weg.«

Wir waren gerade dabei, unseren Platz hinter der Mülltonne zu verlassen, als uns ein irrer Schrei erneut innehalten ließ.

Kevin von Glendalogh kam aus dem Krankenhaus gestürmt. Mit einem Blick erfasste er, was geschehen war. »Du hast eines meiner Kinder getötet!«, schrie er außer sich vor Wut und schleuderte dem Sheriff seinen Hirtenstab entgegen. Noch im Flug verwandelte er sich in eine todbringende Lanze.

Der Sheriff fing sie mit einer blitzschnellen Bewegung in der Luft, zerbrach sie über seinem Knie und ließ sie achtlos zu Boden fallen.

Breitbeinig stand er da, balancierte den Körper aus, und beide Hände verharrten direkt über den beiden Revolvern. Vor seinem siegessicheren Totenschädelgrinsen grauste selbst mir.

Kevin von Glendalogh schien weniger beeindruckt. Er riss sein Nachthemd auf. Darunter brannte ein Feuer, ähnlich dem, das in Sheriff Midnights Brustkorb glühte. Doch das Feuer des ehemaligen Heiligen flackerte in wütenden Flammen, und es war auch ganz bestimmt kein göttliches Feuer. Es waren die Flammen der Hölle, die uns entgegenloderten.

Noch während ich daraufstarrte, kamen Amseln aus dem Inneren seines Körpers hervorgeschossen. Mit brennenden Flügeln stürzten sie sich auf den Sheriff. Mindestens ein Dutzend schoss er in der Luft ab, sodass sie trudelnd zu Boden stürzten.

Doch dann hatten ihn die Ersten erreicht. Er griff mit bloßen Händen nach ihnen und zerquetschte sie mit bloßen Fäusten. Eine Amsel landete direkt auf seinem Hut und setzte ihn in Brand. Einer anderen gelang es, sich unterhalb seiner Augenhöhle festzukrallen und einen der Golddukaten herauszupicken.

»Keine Sorge«, flüsterte Lemmy. »Der Sheriff ist unbesiegbar.«

Da war ich mir nicht so sicher. Ich glaubte, dass Lemmy eher sich selbst damit beruhigen wollte.

»Können wir ihm nicht helfen?«, fragte ich verzweifelt. Mittlerweile hatte eine weitere Amsel auch den zweiten Golddukaten gestohlen. Der Sheriff konnte nur noch blind um sich schlagen. Grinsend kam Kevin von Glendalogh näher. Immer weitere Schwärme von Amseln flogen aus seiner Brust.

»Du, meine kleine Lady, solltest jetzt deinem Bruder helfen. Lauf zurück und nutze die Zeit! Der Sheriff und ich werden den Kerl hier schon beschäftigen«, sagte Lemmy.

»Aber wie wollt ihr das machen?«

»Das überlass uns. Und jetzt lauf!«

Es war nichts anderes als ein Befehl.

»Lauf!«, wiederholte er, und seinem Gesicht sah ich an, dass er keinen Widerspruch mehr duldete.

Ich nickte. Dann lief ich los. Zurück ins Krankenhaus. Bevor ich die Pforte erreichte, sah ich noch einmal über die Schulter. Lemmy war an die Seite des Sheriffs geeilt, hatte die Pistolen vom Boden aufgehoben und lud sie mit Patronen, die er aus dem Gurt des Sheriffs gezogen hatte. Die Amseln, die währenddessen auf ihn einhackten, ignorierte er. Wohl ebenso wie den Schmerz und das Blut, das ihm in die Stirn und über die Augen lief.

Viel Glück, Lemmy!, wünschte ich verzweifelt und lief weiter.

Mutter stand noch immer vor den Aufzügen. Ich überlegte kurz, ob ich sie in meine Dimension miteinbeziehen sollte, entschied mich aber dagegen. Auch so war ich fast am Ende meiner Kräfte. Selbst die Treppen hochzusteigen fiel mir nun schwer.

Endlich erreichte ich die Etage, in der sich Patrick und die anderen befanden. Bevor ich das Zimmer betrat, hielt ich kurz den Atem an. Was war, wenn ich zu spät kam? Wenn Patrick längst seinen Verletzungen erlegen war? Das Bild, wie sich die Amseln aus seinem Leib zwängten, hatte sich noch immer in mir eingebrannt. Konnte er das überhaupt überleben?

Dann betrat ich das Zimmer. Daddy und all die anderen standen noch immer wie Statuen da. Patrick lag auf dem Bett. Die Laken waren voller Blut.

Doch die Amseln waren verschwunden! Allein die klaffende Blinddarmwunde war noch zu erkennen.

Meine Blicke wanderten umher. Die Sanitäter lagen zwar auf dem Boden, ebenso wie Liam, der Doktor, aber sie wiesen keinerlei Verletzungen auf.

Es gab dafür nur eine Erklärung: Kevin von Glendalogh

hatte geblufft! Seine Amseln hatte es allein in unserer Vorstellung gegeben.

Erschöpft sank ich auf die Knie. Mit letzter Kraft ließ ich die andere Dimension hinter mir. Augenblicklich erwachte alles wieder zum Leben.

Daddy wischte sich über die Augen, als wäre ihm soeben ein Gedanke entwischt. Verwirrt murmelte er: »Was wollte ich noch gerade...?«

Die beiden Pfleger glotzten einander an, als würde einer vom anderen eine wichtige Antwort erwarten.

Liam erhob sich vom Boden und schaute auf mich herab. »Was war das?«, fragte er. »Ein Erdbeben?«

»Bitte!«, hauchte ich mit letzter Kraft. »Bitte retten Sie Patrick!«

Dann wurde es dunkel um mich.

Ich erwachte zu Hause in meinem Bett.

Daddy beugte sich besorgt über mich. »Alles in Ordnung, meine Kleine?«

Ich nickte. »Was ist passiert?«

Er strich mir über das Haar. »Keine Sorge, es ist alles in Ordnung. Patrick ist noch einmal davongekommen. Es geht ihm gut. Eigentlich hätte er noch ein paar Tage im Krankenhaus bleiben müssen, aber wir haben ihn natürlich mitgenommen.«

»Und Frau Mutter? Was ist mit ihr?« In Gedanken sah ich sie immer noch vor den Aufzügen stehen.

»Deine Mutter? Der geht es natürlich auch gut. Was soll mit ihr sein?«

»Ach nichts«, antwortete ich. Für einen Moment schloss ich erneut die Augen. Es hatte mich doch alles sehr mitgenommen. Aber es war alles okay. Ich war sogar ein bisschen stolz auf mich. Und das Wichtigste war, dass es Patrick wieder gut ging.

»Ist wirklich alles in Ordnung mit dir?«, fragte Daddy besorgt.

Ich sah ihn an und nickte. »Ja, und ich bin so froh, dass wir alle wieder hier sind.«

»Das bin ich auch«, sagte Daddy. Er sah mich nachdenklich an. Etwas lag ihm noch auf dem Herzen. »Verrätst du mir, wie du das heute geschafft hast?«

»Was meinst du?«

»Du hast zaubern können! Als Einzige von uns hast du deine Kräfte behalten.«

Ich zuckte die Achseln. Natürlich hatte ich mir Gedanken gemacht. Ich glaube, es hing mit meiner Sorge um Patrick zusammen. Die Gefühle, die ich für ihn hegte, waren stärker als der Halloweenfluch gewesen. Zumindest dieses eine Mal.

»Später, Daddy«, bat ich. »Schickst du mir Lemmy? Er soll mir eine Geschichte erzählen.«

Die Stirn meines Daddys legte sich in Sorgenfalten. »Komisch, Lemmy war nicht zu Hause, als wir wiederkamen. Kannst du dir das vorstellen? Er hat noch nie das Haus unbehütet gelassen, wenn wir weg waren. Hast du eine Ahnung, wo er stecken könnte?«

Ich nickte. »Ich fürchte ja.«

Dann versenkte ich das Gesicht ins Kissen und schluchzte hemmungslos.

Aber ich vergoss keine Tränen.

Schließlich bin ich eine Banshee.

Und Banshees weinen nicht.

Grita Graus ist ein Pseudonym. Die Autorin kann auf zahlreiche Krimi- und Phantastik-Veröffentlichungen zurückblicken. Im Moment schreibt sie an einem Sachbuch über zeitgenössische Hexenkulte. Sie lebt mit ihrer Mischlingshündin Antonella abwechselnd in Ostwestfalen-Lippe und der Toskana.

Der Preis

von Stephan Reinbacher

EINS

Barbara Neville wurde auf ihrem Fahrrad hin und her geschleudert, als wäre sie leicht wie ein Pingpong-Ball. Obwohl die Lehrerin gut trainiert und sehr sportlich war, hatte sie Mühe, die Spur zu halten. Ihr schwarz-rot kariertes Cape blähte sich auf wie ein Segel. Der Regen klatschte ihr ins Gesicht, lief den Hals hinunter und bahnte sich seinen Weg bis hinab zu ihrem Bauchnabel.

Aber Barbara lachte darüber. Ihr war nicht einmal kalt. An diesem Morgen war sie so gut gelaunt, dass das Wetter ihr nichts anhaben konnte. Sie spürte ein Kribbeln, das an ihrer Wirbelsäule entlang nach oben kroch, in ihre Arme ausstrahlte und sich im ganzen Körper ausbreitete.

Sie schmunzelte bei dem Gedanken, dass sie wahrscheinlich genauso aufgeregt war wie ihre Schüler, wenn es Zeugnisse gab.

»Liebe Barbara, morgen ist Ihr großer Tag«, hatte der Direktor am Abend zuvor gesagt. Dabei klang er richtig feierlich. »Ich bin unheimlich stolz darauf, dass Sie als vorbildliche Pädagogin den diesjährigen Lehrerpreis der Regierung abgeräumt haben. Und schließlich...« – dabei hatte Direktor Barclay ausgesehen wie ein kleiner Junge, der sich über sein Weihnachtsgeschenk freut – »... und schließlich haben Sie den Preis damit endlich mal an unsere *Angels' Primary* geholt. Was wirklich Zeit wurde, wenn ich das so sagen darf.«

Die *Angels' Primary* war die einzige Grundschule auf Angel Island, und seit ihrem ersten Arbeitstag fühlte Barbara sich dort richtig wohl.

Jetzt schob der Wind sie und ihr Rad am McDaids vorbei. Der Pub an der Old Cratloe Road war am Morgen dunkel und geschlossen. Trotzdem hatte sie für einen Moment das Gefühl, man könne die Bierschwaden vom Abend noch riechen. Sie trat etwas kräftiger in die Pedale, und kurz darauf erschien das Schulhaus in ihrem Blickfeld.

Es war viel Betrieb auf dem Hof. Kinderlachen mischte sich mit dem Geräusch hüpfender Füße. Sie verwandelten Pfützen in Fontänen. Wenn Barbara Nevilles gute Laune sich überhaupt noch steigern ließ, dann durch die ausgelassene Lebensfreude der Kinder. Sie liebte die positive Stimmung in der Schule.

»Das liegt doch zum großen Teil auch an Ihnen«, hatte Direktor Barclay erst gestern noch einmal betont und sie damit so verlegen gemacht, dass sie errötete wie ein Teenager. »Morgen bekommen Sie dafür Ihre Eins mit Sternchen.«

Die *Eins mit Sternchen* – Barbara musste lächeln. Sie war ihren Schülern gegenüber sehr großzügig mit dieser Note. Die Kinder sollten wissen, dass sie geschätzt wurden. Sie sollten stolz auf sich sein. Stolze Kinder sind glückliche Kinder. Davon war Barbara Neville überzeugt. Und dafür wollte sie mit ihrer Arbeit als Lehrerin sorgen.

Sie schob das Rad in den Fahrradständer und ging zum Schultor. Der Regen ließ gerade etwas nach, und auch das Heulen des Windes war schwächer geworden.

Plötzlich blieb sie stehen und lauschte. Ein Geräusch drang in ihr Bewusstsein. Leise Töne, die sie nur zu gut kannte.

Töne, die sie erstarren ließen. »Unsinn«, murmelte sie. »Das ist Quatsch, das kann gar nicht sein.«

Aber die Töne blieben. Es war das Zwitschern eines Vogels. Eine hübsche, kleine Melodie. Nur war sie für Barbara die schrecklichste Melodie der Welt. Sie fasste sich an die Stirn, dann an den Hinterkopf.

Hörst du mich, Barbara? Heute, glaubst du, ist dein großer Tag? Ja, dir wird Großes geschehen. Großes Leid.

Warum war die Stimme plötzlich da? Es fühlte sich an, als säße jemand direkt unter ihrer Schädeldecke. Was hatte sie geweckt? Der Vogel sang noch immer sein Lied.

Erkennst du die Melodie? Es ist die Begleitmusik zum Brechen des Halswirbelknochens. Leg doch mal die Hand an deinen Hals. Kannst du dir vorstellen, wie es sich anfühlt, wenn der Wirbelkörper zerreißt? Wenn die Spinalnerven von Knochensplittern zerstochen sinnlose Signale funken, Arme und Beine zucken und das Gehirn vor Schmerz explodiert? Kannst du dir das vorstellen? Du wirst es heute noch erleben.

»Nein.« Sie schluchzte mehr, als dass sie sprach. »Fang nicht wieder damit an. Es ist so lange her. Schluss, aus, bitte.«

Sie erschrak über den Klang ihrer eigenen Stimme. Schweißtropfen rollten ihr von der Stirn über die Nase auf die Oberlippe.

Meridith, ein Mädchen aus der 4a, kam auf sie zu. »Guten Morgen, Mrs. Neville.« Sie stockte. »Alles o. k.?«

Barbara schaute die Schülerin mit den kurzen blonden Haaren an. Die Sommersprossen des Mädchens leuchteten trotz der Dunkelheit an diesem regnerischen Morgen, und sein Gesicht strahlte Wärme und Freundlichkeit aus. Manchmal glaubte Barbara, sie und ihre Schüler verstanden sich ohne Worte. Als könnten sie gegenseitig Gedanken lesen. Und Meridith gehörte zu ihren Lieblingsschülerinnen.

»Mrs. Neville – ist was nicht in Ordnung?«

»Doch, doch, alles klar.« Barbara gab sich einen Ruck. »Ich bin nur aufgeregt. Das ist, weil ... Heute Mittag, da bekomme ich ja diesen Preis ...«

»Ja, echt stark. Wissen Sie, dass wir total stolz auf Sie sind? Übrigens: Ich kenne ein neues Rätsel. Darf ich?«

Barbara nickte. Sie und Meridith lieferten sich schon länger einen kleinen Wettstreit um die Frage, wer die besten Scherzfragen kannte.

»Also: Warum trinken Mäuse niemals Alkohol?« Meridith kicherte voller Vorfreude auf die Lösung.

»Keine Ahnung.«

»Na ist doch klar: Aus Angst vor dem Kater.« Das Mädchen hüpfte lachend auf einem Bein davon.

Barbara sah ihr nach. Wie unbeschwert sie war. An keiner anderen Schule, an der Barbara bislang gearbeitet hatte, waren die Kinder so frei und trotzdem so erstaunlich freundlich im Umgang miteinander und mit den Lehrern. Barbaras trübe Gedanken begannen sich zu verflüchtigen.

»Es gibt absolut gar keinen Grund für schlechte Laune«, sagte sie leise zu sich selbst.

Als sie ihr Spiegelbild in der Glastür sah, lächelte sie es ganz bewusst an. »Und nun los.« Sie straffte die Schultern und machte sich auf den Weg in ihre Klasse.

»Guten Morgen, Mrs. Neville.«

Sobald sie am Pult stand, erklang der Begrüßungschor. Jetzt fühlte sie sich wieder ruhig und sicher.

»Guten Morgen, meine Lieben.«

Ihre braunen Haare waren immer noch nass vom Regen. Sie strich eine Strähne aus dem Gesicht und ließ den Blick durch die Klasse wandern. Wie jeden Morgen nahm sie sich Zeit, all ihren Schülern ein paar Sekunden lang in die Augen zu schauen. Sie spürte dabei genau, wer gerade Probleme hatte. Sie sah, wer mit Sorgen oder Angst in die Schule gekommen war, wessen Eltern sich schon beim Frühstück gestritten hatten, wessen Vater am Abend betrunken nach Hause gekommen war und seinen Jähzorn an der Familie ausgelassen hatte.

Heute blieb ihr Blick an Jeff hängen. Er war ein stiller Junge mit blondem Haar und weichen Gesichtszügen, der selten wütend wurde und niemals eine Schlägerei anfing. Doch jetzt prangte eine steile Falte auf seiner Stirn, und seine blassgrünen Augen wirkten starr.

Was hat er nur?, fragte sie sich. Francis Beck, die Referendarin, stand gerade neben ihm. »Jeff, ich sage es jetzt zum dritten Mal. Auch du musst deine Mappe auspacken.«

Barbara spürte, wie ihr Puls sich beschleunigte. Eine junge Frau, die gerade ihr Pädagogikstudium abgeschlossen hatte, musste doch wissen, dass man kleine Kinder nicht so herumkommandieren sollte. Sah sie denn nicht, dass mit dem Siebenjährigen etwas nicht in Ordnung war?

Als die Referendarin ihr vor einem Monat zugeordnet worden war, hatte Barbara sich darüber gefreut. Francis war jung, wirkte lebenslustig und lachte viel. Doch mit jedem Tag in ihrer Klasse wurde deutlicher, dass diese Lehrkraft mehr auf sich selbst als auf die Kinder achtete. Sie trug schicke Klamotten, die ihre Figur betonten, und der Lidstrich saß immer perfekt. Aber zu den Schülern sprach Francis Beck von oben herab und ohne Herz. Barbara wollte gerade in die Auseinandersetzung mit Jeff eingreifen, als der Junge plötzlich schrie: »Ich will aber vom Vogel erzählen. Ich hab ihn gesehen. Draußen. Der hat da ...«

»Jeff, bitte.« Die Referendarin stützte sich auf dem Pult ab. »Hier sind fünfundzwanzig Kinder. Wenn die alle erst irgendwas erzählen würden ...« Weiter kam sie nicht.

Es erschien Barbara wie in Zeitlupe, was jetzt geschah, und sie glaubte erst, es sei ein Trugbild. Eine Einbildung. Etwas, das einfach nicht sein konnte. Jeffs Körper spannte sich wie der eines Tigers vor dem Sprung. In der Hand hielt er einen silbernen Gegenstand. Es war sein Schulzirkel, mit dem er weit bis hinter seinem Rücken ausholte. Dann raste die Hand pfeilschnell auf das Pult zu. Dabei jagte der kleine Junge die Zirkelspitze mit voller Wucht durch den Handrücken der Referendarin und weiter in die Tischplatte hinein. Das Geräusch von splitterndem Holz war deutlich zu hören. Aus der Kehle von Francis Beck drang ein markerschütternder Schrei.

Barbara stockte der Atem. Sie musste gegen eine heftige Übelkeit ankämpfen. Die Hand der Referendarin war fest auf die Tischplatte genagelt. Aus dem Handrücken quoll dunkelrotes Blut. Und aus der Quelle dieses Blutstroms ragte, wie der Mast einer Jolle, Jeffs Schulzirkel heraus. Er war so tief zwischen Muskeln und Sehnen eingedrungen, dass sogar die erste silberne Stellschraube an der Zirkelstange im Handrücken von Francis Beck verschwunden war.

Der Junge aber blickte völlig teilnahmslos auf das, was er angerichtet hatte. Unter Barbara schien der Boden nachzugeben.

Die anderen Kinder blieben zunächst erstarrt auf ihren Plätzen sitzen. Einigen stand der Mund vor Schreck offen. Keiner wagte es, etwas zu sagen. Ein paar Mädchen wurden so blass, dass Barbara fürchtete, sie könnten im nächsten Augenblick ohnmächtig werden.

Francis Beck, die Referendarin, blickte mit weit aufgerissenen Augen auf das Blut, das auf den Tisch lief, von dort auf den Boden tropfte und sich in einer kleinen Pfütze sammelte.

»Zum Doktor«, befahl Barbara Neville. Ihre Stimme klang stockend und heiser. »Du auch, Jeff.«

Der Junge saß immer noch mit ausdruckslosem Gesicht und starren Augen auf seinem Platz. Seltsamerweise meinte Barbara dennoch, sie würde ihn lachen hören. Und sie glaubte, auch Jeffs Stimme wahrnehmen zu können, obwohl er seinen Mund fest geschlossen hielt. »Ich kann gern zum Doktor gehen, Mrs. Neville. Aber Miss Beck ist doch – festgenagelt.«

Barbara warf ihren Kopf hin und her, als könne sie dadurch die Stimme vertreiben. Doch das Lachen des Jungen wurde nur noch lauter. Sie packte ihn am Oberarm. »Verdammt noch mal, das ist nicht witzig, Jeff.« Das Lachen in ihrem Kopf hörte auf. »Los jetzt, wir gehen zum Doktor.«

»Und ... wie?«, stöhnte die Referendarin, deren Stimme so dünn klang, als würde die Luft kaum für eine Silbe reichen. Sie zeigte auf ihre an den Tisch genagelte Hand. Barbara zählte innerlich bis drei, kniff die Augen zusammen und riss den Zirkel heraus. Die Referendarin schrie erneut laut auf.

Mit diesem Schrei war auch der Bann, der die Klasse bislang gefangen gehalten hatte, gebrochen. Bis zu diesem Moment hatten alle Kinder starr vor Schreck auf ihren Plätzen gesessen. Jetzt aber kreischten sie, sprangen auf. Einige liefen zur Tür. Andere bestürmten Jeff mit der Frage, warum er das getan hätte. Barbara – immer noch den blutigen Zirkel in der rechten Hand haltend – schaffte es gerade noch, sich zwischen den Ausgang und die schreienden Kinder zu stellen.

»Ruhe«, brüllte sie. »Alle sofort hinsetzen.«

Sie hatte noch niemals in einem derart scharfen Ton zu ihrer Klasse gesprochen. Deshalb verfehlte ihr Kommando seine

Wirkung auch nicht. Es war augenblicklich still, und die Kinder sahen sie an.

»Ich muss mich um Miss Beck und um Jeff kümmern«, erklärte sie.

Siehst du, es wird nicht dein Tag heute. Es wird alles ganz anders kommen. Es wird kommen, wie du es verdient hast.

»Ruhe«, rief Barbara noch einmal.

»Wir sind doch ganz leise.« Die zaghafte Stimme holte Barbara in die Realität zurück.

»Gut.« Sie atmete tief durch. »Jason, du als Klassensprecher übernimmst die Aufsicht. Ihr wartet hier, bis ich zurück bin.«

Sie zog Francis Beck und Jeff hinter sich her auf den Flur. An der Tür zur Nachbarklasse klopfte sie an und drückte die Klinke herunter, noch bevor jemand »herein« rufen konnte.

»Ich habe hier einen Notfall. Wir müssen zum Arzt«, erklärte sie ihrer Kollegin Judith Myers. »Bitte schau ab und zu in meine Klasse. Geht das? Ich meine: Einfach nur nachsehen, ob alles ruhig ist. O. k.?«

»Was ist denn passiert?« Judith Myers legte ihr Kreidestück auf die Ablage unter die Tafel und kam zur Tür. »Ich kann deine Kinder auch zu mir herüberholen, aber sag mal ...«

»Meinetwegen. Wie du willst.« Barbara drehte sich hastig um, ohne die Frage der Kollegin zu beantworten. »Ich bin ... also ... wir sind hoffentlich gleich wieder da.«

Das Blut aus der Hand der Referendarin hinterließ eine rote Tropfenspur auf dem Flur.

Lauf nur davon, Barbara, höhnte die Stimme in ihrem Kopf. *Auch dein Blut wird fließen. In größeren Strömen. Und das wird heute noch lange nicht das Schlimmste sein.*

ZWEI

Schularzt Dr. Robert Grant legte mit geübten Handgriffen einen Druckverband an, um die Blutung zu stoppen. Schließlich steckte er die äußere Mullbinde mit zwei Einhakverschlüssen fest. »So. Das war's. Nachher mache ich noch ein paar Tests, Miss Beck. Wir wollen sichergehen, dass keine Nerven oder Sehnen verletzt sind. Aber erst einmal...«, er drehte sich um, seine Stimme wurde eine halbe Oktave tiefer, und er sprach ganz langsam. »Erst einmal: Was zum Teufel hast du dir dabei gedacht, Jeff?«

In dem Arztzimmer roch es beruhigend nach Kampfer und Methylalkohol. Trotzdem wurde es Barbara noch immer abwechselnd heiß und kalt in ihrem hellblauen Kostüm. Sie trug es zum ersten Mal an diesem Tag. Extra für die feierliche Preisübergabe. Nur noch knapp drei Stunden, dann sollte sie den Lehrerpreis der Regierung bekommen.

Du hast den Preis gar nicht verdient, und du weißt es. Das sind keine Zufälle heute. Das wird so weitergehen. –

»Bitte, lass das nicht so weitergehen«, flüsterte Barbara.

»Haben Sie etwas gesagt, Mrs. Neville?« Dr. Grant sah sie fragend an.

Barbara wurde rot. »Ich...«, stammelte sie, »...ich gehe... in meine Klasse zurück. Brauchen Sie Jeff noch...?«

»Ja, den lassen Sie hier.« Der Arzt bedachte Jeff mit einem ernsten Blick. »Das ist ganz komisch, also: nicht komisch, natürlich. Seltsam, meine ich. Das ist ein ganz seltsames Verhalten.«

Er schüttelte den Kopf und sah Jeff weiterhin prüfend an. »Der ist auch jetzt noch nicht wieder normal. Jeff, hallo... wie fühlst du dich?« – Der Junge sah zu Boden und schwieg. »Mal sehen, ob ich später an ihn herankomme.«

Francis Beck hüstelte und hielt ihre verbundene Hand hoch. »Müssten wir nicht den Direktor informieren?«

Dr. Grant lehnte sich in seinem Stuhl zurück, rückte die Brille zurecht und schaffte es sogar zu lächeln. »Das übernehme ich«, sagte er. »Ich treffe Barclay sowieso gleich.« Barbara fand es erstaunlich, wie ruhig dieser Mann jetzt wieder war. »Danke, Doc. Dann können wir zurück in die Klasse?«

Sie schob die Referendarin behutsam zur Tür. »Kommen Sie, Francis.«

»Wollen Sie lieber nach Hause?«, fragte Barbara, als sie mit ihrer Referendarin auf dem Flur allein war. »Ich könnte das verstehen. Schließlich ...«

»Geht schon«, flüsterte Francis Beck. »Aber das war ein bisschen viel für mich heute.«

»O. k. – also wenn Sie lieber gehen wollen ... wirklich, kein Problem.«

Im diesem Moment ließ das Krachen eines enormen Donnerschlags sie zusammenfahren. Ein Fenster in dem engen Flur schlug auf, Regen peitschte herein, das Deckenlicht erlosch.

Der Wind zog plötzlich so stark durch das offene Fenster, dass Barbara sich mit ihrem ganzen Gewicht dagegenstemmen musste, um es wieder zu schließen. Sie hatte es gerade geschafft, als in der Dunkelheit am Ende des Flurs Schreie ertönten.

Sie packte Francis Beck am Arm und rannte in die Richtung, aus der die Schreie kamen. Das Flurlicht flammte wieder auf. Direkt vor Barbara und der Referendarin stand ihre Kollegin Judith Myers. Sie hielt ein Kind an der Hand.

In Barbaras Kopf schienen alle für Angst zuständigen Synapsen auf einen Schlag zu explodieren. Sie fürchtete, jeden Augenblick ohnmächtig zu werden. Francis Beck, deren Arm sie immer noch hielt, brach in hysterisches Geschrei aus. Das Bild, das sich den beiden Lehrerinnen bot, war entsetzlich.

Judith Myers, die Klassenlehrerin der 2c, hatte an der linken Hand ihren Schüler Braedon gefasst, der ebenso starr geradeaus blickte wie kurz zuvor Jeff. In der Rechten hielt sie etwas Weißes, Rundes, das über und über blutverschmiert war. Es war ein Auge. Ihr Auge!

Während Mrs. Myers mit dem rechten Auge hasserfüllt auf das Kind an ihrer Hand starrte, befand sich dort, wo das linke Auge sein sollte, nur noch eine leere, schmierige, dunkelrote Höhle, aus der in rhythmischen Abständen Blut quoll.

Siehst du, Barbara, es geht weiter. Ich habe dir doch gesagt, dass es weitergehen wird.

Aus ihrem Mund kamen Schreie, die sie eher einem Tier als sich selbst zugeordnet hätte. Zwischen den Schreien quälten sich Wortfetzen hervor. »Aufhören. Schluss. Bitte. Ich verzichte doch ... der Preis ... ich will ihn gar nicht ...«

»Bist du noch bei Trost, Barbara? Wovon redest du?« – Judith Myers sprach vollkommen ruhig und betont langsam, so wie in Trance. Als hielte ein unsichtbarer Hypnotiseur seine Hände über sie. Dabei schaute sie ihre Kollegin starr aus dem einen, ihr verbliebenen Auge an. Ihr Gesicht erinnerte an die Maske eines Clowns: einseitig blutrot geschminkt. »Könnte es sein, dass wir gerade etwas Eiligeres zu erledigen haben, als die Einzelheiten deiner Preisverleihung zu besprechen?«

»Natürlich.«

Sie sah hinüber zu Braedon, dem Jungen an Judiths Hand.

Alles an ihm erinnerte sie an Jeff. Seine Haltung, seine äußere Ruhe. Er sah starr geradeaus, bewegte sich abgehackt – wie ein Roboter. Und obwohl er die Lippen fest geschlossen hatte, meinte Barbara, ihn lachen zu hören. Sie hatte sogar das

Gefühl, er spreche mit ihr. Es waren keine Sätze, nicht einmal ganze Wörter, nur Bruchstücke, Silben und Buchstaben, die in ihrem Kopf ankamen und sich wie die Splitter im Kaleidoskop zusammenfügten: *Vogel,* meinte sie herauszuhören und: *Zorn.* Und dann noch ein Begriff, den sie nicht sofort entschlüsseln konnte: *Dorm.* Dann stand das Wort plötzlich glasklar unter ihrer Schädeldecke. Wie Graffiti, auf die Innenseite ihrer Iris gesprüht: MORD.

»Was denn, schon wieder Sie...«, begann Dr. Grant, als er Barbara und Francis in seiner Tür stehen sah. Doch der Anblick von Judith Myers, die ihr blutverschmiertes Auge in der Hand hielt, ließ ihn verstummen. Grant wurde kreideweiß wie sein Arztkittel. Seine Brust hob und senkte sich in hektischem Rhythmus. »Wie ist das passiert?«, fragte er. »Und jetzt sagen Sie bitte nicht auch noch, der Junge da...«

»Doch, das war Braedon.« Judith Myers sprach noch immer so kühl und sachlich, als ginge es gar nicht um sie. Nur das Zucken in ihrem Gesicht ließ ahnen, dass ihr Schockzustand dabei war, sich langsam aufzulösen. Der mörderische Schmerz begann, in ihr Bewusstsein vorzudringen. Ein kaum noch menschlich zu nennender Ton entfuhr ihrer Kehle. Sie ließ Braedon los und griff mit der Hand in die blutende Augenhöhle.

»Nicht...«, stammelte der Schularzt, »... anfassen.« Zwischen den Wörtern schnappte er nach Luft.

»Nun machen Sie schon... tun Sie doch was. Sie sind doch Arzt.« Im Gesicht von Francis Beck tanzten rote Flecken von einer Wange zur anderen.

»Ja, und?« Noch immer atmete Dr. Grant hektisch ein und aus, während er nach Worten suchte. Dann räusperte er sich, sprach leiser und langsamer. »Was soll ich da denn machen? Wir brauchen ...«, er sah sich im Raum um, als könne er die rettende Idee an einer der Wände finden. »Wir brauchen ... einen Krankenwagen ... schnell ...«

Mit zitternden Händen griff er zum Telefonhörer und wählte den Notruf. Sein Gesicht hatte eine ungesunde gelbliche Farbe angenommen.

Grant wählte die Nummer noch zweimal, dann schlug er mehrmals wütend auf die Gabel, bevor er wieder einhängte.

»Tot, die Leitung ist tot.«

Barbara zog ihr Handy aus der Tasche. »Scheiße, das Ding geht auch nicht ...

Francis Beck rannte zum Fenster. »Hilfe«, brüllte sie so laut, dass ihre Stimme sich überschlug. Sie riss das Fenster auf und schrie in das tosende Unwetter hinaus: »Hilfe, Polizei, Krankenwagen ...«

Dr. Grant versuchte, sie zu beruhigen. Er fasste sie am Arm und drückte das Fenster zu. »Das ist doch sinnlos bei dem Sturm.«

Francis Beck verlor völlig die Fassung. Ohne auf ihre verletzte Hand zu achten, trommelte sie Robert Grant auf die Brust. Als er sie wegschob, trat sie mit voller Wucht gegen einen Wagen mit Verbandszeug. Der Inhalt verteilte sich auf dem Fußboden. Dabei kreischte sie hysterisch.

Schließlich schaffte es der Arzt, sie festzuhalten. »Sie reißen sich jetzt zusammen, zum Donnerwetter.«

Als hätte man einen Schalter umgelegt, verstummte Francis Beck. »Entschuldigung«, flüsterte sie kurz darauf.

»Und was machen wir nun wirklich?«, fragte Judith Myers. Sie bot einen gespenstischen Anblick, als sie den Arzt aus ihrem verbliebenen Auge ansah. »Wer kann uns denn helfen?«

»Keiner.« Grant hob noch einmal den Telefonhörer prüfend ans Ohr. »Im Augenblick wird uns keiner helfen können. Wir sind hier ganz und gar auf uns allein gestellt.«

DREI

Dr. Grant öffnete die mittlere Schreibtischschublade und entnahm ihr ein Pillenröhrchen. Nachdem er zwei Tabletten geschluckt hatte, massierte er für etwa eine halbe Minute seine Schläfen.

»Besser«, murmelte er. »Schon besser.«

»Aber wie ... wie geht es denn jetzt ... weiter?«, keuchte Judith Myers. »Es ... tut ... so ... weh.«

»Legen Sie sich auf die Liege. Fürs Erste werde ich Ihnen ein starkes Schmerzmittel spritzen.«

»Und – mein Auge?« Sie weinte zweifarbig. Rechts wasserklare Tränen, links blutrote.

»Erst einmal das Schmerzmittel. Alles weitere später.« Er bereitete eine Spritze vor. Barbara fiel auf, dass die Hände des Arztes noch immer zitterten.

»Ich ...«, begann sie, ohne genau zu wissen, was sie eigentlich sagen wollte. »Ich ... wir ...«, sie ballte ihre Hände zu Fäusten und atmete, so tief sie konnte, durch. »Ich meine, wir sollten hier nicht einfach rumsitzen.«

Sie drehte sich zu Francis Beck um, die apathisch auf einem Stuhl hockte und ihre bandagierte Hand anstarrte.

Obwohl auch Barbara große Lust verspürte, sich einfach gehen zu lassen, stemmte sie die Arme in die Hüfte und gab ihrer Stimme einen entschlossenen Klang. »Also, ich versuche jetzt, Direktor Barclay zu finden. Vielleicht kann der uns helfen. Und Sie, Francis, gehen so schnell wie möglich zurück zur

Klasse. Da ist ja jetzt überhaupt keiner bei den Kindern. In Ordnung?«

»Ich weiß nicht, ob ...«, stöhnte Francis Beck, »ich glaube, ich kann nicht ...«

»Verdammt noch mal.« Dr. Grant schlug mit der Hand auf den Schreibtisch. »Mrs. Neville hat absolut recht. Hören Sie auf zu jammern, und kümmern Sie sich um Ihre Schüler.«

Francis wurde rot. Sie stand auf und verließ das Zimmer ohne ein weiteres Wort. Kurz nach ihr ging auch Barbara hinaus.

Direktor Barclays Büro lag im dritten Stock des Schulgebäudes. Als Barbara dort eintraf, stand Frank Barclay vor dem großen Fenster und bestaunte die Aussicht auf die Klippen von Angel Island und das Meer. Im Sekundentakt zuckten Blitze aus dem pechschwarzen Himmel. Der Wind peitschte das Wasser auf. Wellen explodierten in Fontänen aus weißer Gischt. Barclay war von dem Naturschauspiel offenbar so fasziniert, dass er zunächst gar nicht zu verstehen schien, was Barbara aufgeregt berichtete.

»Beruhigen Sie sich doch, meine Liebe. Was ist denn los? Sind Sie wegen der Preisverleihung so schrecklich nervös?«

»Preis? Ich pfeife auf den Preis.« Sie schluckte. »Verstehen Sie nicht, dass das jetzt alles egal ist? Die Kinder ... die Kinder müssen nach Hause, in Sicherheit. Die Lehrer auch. Es sind furchtbare Dinge geschehen. Schicken Sie am besten alle nach Hause. Sofort.«

Barbara hatte plötzlich das Gefühl, ihr Kleid sei von innen mit Millionen von Brennnesselhaaren ausgekleidet. Die Haut darunter brannte wie Feuer. Außerdem schwitzte sie.

»Also ...« – Barclay sah, während er sprach, immer wieder

zum Fenster hinaus, wo sich das Gewitter zu einem neuen Höhepunkt steigerte. »Ich habe bislang nur verstanden, dass zwei Lehrerinnen sich verletzt haben. Unfälle. So was passiert. Hatten wir länger nicht. Und gerade heute passt es gar nicht. Aber wann passt das schon? Trotzdem müssen wir doch nicht gleich ...«

»Aber verstehen Sie doch endlich: Es waren die Kinder, die das getan haben. *Unsere Kinder*. Mit denen ist irgendwas. Ich weiß ja auch nicht ...«

»Also bitte. Ich kann ja kaum glauben, dass gerade Sie so etwas sagen. Sie – die die Kinder am allermeisten lieben.« Endlich wandte Barclay seinen Blick vom Fenster ab und drehte sich zu Barbara um.

»Natürlich, aber ...« – Sie bemühte sich, etwas ruhiger zu werden und die Vorfälle des Morgens so sachlich wie möglich zu schildern.

Als sie mit ihrem Bericht fertig war, nickte Direktor Barclay. »Dem muss natürlich nachgegangen werden. Das ist doch klar. Aber es waren Unfälle. Ich werde alle Beteiligten morgen zu den Vorgängen befragen. Und das mit dem Auge von Mrs. Myers hört sich wirklich schlimm an. Ist der Krankenwagen denn schon da?«

»Wir haben gar keinen rufen können. Das Telefon geht nicht. Es ist tot.«

Barclay sah noch einmal zum Fenster hinaus. »Mmh – wirklich übles Wetter. Ich möchte, glaube ich, auch nicht verantworten, Mrs. Myers jetzt mit dem Auto ins Krankenhaus zu bringen. Warten Sie mal – was ist denn mit dem Handy?«

»Hab ich auch schon probiert. Kein Empfang. Ist wahrscheinlich ein Funkmast umgekippt.« Barbara zog ihr Gerät zum Beweis aus der Hosentasche.

»Ich habe eine Idee.« Barclay stand auf. »Ganz oben, im

Dachgeschoss, da könnten die Dinger funktionieren. Ich glaube, da weht ein Funksignal vom Festland rüber. Kommen Sie mit, und schauen Sie nicht ganz so verzweifelt. Das waren Unfälle, liebe Barbara. Unfälle, sonst nichts.«

Sie starrte in das Unwetter hinaus. Ihr Gesicht spiegelte sich in der Scheibe. Es wirkte unscharf, schien in den Regentropfen zu zerfließen. Dennoch konnte sie die Angst in ihren Augen gut erkennen.

Siehst du? Alles zerbricht. Wie das kleine Rückgrat von deinem Brüderchen. Weißt du noch ... das Geräusch? Das kleine Knacksen. Oder war es doch ein Krachen?

Eine Träne lief Barbara über die Wange. Direktor Barclay sah die Träne und nahm die Lehrerin in den Arm.

»Ist schon gut. Alles wird gut. Beruhigen Sie sich. Wir gehen jetzt hoch und versuchen, den Rettungswagen zu alarmieren. Bis nachher, wenn die Preisverleihung beginnt, ist die Kollegin längst im Krankenhaus, und alles wird wieder ganz normal. Wissen Sie übrigens, dass sogar das Fernsehen kommen soll?«

Wie gerne wollte Barbara Direktor Barclay glauben. Alles nur Unfälle. Es wäre zu schön, wenn das stimmte. Dann sah sie wieder ihre Kollegin mit dem ausgerissenen Auge vor sich. »Ich habe gar nicht mitbekommen, wie er das gemacht hat«, hatte Judith Myers gesagt und auf den Jungen an ihrer Hand gezeigt. »Er muss etwas Scharfes oder Spitzes dabeigehabt haben. Vielleicht ein Messer ...«

»Sind die beiden Verletzten noch bei Dr. Grant?«, fragte der Direktor.

»Also, Judith Myers, die mit dem ausgestochenen Auge, ist noch da. Francis, meine Referendarin, ist zurückgegangen in die Klasse.« Barbaras Stimme zitterte noch immer.

»Na also. Dann geht es der Kollegin Beck ja offenbar schon besser.«

Sie folgte dem Direktor hinaus auf den Flur. Zusammen gingen sie in das schmale Treppenhaus und stiegen ins oberste Stockwerk hinauf.

Auf dem Weg begann die Stimme in Barbaras Kopf wieder mit den Vorhaltungen, die ihr so vertraut waren: *Du glaubst doch wohl selbst nicht, dass alles wieder gut wird? Du bist es absolut nicht wert, als Lehrerin zu arbeiten. Du siehst doch, was in deiner Klasse passiert. In deiner Schule. Du hast keinen Preis verdient. Du hast keine Kinder verdient. Nach dem, was du getan hast.*

Barbara blieb mitten auf dem Flur stehen. Erneut flackerte die Beleuchtung. Ein gewaltiges Donnern hallte im Gebäude wider. »Mr. Barclay, schließen Sie die Schule für heute. Ich glaube, es wird noch mehr passieren. Vielleicht ist es, weil ich diesen Preis nicht verdient habe. Wegen damals ...«

»Jetzt ist aber mal Schluss.« Die Stimme des Direktors klang wie die eines Vaters, der mit seiner widerspenstigen Tochter sprach. Er ging ein paar Schritte zurück und legte Barbara einen Arm um die Schulter. »Sie sind meine beste Kraft hier, das wissen Sie doch. Ich habe Sie hierhergeholt, weil ich von Ihnen überzeugt bin. Sie wissen auch, dass ich mich deswegen gegen ein paar Stimmen in der Schulbehörde durchsetzen musste. Wegen *damals,* wie Sie es gerade gesagt haben. Aber ...«, er machte eine Pause und verstärkte den Druck seines Arms auf Barbaras Schulter, »... aber das ist lange her. Sie waren selbst noch ein Kind. Und der Preis, den Sie heute bekommen, ist doch der beste Beweis dafür, dass ich mich *nicht* in Ihnen getäuscht habe.«

Barclay fasste sie an beiden Schultern und drehte sie zu sich um, sodass er direkt in ihr Gesicht sehen konnte.

Barbara versuchte, tief durchzuatmen. Doch in ihrer Brust hielt sich eine bedrückende Enge, die nicht verschwinden wollte.

»Und jetzt lassen Sie uns endlich nach oben gehen«, entschied er.

Sie stiegen eine weitere Treppe hinauf und befanden sich im Dachgeschoss. Hier gab es keine Klassenräume mehr, sondern nur einige Abstellkammern.

Barbara und der Direktor gingen von Raum zu Raum und sahen gebannt auf die Displays ihrer Handys. Barclay lief zu einem der kleinen Fenster. Aber sein Gesichtsausdruck verriet, dass er auch dort keinen Empfang hatte.

»Ach, schauen Sie mal«, sagte er plötzlich. »Den kleinen Kerl hier habe ich nach oben gebracht, weil wir sonst nirgends Käfige haben.«

»Käfige?«

»Ja. Ich habe ihn in einen Käfig getan. Auch wenn er im Augenblick wohl gar nicht wegfliegen könnte.«

Barbara sah sich um. Durch die schmutzigen Fenster fiel nur wenig Licht. Die Luft roch staubig. Direkt neben Barclay entdeckte sie schließlich den kleinen Vogelkäfig, und darin bemerkte sie eine braungefiederte Kugel mit zwei Knopfaugen.

»Meridith hat den vorbeigebracht. Die ist inzwischen in der Vierten, oder? – Ein sehr nettes Mädchen.« Während der Direktor sprach, neckte er das Vögelchen, indem er seinen Zeigefinger durch die Gitterstäbe steckte. Das Tier begann sofort, mit dem Schnabel gegen Barclays Fingerkuppe zu stupsen. »Ich glaube, es ist ein Seggenrohrsänger. Sehr selten. Vielleicht sogar vom Aussterben bedroht. Er hat Meridith leidgetan. Muss wohl hilflos vor dem Schultor gesessen haben. Ich weiß auch nicht, was er hat. Vielleicht eine Verletzung am Flügel.«

Das Tierchen war klein wie ein Spatz, saß vorne links hinter den Gitterstäben und schaute jetzt Barbara aus zwei schwarzen Knopfaugen an.

»Der ist ja niedlich«, sagte sie.

»Nicht wahr? – Meridith sagt, er singt auch sehr hübsch. Habe ich allerdings noch nicht gehört. Dabei fällt mir ein...«

Barclay blickte zu einem leeren Haken an der Wand. »... sie wollte mir doch die große Schere sofort zurückbringen, die sie sich ausgeliehen hat.«

»*Was* hat sie ausgeliehen?« – Barbara spürte, wie ein Schock ihren Körper durchfuhr. Es fühlte sich an, als hätte sie einen elektrischen Schlag bekommen. Ihr wurde heiß, und die Brennnesselhaare in ihrem Kleid nahmen die Arbeit wieder auf.

»Eine Schere. Sie wollte sie gleich...«

Hast du geglaubt, das war schon alles? Es geht weiter, Barbara. Das war erst der Anfang.

»Wo ist sie hin mit der Schere?« Ihre Stimme überschlug sich fast.

»Ja, das weiß ich doch nicht. Beruhigen Sie sich doch.« Der Direktor fasste Barbara am Arm und hielt sie fest. »Was ist nur los mit Ihnen heute.«

»Ich ... muss ... Meridith suchen«, keuchte sie und bemühte sich, den Griff des Direktors zu lockern.

In diesem Augenblick geschah es. Barbara Neville und Frank Barclay hörten es gleichzeitig. Für einen Moment schien die Zeit in dem Raum stehen zu bleiben. Eine Folge leiser Töne schwebte durch die Luft. Das kleine braune Federknäuel hatte seinen Schnabel geöffnet und sang. Es war eine einfache, kleine Melodie. *Die* Melodie. Die Melodie, die Barbara schon am Morgen vor dem Schultor gehört hatte. Die Brennnesselhaare in ihrem Kleid verwandelten sich in stahlharte Nadeln, die ihren Rücken zerstachen.

Die Melodie weckte eine Erinnerung in ihr. Die Erinnerung an den schlimmsten Tag ihres Lebens. Sie begann zu zittern.

Doch auch mit dem Direktor ging eine Veränderung vor. Seine Augen wurden seltsam starr. Und er sprach kein Wort mehr.

»Mr. Barclay?« – Er reagierte nicht.

»Mr. Barclay, Frank, was ist los?«

Noch immer hielt er Barbaras Arm fest, und jetzt erhöhte er den Druck. Sie versuchte, sich zu befreien. Doch Barclay packte sie daraufhin so grob, dass sie aufschrie. Sofort drückte er ihr eine Hand auf den Mund.

»Was wollen Sie?«, presste Barbara mühsam unter der Hand hervor. Aber sie erhielt keine Antwort. Für einen Moment fing sie den Blick ihres Schuldirektors auf. Alle Wärme war daraus verschwunden.

Er wird mich töten. Der Gedanke stand glasklar in Barbaras Kopf. *Er ist nicht mehr er selbst. Er wird mich jetzt auf der Stelle umbringen. Lieber Gott, lass das alles nur ein Albtraum sein.*

Aber sie spürte den Griff des Direktors viel zu deutlich. Er war ihr so nahe, dass sie seinen Atem riechen konnte. Das hier war kein Traum.

Mit beiden Händen griff Barclay plötzlich nach Barbaras Hals und drückte zu. Sie wusste, in wenigen Augenblicken würde sie das Bewusstsein verlieren ...

Mit allerletzter Kraft holte sie aus und schlug dem Direktor mit beiden Händen, so fest sie konnte, auf die Ohren.

Die Wirkung des Schlags war verblüffend. Barclay zuckte zusammen und ließ Barbara für einen Moment lang los. Der Augenblick reichte ihr, um sich zu befreien.

Sie stürzte zu einem Sideboard, auf dem eine Reihe schwerer Mikroskope stand. Barclay folgte ihr. Sein Gesichtsausdruck war noch immer vollkommen starr.

»Frank, bitte«, schrie Barbara.

Doch er bewegte sich auf sie zu, als wäre er ferngesteuert. Wie eine Maschine. Bereit, sein tödliches Werk zu vollenden.

Barbara geriet in Panik, aber sie spürte auch etwas anderes. Es war ein Gefühl, so glühend heiß wie frisch geschmolzener Stahl. Es strömte ihre Wirbelsäule hinauf. Sie war zornig. Zornig und bereit, sich mit aller Macht zu verteidigen.

Sie griff nach einem der Mikroskope, holte so weit sie konnte aus und schlug es Direktor Frank Barclay mit voller Wucht auf den Kopf.

Der Schlag klang dumpf, wie von einer Axt, die mit der stumpfen Rückseite auf das Holz trifft, statt es mit der Klinge zu spalten. Barclays Augen weiteten sich, und sein starrer Blick traf Barbara. Doch er ging nicht zu Boden. Der Direktor stand regungslos wie eine Statue im Raum. Dann hob er langsam beide Arme. »Ich kriege dich ...«

Barbara schrie wie von Sinnen. In ihrer Todesangst holte sie noch einmal mit dem Mikroskop aus. Sie warf ihr ganzes Körpergewicht in den Schlag. Und diesmal gab es einen anderen Ton, als das Gerät Barclays Schädel traf. Wie splitterndes Holz klang es, gefolgt von einem fettigen Schmatzen.

Barbara fühlte einen Schwall warmer Flüssigkeit in ihr Gesicht spritzen. Auf die Lippen. In ihren Mund. Ein metallischer Geschmack breitete sich auf ihrer Zunge aus. Barclay stürzte zu Boden wie ein Stein. Um ihn herum färbte sich der Teppich sekundenschnell blutrot.

Noch immer hielt sie das Mikroskop in der Hand. Daran klebten Reste grauer Gehirnmasse. Barbara musste sich so heftig übergeben, dass sie glaubte, ihre gesamten inneren Organe würden nach außen geschleudert.

VIER

Sie stand mit dem Rücken zur Tür, die Hände auf die Knie gestützt, und versuchte, ihre Atmung zu kontrollieren.

Erst ein einziges Mal zuvor in ihrem Leben hatte sie einen Menschen sterben sehen.

»Sterben sehen« ist nicht die richtige Formulierung. Du bist schuld. Du hast seinen Tod verursacht. So wie heute. Du bist eine Mörderin. Einmal Mörderin, immer Mörderin.

Sie zitterte. »Niemals...«, flüsterte sie. »Niemals wieder wollte ich...« Die bis dahin schlimmste Szene ihres Lebens stand vor ihren Augen, als sei es gerade erst passiert.

Dennoch raffte Barbara sich auf. Das letzte Mal war zwanzig Jahre her, und sie hatte dafür bezahlt.

Die Sache mit Barcley war etwas ganz anderes. Es gab gar keinen Zweifel: Barclay hatte versucht, sie zu töten. Sie hatte sich gegen ihn gewehrt.

»Notwehr«, sagte sie lauter als beabsichtigt. »Das war doch ganz klar Notwehr.« Noch einmal sah sie auf den toten Schuldirektor hinunter. Was um alles in der Welt war mit ihm geschehen? Wieso war er so aggressiv geworden? Gab es einen Zusammenhang mit dem, was sonst noch heute passiert war?

Plötzlich fiel ihr ein, dass sie vor dem Kampf mit Barclay unbedingt etwas hatte erledigen wollen. Etwas ganz Dringendes. Was war es nur gewesen...

Es geht weiter, Barbara. Das war erst der Anfang.

Natürlich: die Schere. Meridith aus der vierten Klasse hatte eine Schere ausgeliehen. Eine riesige Schere, die ohne Weiteres als Mordwerkzeug taugte.

Das schaffe ich nicht allein, dachte Barbara. *Ich brauche Hilfe. So schnell wie möglich.*

Sie stürzte ins Treppenhaus, zurück in den zweiten Stock, dorthin, wo Dr. Grant sein Behandlungszimmer hatte. Ohne anzuklopfen, rannte sie hinein.

Robert Grant schien seine Ruhe inzwischen wiedergefunden zu haben. Barbara nahm an, dass die konzentrierte Arbeit ihn hatte zu sich kommen lassen. Schließlich musste der Arzt sich auf die Versorgung der schwer verletzten Judith konzentrieren und die beiden Kinder untersuchen, die offenbar durchgedreht waren.

Barbara sah Grant mit gelassener Miene am Schreibtisch sitzen, während Judith in einer Art Dämmerschlaf auf der Behandlungsliege lag. Die beiden Jungen hockten regungslos auf den Besucherstühlen, wobei sie sich jetzt auch nicht mehr hätten bewegen können: Grant hatte sie mit kräftigen Stricken an die Stühle gebunden und die Schnüre zusätzlich um Arme und Beine geknotet.

»Sie haben sie gefesselt?«, fragte Barbara.

»Sicher ist sicher. Wissen Sie, ich habe das nicht gern getan. Aber ich weiß einfach noch immer nicht, was mit den Kindern los ist. Sie benehmen sich, als hätte man einen Teil ihres Gehirns einfach abgeschaltet. Ich habe da mal etwas gelesen. Eine Studie, in der ...«

»Dr. Grant, Entschuldigung, wenn ich Sie unterbreche. Aber – können Sie bitte ganz schnell mitkommen. Ich glaube, es hat noch jemanden erwischt. Also, ich fürchte, Meridith könnte die Nächste sein. Sie hat sich gerade eine große Schere ausgeliehen. Ein riesiges Ding. Wenn sie damit auf jemanden losgeht ...«

»Meridith?« – Grant runzelte die Stirn. »Aber die ist doch nun wirklich eine ganz ruhige Schülerin.«

»Jeff ist doch auch normalerweise ganz friedlich. Genau wie Braedon.«

Grant blickte auf die zwei Kinder und die apathisch auf der Liege dämmernde Judith Myers. Er gähnte dabei, was eine Nebenwirkung des Valiums war, das er zuvor eingenommen hatte, um seine Nerven zu beruhigen.

»Dr. Grant, bitte. Wir müssen etwas tun!«, drängte Barbara.

Geh doch alleine und lass dich von Meridith mit der Schere stechen.

»Bitte, bitte helfen Sie! Ich habe wirklich furchtbare Angst, dass noch mehr passiert. Sie wissen, dass ich nicht zur Hysterie neige. Aber heute...«

»Also gut.« Robert Grant erhob sich von seinem Schreibtischstuhl. Seine Schritte wirkten etwas unsicher. Die Wirkung der Tabletten war doch stärker, als er gedacht hatte.

Gemeinsam traten sie auf den Flur.

Noch immer prasselte der Regen mit voller Wucht gegen die Fensterscheiben. Die Donnerschläge krachten im Sekundentakt. Sonst jedoch war es im Schulgebäude erstaunlich ruhig. Konnte es wirklich sein, dass sich die schrecklichen Vorfälle noch nicht herumgesprochen hatten?

Sie kamen an Barbaras Klassenzimmer vorbei. Es war leer.

»Sie sind wahrscheinlich nebenan.« Barbara ging voraus zum Klassenraum von Judith Myers. Doch auch hier war niemand. Nur die Ranzen der Schüler standen an ihren Bänken. Ordentlich nebeneinander – in Reih und Glied.

Die nächste Tür öffnete Dr. Grant. An seiner Reaktion bemerkte Barbara, dass hier etwas nicht in Ordnung war.

Absolut nicht in Ordnung. Obwohl das Valium noch in seinem Blut kreiste und er bis vor wenigen Sekunden die Ruhe selbst gewesen war, taumelte der Arzt aschfahl im Gesicht zurück und schlug die Tür zu. Er schnappte hektisch nach Luft und hatte größte Mühe zu sprechen. »Sehen Sie sich das nicht an. Kommen Sie, wir müssen ... – Kommen Sie einfach. Schnell.« Robert Grant zog sie zurück. Währenddessen kamen die Stimmen aus dem Treppenhaus näher.

Was Barbara hörte, erinnerte sie an den letzten Auftritt des Schulchors. Es waren Kinderstimmen, die sich leise warmzusingen schienen. Klänge, die normalerweise für Fröhlichkeit gesorgt hätten. Vorfreude auf das Konzert.

Du kennst doch die Melodie. Du weißt doch, was das bedeutet. Vorfreude ist vielleicht nicht ganz der richtige Ausdruck.

Barbara griff nach dem Arm von Robert Grant, um sich festzuhalten. Der Arzt packte sie.

»Los jetzt, wir müssen hier raus.« Er zerrte Barbara den Flur entlang zum Treppenhaus.

Das Singen der Kinder wurde lauter. Barbara zitterte so sehr, dass sie glaubte, ihre Beine würden jeden Moment den Halt verlieren.

Du weißt, dass die Töne nur die Untermalung sind. Die Musikbegleitung zum Bersten der Knochen. Das habe ich dir doch heute Morgen schon gesagt. Die Todesmelodie. Du kennst sie doch.

»Nein ...«, schrie Barbara.

Sie waren fast am Ende des Flurs angelangt, als die Kinder auf sie zukamen. Sie gingen roboterhaft, mechanisch. Wie eine ferngesteuerte Armee. Die Gesichter waren leer. Die Augen starr. Sie sangen im Takt ihrer Schritte.

Allen voran marschierte Meridith, die große Schere ausgestreckt wie eine Lanze. Auch die anderen hielten Gegenstände als Waffen in den Händen: Messer, Scheren, Zirkel.

Als sie Robert und Barbara entdeckten, beschleunigten sie ihre Schritte.

»Zurück!« Dr. Grant begriff, dass sie an den bewaffneten Kindern nicht vorbeikommen würden, ohne schwere Verletzungen davonzutragen. Sie machten kehrt und rannten in den nächsten Klassenraum.

Grant schlug die Tür von innen zu und schob einen Stuhl unter die Klinke. Er atmete schwer und stoßweise. Dann packte er Barbara und hielt ihr die Augen zu.

»Setzen Sie sich, Mrs. Neville. Lehnen Sie sich mit dem Rücken an die Wand, bevor Sie sich hier umschauen.«

»Warum?«

»Weil das kaum...« Grant würgte. »Weil das einfach nicht...«

»Was ist hier los?« Barbara hatte inzwischen freiwillig die Augen hinter Dr. Grants Handflächen geschlossen. Sie konnte das Desinfektionsmittel an seinen Händen riechen. Doch es war noch ein weiterer Geruch in dem Raum. Er erinnerte sie an eine Großküche. Aber auch an Fäkalien. Es roch nach... Fleisch. Nach rohem Fleisch – und nach halbverdautem Essen. Vom Flur drang der Gesang der Kinder in den Raum. Sie rüttelten an der Tür.

Ich kann hier nicht tatenlos wie eine Blinde sitzen bleiben, bis sie hereinkommen, beschloss Barbara.

Sie öffnete die Augen.

Sofort danach übergab sie sich zum zweiten Mal an diesem Tag.

Es war, als hätte jemand mit einer Faust auf ihren Magen geschlagen.

»Sie haben Francis, also Miss Beck... sie haben sie...«

»Ja. Sie haben sie... geschlachtet«, beendete Robert Grant den Satz. »So muss man es wohl nennen.«

In dem Klassenzimmer, in dem sie gerade Schutz vor der Kinderarmee suchten, lagen die Überreste der jungen Referendarin. Auf jedem Tisch ein Stück. Nur ihr Kopf lag nicht – er steckte. Er war auf dem Zeigestock aus Bambusrohr aufgespießt, der seitlich an der Tafel lehnte. Das Entsetzen im Blick von Francis Beck war noch immer klar zu erkennen. Auch wenn die Augen jetzt kalt, tot und leer waren.

»Wieso nur?« – Barbara schluchzte so sehr bei dieser Frage, dass Dr. Grant sie kaum verstehen konnte. Er ließ sich auf den Boden sinken, mit dem Rücken zur Tür.

»Ich weiß es nicht. Ich habe Jeff und Braedon untersucht. Aber ich kann das alles überhaupt nicht einordnen. Vielleicht ist es ein Virus, der das Gehirn befällt. Etwas, das die Psyche der Infizierten in den Modus eines Psychopathen umschaltet. Man weiß inzwischen, dass fast alle Menschen diese Möglichkeit in sich tragen – vielleicht weil es in der Steinzeit nützlich war. Aber man weiß nicht, wodurch so etwas entfesselt werden kann. Manche Menschen kommen so auf die Welt. Sie werden dann zu Serienmördern. Oder auch Soldaten in der Fremdenlegion ...«

Oder große Schwestern, die lieber mit ihrem Date telefonieren, als sich um den kleinen Bruder zu kümmern. Du weißt doch, wie es sich anfühlt, wenn der Vogel singt. Du hast das doch nicht vergessen?

Barbara sank neben Robert auf den Boden. »Können Sie sich vorstellen, dass ich auch schon einmal völlig die Kontrolle verloren habe? Dass ich ein wehrloses Opfer ...«

Sie wurde von einem Krachen unterbrochen, das lauter war als die Donnerschläge des Gewitters draußen. Gleichzeitig mit dem Krachen spürten sie beide einen Schlag im Rücken.

»Mein Gott, sie hacken die Tür ein.« Dr. Grant sprang auf. Durch das splitternde Holz drang die Spitze einer Axt.

»Wo haben die das Werkzeug her?«

»Die Garten-AG«, stammelte Barbara, »wir haben gerade Werkzeug und Geräte bestellt...«

Grant lief zum Fenster. »Ist jetzt auch egal. Wir müssen raus hier.«

»Aus dem dritten Stock? Das schaffen wir nie.«

Unter dem Fenster ging es mindestens zwölf Meter in die Tiefe. Der Boden unten war aus Beton. Auch Grant schüttelte den Kopf. »Wenn wir den Sprung überhaupt überleben, dann nur schwer verletzt.«

Während Barbara die Tür mit weiteren Tischen und Stühlen blockierte, suchte Robert Grant alle Wände des Klassenzimmers ab. Hinter der ausgeklappten Tafel blieb er plötzlich stehen.

»Was ist das hier?« Er zeigte auf zwei alte Flügeltüren. Sie waren kaum noch zu erkennen, weil man sie schon mehrmals mit Wandfarbe überstrichen hatte.

»Keine Ahnung.« Barbara kam näher.

Grant zerrte an der rechten Tür.

»Moment, ich glaube, ich weiß doch, was das ist.« Barbara packte mit an. »Das ist ein Lastenaufzug. Für Essen und Trinken, verstehen Sie? Die Schule war früher mal das Haus eines Landgrafen. Und dies hier war, soweit ich weiß, sein Speisesaal.«

»Wo führt der Schacht mit dem Aufzug hin?«

»In den Keller, denke ich.«

Sie sahen sich an. Grant hatte rote Flecken im Gesicht. Er roch nach Schweiß. Für einen kurzen Moment nahm er Barbaras rechte Hand in seine linke. »Wir schaffen das. Wir müssen es einfach schaffen.«

Mit vereinten Kräften zerrten sie an der Tür. Es knirschte. Farbe und Putz bröckelten ab. Das morsche Holz krachte. Ein moderiger Geruch schlug ihnen entgegen. Sie griffen in die dunkle Öffnung und stellten fest, dass die hölzerne Aufzugskabine sich direkt in ihrer Etage befand.

Grant steckte seinen Kopf in den Schacht.

»Das Ding ist oben offen. Wir passen rein. Aber wir müssen uns unbedingt, so fest es geht, an den Seilen hier festhalten – sonst rauschen wir ungebremst in den Tod.«

Zitternd krabbelten sie durch die enge Öffnung. Barbara spürte die Hitze von Robert Grants Körper. Ihr selbst war abwechselnd heiß und kalt.

»Festhalten«, brüllte Grant. Beide griffen nach je einem der Stahlseile, an denen die Kabine hing. Doch der Aufzug hatte durch ihr Gewicht schon enorm beschleunigt.

»Fester«, rief Grant noch einmal.

Barbara griff zu, so kräftig sie konnte. Sie spürte einen entsetzlichen Schmerz, als das Seil die Haut ihrer Handinnenflächen abriss. Auch Robert Grant brüllte wie ein verwundeter Stier. Blut spritzte ihnen von den zerrissenen Händen ins Gesicht.

Als die Kabine auf dem Kellerboden aufschlug, war Barbara sich sicher, dass ihre Wirbelsäule gebrochen war wie ein dürrer Zweig im Sturm. Überzeugt, niemals wieder aufstehen zu können, blieben sie beide am Boden liegen. Doch der Schmerz der zerfetzten Hände riss sie aus dem Nebel einer nahen Ohnmacht zurück in die Realität.

Stöhnend richtete Barbara sich auf und stellte erstaunt fest, dass sie stehen und sogar gehen konnte.

»Wir leben«, erklärte Grant.

»Noch«, flüsterte Barbara. Wie lange wohl noch, überlegte sie.

FÜNF

Zwei Ratten huschten zwischen ihren Beinen hindurch.

»Und wo geht es raus?«, fragte Robert Grant.

»Keine Ahnung. Ich war noch nie hier unten.«

Es roch nach Schimmel und Rattenkot. Außerdem war es eiskalt und fast vollkommen dunkel. Schritt für Schritt tasteten sie sich vorwärts. Hinter der ersten Tür, die sie entdeckten, befand sich nichts als ein leerer Vorratsraum ohne Beleuchtung. Die nächsten Türen waren verriegelt. Schließlich entdeckten sie den Heizungsraum. Er war nicht abgesperrt. Drinnen war es sogar angenehm warm. Grant fand einen Lichtschalter. Die plötzliche Helligkeit ließ beide die Augen zukneifen.

Der Gasbrenner lief auf vollen Touren. Das Thermometer zeigte eine Vorlauftemperatur von fast neunzig Grad an.

»Funktioniert immer noch einwandfrei, das gute Stück«, brummte Robert Grant. »Ich meine, der läuft jetzt schon seit zwanzig Jahren. Und das völlig störungsfrei. Erstaunlich.«

Barbara konnte nicht verstehen, dass Grant sich in dieser Situation für Heizungstechnik interessierte.

»Ich wüsste lieber: Wie kommt man von hier – zum Ausgang?« Von ihren Händen tropfte noch immer Blut auf den hellgrauen Betonboden.

»Das weiß ich leider auch nicht.«

Der Arzt setzte sich auf einen Absatz aus Ziegelsteinen, der sich vor dem Heizungskessel befand. Er griff in die Hosentasche und zog zwei kleine Pillen heraus.

»Was ist das?«

»Überlebenshilfe. Möchten Sie auch?«

Barbara legte die Stirn in Falten. »Sie nehmen Beruhigungsmittel?«

Nimm doch auch etwas. Na klar doch. Dann vergisst du vielleicht, dass du verantwortlich bist. Wirf etwas ein, und es geht dir gut. Das hast du doch damals auch getan. Danach – als du keine Nacht mehr schlafen konntest. Als du dich auf nichts mehr konzentrieren konntest. Weil du immer wieder das Gesicht deines kleinen Bruders gesehen hast: Seinen Blick, der dich fragt, was du getan hast. Seine Haut, die erst blass wird und dann bläulich. Das Leben in seinen Augen, das eben noch da war und dann plötzlich verschwunden ist. Der Blick, der dich gerade noch so vertrauensvoll angeschaut hat, der dann in Erstaunen wechselte und schließlich in Angst. In Angst und Entsetzen. Kurz bevor sein Leben vorbei war.

»Also wenn man in einer Situation wie dieser kein Valium gebrauchen kann, weiß ich nicht, in welcher.« Grant schluckte die Pillen und betrachtete stöhnend seine geschundenen Hände.

Barbara sah, wie der Blick des Doktors kurz darauf glasig wirkte.

»Das war vielleicht ein bisschen zu viel?«

Keine Antwort.

»Dr. Grant?«

»Mrs. Neville, was führt Sie zu mir, schöne Frau?«, lallte er. »Sie wissen, ich helfe Ihnen immer gern. Ihnen ganz besonders.«

Er ging, nein, er schwankte auf Barbara zu und streckte seine blutigen Hände nach ihr aus. Erschrocken wich sie zurück. »Was ist los mit Ihnen?«

»Wieso?« Robert Grant lächelte plötzlich. »Alles ist gut. Ich muss nur schnell ... Wo ist denn ...?«

Er sah sich suchend um, wobei seine Augen der Bewegung des Kopfes nicht folgen wollten. »Mir ist so ...« Dann sank er auf dem Kellerboden in sich zusammen.

Barbara beugte sich über ihn, schüttelte ihn an den Schultern.

»Dr. Grant. Hallo. Aufwachen.«

Noch einmal öffnete er kurz die Augen. Seine Pupillen waren seltsam verdreht.

»Dr. Grant, Robert, bitte.«

Es war zwecklos. Der Schularzt befand sich offenbar im Tiefschlaf. Oder im Koma. Sein Mund stand halb offen, und er schnarchte laut. Die Schrecken des Tages, die Anstrengung und das Valium ließen Dr. Grant abtauchen ins Land der Träume.

Barbara raffte sich auf. Sie hinkte. Ihr Knie war schmerzhaft geschwollen. Wenn sie ehrlich war, gab es keinen einzigen Punkt ihres Körpers, der keine Schmerzen verursachte.

Trotzdem stand sie auf, schaltete das Licht aus und schloss die Tür zum Heizungsraum. Sie musste Hilfe holen. Die Polizei. Einen Rettungswagen für Judith Myers, falls sie überhaupt noch lebte. Und Hilfe für die Kinder. Mein Gott, die Kinder, dachte sie. Was war nur mit ihnen geschehen?

Sie schlurfte mehr durch die dunklen Gänge, als dass sie ging. Die Schmerzen wurden immer heftiger, je länger sie nach einem Ausgang suchte. War sie im Kreis gelaufen?

Trotz allem versuchte sie, sich Mut zu machen: »So schwer kann es ja auch nicht sein, eine verdammte Kellertür zu entdecken.«

Du wirst wieder herausfinden und weitermachen, nicht wahr? Dabei hast du es überhaupt nicht verdient. Du hast ein Kleinkind getötet. Ein hilfloses Kleinkind. Hast du das vergessen?

»Ich habe nichts vergessen. Aber ich habe doch dafür gebüßt. Ich habe im Gefängnis gesessen. Und ich sorge seit Jahren dafür, dass sich Kinder glücklich fühlen. Was kann ich sonst noch tun? Ich will doch alles wiedergutmachen. Warum quälst du mich?«

Du siehst doch, was passiert ist. Deine ach so glücklichen Schulkinder werden gerade zu Monstern. Sie werden zu Maschinen, die alles vernichten. Sie werden aus deiner Schule ein Schlachtfeld machen und aus der Insel einen Ort des Grauens. Sie schrecken vor nichts mehr zurück.

»Das glaube ich nicht«, brüllte Barbara. »Ich glaube es nicht, nein, nein, nein.«

Nur war sie sich alles andere als sicher, ob sie auch meinte, was sie da mit voller Kraft schrie.

Denn sie spürte, dass etwas auf dem Weg zu ihr war, vor dem sie nicht fliehen konnte.

Das Schlimmste stand ihr noch bevor.

SECHS

Barbaras Stimme hallte von den Kellerwänden wider. Und dann war da plötzlich auch noch ein anderes Geräusch. Schnelle Schritte.

Barbara wirbelte herum und sah eine Gruppe Kinder auf sich zukommen, wie eine riesige Ozeanwelle. Sie konnte nicht einmal mehr »halt« brüllen, so schnell war die Welle über ihr und riss sie zu Boden. Die Kinder lagen auf ihren Armen und Beinen, sie drückten ihren Kopf auf den kalten Beton. Barbara spürte, wie mit solcher Gewalt an ihren Haaren gezerrt wurde, dass sie büschelweise ausrissen. Eine Hand mit einem Messer bewegte sich direkt auf ihr Gesicht zu.

»Bitte nicht«, flehte sie. »Ich bin es doch...«

Plötzlich rief eine Mädchenstimme: »Stopp.«

Die Angreifer verharrten reglos auf ihren Plätzen. Barbara

konnte sich immer noch nicht von der Stelle rühren. Aber immerhin fuchtelte niemand mehr mit einem Messer vor ihr herum.

Das Gesicht von Meridith rückte in ihr Blickfeld. »Hallo, Mrs. Neville.« Ihre Stimme war seltsam tonlos.

»Meridith, was macht ihr? – Was soll das alles?«

»Noch mal Lust auf ein Rätsel, Mrs. Neville?«

»Meridith, bitte. Hört damit auf. Was ist los mit euch?«

»Das muss ich Ihnen doch wohl nicht erklären. Sie wissen doch, wie es ist, wenn der Vogel singt.«

Als der Vogel gesungen hat, habe ich die Beherrschung verloren. Etwas ist über mich gekommen, das außer mir lag. Es hat meine Gedanken bestimmt. Lange genug, um zu tun, was ich niemals hätte tun dürfen.

Barbara war nicht einmal überrascht, dass die Stimme in ihrem Kopf plötzlich in der Ich-Form sprach. Sie wollte von ihr Besitz ergreifen. Wie damals.

Der kleine Körper in dem Kinderbettchen. Das Schreien meines knapp zwei Jahre alten Bruders. Der Wunsch, dass das Geschrei endlich aufhören würde. Dass ich es abstellen könnte – wie den Ton vom Fernseher, wenn er mich nervt. Sein Kopf flog vor und zurück wie ein Gummiball, als ich ihn schüttelte. Das Schreien hörte tatsächlich auf. Dann dieses Geräusch. So laut, dass es sogar den Gesang des Vogels verdrängt hat. Das Krachen des Halswirbels. Wie splitterndes Holz.

Ich bin irgendwo gegengestoßen, habe ich mir eingeredet. Nur ein Kratzer am Bettchen. Etwas, das ich meinen Eltern gewiss erklären könnte. Doch dann habe ich die Augen geschen. Diesen Blick kurz vor seinem Tod. Kurz bevor der Körper jede Spannung verlor und schlaff in meinen Händen hing. Schlaff wie eine Puppe. Leblos.

»Nun, Mrs. Neville? Noch ein Rätsel? – Was hat viele Zähne und doch keinen Mund?« Meridith lachte. Aber ihr Gesicht blieb dabei starr, maskenhaft. Sie öffnete nicht einmal die Lippen beim Reden. »Wissen Sie eigentlich, Mrs. Neville, dass ich gar nicht wirklich spreche? Sie hören meine Gedanken. Und ich höre Ihre. Ich weiß alles. *Wir* wissen alles. Hören Sie das Lied des Vogels?«

»Ich höre es. Aber ich kämpfe dagegen an. Ich weiß, was es anrichtet. Warum kämpft ihr nicht auch?«

»Weil es so viel leichter ist nachzugeben. Es fühlt sich gut an. Kommen Sie mit auf unsere Seite. Sie waren doch schon einmal dort.«

»Nein«, brüllte Barbara. »Es muss aufhören.«

»Es wird nicht aufhören.« Die Kinder verstärkten den Druck auf Barbara. Es waren mindestens zehn, die sie am Boden hielten. »Also, das Rätsel«, fuhr Meridith fort. »Es hat viele Zähne und keinen Mund – was ist das?«

»Eine Säge«, flüsterte Barbara. Sie machte die Augen zu, entschlossen, einfach zu ertragen, was jetzt kommen würde.

»Sehr gut. Weil Sie so schlau sind, sägen wir weniger ab als bei den anderen.« Barbara spürte, wie kaltes Metall auf ihr Handgelenk gedrückt wurde.

»Wie viele Kinder hat es schon erwischt, Meridith?«

»Alle. Ich habe den Vogel geholt. Alle haben ihn gehört. Dann haben wir die Beck erledigt. Die mochten Sie doch auch nicht, oder? Übrigens – ich habe auch Barclay gesehen. Waren Sie das? Gute Leistung. Das hat Ihnen doch sicher Spaß gemacht. Also, wo ist Ihr Problem?«

»Das war Notwehr, Meridith. Glaub mir bitte. Komm zurück. Hör auf damit. Hört alle auf.« Doch die Kinder begannen nur wieder, die entsetzliche Melodie zu summen. Und Barbara beschloss, einfach mit sich geschehen zu lassen, was jetzt kommen würde. Sollten sie sie doch töten. Dann hätte wenigstens der Schmerz ein Ende.

SIEBEN

Sie konnte nicht nur die Gedanken von Meridith in ihrem Kopf wahrnehmen. Sie hörte auch, was in den Köpfen der anderen Kinder vor sich ging. Rhythmische, gleichgeschaltete Gedankenströme: Wir werden jeden töten. Wir werden alles Leben vernichten. Wir machen vor nichts mehr halt. Erst die Schule, dann die Insel.

Ich trage die Schuld. Hätte ich nie auf das Lied des Vogels gehört ... Ich habe diesen Dämon hierhergebracht. Ich wollte Gutes in die Schule tragen und habe die böse Saat verbreitet.

Die Angst vor dem, was noch geschehen könnte, setzte Kräfte in Barbara frei, von denen sie vorher nichts geahnt hatte. Sie riss die Augen auf, sah vier Kinder direkt über sich und die anderen sechs etwas weiter weg stehen. Sie spannte alle ihre Muskeln auf einmal an. Mit einem Ruck bekam sie die rechte Hand frei. Sie kratzte zwei Angreifern mitten durchs Gesicht. Dem dritten drückte sie Daumen und Zeigefinger in die Augen. Sie hörte keine Schreie. Offenbar spürten die Schüler keinen Schmerz. Aber sie hatte für einen Augenblick der Überraschung gesorgt. Für einen Moment, in dem sich der Druck auf ihren Körper lockerte. Und sie nutzte diesen Augenblick für einen Sprung, in den sie die Kraft ihrer ganzen Verzweiflung legte. Die Kinder wurden zur Seite gewirbelt. Sie behinderten sich gegenseitig beim Aufstehen, und auch Meridith war so überrascht, dass sie nicht sofort reagierte.

Barbara sprang auf. Sie rannte durch den Keller. Der Boden war feucht und glitschig. Zwischendurch verloren ihre Füße den Halt, und sie strauchelte. Sie stürzte und schmeckte Blut auf ihrer Zunge. Danach fühlte sie eine große Lücke im Mund, wo zuvor noch ein Schneidezahn gewesen war. Sie sprang erneut auf, rannte blindlings weiter. Die Schritte ihrer Verfolger waren bereits wieder sehr nah hinter ihr.

Da bemerkte sie plötzlich die Tür. Sie kam ihr bekannt vor. Der Heizungskeller! Ohne lange zu überlegen, stürmte sie hinein, warf die Tür zu und verriegelte sie von innen. Neben der Tür war der altmodische Lichtschalter. Sie drehte ihn zuerst in die falsche Richtung. Nur ein Funkenschlag verriet, dass die Leitung unter Strom stand. Als sie den Schalter nach rechts drehte, flammte die Neonbeleuchtung auf. Schwer atmend und vollkommen erschöpft sank Barbara auf der Rückseite der Tür zusammen.

In dem hellen Licht sah sie an sich hinab. Ihr Kostüm war zerrissen, aus einer tiefen Wunde im rechten Unterschenkel tropfte Blut. Eine weitere stark blutende Wunde wies ihr linkes Handgelenk auf. Ein ausgefranster Schnitt, der entsetzliche Schmerzen verursachte. *Die verdammte Säge,* dachte Barbara und schloss für einen Moment die Augen.

Es dauerte keine zwanzig Sekunden, bis von draußen gegen die Tür geschlagen wurde. »Kommen Sie freiwillig da raus, Mrs. Neville. Sie haben keine Chance.«

»Ich denke nicht daran. Ich habe längst die Polizei informiert. Sie sind gleich da. Und dann werden sie euch alle einsperren.«

Ihr Blick irrte in dem Raum umher. Robert Grant lag noch immer regungslos auf dem Boden. War er tot? Sie konnte keine Atmung hören.

Vor der Tür wurde es ruhig. Wie schnell würden die Kinder ihre Lüge durchschauen? *Die Polizei wird kommen, die Polizei wird kommen, die Polizei wird kommen.* Sie versuchte, nur diesen einen Gedanken zuzulassen. Wenn sie ganz bewusst an nichts anderes dachte, konnten die Schüler vielleicht auch keinen anderen Gedanken von ihr auffangen, hoffte sie. *Sie sind gleich da. Ich kann die Sirenen schon hören.*

»O. k. – Mrs. Neville. Wie Sie wollen. Wir verlassen jetzt den Keller«, rief Meridith. Barbara hörte Schritte. Aber die Melodie in ihrem Kopf blieb. War das nur ein Echo? Oder standen die Kinder doch noch vor der Tür? Hatten sie sie längst durchschaut und versuchten, ihr eine Falle zu stellen? *Die Polizei muss gleich da sein. Die Polizei muss gleich da sein. Die Polizei muss gleich da sein.*

Barbara war sich nicht sicher, ob sie es schaffen würde, das, was sie wirklich dachte, mit der dauernden Wiederholung dieses einen Satzes zu überdecken. Andererseits – vielleicht waren die Kinder wirklich weggegangen? Und wenn sie schon unterwegs waren, um ihr mörderisches Werk auf der Insel fortzusetzen?

Barbara malte sich aus, was geschehen würde: Die Kinder klopfen an den Haustüren ihrer Eltern an. Natürlich werden sie eingelassen. Und dann wird die Mutter, die gerade das Mittagessen vorbereit hat, von einer Kindergruppe zu Boden geworfen. Erst glaubt sie noch an einen Scherz, ein übermütiges Spiel – dann stecken Messer in ihrem Körper. Väter, die mit einem Lächeln fragen, wie es in der Schule war, werden mit Geräten der Garten-AG traktiert. Vielleicht können sie sich noch kurz wehren – aber wenn alle Kinder auf einmal kommen ... Vierhundertzwanzig Schüler zählt die Angels' Primary. Früher oder später würden alle Eltern erstochen, zersägt, zerstückelt ...

Es ist aussichtslos, dachte Barbara. *Es gibt keine Rettung, und es kommt auch keine Hilfe.*

Obwohl es ihr unsinnig erschien, zog sie noch einmal ihr Handy aus der Tasche. Sie konnte nicht glauben, was sie sah: Das Empfangssignal war schwach, nur ein kleiner Balken. Aber immerhin, es war da. »Meteor« stand im Display, der Name ihrer Telefongesellschaft. Sie könnte Hilfe rufen. Einfach erklären, was passiert war. *Die Polizei wird kommen.* Es war gar keine Finte, um die Schüler hereinzulegen. *Die Polizei wird wirklich kommen.* Sie musste nur anrufen. Ihre Hände zitterten so sehr, dass sie sich zweimal verwählte. Dann endlich zeigte das Telefon den Verbindungsaufbau mit der Leitstelle.

»Polizei-Notruf, was kann ich für Sie tun?«

»Hier ist Barbara Neville. Ich sitze fest im Keller der Angel's Primary. Unsere Schüler sind ... ich kann es gar nicht erklären. Es ist ... Bitte kommen Sie schnell. Es hat bereits ...«

»Hier Polizei-Notruf, was kann ich für Sie tun?«

Verdammt, die Verbindung war offenbar so schlecht, dass man sie gar nicht verstanden hatte.

»Hier ist Barbara Neville aus der Angel's Primary ...«

»Hier Polizei-Notruf. Bitte schildern Sie Ihr Problem, oder ich lege auf. Falls das ein dummer Halloween-Scherz ist, sollten Sie wissen, dass so etwas durchaus Folgen haben kann.«

»Hören Sie, das ist absolut kein Scherz«, schrie Barbara in das Gerät.

Ein Piepton von ihrem Handy zeigte an, dass die Verbindung unterbrochen worden war. Der kleine Balken im Display verschwand ebenso wie der Name des Providers.

Von draußen hörte sie die Stimme eines kleinen Jungen fragen. »Meint ihr, sie kommt bald raus?« – »Psst, nicht so laut.«

Verdammt. Sie waren also immer noch vor der Tür.

Barbara sah sich in dem Heizungsraum um.

Die vertraute Stimme in ihrem Kopf meldete sich. Sie sprach wieder in der zweiten Person:

Siehst du, ich habe gewonnen. Sie werden alle töten, die sich ihnen in den Weg stellen. Die Macht der Gewalt wird alles niedermähen. Die Insel ...

»Nein«, unterbrach Barbara die Stimme. »Du hast nicht gewonnen, denn *mich* hast du nicht.«

Sie stand auf und schleppte sich zur Heizungsanlage. Die Schelle am Rohr für die Gaszufuhr ließ sich erstaunlich leicht lösen. Kaum hatte sie das Verbindungsstück herausgezogen, erfüllte ein süßlicher Geruch den Raum. Dafür erlosch die Flamme im Brenner. Barbara wartete ab, bis sie kaum noch Luft bekam. Der Gasgeruch verursachte einen stechenden Kopfschmerz. Sie schaltete die Beleuchtung aus, bevor sie die Tür öffnete.

Sauerstoff strömte herein. Sie hoffte, dass das Gemisch schon die richtige Zusammensetzung hätte. Im Dunkeln erkannte sie schemenhaft die wartenden Kinder, die sich jetzt in ihre Richtung bewegten. Wieder drehte sie den Lichtschalter nach links. Wieder gab es nur einen kleinen elektrischen Funken. Aber er genügte.

Die Detonation war gewaltig. Die Decke des Schulkellers flog in die Luft, als sei sie aus Sperrholz. Die Köpfe der Kinder wurden in den Nacken geschleudert. Sie sahen direkt in den wolkenverhangenen Himmel, der sich plötzlich frei über ihnen spannte.

Das gesamte Gebäude wurde angehoben, nur um Sekunden später als mörderischer Regen aus Betonbrocken, Balkenresten und Steinen wieder herabzufallen. Es gab einen ohrenbetäubenden Lärm. Das Letzte, was Barbara Neville wahrnahm, war das Bruchstück eines Regenbogens, der zwischen zwei vom Wind über den Himmel gejagten Wolken aufblitzte. Danach raste ein tonnenschweres Stück der Kellerdecke auf sie zu, und alles wurde dunkel.

Die Trümmer begruben jegliches Leben unter sich. Nicht einmal ein Wimmern der Sterbenden drang nach draußen.

Von der Angels' Primary blieb nur ein Haufen Geröll übrig. Der Wind hatte sich gelegt. Es war totenstill. Wie brauner Nebel sank die Staubwolke der Explosion zu Boden und bedeckte die Trümmer mit einer zentimeterdicken, weichen Schicht.

Nur in einer Spalte zwischen den Gesteinsbrocken bewegte sich plötzlich etwas. Dort erhob sich ein kleiner Vogel.

Er schüttelte sich kurz, plusterte sein Gefieder auf und flatterte davon.

Stephan Reinbacher (geb. 1964) ist in Hamburg aufgewachsen und wäre fast Strafverteidiger geworden, hätte er nicht den Spaß an Bildern und Geschichten entdeckt. Als TV-Autor und Kameramann hat er Hunderte Fernsehbeiträge realisiert. Außerdem sind von ihm einige – teils preisgekrönte – Kurzkrimis erschienen. Er lebt in der Nähe von Wiesbaden und schreibt gerade seinen ersten Roman. Stephan Reinbacher ist Stipendiat der Bastei Lübbe Academy und hat an der Masterclass, einer einjährigen Autorenausbildung, teilgenommen.

Die Mauern von Ronwick Abbey

von Jürgen Scheiven

»Ronwick Abbey war ein heiliger Ort, Kinder. Aber dann kam das Böse und vergiftete ihn«, sagte Pfarrer Barton unheilvoll. Seine Messdiener saßen da und warteten gespannt darauf, dass er weitererzählte. »Menschen verschwanden und wurden nie wieder gesehen. Das Vieh verendete in den Ställen, und manchmal, in der Nacht, sah man unheimliche Lichter über den Dächern der Abtei.« Er richtete sich ein Stück weit auf und sah zum Fenster. »Besonders, ja, besonders in einer nebligen Nacht wie heute.«

Die Jungen zuckten zusammen, als irgendwo im Kirchenschiff eine Tür knarzte. »Was geschah dann?«, fragte Roderick, der Mutigste unter ihnen.

»Es war der graue Abt, der für das Grauen verantwortlich war, das unsere Insel heimsuchte. Er hatte einen Pakt mit dem Teufel geschlossen. Ewiges Leben für Treue und Knechtschaft. Das war der Preis. Dafür lästerte er jedes von Gottes Geboten. Und deshalb wurde er bestraft. Man mauerte ihn bei lebendigem Leib in den Gewölben der Abtei ein und versiegelte den Eingang. Achthundert Jahre ist das jetzt her, und doch kann man noch immer in einer Nacht des Jahres seine Schreie hören.«

Die Jungs schluckten. »Wann ... ist das denn?«, brachte der kleine Phillip stockend heraus, die Augen vor Schreck weit aufgerissen.

»Heute«, sagte Barton mit einer Stimme, die geradewegs aus dem Grab zu kommen schien. »An Halloween, dem Fest der Toten.« Dann lachte er und ließ eine Schale mit Süßigkeiten herumgehen. »Aber ihr glaubt mir ja eh nicht. Ihr seid schon viel zu erwachsen, um an Gruselgeschichten zu glauben. Oder?« Er strich sich eine graue Strähne aus dem Gesicht und stützte sich auf seinen Stock, der mehr eine Angewohnheit als eine Notwendigkeit war, und richtete sich auf.

»So. Jetzt aber rasch nach Hause mit euch. Eure Eltern machen sich sicher schon Sorgen, wo ihr bleibt.«

Die Jungs verabschiedeten sich lachend, schwangen sich auf ihre Räder und braustendavon. Nur Roderick blieb noch einen Moment und sah Barton mit entschlossener Miene an. »Der Abt soll nur kommen!«, rief er ihm zu und schüttelte seine kleine Faust. »Dann bekommt er von mir ein paar auf die Nase!«

»Jetzt verschwinde schon! Und fahr vorsichtig. Wir sehen uns nächsten Sonntag!« Aber das hörte der Junge schon nicht mehr.

»Kleiner Rabauke«, grinste Pfarrer Barton und machte sich auf den Heimweg. Gegen die Kühle des Abends und den heraufziehenden Herbstnebel hatte er sich mit einer Strickjacke gewappnet, die ihm viel zu groß war. Sie war unzählige Male geflickt worden, aber er brachte es nicht übers Herz, sie wegzuwerfen.

Der kurze Fußweg zu seinem Haus führte über den Friedhof. Er blieb stehen und holte eine gekreuzigte Jesusskulptur aus der Tasche. In ihrem Brustkorb steckte ein winziger Rubinsplitter, dort, wo das Herz saß.

Dann sah er zu den Ruinen der Abtei hinüber, die sich außerhalb von Kilmaley auf einem sanft ansteigenden Hügel erhoben. Im letzten Licht des Tages konnte er Kräne und Baumaschinen erkennen. Irgendein Investor wollte die Abtei aus ihrem Dornröschenschlaf wecken, um dort ein Hotel zu errichten. Ohne es zu bemerken, strich er mit dem Daumen über die Figur. Eine Angewohnheit, die so selbstverständlich für ihn war wie Atmen und Schlafen.

Du hast den Kindern ganz schön Angst eingejagt, hörte er eine vertraute Stimme, und er sah lächelnd auf die Jesusskulptur. Hatte sie ihn gerade vorwurfsvoll angeschaut?

»Sie wollten die Geschichte doch hören«, rechtfertigte er sich. Seit er die Figur in einer Kiste im Keller gefunden hatte, war sie für ihn etwas Besonderes. Manchmal glaubte er, sie redete wirklich zu ihm.

Der Nebel brachte die Oktoberkälte, und er begann zu zittern. Er freute sich auf sein warmes Zuhause, eine Tasse Tee und ein gutes Buch.

Sein Haus lag nur einen Steinwurf von seiner Kirche entfernt, und doch kam es seinen müden Knochen so vor, als wäre er schon ewig lange unterwegs gewesen.

Gerade als er seine Tür aufschließen wollte, stoppte ein Auto vor seinem Haus. Er drehte sich um und sah eine junge Frau, die auf ihn zukam. Sie hielt einen Korb in der Hand. Erst als sie ins Licht seiner Verandalampe trat, erkannte er sie. »Guten Abend, Cathy. Was für eine Überraschung. Kann ich etwas für dich tun? Magst du reinkommen?«

Sie winkte ab. »Nein, vielen Dank. Ich muss auch gleich weiter. Ich bin auf dem Weg zu Ruth. Aber ich habe etwas Suppe für Sie mit gekocht. Ich hoffe, Sie mögen Kürbissuppe?«

Barton war hocherfreut und nahm den Korb, den sie ihm reichte. »Du bist ein Engel, mein Kind.«

»Guten Appetit.« Schon war sie um den Wagen herum und kletterte hinter das Steuer.

»Ach, Cathy! Sag Henry, dass ich in den nächsten Tagen mal vorbeikomme, um nach seiner Frau zu sehen.«

»Mach ich!« Sie winkte ihm zu, als sie losfuhr.

Barton sah ihr hinterher, bis er sie an der nächsten Biegung aus den Augen verlor. »Diese Jugend. Immer in Eile.«

Du warst früher auch nicht anders, summte die Stimme in seinem Kopf. *Und immer geradeaus durch die Wand.*

»Ja, ich war schon ein sturer Hund ... Früher.« Er lächelte versonnen. »Kommt mir wie eine Ewigkeit vor.«

Sein Haustürschlüssel klirrte an seinem Bund, als er aufschloss und eintrat.

Sein Anrufbeantworter blinkte. »Acht Anrufe«, sagte er überrascht und drückte auf den Knopf. Es war Sandrine, die achtmal angerufen hatte. Er hatte ja schon Bräute erlebt, die kurz vor ihrer Hochzeit nervös wurden und ihre Umgebung in den Wahnsinn trieben, aber Sandrine schoss tatsächlich den Vogel ab. Für ihre Hochzeit musste alles perfekt sein, und am liebsten hätte sie auch ihm den Text diktiert, den er während der Trauungszeremonie aufsagen sollte. Natürlich hatte er das abgelehnt. »Armer Tyrell«, sagte er schmunzelnd zu sich, während im Hintergrund der Anrufbeantworter die letzte Nachricht abspielte. Dabei war er Sandrine gar nicht böse, im Gegenteil. Er mochte das Mädchen und freute sich für die beiden, aber was ihre Hochzeit betraf ... er verdrehte die Augen zur Decke. »Weswegen hatte sie noch mal angerufen?« Er winkte ab. »Das mache ich morgen. So lange wird sie sich wohl gedulden können.«

Eine Stunde später, nach dem Essen, saß er in seinem Lieblingssessel und streckte genussvoll die Füße von sich, die in bequemem Hausschuhen steckten.

Neben ihm, auf einem Beistelltisch, spendete eine Leselampe ein wenig Licht für seine Abendlektüre. »Die sieben Säulen der Weisheit«, hatte er sich aus dem Bücherregal genommen. Während er las, zündete er sich seine Pfeife an und steckte die Streichhölzer gedankenverloren in seine Strickjacke, als er plötzlich eine Bewegung im Augenwinkel bemerkte. Eine Spinne war von der Decke geradewegs in seine Teetasse gefallen. Schnell hielt er seinen Löffel bereit, um das Tierchen zu retten. »Du hättest dir aber auch einen anderen Platz zum Baden aussuchen können«, murmelte er tadelnd, als er die Spinne endlich mit dem Löffel erwischte und sie zum Fenster trug. Gerade als er mit seiner guten Tat zufrieden war und sich wieder seiner wohlverdienten Ruhe widmen wollte, stutzte er.

Ein knarrendes Geräusch an der Hintertür hatte ihn wachsam aufhorchen lassen. Da war es wieder. Die Scharniere quietschten. *Einbrecher!*, kam es ihm in den Sinn.

Mit entschlossenem Gesicht schnappte er sich seinen Stock und schlich den Flur entlang nach hinten. Er war kein ängstlicher Mann. In seiner Jugend hatte er sogar geboxt. Wenn es also jemand wagte, bei ihm einzubrechen, dann könnte der was erleben.

»Wer ist da!«, rief er und wunderte sich nicht, als er keine Antwort erhielt. Er hatte bereits gesehen, dass die Tür einen Spalt weit offen stand. Vereinzelte Nebelschwaden hatten ihren Weg in seinen Hausflur gefunden.

»Hallo?« Er hielt den Stock wie einen Knüppel, griff nach dem Türknauf und riss sie mit Schwung auf. Er sah nach links, niemand, nach rechts, nichts.

Dann fiel sein Blick auf den zugeknoteten Müllbeutel, der neben der Tür an der Hauswand lehnte.

Dummkopf, schalt er sich selbst. »Du wolltest den Müll rausbringen, und dann hat das Telefon geklingelt. Von wegen Einbrecher.«

Den Müll konnte er auch noch morgen wegtragen. So schloss er die Tür und ging in sein Wohnzimmer zurück.

Dunkelheit erwartete ihn. Die Leselampe war aus, obwohl er sicher war, sie angelassen zu haben. Etwas knackte unter seinen Füßen. Die Dunkelheit machte es ihm unmöglich, etwas Genaueres zu erkennen.

Er betätigte den Lichtschalter. Nichts. Es blieb dunkel. Ein mulmiges Gefühl ließ ihn frösteln.

War doch jemand ins Haus gekommen?

Er tastete sich durch die Finsternis zu seinem Schreibtisch und stieß sich dabei das Knie an einer Kante. Als er sich abstützte, huschte etwas über seine Hand. Erschrocken zuckte er zusammen. Er suchte nach seiner Taschenlampe, fand sie aber nicht an dem Platz, an dem sie sonst immer lag. »Wo ist das verdammte Ding?«

Die Papiere auf seinem Schreibtisch knisterten, als würden sie von unzähligen winzigen Fingern angehoben und wieder fallen gelassen. Die nächste Schublade. Auch nicht. Barton spürte, wie sich sein Herzschlag beschleunigte und ein leises Gefühl von Panik in ihm aufstieg.

Überall im Wohnzimmer konnte er es nun knacken und rascheln hören. Seine Hände begannen zu zittern, und er suchte nun nicht mehr ruhig und gelassen nach der Taschenlampe, sondern begann Unterlagen achtlos auf den Boden zu werfen oder Schubladen fast gänzlich aus ihrer Führung zu reißen. *Jetzt beruhige dich, sie liegt hinter dir, im Regal. Da, wo du sie hingelegt hast.*

Barton hielt inne und war erleichtert. »Ja, du hast recht«, sagte er. Eine Hand fuhr in die Tasche und berührte die Jesusfigur, während er sich aufrichtete und die Regalbretter abtastete. Endlich fand er seine Taschenlampe und schaltete sie an.

Im nächsten Moment wünschte er sich, er hätte es nicht getan. Sein gesamtes Wohnzimmer wurde von Spinnen bedeckt.

Es waren Tausende, Zehntausende. Sie waren auf dem Boden, in den Vorhängen, krabbelten an der Decke entlang, auf dem Schreibtisch, auf den Möbeln. Barton spürte eine in seinem Genick, wie sie langsam nach vorne zu seinem Ohr krabbelte. Er schlug sie weg. Ab es wurden immer mehr. Schon fühlte er ihre haarigen Körper an seinen Beinen, wie sie ihm unter seine Hose krochen.

»Großer Gott!« Eine panische Angst, die keinen klaren Gedanken mehr gestattete, ließ ihn flüchten. Er stürmte zur Haustür, packte nach dem Türgriff und zerquetschte dabei zahlreiche Spinnen, die wie ein Teppich dicht an dicht daran klebten. Angeekelt zuckte er zurück, wischte mit der Hand über sein Hosenbein und fasste erneut zu. Dieses Mal gelang es ihm, den Knauf zu drehen, die Tür aufzureißen und ins Freie zu stürzen.

Der Strahl seiner Taschenlampe streifte die Fassade seines Hauses. Auch hier waren sie. Überall. Sie krabbelten durch sein geöffnetes Schlafzimmerfenster und an der Regenrinne entlang. Es kribbelte ihn am ganzen Körper. Er glaubte, sie auf seinem Kopf und in seiner Kleidung zu spüren.

Sein Blick fiel auf sein Auto, es stand vor der Garage. Seine Hand tastete automatisch nach dem Schlüsselbund, doch jetzt fand er nur die Streichhölzer, die er eben völlig vergessen hatte.

Sein Autoschlüssel allerdings befand sich noch im Haus. Für kein gutes Wort wäre er dorthin zurückgegangen, um ihn zu holen.

Aber es gab noch eine andere Fluchtmöglichkeit. Sein Fahrrad lehnte an der Veranda. Er schnappte es und fuhr auf die Straße hinaus.

Die Straßenlaternen waren verloschen, wie das Licht in seinem Haus und in den Häusern von Kilmaley. Alles versteckte sich im Nebel oder wurde von der Nacht verschluckt. Alles, bis auf Ronwick Abbey. Über den alten Mauern schwebte ein weißes, trübes Licht, und Nebelschwaden suchten sich ihren Weg den Hügel hinab.

Barton hielt an und starrte mit großen Augen auf die Abtei. »Das kann doch nicht wahr sein. Die Prophezeiung ist wahr.« Er hörte die Worte aus seinem eigenen Mund und konnte sie dennoch nicht glauben.

Hast du je daran gezweifelt?

»Nein, das nicht, aber ich hatte gehofft ...«, er unterbrach seinen Satz.

Was hattest du gehofft?

»... ich ... ich hatte gehofft, diesem Schicksal entgehen zu können.«

Ich bin bei dir, aber du musst tun, was getan werden muss, es ist deine Pflicht.

Barton nahm die Jesusfigur in die Hand und betrachtete sie in der Hoffnung auf Verständnis. »Aber ich ... ich will nicht sterben.« Er spürte, wie ihm die Worte die Kehle zuschnürten.

»Gibt es denn keinen anderen Weg?«

Nein. Dir bleibt keine Wahl. Du wusstest, dass der Tag kommen würde. Das Böse ist zurück, und jetzt liegt es an dir, ihm entgegenzutreten.

Barton hörte kaum hin. Seine Fantasie überschlug sich, doch sie reichte nicht aus, sich all die Grauen vorzustellen, die ihn erwarten würden. Er ballte die Faust. »Nein, nein, ich will nicht.« Seine Stimme zitterte.

Denk an die Menschen, die dir etwas bedeuten. Denk an Cathy. Sie ist jung und arglos, oder ... was ist mit Phillip und Roderick, oder den anderen Messdienern? Bedeuten Sie dir nichts? Sie haben ihr ganzes Leben noch vor sich. Es sind Kin-

der. Sie werden einen grauenvollen Tod sterben, wenn du tatenlos bleibst. Jeder Einzelne wird dem Wahnsinn des Bösen verfallen. Sie werden sich gegenseitig zerfleischen, und das Böse wird sie unbeschreibliche Dinge tun lassen. Die Insel wird in einem Meer aus Blut ertrinken. Du weißt es, und nur du bist fähig, es zu verhindern. Also ... akzeptiere es.

»Großer Gott. Ich ... ich habe Angst.«

Das verstehe ich. Die hatte ich auch, aber wie du musste auch ich mein Schicksal annehmen.

Barton rang mit sich, schluckte, sah zum Dorf und dann wieder auf Ronwick Abbey. »Was soll ich denn tun?«, fragte er hilflos in die kalte Nachtluft hinein.

Fahre zur Abtei. Sie haben es gefunden.

Barton fasste Mut und nickte entschlossen. »Ja ... ja, du hast ja recht.« Damit wendete er sein Rad und fuhr in Richtung Abtei.

Vier Meilen, die ihn an zerklüfteten Felsen vorbei nach Westen führten. Barton konnte das Meer hören, das gegen die steilen Klippen anrollte, auf denen die Abtei lag. Graue, von Efeu überwucherte Mauern und die Überreste der Klosterkirche streckten sich dem trüben Leuchten entgegen. Davor standen Bauwagen, Bagger und Lkws neben den Autos der Arbeiter.

Niemand war zu sehen. Barton lehnte sein Fahrrad an einen Bauzaun und ging vorsichtig weiter. Er wollte nicht rufen. Die Situation erschien ihm schon bedrohlich genug, da musste er nicht noch für unnötiges Aufsehen sorgen.

Er erreichte eine der Baracken und öffnete vorsichtig die Tür. Werkzeug lag darin herum. In einer anderen Baracke war ein Pausenraum eingerichtet worden. Zu seinem Glück fand er ein paar Gummistiefel, die ihm passten. Alles war besser, als auf Hausschuhen herumzuhumpeln.

Nachdem er die Stiefel angezogen hatte, verließ er den Bauwagen wieder und schlich zögernd zur Abtei hinüber. Seine Kopfhaut prickelte. »Was tue ich hier nur?«, flüsterte er angespannt. Jeder Reflex, jeder Gedanke in ihm wollte ihn zur Flucht bewegen. Sich irgendwo verkriechen und darauf hoffen, dass alles wieder gut werden würde.

Er floh jedoch nicht, sondern ging weiter und erreichte ein großes Tor, das ihn in den Klostergarten führte. Hier hatten Bagger und Lkws den Boden aufgerissen und Trümmer beiseitegeräumt. Von dem satten Grün, das hier einstmals wie ein Teppich wuchs, war nur schlammiger Dreck übriggeblieben. Einen Augenblick lang blieb Barton stehen, um sich umzuschauen und zu lauschen. Er hörte nichts und sah niemanden. Er war allein, zumindest hoffte er das. Der Nebel erschwerte die Orientierung, und so konnte er sich nur auf seinen Tastsinn verlassen, als er an der Wand entlangschlich.

Schließlich erreichte er eine Öffnung, die er nur von alten Bildern und Stichen her kannte und die bisher unter Tonnen von Schutt begraben gewesen war. Vor dem Eingang standen mehrere Benzinkanister und zwei halb gefüllte Altölfässer neben einem Generator.

Die Nackenhaare stellten sich ihm auf, als er vortrat, um einen vorsichtigen Blick in den schwarzen Schlund zu wagen.

Es gab ein paar Treppenstufen, die hinabführten, doch nach ein paar Metern wurde es zu dunkel, um noch etwas erkennen zu können. Er knipste seine Taschenlampe an, deren Schein sich in der Finsternis verlor. Seine Haut prickelte vor Anspannung. Er wich zurück. »Ich kann da nicht runtergehen. Wer weiß, was dort unten ist.«

Die Stimme in seinem Kopf wurde ungeduldig. *Erinnerst du dich daran, warum du auf die Insel gekommen bist?*

Ja. Ich war ein Wächter.

Falsch. Du ... bist ... ein Wächter. Du hast geschworen, das Böse zu bekämpfen, sobald es sich erneut regt, und nun, da es so weit ist, willst du deinen Schwur vergessen?

»Nein, das will ich nicht«, erwiderte er trotzig und machte sich widerstrebend daran, die Treppe hinabzusteigen. Dabei folgte er den Kabeln und Schläuchen, die wie Gedärme im Bauch der Abtei verschwanden.

Barton atmete flach, aber seine Augen flackerten angespannt von links nach rechts. Seine Bemühungen, ruhig zu bleiben, waren hoffnungslos.

Er hatte Magenschmerzen vor Aufregung, als er endlich einen Korridor erreichte, der am Ende der Treppe nach links weiterführte. In dem Moment fuhr ihm etwas sanft über den Schädel. Er keuchte, um sofort erleichtert aufzuatmen. Es war nur eine Wurzel, die aus der Decke herausgewachsen war.

Vorsichtig ging er weiter voran. Selbst hier unten waberten die Nebelschleier wie Geister. Seine aufgewühlte Fantasie gaukelte ihm Gesichter vor, die in den Schatten auftauchten. Um ihn herum herrschte tiefste Stille, nur seine Schritte und die leisen Gebete, die er murmelte, begleiteten ihn. Weiter vorne entdeckte er Nischen in den Wänden. Auf beiden Seiten des Ganges, jeweils zwei übereinander. Er zählte rund ein Dutzend. Darin lagen Skelette, deren Knochen in den zerfallenen Überresten ihrer Kutten steckten. Bei ihnen handelte es sich um die sterblichen Überreste der Mönche, die einst in Ronwick Abbey gelebt hatten und gestorben waren. Barton bekreuzigte sich. Jeden Augenblick erwartete er eine Knochenhand, die sich nach ihm ausstreckte, als er an ihnen vorbeiging. Aber nichts geschah.

Der wahre Schrecken erwartete ihn hinter der nächsten Biegung. Vor ihm lag eine Kammer, die unscheinbar wirkte und Barton dennoch einen kalten Schauer über den Rücken jagte.

Und ... er hatte die Arbeiter gefunden. In wilder, unerklärlicher Raserei hatten sie sich gegenseitig massakriert. Mit Spitzhacken und Schaufeln hatten sie aufeinander eingeschlagen. Andere wiederum hatten sich mit blanken Händen die Augen aus den Höhlen gerissen.

Barton trat in eine riesige Lache aus Blut, das zäh und dunkel an seinen Stiefelsohlen kleben blieb. Er wurde weiß, als er die aufgeschnittenen Bäuche sah, die hervorquellenden Eingeweide, die wie große, tote Quallen den Boden bedeckten. Nicht nur der Anblick war unbeschreiblich, auch der Gestank. Eine ranzige Mischung aus Fett, halbverdautem Essen, Urin und dem widerlichen Geruch nach Ammoniak aus einer geplatzten Gallenblase.

Barton konnte seinen Magen nicht mehr beherrschen und erbrach sein Abendessen in eine Ecke des Ganges. Es dauerte eine Weile, bis er sich wieder unter Kontrolle hatte. Seine Hände zitterten so unkontrolliert, dass das Licht seiner Taschenlampe wilde Muster an die Wände malte. Nur schwerlich gelang es ihm, überhaupt einen klaren Gedanken zu fassen. Hatte er bis gerade noch die Hoffnung gehegt, alles wäre nur eine Verkettung von zufälligen Ereignissen gewesen, so wurde er nun von der grausamen Wirklichkeit überrollt. Er stand an jenem Ort, der der Ursprung war für jede Geschichte und Legende, die über das Böse, den Abt und die Abtei verfasst worden war.

Barton kniff die Lippen zu einem Strich zusammen und schaute sich um. Die Leichen der Arbeiter lagen zwischen Trümmerstücken, die einstmals eine Tür versiegelt hatten. Aber nun war das Siegel zerstört. Barton trat näher und blickte in den Raum. Der Nebel schien dichter zu werden. Kalte Schwaden krochen seine Beine empor und ließen ihn frösteln. Der Strahl seiner Taschenlampe schnitt helle Streifen hinein, und dann sah er es.

An der Wand gegenüber hing das Skelett des abtrünnigen Abtes Dumpfrey of Penbroke. Barton hegte nicht den geringsten Zweifel, dass er es war. Die schweren Eisenketten, mit denen man ihn an die Wand gefesselt hatte, waren Beweis genug. Eine tiefe Furcht nahm von ihm Besitz, und er wollte nichts mehr, als von hier zu fliehen.

Doch er blieb, denn da war noch etwas anderes. Eine Präsenz, die ihn zu rufen schien, die nur auf ihn gewartet hatte, denn statt dem Ausgang zu wandte er sich nun in die entgegengesetzte Richtung.

Dort, wo der Gang endete, fiel der Lichtschein auf ein steinernes Kreuz. Es war schmucklos, und doch strahlte es eine Macht aus, die Barton ehrfürchtig näher treten ließ.

Vor dem Kreuz stand ein schlichter Sarkophag, der die komplette Breite des Ganges ausfüllte. Die Grabplatte lag zerbrochen auf dem Boden. Ein Vorschlaghammer und eiserne Meißel ließen keinen Zweifel daran, dass die Arbeiter sie aufgebrochen hatten.

Barton kniete nieder, um die lateinische Inschrift auf dem Deckel zu lesen, was ihm keine Schwierigkeiten bereitete. »Hier ruht, in Gott, Pater Patrelli de Monterello. Bezwinger des schwarzen Abtes. Wächter über Ronwick Abbey. Hüter des geheimen Wissens und Märtyrer im Kampf gegen das Böse.«

Neben einem in den Stein gemeißelten Totenkopf stand weiter: »Gestorben im Jahr des Herrn 1214.« Im gleichen Jahr war der Kirchturm der Abtei von einem Blitz getroffen worden. Ein Teil der Gebäude brannte daraufhin bis auf die Grundmauern nieder. Zufall oder göttlicher Wille?

Mit einem Seufzer erhob er sich, sah in den Sarkophag und war überrascht. Der Leichnam, der mit überkreuzten Armen darinlag, war nicht angetastet worden.

Am Kopfende stand eine mit Goldplättchen beschlagene Schatulle, deren Form ihm seltsam vertraut vorkam. »Natürlich«, dämmerte es ihm, als er sie an sich nahm und eingehend betrachtete. »Das ist meine Kirche.« Er war sich absolut sicher. Der Glockenturm und das Kirchenschiff waren eine genaue Abbildung. Sogar das Kreuz auf dem Dach saß an der richtigen Stelle.

Er wollte sie untersuchen, doch nicht an diesem schrecklichen Ort, der ihm das Atmen schwer machte. So klemmte er sich die Schatulle unter den Arm und wandte sich zum Gehen. Doch kaum war er ein paar Schritte weit gekommen, als ihn leises Rascheln innehalten ließ. Es schien aus den Wänden zu kommen, aus der Decke und aus dem Nebel, der sich wie ein lebendiges Wesen seinen Weg durch Ritzen und Spalten im Gemäuer suchte. Barton beschleunigte seinen Schritt und sah über die Schulter.

Das Kratzen wurde lauter, hektischer. Nun war es bereits über ihm. Er hörte ein Fiepen. Zunächst klang es nur vereinzelt, dann mehrfach, schließlich dutzendfach. Schmutz rieselte von der Decke. Kleine Schatten fielen auf den Boden und huschten auf ihn zu. Ratten, die Augen grau wie Nebel.

Barton rannte an ihnen vorbei. Sie sprangen an ihm hoch.

Eine verbiss sich in seinem Hals. Blut floss. Er schlug nach ihr, schleuderte sie weg. Dabei hielt er nicht an, noch wurde er langsamer. Er rannte weiter, strampelte die Nager von sich, die sich mit ihren kleinen Krallen in seinen Hosenbeinen verhakten. Wie Skalpelle schnitten sie ihm in die Haut. Er strauchelte, taumelte gegen die Wand.

Mehr und mehr stürzten sich auf ihn. Wenn er jetzt hinfiele, würden sie ihn nicht wieder aufstehen lassen.

Endlich passierte er die Grabnischen. Der Ausgang war nicht mehr fern. »Weg! Mistviecher! Runter von mir!«, schrie er. Wie von Sinnen schlug er nach den Tieren, die von überall herkamen, als hätten die Wände selbst sie ausgespien. Sie überschwemmten die toten Mönche in ihren Grabnischen. Hinter Barton brachen Putz und Mauerwerk zusammen. Tausende von ihnen füllten mit einem Mal den Korridor. Sie raschelten und rannten übereinander und hinter Barton her. Er sah sich nicht um. Laufen. Nur laufen.

Eine Ratte war auf ihn gesprungen und riss an seinem Ohrläppchen. Er schrie auf, packte das Tier und warf es gegen die Wand. Ein paar andere hingen an seiner Strickjacke fest. Da! Die Treppe. In dem Moment rutschte er auf dem feuchten Boden aus, fing sich Gott sei Dank wieder, verlor aber die Taschenlampe, die polternd auf den Steinen aufschlug und verlosch. Keine Zeit, sie zu holen. Die Treppe hoch. Die Stufen waren von Nässe und Moder wie Schmierseife. Er streifte eine Ratte ab, die an seinem Ärmel baumelte, und packte eine andere, die er wie eine leere Dose hinter sich warf.

Sein Atem kam stoßweise, vor seinen Augen begann es zu flimmern. Es war nicht mehr weit, er konnte schon den Ausgang sehen. Doch wohin dann? Die Verfolgung würde er nicht mehr lange durchhalten können. Endlich erreichte er den Ausgang und sein Blick fiel auf die Altölfässer und Benzinkanister. Schnell schaute er über die Schulter. Die Tiere hatten gerade erst die Hälfte der Treppe hinter sich gebracht. Das gab ihm vielleicht zehn, fünfzehn Sekunden Vorsprung. Obwohl er vor Anstrengung kaum noch Luft bekam, packte er eines der Ölfässer und kippte es über den Treppenabsatz. Die schwarze Flüssigkeit schwappte über die Stufen, klatschte gegen die Wände, um dann zäh daran herabzulaufen. Schon blickte er in Hunderte kleine Augenpaare, die zu ihm hochstarrten. Sein Herz hämmerte.

Bleib ruhig, hallte es durch seinen Schädel, als er einen dreckigen Lappen auf den Boden warf und mit Benzin übergoss. Er griff in seine Tasche, seine Hände zitterten, aber er bekam das Päckchen Streichhölzer zu fassen. Die ersten Ratten rutschten an dem Ölfilm ab. Andere sprangen über sie hinweg. Stufe für Stufe, bis sie den Absatz erreichten und weiter auf ihn zurannten.

Barton brach in Panik das erste Streichholz ab. Seine Hände zitterten. »Nicht hinsehen. Nur nicht hinsehen«, schärfte er sich ein. Ein zweites Streichholz kratzte über die Zündfläche, flackerte kurz und verlosch sofort wieder. Fast hätte er das Streichholzpäckchen fallen gelassen, als es ihm endlich glückte. Endlich eine Flamme, die den benzingetränkten Lappen entzündete. Eine Stichflamme verbrannte ihm fast die Augenbrauen, aber die Tiere vor ihm sprangen erschrocken beiseite. Der Eingang füllte sich. Barton warf einen der offenen Kanister in die Öffnung, sodass Benzin in alle Richtungen spritzte.

Im nächsten Augenblick gab es eine gewaltige Feuerlohe, als er den brennenden Lappen mit einem Fußtritt durch den Eingang beförderte. Rauch wälzte sich schwer und ölig zum Himmel hinauf. Hunderte Ratten brannten wie kleine Fackeln. Vor Schmerzen und Panik quiekend fielen sie übereinander her oder suchten ihr Heil in der Flucht zurück in die Dunkelheit. Ein paar von ihnen stürzten weiter auf Barton zu. Ihre von Flammen zerfressenen Fratzen schnappten nach ihm. Der Geruch des verbrannten Fleischs stieß ihm in die Nase. Er schlug nach ihnen, wich zurück, trat nach ihnen, stolperte, kam auf die Füße und rannte weiter. Raus aus dem Tor. Sie verfolgten ihn.

Ohne nachzudenken, nur von Panik getrieben, stürzte Barton in eine der Baracken und schlug die Tür hinter sich zu. Erschöpft sackte er daran herab. Seine Lungen brannten, und er schnappte angestrengt nach Luft. Die unzähligen Bisswunden, die ihm die Ratten zugefügt hatten, schmerzten und bluteten, und es gab nichts, womit er sie versorgen konnte.

Es brauchte einige Minuten, bis es ihm gelang, aufzustehen und aus dem Fenster zu sehen. Alles war so wie zuvor. Nichts rührte sich. Endlich fiel die Anspannung von ihm ab, und die pure Angst vor dem, was noch kommen mochte, übernahm die Oberhand. Als hätte er sich die Hände daran verbrannt, ließ er die Truhe neben sich auf den Boden fallen. »Ich will damit nichts mehr zu tun haben«, schrie er in die Stille hinein. »Die Ratten hätten mich fast umgebracht. Ich bin ihnen nur mit knapper Not entkommen. Sieh doch ein, dass ich kein junger Mann mehr bin.«

Du hast es immer noch nicht verstanden?

Was verstanden?

Geoffrey, hier ist niemand, der den Kampf für dich führen kann.

»Diesen Kampf kann ich doch niemals überleben.«

Als du den Schwur damals geleistet hast, wusstest du, dass es so kommen kann. Aber es liegt allein in deiner Hand, ob du das Böse mit dir nimmst und alle anderen damit rettest.

Barton ballte in verzweifelter Wut seine Hände zu Fäusten. »Ich werde nicht sterben. Hast du gehört? Ich ... will nicht ... sterben. Warum kannst du mich nicht einfach in Ruhe lassen?«

Muss ich dir diese Frage wirklich beantworten? Hab ich dir nicht gesagt, was geschehen wird?

Seufzend ließ sich Barton auf einer der Sitzbänke nieder. »Doch, doch, das hast du.« Er haderte mit sich, bevor er seufzend Luft holte und die Schatulle aus schmalen Augen fixierte. »Das Böse wird mich nicht kriegen. Ich werde das hier überleben, hörst du?«

Er erhielt keine Antwort, und ein herausforderndes Lächeln

huschte über seine Lippen. Dann stand er auf und nahm die Schatulle zwischen die Hände. Sie war verschlossen, und es gab weder Scharniere noch ein Schlüsselloch, die ihm verraten hätten, wie sie zu öffnen wäre.

In dem Augenblick wurde es dunkel. Wieder war eines seiner Streichhölzer heruntergebrannt. Mit einem Mal wurde ihm bewusst, dass er hier nicht bleiben konnte. Der Ort war viel zu gefährlich. Vielleicht griffen die Ratten wieder an, oder etwas noch Schlimmeres würde aus den Katakomben aufsteigen, und er hatte nichts, um sich wehren zu können. Es gab nur einen Platz, wohin er gehen konnte. Seine Kirche. Nicht nur, dass die Form der Schatulle ein deutlicher Hinweis war, darüber hinaus war sie auch der einzige Ort, an dem er sich sicher fühlte, nachdem sein Haus von Spinnen überrannt worden war.

Ein flüchtiger Blick aus dem Fenster verriet ihm, dass es höchste Zeit wurde. Der Nebel wurde dichter. Wie ein Raubtier verschluckte er alles, was auf seinem Weg lag. Barton löste sich von dem Anblick und entzündete ein weiteres seiner Streichhölzer. Er hoffte darauf, eine neue Taschenlampe zu finden, doch er fand etwas viel Besseres. Einen Autoschlüssel. Seine Augen blieben daran haften, als hätte er den heiligen Gral gefunden.

Du sollst nicht stehlen, schoss ihm das siebte Gebot in den Sinn, doch das hier war etwas anderes. Es war ein Notfall, und er musste sich beeilen. Er nahm die Schatulle an sich, trat an die Tür, öffnete sie und betätigte die Fernbedienung des Wagens. In der Dunkelheit blinkten zwei Warnleuchten wie die gelben Augen eines Drachens.

Ohne zu zögern, lief Barton darauf zu. Er sah sich nicht um und hielt auch nicht an. Erst als er im Wagen saß und die Türen verriegelt hatte, gestattete er sich einen tiefen, erleichterten

Atemzug. Dann startete er den Motor und schaltete die Scheinwerfer an. Es war ein Landrover. So einen großen Wagen war er zuvor noch nie gefahren, und er schepperte gegen ein paar abgestellte Baumaschinen, als er statt des Rückwärtsgangs den ersten Gang einlegte.

Barton riss an der Schaltung, bis es ihm endlich gelang, den Wagen zu wenden und auf die Straße einzubiegen.

Er konnte kaum etwas sehen, der Nebel glich einer Wand, in der Kurven und Abzweigungen urplötzlich vor ihm auftauchten. Nur mit Mühe und quietschenden Reifen gelang es ihm, den Wagen auf der Straße zu halten und auf direktem Weg zu seiner Kirche zu fahren.

Das Hauptportal war nicht verschlossen. Barton war der Meinung, dass das Haus Gottes immer und zu jeder Zeit für die Gläubigen offenstehen sollte. Am Eingang entzündete er einen Kerzenleuchter, mit dessen Hilfe er den Glockenturm hinaufstieg. In einer der zahlreichen Etagen hatten seine Vorgänger eine kleine Bibliothek angelegt. Hier war es still und abgelegen. Ein idealer Ort, um seine Gedanken zu sammeln, zu Atem zu kommen und sich mit dem Rätsel der Schatulle zu beschäftigen, die er vorsichtig auf einem Tisch abstellte.

Er zog sich einen Stuhl heran und ließ sich vor dem vergoldeten Kästchen nieder, das er mit wachen Augen betrachtete. Sofort fielen ihm die Bilder auf den Goldplättchen auf. Darauf waren Mönche zu erkennen. Barton rückte den Kerzenleuchter näher und erschrak. Nicht nur, dass sie sich geißelten, sie verstümmelten sich zudem mit Messern. Darunter stand auf einem in Silber eingefassten Spruchband ein lateinischer Satz. »Der Codex der Schmerzen«, übersetzte er.

Er stutzte und sah zu einem der Bücherregale, das sich unter dem Gewicht uralter Folianten und zahlloser Pergamentrollen bog. Der Spruch kam ihm bekannt vor. Irgendwo hatte er ihn schon einmal gelesen.

Er stand auf und überflog die Buchrücken. Seine Finger wirbelten Staub auf, als sie über die ledernen Einbände strichen. Da war es! Das Buch war groß und schwer, das Leder rissig geworden, und die Seiten knackten bei der Berührung wie trockenes Holz, als er es an sich nahm und neben der Schatulle auf den Tisch legte.

»Der Codex der Schmerzen« stand in geschwungenen goldenen Lettern auf der Vorderseite. Bartons Hände zitterten, als er die erste Seite aufschlug. Ein Name stand dort: »Patrelli de Monterello«, murmelte er nachdenklich, den Zeigefinger an die Lippen gelegt. Dann blätterte er weiter.

Bereits die nächste Seite fesselte sein Interesse. Dort erkannte er in der Miniaturmalerei am Seitenrand eine Gestalt, bei der es sich nur um Monterello handeln konnte, denn er trug ein Kreuz bei sich, mit einem Rubinsplitter in der Mitte. Die nachfolgenden Bilder zeigten Ronwick Abbey und Monterellos Kampf mit dem schwarzen Abt. Doch damit endete die Bilderfolge. Kein Hinweis darauf, wie er das Böse bekämpfen und vernichten sollte. Als Barton ratlos umblätterte, stieß er auf eine Textpassage, die ihn erschauern ließ:

Nur wer gewillt ist, sein Blut zu vergießen, wer nicht zögert, für den wahren Glauben zu leiden, nur der ist ausersehen, die Prüfung zu bestehen, die wir ihm auferlegen.

Dann wird sich das heilige Gefäß vor ihm auftun, und Wissen wird seinen Geist erhellen und sein Herz mit Mut erfüllen.

Nun blicke in das Antlitz des Todes, und deine Prüfung möge beginnen.

»Was soll das denn heißen?« Barton war so verwirrt wie zuvor. »Dem Tod ins Antlitz blicken?« Er schüttelte den

Kopf, bis ihm eine Idee kam. »Das Gefäß ... dabei kann es sich doch nur ... um die goldene Schatulle handeln.«

Sicher war er sich nicht, doch er nahm sie erneut zur Hand, um sie noch eingehender zu untersuchen. Und tatsächlich. Auf der Vorderseite hockte ein Skelett, gewandet in eine Mönchskutte. Anders als die anderen Figuren war es plastisch aus dem Corpus der Schatulle herausgearbeitet. Bartons Zeigefinger tastete suchend über die Figur. Plötzlich spürte er, wie sich der Totenschädel bewegen ließ. Er drückte ihn. Ein Klacken folgte, und sofort sprang ein spitzer, langer Dorn aus dem Deckel der Schatulle.

»Großer Gott«, kam ihm erschrocken über die Lippen, denn er ahnte sofort, was das zu bedeuten hatte. »Es muss doch einen anderen Weg geben«, murmelte er vor sich hin, die Stirn in verzweifelter Hilflosigkeit in Falten gelegt.

Abschätzend streckte er den Arm aus und hielt die Hand über den Dorn, dessen rasiermesserscharfe Spitze auf seine Handfläche zielte. Schweiß trat ihm auf die Stirn. »Das ist doch Irrsinn. Das mache ich nicht.« Schon zog er die Hand zurück. »Ich bin doch nicht verrückt und ramm mir diesen Dorn durch die Hand.«

Kopfschüttelnd wandte er sich ab und durchsuchte den Raum nach einem Werkzeug, mit dem er die Schatulle öffnen konnte, ohne sich selber Schmerzen zufügen zu müssen.

Schließlich fand er, verborgen unter einem Berg alter Zeitungen, einen rostigen Werkzeugkasten. Ein Überbleibsel seiner Vorgänger. Aber als er ihn öffnete, fand er darin nur einen uralten Schraubendreher, eine Hand voll Schrauben und eine stumpf gewordene Säge.

Trotz der Enttäuschung wollte er sein Vorhaben nicht aufgeben und machte sich mit dem Schraubendreher an der Schatulle zu schaffen. Er suchte nach einem Spalt, einer Unebenheit. Irgendetwas, an dem er das Werkzeug ansetzen konnte. Seine Hartnäckigkeit wurde belohnt. Barton überkam eine erleichterte Freude, als er den Hebel in eine schmale Lücke schob, um im nächsten Moment festzustellen, dass der Schraubendreher abgebrochen war. Fassungslos sah er auf das nutzlose Stück Metall in seiner Hand.

Barton fegte die Schatulle vom Pult und warf das zerstörte Werkzeug gleich hinterher. »Warum tust du das?«, schrie er, und seine Worte fanden ihr Echo an der hohen Decke. »Warum tust du mir das an? Ich versuch doch schon alles!«

Je länger du tobst, desto stärker wird das Böse. Hattest du damals nicht geschworen, es zu bekämpfen, koste es, was es wolle?

Barton beruhigte sich und senkte den Blick. Die Stimme sprach die Wahrheit, was konnte er da leugnen? »Also gibt es keinen anderen Weg?«

Nein. Es tut mir leid.

Barton hob die Schatulle wieder zurück auf den Tisch. Seine Augen blieben an dem Dorn haften.

Seine Kehle wurde trocken, als er die Hand hob. Schnaufend holte er Luft und blies sie zwischen den krampfhaft zusammengepressten Lippen wieder aus. Schweißperlen rannen sein Gesicht herab. Seine Hand verkrampfte sich.

Menschen sterben, drängte seine innere Stimme. *Menschen, die dir etwas bedeuten. In diesem Augenblick, weil du nicht den Mut hast.*

»Hör auf. Ich habe den Mut. Hörst du? Ich habe den Mut.« Er wurde lauter, immer lauter, bis er die Worte schrie. »Ich habe den Mut!« Dann schlug er mit der flachen Hand auf den Dorn. Die Spitze zerfetzte ihm das Fleisch, stach durch Sehnen und Muskeln und platzte am Handrücken wieder hervor. Barton war so entsetzt, dass ihm sein Schrei in der Kehle stecken blieb. Er fühlte, wie eine gnädige Bewusstlosigkeit nach seinem Geist griff, doch etwas war da und zerrte ihn zurück. Sein Blut verrann in unsichtbaren Schlitzen und Furchen. Schon im nächsten Moment hörte er ein kaum wahrnehmbares Knacken, und der Deckel sprang einen Spalt weit auf.

Aber Barton war nicht nach Jubeln zumute. Unendlich langsam zog er die verletzte Hand von dem Dorn, von der er das Gefühl hatte, dass sie um das Doppelte angeschwollen war.

Er wickelte ein Taschentuch darum, in der schwachen Hoffnung, den Schmerz auf diese Weise erträglicher zu machen.

Blut pulsierte im schlagenden Rhythmus seines Herzens aus der Wunde. Um sich abzulenken, sah er in die Schatulle.

Darin lag ein gerolltes Pergament, das mit einer Kordel verschnürt und mit einem roten Wachssiegel verschlossen war.

Zur gleichen Zeit öffnete sich, von Barton unbemerkt, das Kirchenportal, und einzelne Nebelfetzen krochen in den Hauptraum. Sie suchten sich ihren Weg zwischen den Kirchenbänken hindurch. Kerzen entzündeten sich knisternd, obwohl keine Flamme sie berührt hatte.

Derweil hatte Barton das Siegel gebrochen und die Kordel entfernt. Nun entrollte er das Schriftstück vorsichtig.

Die Schrift war lateinisch. Die Buchstaben waren noch so klar zu lesen wie an jenem Tag, an dem sie verfasst worden waren.

Barton schob sich die Kerze näher und begann zu lesen.

Ehrwürdiger Freund, der dies hier liest, wenn ich schon lange vergangen bin. Mein Name ist Pater Patrelli de Monterello. Ich kam einst auf diese Insel, um gegen das Böse zu kämpfen, das sich wie ein Geschwür auszubreiten drohte. Der Herr leitete mich in meinem Kampf und gab mir als Waffe das Kreuz. Ich siegte, doch weiß ich, dass es nicht für die Ewigkeit sein wird. Ich werde diesen Kampf nicht mehr fechten können, denn schon spüre ich, wie der Herr mich zu sich ruft. Doch bevor ich sterbe, sollst du wissen, dass das geheiligte Kreuz nicht mit mir begraben wurde. Es muss beschützt und bewahrt werden, für den Tag, wenn sich das Böse erneut regt. So habe ich meine Mitbrüder gebeten, es unter sich aufzuteilen, um es auf der Insel vor ungläubigen Blicken zu verbergen. Du, der du vom Schicksal auserwählt wurdest, wirst die Rätsel entschlüsseln, die sie dir hinterlassen haben, und dich damit der großen Aufgabe als würdig erweisen.

Freund, nun schau auf das Muster, welches dein Blutopfer hinterlassen hat, und du wirst sehen, wohin dich dein weiterer Weg führen wird. Der Herr beschütze und leite dich. Nun bin ich bereit zu gehen.

Barton sah auf den Boden der Schatulle, wo sein Blut in roten Lettern einen Text hinterlassen hatte.

Suche nach einem Ort, wo selbst der Schatten des Tages noch der Lauf der Jahreszeiten den Boden berühren, dort senke dein Haupt vor dem Kreuz des Herrn, und du wirst finden, was dein Herz sucht.

Das Rätsel sprach vom Keller der Kirche. Er wollte nicht dorthin. Alles, was er sich wünschte, war etwas, das ihm die Schmerzen nahm und ihn nach Hause brachte. Er wollte nur vor seinem Kamin sitzen und sein Buch lesen. Doch er wusste, dass dies nicht möglich war.

Während er nachdachte und mit seinem Schicksal haderte, stieg er die Stufen vom Turm hinab. Er hatte das Ende noch nicht ganz erreicht, als er abrupt innehielt. Kalter Nebel kroch über die Stufen. Seine Haut prickelte, ihn fröstelte, als er die Hand nach der Tür ausstreckte und öffnete. Die Kirche war im Schein sämtlicher Kerzen hell erleuchtet. Ihre Flammen züngelten. Sie zuckten und tanzten und schienen unruhig zu werden, als er den Altarraum betrat. Sein Blick fiel auf das Kirchenportal, das weit offen stand. Der Nebel drängte in die große Halle, und Barton konnte sich des Eindrucks nicht erwehren, als versperrte er ihm den Ausgang. Die Schwaden waren so dicht, dass ihm die Scheinwerfer des Landrovers nur als blasse Scheiben erschienen. »Der Nebel verfolgt mich«, sagte er fassungslos, während er zusehen konnte, wie die Spitzen der Nebelschwaden die Kerzenflammen berührten. Sofort stachen meterhohe Flammensäulen empor. Sie versengten das Mauerwerk, schmolzen die Kerzen und züngelten am hölzernen Altar empor. Barton schützte seine Augen, indem er die Arme vor das Gesicht hob. Wachs tropfte qualmend zu Boden und sammelte sich dort in großen Flecken. Die Feuer wurden größer und bedrohlicher. Flammen zuckten wie Peitschenhiebe in Bartons Richtung. Er duckte sich. Heiße Luft verbrannte ihm die Haut. Schon war sein Körper von Schweiß bedeckt, ehe er sich ein Herz fasste und quer durch das Kirchenschiff hinüber in die Sakristei stürmte. Die Flammen krochen über den Boden. Dabei zischten sie wie wütende Schlangen und setzten die Bänke in Brand. Heißer Qualm erfüllte das Kirchenschiff.

»Bei Gott«, brachte Barton hustend heraus. Er glaubte ersticken zu müssen. Das Feuer suchte sich unerbittlich seinen Weg, fraß sich an den Wänden entlang und züngelte gierig nach der hölzernen Dachkonstruktion. Barton konnte kaum etwas sehen, als er endlich die Tür zur Sakristei erreichte, sie aufriss und hindurchstürzte.

Nach Luft ringend fiel er auf die Knie. Die Augen brannten ihm. Tränen zogen helle Spuren in sein vom Ruß geschwärztes Gesicht. Jeder Muskel tat ihm weh, nur mit Mühe und unter Schmerzen zog er sich an einer Tischkante wieder auf die Füße. Das Feuer tobte. Das Rauschen der Flammen schien zu

Worten zu werden, die ihn verfluchten. Die seinen Tod wollten. Spielten ihm seine Sinne jetzt bereits Streiche? Wurde er wahnsinnig?

Da bemerkte er, dass der Schrank, in dem er weitere Kerzen aufbewahrte, ebenfalls in Brand geraten war. Noch hielt er den Flammen stand, doch schon drangen Rauchwölkchen aus dem Schlüsselloch und aus jeder Ritze. Das Holz blähte sich unter der Wut des Feuers, als würde es atmen und nur darauf lauern, ihm seinen tödlichen Atem entgegenzuschleudern.

Barton schleppte sich weiter, und endlich erreichte er die Treppe, die in den Keller führte. Das Gewölbe war älter als die Kirche selbst und stammte noch aus der Zeit, als William I. England mit dem Schwert eroberte. Im vorderen Teil lagerten zahlreiche Gegenstände, die sich im Lauf vieler Jahre angesammelt hatten. Der hintere Teil wurde nicht genutzt. Eine altersschwache Tür trennte die beiden Bereiche. Barton brauchte nur kräftig an ihr zu ziehen, und der Weg war frei. Ihm blieben nur seine Streichhölzer, um sich zu orientieren. Doch im Angesicht des tobenden Feuersturms, der seine Kirche vernichtete, glich die kleine Flamme einem Licht der Hoffnung, die ihm versprach, dass sich alles zum Guten wenden würde.

Der Keller war brüchig und nass. Wassertropfen rannen aus dichten Moosteppichen, die selbst in dieser absoluten Dunkelheit gediehen. Der Boden war lehmig und weich, er klebte an seinen Stiefeln, und mit jedem Schritt verursachte er ein schmatzendes Geräusch. Aufmerksam suchte er an den Wänden nach einem Hinweis. Hier und da wischte er mit seiner unverletzten Hand über den zugemoosten Stein und war schon bald ergebnislos am Ende des Kellers angelangt, der wie ein Schlauch unter der Kirche entlanglief.

Ein weiterer Türbogen wurde durch eine grob gemauerte

Ziegelwand versperrt. Im obersten Stein erkannte er ein eingemeißeltes Kreuz. »Senke dein Haupt, und du wirst finden, was dein Herz begehrt«, wiederholte er die Worte.

Er sah nach, aber zu seinen Füßen war nichts als schlichter Lehmboden. Sollte die Lösung des Rätsels so simpel sein?

Er fiel auf die Knie. Eine fiebrige Unruhe hatte von ihm Besitz ergriffen, und er begann den Lehmboden aufzubrechen. Ein abgebrochenes Stück Stein nutzte er zum Graben. Die verletzte Hand pulsierte im Takt des pochenden Herzens, und die Finger waren derart angeschwollen, dass er glaubte, sie steckten in einem zu großen Handschuh.

Doch sosehr er sich auch mühte, er fand nichts. Entmutigt ließ er den Stein fallen und sank in sich zusammen. »Gott, hilf mir. Ich schaffe es nicht allein.« Er war den Tränen nahe.

Steh auf und sei stark. Die Stimme in seinem Kopf klang drängend. *Geh und hol dir etwas, mit dem du die Wand einreißen kannst.*

»Ich schaffe es nicht!«

Geh!

Barton horchte auf. Ein leises Zischen drang aus dem Keller hinter ihm. Zuerst klang es nur leise, doch es wurde schnell lauter und gefährlicher. Schon fürchtete er irgendeine Monstrosität, die sich aus der Dunkelheit heraus auf ihn stürzen würde. Die Sorge wurde zur nackten Angst, die ihn zwang, aufzustehen und sich wieder zurück in den ersten Keller zu tasten.

Über ihm brannte ein Höllenfeuer. Er hörte es fauchen und dröhnen, wie es sich seine Kirche holte. Die enorme Hitze des Feuers fraß sich unaufhörlich voran. Das Gestein über seinem Kopf knackte und brach. Dünne Flammenzungen leckten in den Keller hinab, gierig nach neuer Nahrung. Oberhalb der Treppe drängte das Feuer mit unglaublicher Wucht gegen die

Kellertür. Ein heller, gelblicher Schein strahlte bis zu ihm hinunter und ließ ihn einen eisernen Kerzenleuchter erkennen. Im selben Augenblick gab die Tür nach.

Eine Flammenfaust schoss die Kellertreppe hinunter und wälzte eine Woge von glühend heißer Luft vor sich her. Ein Teil der Decke stürzte ein, und Barton wurde unter herabstürzenden Trümmern begraben. Etwas hatte ihn am Kopf getroffen. Er konnte das Blut schmecken, wie es ihm zwischen die geöffneten Lippen rann.

Halb betäubt sah er die Flammen um sich herum. Verzweifelt versuchte er sich hochzustemmen. Das Feuer suchte ihn, tastete nach ihm, und Barton sah ihm herausfordernd entgegen. »So einfach kriegst du mich nicht!«, schrie er gegen die Flammen an, und mit einer Kraft und Entschlossenheit, die er sich selber nicht zugetraut hätte, gelang es ihm, die Trümmer beiseitezustoßen.

Strauchelnd kam er wieder auf die Füße, schnappte sich den Kerzenständer und kämpfte sich durch Rauch und Flammen vorwärts. Sie versengten ihm die Arme, verbrannten ihm das Haar.

Er rannte durch die Tür und warf sie hinter sich zu, wohl wissend, dass das Konstrukt aus morschen Brettern dem Feuer nicht lange standhalten würde.

Er musste husten, innerhalb kurzer Zeit war mehr und mehr Rauch in den Keller eingedrungen. Das verdampfende Wasser gab ein helles Quietschen von sich, wie Wasser, das kochend auf einer Herdplatte tanzte. Endlich erreichte er die zugemauerte Tür und schlug mit dem Kerzenleuchter auf die Ziegel ein. Mörtel und Splitter regneten zu Boden.

Plötzlich gab es ein Krachen, das den vorderen Keller erschütterte. Erschrocken sah er zurück. Das Gewölbe war eingestürzt.

»Streng dich an!«, machte er sich selber Mut.

Er hieb nun auf ein und dieselbe Stelle ein, einen Stein, der ihm brüchig genug erschien und von dem er hoffte, dass er bald nachgeben würde. Wieder und wieder schlug er zu. Schweiß brannte in seinen Augen. Arme und Hände zitterten, die verletzte Hand blutete, doch endlich hatten seine Bemühungen Erfolg.

Eine Hälfte des Steins fiel nach hinten in einen Hohlraum. Das andere Stück brach er mit den Händen heraus. Es gelang ihm, einen weiteren Stein zu lösen und dann wieder einen. Die Flammen kamen näher. Sie hatten die Tür überwunden und krochen nun langsam an der Decke entlang auf ihn zu. Er drehte sich nicht um, aus Angst, die aufsteigende Panik könnte ihn überwältigen und in lähmende Mutlosigkeit stürzen. Stein um Stein löste sich aus der zugemauerten Tür, bis die Lücke groß genug war, dass er sich hindurchzwängen konnte. Barton duckte sich, als eine Flammenlohe durch die Öffnung schoss. Er hatte Glück in zweierlei Hinsicht, das Feuer verfehlte ihn, und er kniete vor einem Stein, der im Boden eingelassen war. Darauf stand eine Inschrift: Knie nieder und bete, und du wirst finden.

Barton durchfuhr ein kurzes Gefühl der Freude, in dem er den Stein anhob und beiseiteräumte. Tatsächlich lag etwas darunter. Ein schmutziges Stück Leinenstoff, in das etwas eingeschlagen war. Er griff hinein und spürte, dass es etwas Schweres sein musste. Er schlug das Tuch auf. Ein Kreuz aus massivem Gold kam zum Vorschein. Dabei lag eine silberne Kapsel, etwa von der Größe seines Zeigefingers, mit einem dünnen Griffstück am unteren Ende. Er presste beides an seine Brust und wollte los, weiter den Gang lang.

Da ließ ein gewaltiger Schlag den Boden erzittern. Ein Teil des Daches war in die Sakristei gestürzt. Trümmer, Rauch und

Feuer wirbelten in einem Höllenreigen durch den Tunnel. Die Wucht war so stark, dass es Barton von den Füßen riss.

Etwas bohrte sich ihm in den Oberschenkel. Sein Schrei erstarb im tosenden Lärm.

Weiter! Raus hier! An etwas anderes konnte er nicht denken. Rauch und Staub nahmen ihm die Luft zum Atmen. Er glaubte, ersticken zu müssen. Eng auf den Boden gepresst, folgte er dem Gang. Entweder er führte ihn in die Freiheit oder aber er fand hier sein Ende. Ersticken oder verbrennen. Doch er war sich sicher, dass er sich in Richtung Kirchenportal bewegte. Aus alten Aufzeichnungen wusste er, dass die Kirche und das alte Rathaus, das die Zeit nicht überdauert hatte, durch einen geheimen Tunnel miteinander verbunden gewesen waren. Er hatte nicht den geringsten Zweifel, dass er genau diesen Tunnel gefunden hatte.

Je weiter er kam, desto nasser wurde der Lehmboden, der an ihm wie Pech kleben blieb. So erreichte er eine weitere Ziegelmauer, aber im Gegensatz zur ersten war sie ins Erdreich abgesackt. Tiefe Risse hatten Fugen und Mörtel gespalten. Kühle Luft strich zwischen den Ritzen hindurch und streichelte seine Haut. Barton drückte vorsichtig gegen die Ziegelmauer, die sich knirschend bewegte. Etwas mehr Druck, und Teile der Wand brachen in sich zusammen. Ein Stück der Decke sackte nach. Der Hauch war nun einem Luftzug gewichen. Frische, salzgeschwängerte Nachtluft. Barton tat einen tiefen Atemzug, der seinen Geist neu belebte.

Hinter der Mauer erkannte er Trümmer, faustgroße Steine. Teile des alten Rathauses, die man liegen gelassen hatte und die schon seit Langem von Moos überwuchert wurden. Mit einer letzten Anstrengung gelang es ihm, auch dieses letzte Hindernis aus dem Weg zu räumen. Dann sackte er erschöpft zusammen. Er betrachtete das verletzte Bein.

»Oh nein.« Er keuchte. Das Stück einer Eisenstange hatte den Oberschenkel durchschlagen. Es ragte zu beiden Seiten aus dem Fleisch heraus. Zornig legte er die Hand um die Eisenstange. »Bist du nun zufrieden? Eine verdammte Eisenstange steckt in meinem Bein. Meine Kirche brennt!«

Um das Böse zu bekämpfen, sind Opfer nötig, und du warst sehr mutig.

»Mutig?! Ich hatte Todesangst.«

Aber du hast ihr widerstanden und warst erfolgreich.

Barton sah auf das Kreuz in seiner Hand. »Ja, das war ich wohl.« Schon war der Schmerz zurück und lenkte seine Aufmerksamkeit auf die Eisenstange. Er langte fester zu, hielt den Atem an, um das Eisen dann mit einem heftigen Ruck aus dem Bein zu reißen. Sein gesamter Körper erbebte unter dem Schmerz, und die Schwärze einer Bewusstlosigkeit drohte ihn zu überrollen, der er nur mit äußerster Willenskraft widerstehen konnte.

Das Böse ist mächtig, aber du bist stärker. Du kannst es besiegen. Die Stimme in seinem Kopf klang zuversichtlich, doch Barton flüchtete sich in beißenden Spott. »Es ist auf jeden Fall stark genug, um einen alten Mann mit Eisenstangen zu bewerfen.«

Du musst weiter.

»Wie stellst du dir das vor? Ich habe ein Loch im Bein. Ich kann kaum stehen, geschweige denn laufen.«

In dem Augenblick hallte ein Schrei durch den Nebel, voller Todesangst und Qual. Es war der Aufschrei einer Frau.

Barton streckte den Kopf in die Höhe, um zu ergründen, woher der Schrei gekommen sein mochte. Dann sah er einen Lichtpunkt, im Nebel nur schwach zu erkennen. Er schnappte sich einen stabilen Ast, den er als Krücke verwenden konnte, und humpelte los. Das Gelände war abfallend, was ihn vermuten ließ, dass er in Richtung des Dorfes unterwegs sein musste. Der dichte Nebel machte ihm die Orientierung schwer. Hinzu kam, dass er den Lichtpunkt immer wieder aus den Augen verlor.

Endlich erreichte er eine Straße und dann eine Kreuzung. Das Licht war nun deutlicher zu sehen, ohne dass er den tatsächlichen Ursprung erkennen konnte. Hinzu mischte sich ein melodischer Klang.

Er hielt inne und lauschte. Schließlich war er sich sicher. Es war Musik, und sie kam aus Richtung der Klippen. Als er sich näherte, erkannte er ein Auto. Fahrer- und Beifahrertür standen offen. Die Innenbeleuchtung war eingeschaltet. Eine Flasche Sekt lag im Fußraum des Beifahrersitzes, daneben zwei zerbrochene Gläser. Erst jetzt bemerkte er das Blut an der Tür.

Barton schaltete die Scheinwerfer ein, und dann sah er ihn. Die Gestalt eines Mannes hockte im hohen Gras. Er lebte und murmelte etwas. Dazwischen fing er an zu kichern. Er war mit etwas beschäftigt, was der Pfarrer nicht sehen konnte, da er ihm den Rücken zuwandte. Im Radio spielte leise Louis Armstrongs: *What a wonderful world*.

»Hallo?«, sagte Barton vorsichtig und humpelte näher. »Ich habe einen Schrei gehört. Waren Sie das?«

Der Mann stand auf und drehte sich um. Barton erkannte ihn. »Tyrell!«

Tyrell lachte irre und tat ein paar unsichere Schritte auf Barton zu. Voller Entsetzen wankte der Pfarrer zurück, als er die schreckliche Wunde sah. Tyrell wühlte mit den Händen in der geöffneten Bauchhöhle und zerrte an dem Darm wie an einem Seil, das er aufwickeln wollte. Seine Hose war voller Blut, es sprudelte ihm über die Lippen, als er sprach. Blutige Blasen zerplatzen vor seinem Gesicht.

Barton verstand nicht, was er sagte, aber das war auch nicht wichtig, denn er entdeckte eine weitere Gestalt, die regungslos im Gras lag. Halbnackt, die Füße in feuerroten Pumps, das rote Haar von Blut und Gehirnmasse verkrustet. »Sandrine!«, sagte er entsetzt.

Tyrell kam weiter auf ihn zu. Nun erkannte Barton ein verräterisches Grau in dessen Augen. Das Böse hatte ihn befallen. »Sie ... sie wollte weg von ... mir«, kam es blubbernd aus Tyrells Mund. Seine Finger waren nun ganz in der Bauchhöhle verschwunden. »Ich ... konnte sie doch nicht ... gehen lassen. Und Sie ... kann ich auch nicht gehen lassen.« Er lachte wieder und ging nun auf Barton los. Sein Darm baumelte wie lose Taue in einer Takelage.

Dem Pfarrer gelang es gerade noch, sich in den Wagen zu flüchten und die Fahrertür zuzuschlagen. Der Schlüssel steckte zum Glück. »Bleiben Sie doch!«, rief ihm der Besessene zu, doch Barton dachte nicht daran. Er startete den Motor, mit der verbundenen Hand rutschte ihm der Schaltknüppel weg. Ihm war, als stieße man ihm ein glühendes Eisen in die Wunde. Schmerzerfüllt schrie er auf. Der Motor drehte hoch. Mit zusammengebissenen Zähnen versuchte er es wieder. Endlich. Der Gang sprang krachend ins Getriebe, und er gab Vollgas.

Tyrell sprang vor, bekam die offene Beifahrertür zu fassen und klammerte sich daran fest.

»Loslassen!«, schrie Barton und schleifte den Mann mit sich. Der Wagen holperte über Steine und wirbelte Grasbüschel hoch.

Tyrell lachte. »Das ist ein Spaß. Kommen Sie ... ein Spaß!« Dann rammte die Tür gegen einen Felsen und riss ab. Tyrells Kopf wurde von der berstenden Scheibe in der Mitte gespalten, sodass er wie eine reife Melone auseinanderplatzte.

Ohne sich umzusehen oder langsamer zu werden, raste Barton die Straße hinunter, bis ihn die Verzweiflung übermannte und er weinend anhalten musste. »O Gott, o Gott«, brachte er mühsam hervor, die Augen voller Tränen. »Sie haben nie jemandem ein Leid zugefügt. Warum nur? Warum?« Er erinnerte sich an Tyrell und Sandrine, als sie noch kleine Kinder gewesen waren. Er hatte sie getauft und gesehen, wie sie heranwuchsen. Sie waren seit Jahren ein Paar, und nächsten Sonntag wäre ihre Hochzeit gewesen. Schon tat es ihm leid, dass er Sandrine nicht mehr zurückgerufen hatte. Vielleicht wäre dann alles anders gekommen. Fragen, auf die er keine Antworten wusste, marterten sein Hirn. Sandrine und Tyrell. Sie waren so glücklich gewesen. Und jetzt waren sie tot, weil es eine verderbte Macht so gewollt hatte.

Er entdeckte ein Foto der beiden auf dem Beifahrersitz, eng umschlungen, im Hintergrund Lichter und Luftballons. Das war letztes Jahr auf dem Dorffest gewesen. Ein gequältes Lächeln zuckte über Bartons Mundwinkel. Für die Kinder hatte er Mäuserennen organisiert. Sie hatten gelacht und sich gefreut. Für alle war es ein großer Spaß gewesen. »Ein ... großer Spaß«, wiederholte er abwesend.

Das Böse wird nicht aufhören, drang eine vertraute Stimme zu ihm durch.

»Nein, das wird es nicht.« Er wischte sich das tränennasse Gesicht mit dem Ärmel ab. »Es sei denn ... ich halte es auf. Ich bin bereit dazu. Koste es, was es wolle.«

Bist du dir sicher?

»Du hast sie doch gesehen. Sandrine und Tyrell. Ich könnte nicht weiterleben, wenn ich jetzt noch die Augen verschließen würde und untätig bliebe. Ich muss versuchen, die zu retten, die ich noch retten kann. Dass die beiden tot sind, ist meine Schuld.«

Die Stimme in seinem Kopf schwieg, und mit einem Seufzer versuchte er, die schrecklichen Bilder aus seinem Gedächtnis zu verdrängen. Es war wichtig, sich auf seine Aufgabe zu konzentrieren.

Endlich fand er auch den Verbandskasten, um sich zu versorgen, ehe er sich dem Kreuz und der kleinen Kapsel zuwenden konnte.

Sie war aus Silber, in der Mitte geschraubt und mit einem Rand aus Gold verziert. An einem Ende war eine Öse angebracht, durch die eine Halskette gezogen werden konnte. Auf der anderen Seite gab es ein kurzes Griffstück.

Die Kapsel ließ sich ohne Schwierigkeiten aufschrauben. Darin befand sich eine schwarze Masse, die den unteren Teil vollständig ausfüllte. Barton konnte sich kaum konzentrieren, aber ihm fiel etwas auf. Es gab zahlreiche, kaum sichtbare Unebenheiten auf der Oberfläche. Nur, was sollte er mit dieser Entdeckung anfangen?

Er horchte in sich hinein und hoffte darauf, von seiner inneren Stimme einen Rat zu erhalten, doch die blieb stumm. So nahm er, in Ermangelung einer anderen Idee, das Kreuz von Monterello in die Hand und untersuchte es im Licht der Scheinwerfer. Wie er schon vorher erkannt hatte, war es aus Gold. Ihm war allerdings entgangen, dass es an den Enden Verbindungen in Form winziger Nägel gab. Barton stutzte und nahm die Jesusfigur aus seiner Tasche. Er brauchte sie nur einen Moment lang anzusehen, um zu wissen, dass beides zusammengehörte.

Es knackte leise, als er die Teile ineinanderfügte. Zudem geschah noch etwas Unerwartetes. Aus der Rückseite des Kreuzes schnappten vier verborgene Halbkreise hervor, die zusammen einen Kreis um die Mitte des Kreuzes bildeten.

An der Stelle, an der die Füße der Figur endeten, war ein

kleiner Keil herausgeklappt. Darauf stand etwas eingraviert. Barton musste ganz genau hinsehen und erkannte ein kleines Gefäß, mit einem Griffstück an einem Ende und Flammen am anderen. »Das hat doch eine große Ähnlichkeit mit...« Er beendete den Satz nicht, denn ihm wurde klar, was er zu tun hatte. Die schwarze Paste war Pech, und er musste sie entzünden. Nachdem ihm das mit dem Zigarettenanzünder gelungen war, setzte er die Kapsel wieder zusammen. Das Ergebnis war verblüffend. Das kleine Feuer erleuchtete die punktgroßen Löcher im oberen Teil der Kapsel. Die Lichtpunkte formten etwas, das Barton allerdings noch nicht erkennen konnte. Erst als er seine Hand wie eine Art Leinwand benutzte, wurde das Bild deutlich.

Es zeigte einen Engel, der mit ausgestrecktem Arm auf einen unbekannten Ort zeigte. Vier besonders helle Punkte blitzten zu Füßen des Engels.

»Ich kenne das.«

Natürlich kennst du das. Du kommst immer daran vorbei, wenn du zu den Kindern in die Schule fährst.

»Ja. Die Engelsstatue im Hafen.«

Sofort startete er den Motor und wollte losfahren, als Gestalten aus dem Nebel heraustraten. Zehn waren es, dann zwanzig, dreißig. Sie versperrten ihm die Straße nach Kilmaley.

Barton betätigte die Hupe, was die Leute nur dazu veranlasste, ihre Schritte zu beschleunigen.

Das Böse hat sie zu seinen Dienern gemacht. Sie sind hier, um dich zu töten.

»Ich kann sie doch nicht einfach über den Haufen fahren!«, protestierte er. »Ich bin kein Mörder!«

Und das sollst du auch nicht werden, aber du darfst dich nicht aufhalten lassen. Du musst zum Hafen.

Schon konnte Barton die totengleiche Leere im Blick der Dorfbewohner erkennen. Zwei seiner Messdiener waren darunter, was ihm schmerzhaft den Magen zusammenzog. »Roderick! Phillip!«, rief er ihnen zu, doch sie reagierten nicht auf seinen Zuruf.

»Geht nach Hause! Bitte!«, versuchte er es erneut. Wieder ohne Erfolg. Stattdessen bildeten die Menschen einen Halbkreis und kamen weiter auf ihn zu. Endlich fasste sich Barton ein Herz, riss das Lenkrad herum, trat das Gaspedal durch und lenkte den Wagen von der Straße herunter in die satten grünen Wiesen hinein. Der Boden war nass und durchsetzt mit Steinen. Trotzdem fuhr er schnell, denn ein Blick in den Rückspiegel zeigte ihm, dass sie ihm folgten, und er brauchte unbedingt einen Vorsprung vor ihnen.

Der Engel im Hafen von Kilmaley war sein Ziel, doch was er da zu tun hatte, wusste er nicht. Der Wagen schlingerte und setzte auf Bodenwellen auf. Die Karosserie ächzte unter den Schlägen. Barton musste die Zähne zusammenbeißen und dabei den Felsen ausweichen, die wie Klippen in einem dunklen Meer vor ihm auftauchten. Das Auto wurde immer schneller, unbeherrschbarer. Barton betätigte die Bremse, doch ohne Wirkung, sie fiel bis zum Bodenblech durch. Äste prallten gegen die Windschutzscheibe und ließen sie splittern. Metall kreischte und spie Funken, als er einen Felsen streifte. Ein Scheinwerfer zerplatzte und verlosch. Das Lenkrad blockierte. Barton war nur noch Passagier in einem Auto, das er nicht mehr beherrschte. Es gelang ihm gerade noch, sich anzuschnallen, ehe der Wagen wie ein Geschoss in den Nebel und die Dunkelheit hineintauchte. Kalte Luft wirbelte in den Innenraum. Der Wagen verfehlte einen Felsen nur um Haaresbreite und rauschte durch ein weites, moosbedecktes Feld. Dreck und Pflanzenreste spritzten auf die zersplitterte Frontscheibe. Barton nahm den Kopf runter und presste das Kreuz gegen seine Brust. Es gab einen krachenden Schlag, gefolgt von berstendem Metall und platzenden Reifen. Der Wagen überschlug sich, landete auf dem Dach und rutschte noch ein Stück, ehe er mit hochdrehendem Motor liegen blieb. Barton hing wie tot in dem Sicherheitsgurt.

Nach einer kurzen Weile gelang es ihm, die Augen zu öffnen und sich aus seiner misslichen Lage zu befreien. Auf allen vieren kletterte er nach draußen. Das Kreuz hatte er keine Sekunde losgelassen. Taumelnd stand er vor dem Wrack. Der Wagen war auf einen niedrigen Felsen aufgefahren, hatte abgehoben und sich überschlagen.

Immer noch verwirrt sah sich Barton um. Er konnte das Meer hören und das Licht des Leuchtturms von Kilmaley sehen, das wie ein Hoffnungsstrahl durch den Nebel schnitt. Der Leuchtturm verfügte über ein starkes Notstromaggregat und konnte ihn tagelang mit Energie versorgen.

Dann sah er die Taschenlampen derer, die ihn verfolgten. Er musste sich beeilen, obwohl sein erschöpfter Körper kaum noch die Kraft dazu besaß.

Ihm kam es wie eine Ewigkeit vor, als er humpelnd die ersten Gebäude von Kilmaley erreichte. Alles lag still, ganz so, als würde der Ort die Luft anhalten. Welche Schrecken waren hier geschehen? Wie viele hatten in dieser Nacht noch den Tod gefunden? Er musste erneut an Sandrine und Tyrell denken. An seine Messdiener, Roderick, Phillip und die anderen, die vor wenigen Stunden noch seinen Geschichten gelauscht hatten. Der sinnlose Verlust, das sinnlose Sterben machten ihn wütend.

Humpelnd folgte er der Hauptstraße, die ebenso menschenleer dalag wie der Rest des Ortes. Eine gespenstische Stille begleitete Barton auf seinem Weg in den Hafen. Selbst das Gluckern des Wassers an die Molen erschien ihm leiser und verhaltener als sonst.

Dann endlich sah er sie. Wie ein Schemen aus einer alten Legende schälte sich die Engelsstatue aus dem Nebel. Sie war größer als ein ausgewachsener Mann, mit geöffneten Flügeln, von denen einer im Laufe der Jahrhunderte abgebrochen und verloren gegangen war. Den Kopf hatte sie zum Himmel erhoben, während ihr rechter Arm auf den Hafen und das offene Meer deutete. Sie stand auf einem hüfthohen Sockel, auf dem mehrere Sträuße verwelkter Blumen lagen. Die Statue war alt und stammte noch aus der Zeit, als Kilmaley ausschließlich vom Fischfang lebte. Man hatte sie in Gedenken an jene aufgestellt, die in den stürmischen Fluten ihr Leben verloren hatten. Für die Bewohner war sie seit jeher ein Zeichen der Hoffnung gewesen. Nun hoffte Barton auf ihre Hilfe. Darauf, dass sie ihm den Weg wies, das Böse aufzuhalten. Er umrundete die Statue und folgte ihrem Fingerzeig. »Aber da ist nichts«, sagte er ratlos. Dort lag nur das Meer, das träge an die Küste schwappte.

Wieder sah er auf die Statue. Doch weder an dem Schriftzug an ihrem Sockel noch an der Statue selber konnte er etwas Auffälliges entdecken. Er wurde unruhig und ärgerte sich über sich selbst. »Ich kann mich doch nicht geirrt haben, oder?«

Du bist auf dem richtigen Weg. Du kennst diese Statue. Wie oft warst du hier und hast sie gesegnet?

»Unzählige Male.«

Dann erinnere dich auch daran, wer die Statue gestiftet hat.

»Das war die Abtei«, schoss es Barton in den Sinn.

Plötzlich sah er den Engel mit ganz anderen Augen, und unter Schmerzen erklomm er den Sockel und nahm die Statue genauer in Augenschein. Sie hielt etwas in der Beuge des linken Arms. Aber es war keine Schatulle, wie er all die Jahre angenommen hatte, sondern eine Miniatur des Klosters. Doch Zeit und Witterung hatten die Türme abgeschliffen und die Oberfläche spröde werden lassen. Nur jetzt, wo er so nah davorstand, erkannte er Säulen, kleine Fenster, angedeutetes Mauerwerk und Tore. Eines davon war geöffnet, und darin entdeckte er einen tiefen Spalt.

Er wurde abgelenkt. In das Wasser des Hafens kam Bewegung. Blasen zerplatzten an der Oberfläche. Barton konnte zusehen, wie sich die glatte Fläche kräuselte. Es war hypnotisch und beängstigend, und er musste sich zwingen wegzusehen, um das Rätsel des Engels zu lösen.

Zitternd nahm er das Kreuz zur Hand. Er war so aufgeregt und dazu körperlich geschwächt, dass er die Hände kaum ruhig halten konnte. Irgendwann, nach einer Weile, in der er nur dahockte, das Kreuz und die Statue betrachtete, kam ihm eine Idee. Das untere Ende des Kreuzes war gerade so breit, dass es in den Spalt passen konnte. Barton steckte es hinein und spürte sofort einen Widerstand, der plötzlich nachgab.

Das Kreuz ruckte ein Stück hinein. Es war wie ein Schlüssel, der etwas in Gang setzte, was noch niemals zuvor benutzt worden war.

Die Statue bewegte sich. Stein schabte über Stein. Stück für Stück drehte sich der Engel nach links, und zwischen den Füßen tat sich ein Spalt auf, der sich mit jeder ruckartigen Bewegung verbreiterte. Etwas schob sich daraus hervor. Es war die Nachbildung eines Leuchtturms, der im Mittelalter die Hafenausfahrt bewacht hatte. Barton kannte das Gebäude von alten Lithografien. Dort, wo sich das Feuer befand, hatte der Künstler vier halbrunde Bergkristalle eingefasst, die so flach wie die Gläser einer Brille waren. Barton erkannte sofort, dass die Kristalle in Größe und Form perfekt in die Vorrichtungen des Kreuzes eingepasst werden konnten.

Der Engel beendete seine Bewegung und zeigte nun auf die algenverkrusteten Überreste eines alten Fundaments. Der Leuchtturm, der dort einst stand, existierte schon lange nicht mehr. Er war zweimal neu gebaut und erhöht worden, bis er in den siebziger Jahren abgerissen worden war, um ihn auf der gegenüberliegenden Seite des Hafens neu zu errichten. Auf dem Miniaturleuchtturm stand eine Inschrift. Barton musste wieder mühsam von dem Sockel herunterklettern, um sie lesen zu können. Er musste sich beeilen, denn das Meer warf Blasen und schien zu kochen. Dampfschwaden zogen in Richtung des Piers. Und nun hörte er auch die zahlreichen Schritte, die sich bedrohlich stampfend aus allen Richtungen näherten.

Während er las, war seine gesunde Hand damit beschäftigt, die Kristalle aus ihren Fassungen zu lösen. »Möge das Böse… im feurigen Licht des wahren Gottes… untergehen. Vertraue… vertraue auf das Kreuz und deinen Herrn, dessen Herz stärker ist als das des Bösen.«

Derweil war es ihm gelungen, die Scheiben aus glitzerndem Bergkristall in dem Kreuz einzufassen. Es wurde auch höchste Zeit. Eine Menschenmenge strebte dem Hafen entgegen. Dicht an dicht, Schulter an Schulter. Männer, Frauen, Kinder.

»Denk nach. Denk nach.« Er versuchte sich zu konzentrieren. »Der Engel hat auf den alten Leuchtturm gezeigt. Der Leuchtturm ist wichtig. Sein Licht. Ich brauche ein starkes Licht. Der neue Turm erfüllt vielleicht den gleichen Zweck«, keuchte er atemlos. Gleichgültig, ob richtig oder falsch. Ihm blieb gar kein anderer Weg!

So schnell er konnte, humpelte er die Treppe zu den Piers

hinab. Sein Atem kam stoßweise, jede Bewegung schmerzte, und er war so erschöpft, dass er die letzten Stufen verfehlte und die Treppe hinunterstürzte. Er schlug mit dem Kopf an. Schwarze Punkte explodierten vor seinen Augen. Er spürte, wie er auf seiner gesunden Hand landete und sich der kleine Finger nach hinten bog, bis er krachend brach. Wie eine Puppe blieb Barton liegen. Der Schock und der Schmerz hatten seine Haut mit Schweiß bedeckt. Zusätzlich wehte heißer Dampf aus dem Hafenbecken zu ihm hinauf. Es brodelte wie kochendes Teewasser. Fische schwammen auf der Oberfläche, sie waren noch nicht tot, aber ihre aufgerissenen Mäuler, mit denen sie panisch nach Luft schnappten, und die trüben Augen zeigten, dass sie bei lebendigem Leib gekocht wurden. Es wurden immer mehr. Barton zerrte an seinem Kragen, er glaubte, ersticken zu müssen, und rang angestrengt nach Luft.

Du darfst jetzt nicht ohnmächtig werden. Du hast es fast geschafft. Du bist die letzte Hoffnung für die Menschen.

Barton hörte nicht. Die Welt um ihn herum drehte sich.

Gib nicht auf. Glaube. Ich bin an deiner Seite.

Sein Blick fiel auf das Kreuz. Die Jesusfigur schien seinen Blick zu erwidern.

Geh weiter, sagte die Stimme nun befehlend. Auf dem oberen Treppenabsatz tauchten die ersten Dorfbewohner auf. Sie hielten Schaufeln, eiserne Rohre oder einfach nur Knüppel in der Hand. Die kalte Mordlust in ihren Augen ließ keinen Zweifel an ihren Absichten.

Woher er die Kraft nahm, wieder aufzustehen, wusste Barton selber nicht zu sagen, doch er schaffte es. Ein Boot, er brauchte ein Boot, und davon lagen einige im Hafen. Mehr kriechend und wankend, denn gehend und laufend, taumelte er zu einem weißen Beiboot mit Außenbordmotor.

Die Dörfler folgten ihm. Sie rannten. Auch die Messdiener,

die er mit seinen Geschichten erschreckt hatte, wollten seinen Tod. Die Gesichter waren verzerrt, in den kleinen Händen hielten sie Steine und Messer.

Endlich gelang es Barton, den Außenborder anzuwerfen und die Leine zu lösen. Einer seiner Verfolger war mit einer Spitzhacke herangekommen und holte nach ihm aus. Barton riss seinen verletzten Arm hoch, um sich zu schützen.

Die Spitze durchschlug Fleisch und Knochen, der der Länge nach brach. Barton fiel vom Schmerz gepeinigt nach hinten. Ein zweiter Schlag verfehlte ihn, traf aber den Boden und riss ein Loch hinein. Wasser spritzte in einer kleinen Fontäne ins Boot.

»Gott!«, schrie Barton, der seinen zertrümmerten Arm betrachtete, aus dem der Knochen herausragte. Ihm wurde schlecht. Nur mit letzter Kraft gelang es ihm, das Steuer zu packen und vom Pier wegzusteuern. Ein zweiter Mann sprang hinterher und bekam das Heck zu fassen, gerade als Barton den Motor hochdrehte. Die Schiffsschraube zerfetzte dem Besessenen Brust und Kehle, als er ins Wasser zurückfiel und eine riesige Blutlache an der Wasseroberfläche zurückließ. Das Geräusch war schrecklich, aber Barton gelang es, Abstand zu gewinnen. Siedend heißes Wasser spritzte durch das Leck ins Boot. Barton konnte sehen, wie es die Kunststoffhülle langsam aufweichte. Fünfhundert Meter bis zum Leuchtturm. Er zog am Gashebel. Ein letzter Blick zurück.

Die Dorfbewohner folgten ihm. Als könnte ihnen das kochende Wasser nichts anhaben, stürzten sie sich in die Fluten. Kein Schmerzenslaut kam über ihre Lippen. Immer mehr Wasser sprudelte in Bartons Boot, schon musste er die Füße hochnehmen. Links und rechts schimmerte das Meer silbern. Tausende tote Fische trieben nun auf dem Wasser, und es wurden immer mehr. Barton achtete nicht auf sie. Immer wieder drohten ihn der Schmerz zu übermannen und der Blutverlust ihn ohnmächtig werden zu lassen. »Ich werde das hier nicht überstehen«, flüsterte er erschöpft. »Du hast es mir gesagt, aber ... ich wollte es nicht hören.«

Und jetzt? Akzeptierst du den Weg, der dir vorbestimmt ist?

»Alles ... was ich noch will ... ist zu ... gewinnen. Tu mir einen Gefallen.«

Ja?

»Lass mich am Leben, bis ich es geschafft habe.«

Das entscheide ich nicht, Geoffrey. Das liegt nur an dir.

Der Kunststoffrumpf seines Bootes begann sich zu verformen. Noch dreihundert Meter.

Barton versuchte ruhig zu atmen, was ihm kaum gelang. Das gleichmäßige Tuckern seines Außenborders brachte ihn Meter für Meter voran. Es knirschte, und die Bordwand bekam einen Riss. Wasser spritzte zischend herein.

Zweihundert Meter. Der Motor lief auf voller Kraft.

Hundert Meter, aber er musste die Fahrt verlangsamen. Der Rumpf hielt der Belastung nicht mehr lange stand. Die Schemen des Leuchtturms und des Fundaments, auf dem er sich über das Land erhob, tauchten aus dem Nebel auf.

Fünfzig Meter, vierzig Meter. Der Motor begann zu stottern. »Nein! Nicht jetzt!«

Schon schwappte das heiße Wasser auf die Sitzbänke. Barton wollte nicht schreien, als es ihn verbrühte, doch er konnte nicht anders. »Nur noch ein Stück. Nur ... noch ein Stück«, betete und bettelte er. Dreißig Meter. Endlich tauchte der Landungssteg auf. Zwanzig Meter. Der Motor versagte den Dienst. Barton wurde weiß im Gesicht. Das Boot fuhr noch ein Stück, ehe auch der Vortrieb an Kraft verlor. Zehn Meter, und das Boot rührte sich nicht mehr.

Verzweifelt verdrehte Barton die Augen zum Himmel. »Warum prüfst du mich so? Warum kann ich es nicht einfach zu Ende bringen?«

Das Boot begann abzutreiben, und er erkannte, dass ihm keine andere Wahl blieb, als ins Wasser zu springen. Einen Moment lang konnte er die siedende Hitze ertragen, dann aber berührte sie seine Haut, rötete sie und ließ sie platzen. Das Wasser reichte ihm bis zum Bauchnabel.

Er biss die Zähne zusammen, ballte die Faust um das Kreuz und kämpfte sich näher ans Ufer. Irgendwann spürte er nichts mehr außer Schmerz. Er betete, jedes Wort war wie ein Hammerschlag in seinem gemarterten Geist. Schritt für Schritt.

Bis er endlich den Pier erreichte und eine Leiter, an der er sich hochzog. »Ich ... ich ... werde es besiegen. Ich werde ... es besiegen«, murmelte er ununterbrochen. »Gott ... ist bei mir. Er ... ist bei mir.« Wie ein Betrunkener taumelte er auf die Tür des Leuchtturms zu. Immer wieder drohte er zu stürzen. Sein Geist half ihm, mit tröstenden Bildern gegen den Wahnsinn anzukämpfen.

Er sah sich und seine Schwester am See. Seine Eltern, wie sie ihnen lachend zusahen. Sein erster Tag auf der Insel. Seine erste Messe. Er lachte, war glücklich und nicht im Hier und Jetzt. Die Schmerzen, die Qual, alles war weit weg. Wie in Trance öffnete er die Tür des Leuchtturms, und wie in Trance taumelte er die Wendeltreppe hinauf.

Ein freudiges Lachen huschte über sein Gesicht. »Mutter, Vater. Ich komme zu euch. Wartet auf mich«, fantasierte er.

Dann hatte er den obersten Raum erreicht. Er war strahlend hell erleuchtet. Gleichzeitig vibrierte der Turm unter dem dumpfen Brummen des Notaggregats.

Wie betäubt blieb Barton stehen, den Blick leer, der Körper nur noch eine zerbrochene und geschundene Hülle.

Das Licht, drang es in seinen von Wahnsinn heimgesuchten Geist. Es führte dazu, dass er in die schmerzvolle Realität zurückfiel.

Zu Tode erschöpft ließ er sich auf einen Stuhl fallen und starrte auf das Kreuz in seiner Hand. Das Licht des Leuchtturms pulsierte im Takt immer gleicher Rhythmen. Lichtblitze tanzten über die Kristalle und das Rubinherz der Jesusfigur hinweg. Barton glaubte, eine ungekannte Macht zu spüren, die im Raum pulsierte und ihn durchdrang.

Das war also das Ende seines Weges. Er konnte es nicht glauben. Wie viele Dinge hatte er nicht getan, die er unbedingt noch hatte erleben wollen? So viele Orte, die er noch hatte sehen wollen. Er sank gegen die Wand.

Dann hörte er sie. Die Dörfler waren da und kamen die Treppe hinauf. Barton musste an Monterello denken. Seine Waffe war das Kreuz gewesen. Warum aber dann der Hinweis auf das Licht Gottes? Der alte Leuchtturm war nicht umsonst erwähnt worden. Dann dämmerte es ihm. Das Kreuz und das Licht. Sie zusammen waren die Waffe gegen das Böse. Ein letztes Mal stemmte er sich hoch, als im gleichen Moment die Tür barst. Ein halbes Dutzend Dörfler stürzte in den Raum. Bartons Blick fiel auf die Schaltkonsole, mit der die in Reihe geschalteten Lampen nacheinander betätigt wurden und damit den Anschein eines rotierenden Lichtes erweckten. Die Dörfler griffen ihn an. Der Pfarrer hatte nicht mehr die Kraft auszuweichen oder sich zu wehren. Jemand rammte ihm eine Heckenschere in den Bauch.

Barton glaubte, in eine immerwährende Dunkelheit zu stürzen. Mit letzter Kraft stieß er das Kreuz in die Höhe. Das Licht fing sich in den Scheiben aus Bergkristall und sammelte sich gleißend, lodernd und feurig im Rubinherz der Jesusfigur.

Barton wurde von hinten gepackt, Fingernägel vergruben

sich in seinem Hals, rissen die Haut blutig. Das Kreuz zuckte in seiner ausgestreckten Hand, blitzende Wirbel umgaben es, Feuerlohen zuckten über das Gold, um plötzlich mit einer gewaltigen Explosion auf Barton überzuspringen. Er wurde zum Licht, zum reinigenden Feuer, mit dem er das Böse in die Hölle zurückschickte. Die Scheiben des Leuchtturms explodierten. Eine Druckwelle aus gleißend hellem Licht jagte von Barton aus über die Landzunge und das Dorf hinweg. Seine Angreifer wurden von den Beinen gerissen, fielen und stürzten. Ihre Haut wurde schwarz und löste sich in Fetzen von ihren Körpern. Donnergrollen folgte dem Licht, welches nun auch die Abtei erreichte. Mauerwerk erzitterte, wie bei einem Erdbeben. Der Boden brach auf und verschluckte die niederstürzenden Trümmer von Ronwick Abbey. Das unheilige Licht geriet in Bewegung, zerfaserte und zerriss, wie der Nebel, der die Insel endlich freigab, die er unter seiner Decke erstickt hatte. Ein heulender Wutschrei, endlos weit entfernt und doch so nah, wurde von Sturm und Donner mitgerissen und fortgetragen.

Dann senkte sich Grabesstille über Angel Island.

Geoffrey Barton hatte sein Leben geopfert, aber ... hatte er auch wirklich gesiegt?

Jürgen Scheiven wurde 1971 in der Nähe von Aachen geboren, wo er auch heute noch lebt. In seiner Freizeit beschäftigt sich der gelernte Maler mit Geschichte und Archäologie. Neben Kurzgeschichten schreibt er auch Fantasy- und Abenteuerromane sowie Krimis, die im viktorianischen London spielen. Jürgen Scheiven ist Stipendiat der Bastei Lübbe Academy und hat an der Masterclass, einer einjährigen Autorenausbildung, teilgenommen.

Wir glauben, was wir sehen. Bis jetzt ...

Christopher Galt
TESTAMENT
Thriller
Aus dem Englischen
von Kerstin Fricke
528 Seiten
ISBN 978-3-404-17033-3

Auf der ganzen Welt haben Menschen unerklärliche Visionen. Ein Polizeibeamter erblickt das Gespenst seiner Frau in der Küche. Ein Passagierflugzeug stürzt ab, als der Pilot einem Vulkan ausweicht, der überhaupt nicht existieren dürfte. In Israel beobachten Menschen, wie sich das rote Meer teilt. Während Wissenschaftler von einer Virus-Epidemie ausgehen, sehen Religionsfanatiker die Hand Gottes am Werk. Der Psychologe John Macbeth untersucht das Phänomen. Und macht eine unfassbare Entdeckung ...

Bastei Lübbe